Dinah Jefferies

Die Tochter des Seidenhändlers

Weitere Titel der Autorin

Bis wir uns wiedersehen
Die Frau des Teehändlers

Dinah Jefferies

Die Tochter des Seidenhändlers

Roman

Übersetzung aus dem Englischen
von Angela Koonen

Lübbe

MIX
Papier aus verantwortungsvollen Quellen
FSC® C019821
FSC
www.fsc.org

Dieser Titel ist auch als Hörbuch und E-Book erschienen

Titel der englischen Originalausgabe:
»The Silk Merchant's Daughter«

Umschlaggestaltung: Kirstin Osenau
Umschlagmotiv © Trevillion Images: Ayal Ardon, © Bibliothèque Paul-Marmottan, Ville de Boulogne-Billancourt, Académie des Beaux-Arts, France/Bridgeman Images; © shutterstock: tsyhun | Perfect Lazybones | tang
Satz: Dörlemann Satz, Lemförde
Gesetzt aus der Bembo
Druck und Einband: C. H. Beck, Nördlingen

Printed in Germany
ISBN 978-3-7857-2591-7

5 4 3 2

Sie finden uns im Internet unter: www.luebbe.de
Bitte beachten Sie auch: www.lesejury.de

PROLOG

Einmal untergetaucht, fällt sie wie in Zeitlupe. Ihre langen Haare treiben wirbelnd auseinander. Bezaubert von dem goldenen Licht, das durch die Wasseroberfläche strömt, schlägt sie mit den Beinen und stößt sich aufwärts, den Luftblasen ihres Atems folgend. Die flache Sonne zersplittert, glitzernde Tröpfchen spritzen weit über das Wasser. Sie wirft den Kopf in den Nacken, schnappt nach Luft, sieht das Gesicht ihrer Schwester. Sekunden vergehen. Sie ist geblendet. Als die Welt durchschimmert, hebt sie die Hand zum Winken, öffnet den Mund, um zu rufen. Aber das Wasser verschluckt sie wieder. Der Fluss tost, während sie Wasser tritt; er hallt von dumpfen Schlägen wider. Sie müsste um Hilfe rufen, bringt jedoch keinen Laut hervor. Sie versucht zu schwimmen, aber ihre Kraft wird von etwas aufgezehrt. Über ihr verblasst das schillernde Licht. Sie sinkt. Weiter unten wird es dunkler und kälter, sie will sich herumdrehen, eine Wasserleiter hinaufsteigen, doch der Fluss ist zu mächtig, und sie rutscht mit den Füßen durch die Sprossen. Bilder von zu Hause fluten ihre Fantasie, die Beine werden ihr schwer, und als der Fluss ihren Widerstand bricht, kommt es ihr vor, als schwebte sie in der Tiefe. Aber sie schwebt nicht, sie ertrinkt.

I

Seidenfäden

Mai bis Anfang Juli 1952

1

Hanoi

Nicole schnupperte. Die Luft war geschwängert vom Duft wilder Gardenien, der glänzend grünen Blätter und weißen Blüten des Staudenteppichs im halbschattigen Teil des Gartens. Sie schaute von ihrem Schlafzimmerfenster nach unten und entdeckte ihren Vater, der sich vergewisserte, ob draußen alles nach seinem Wunsch war. Er war noch immer ein gut aussehender Mann. Durch seine sauber geschnittenen dunklen Haare, in die erst wenig Silbergrau gestreut war, wirkte er besonders distinguiert, und obwohl es Nicole ärgerte, dass er die Party zu ihrem achtzehnten Geburtstag nutzte, um mit seinem Garten anzugeben, musste sie doch zugeben, dass er ihn wunderschön gestaltet hatte. An den französischen Fenstern ihrer gelblich braunen Villa brannte Weihrauch, und in den Gartenteichen spiegelten sich die bunten Lampionketten, die zwischen zwei enormen Frangipanibäumen gespannt waren.

Nicole schaute noch ein letztes Mal in den Spiegel und überlegte. Sollte sie sich eine Fuchsienblüte in die langen schwarzen Haare stecken? Die würde gut zu ihrem Kleid mit dem chinesischen Kragen passen, das sie sich eigens für diesen Anlass hatte schneidern lassen. Es schmiegte sich an ihren schlanken Oberkörper wie eine zweite Haut, und wenn sie ging, schwang der knapp bodenlange Rock hin und her. Im Radio sang Edith Piaf ihre *Hymne à l'amour*. Nicole schaute wieder aus dem Fenster, und während sie sich gegen die Blüte entschied, sah sie jetzt Sylvie, ihre Schwester, neben ihrem Vater gehen, und wie so oft steckten beide die Köpfe zusammen.

Einen Moment lang fühlte Nicole sich ausgeschlossen und hatte an ihrem Neid zu schlucken. Inzwischen sollte sie eigentlich daran gewöhnt sein. Ihre Schwester sah schon am frühen Morgen schön aus, bevor sie sich gekämmt und die Zähne geputzt hatte. Dafür sorgten ihre gewellten kastanienbraunen Haare, die klassischen Wangenknochen und die makellose französische Nase. Die große, gertenschlanke Sylvie hatte das französische Aussehen ihres Vaters geerbt, Nicole dagegen ähnelte ihrer verstorbenen vietnamesischen Mutter und war sich ihres hellbraunen Teints ständig bewusst. Sie straffte die Schultern, schüttelte den Gedanken ab und verließ das Zimmer. Das war ihr Tag, und den würde sie sich keinesfalls verderben lassen.

Als sie durch den großen, hohen Raum schlenderte, der zum Garten führte, sorgten dort zwei glänzende Messingventilatoren bereits für kühle Luft. Wie das ganze Haus war auch dieses Zimmer in eleganter Weise mit erlesenen antiken Möbeln ausgestattet. Von der offenen Tür aus sah sie zwei alte Schulfreundinnen, Helena und Francine, in einer Gartenecke stehen und verlegen an ihren Haaren zupfen. Sie ging zu ihnen und ließ sich auf die Wangen küssen und umarmen. Während sie über Freunde und die absolvierten Prüfungen plauderten, füllte sich der Garten. Bis Nicole sich schließlich entschuldigte, waren auch die französischen Gäste schon eingetroffen und standen nun rauchend und trinkend beisammen. Einige wohlhabende Vietnamesinnen promenierten in ihren Seidenkleidern. Ihr fiel ein großer, breitschultriger Mann in einem hellen Leinenanzug auf, der sich ihrer Schwester näherte, und etwas an ihm veranlasste sie, ein paar Augenblicke länger hinzusehen. Dann strich sie sich über die Haare, nahm die Schultern zurück und ging zu ihnen.

Sylvie berührte den Mann am Arm und lächelte ihn an. »Darf ich dir meine Schwester Nicole vorstellen?«

Er gab ihr die Hand. »Mark Jenson. Ich habe schon viel von dir gehört.«

Sie schaute ihm ins Gesicht, aber das intensive Blau seiner Augen erschreckte sie, und sie musste wegsehen.

»Mark kommt aus New York. Wir haben uns kennengelernt, als ich dort war«, erzählte Sylvie. »Er reist durch die ganze Welt.«

»Heute ist dein Geburtstag, nicht wahr?« Er lächelte Nicole an.

Sie stockte und suchte nach Worten. Zum Glück sagte Sylvie: »Da ist jemand, mit dem ich sprechen muss.« Sie winkte einer pummeligen Frau am anderen Ende des Gartens zu, dann berührte sie Mark an der Hand. »Ich bin nur kurz weg. Nicole wird sich um dich kümmern.«

Mark lächelte höflich. Nicole trat von einem Fuß auf den anderen. Mit einem Mal fand sie die Luft zu dünn zum Atmen. Dann blickte sie ihn richtig an und versuchte, nicht zu viel zu blinzeln. Bei seiner dunkel gebräunten Haut leuchteten seine saphirblauen Augen umso mehr.

»So«, sagte sie schließlich, weil ihr nichts Besseres einfiel.

Er schwieg und betrachtete sie.

Plötzlich verlegen, fasste sie sich ans Kinn. War etwas mit ihrem Gesicht?

»Ich habe nicht erwartet, dass du so hübsch bist«, bemerkte er.

»Oh.« Jetzt war sie verwirrt. »Das bin ich sicher nicht.« Was hatte er denn stattdessen erwartet? Und wieso hatte er überhaupt Erwartungen gehabt?

»Sylvie hat von dir gesprochen, als wir in den Staaten waren.«

Langsam entwirrten sich ihre Gedanken. Natürlich hatte Sylvie über sie gesprochen. Es war nur natürlich, von seiner Familie zu erzählen, besonders wenn man weit von zu Hause weg war.

Sie lächelte. »Dann weißt du ja, dass ich das schwarze Schaf der Familie bin.«

Er warf eine Locke zurück, die ihm immer wieder über das rechte Auge fiel. »Dazu fallen mir ein Feuer und eine Markise ein.«

Bei seinem sanft neckenden Ton schlug Nicole sich die

Hand vor den Mund. »Ach Gott, nein! Sie hat dir doch nicht davon erzählt, oder?«

Er lachte.

»Ich war erst dreizehn, und es ist aus Versehen passiert. Aber das ist unfair. Du kennst bereits Geschichten über mich, und ich weiß gar nichts über dich.«

Sie verspürte den Impuls, ihn zu berühren, und als hätte er es auch wahrgenommen, streckte er die Hand aus, doch im nächsten Moment begriff sie, dass er nur den Weg weisen wollte. »Gehen wir uns ein Glas Champagner holen? Und wie wär's, wenn du mich ein bisschen herumführst? Dann erzähle ich dir alles, was du wissen willst.«

Währenddessen verlor sich ihre Anspannung ihm gegenüber, und sie wünschte sich, sie hätte sich für höhere Absätze entschieden, denn mit ihren eins siebenundsechzig kam sie sich neben ihm winzig vor.

Ein weiß gekleideter Kellner näherte sich mit einem Tablett. Mark nahm zwei Gläser herunter und reichte beide Nicole. »Hast du etwas dagegen, wenn ich rauche?«

Sie schüttelte den Kopf. »Du klingst gar nicht wie jemand aus New York.«

Er holte ein Päckchen Chesterfields hervor, zündete sich eine Zigarette an und nahm sein Glas entgegen. Ihre Finger berührten sich, und Nicole fuhr ein Kribbeln den nackten Arm herauf.

»Ich bin auch nicht von dort. Mein Vater hat einen kleinen Milchbauernhof in Maine. Da bin ich aufgewachsen.«

»Was hat dich weggeführt?«

Er blieb stehen. »Die Abenteuerlust, nehme ich an. Nach dem Tod meiner Mutter gab mein Vater sich die größte Mühe, aber es war nicht mehr wie vorher.«

Sein Ton hatte sich verändert, und sie erkannte die unterdrückte Traurigkeit darin. »Meine Mutter lebt auch nicht mehr.«

Er nickte. »Sylvie hat mir davon erzählt.«

Kurz schwiegen sie wieder.

Er seufzte und lächelte versonnen wie bei einer schönen Erinnerung. »Ich habe alles getan, was man auf dem Land so macht, Fischen, Jagen und dergleichen, aber meine Leidenschaft waren Motorräder. Aschenbahnrennen. Je gefährlicher die Rennstrecke, desto größer meine Begeisterung.«

»Hast du dich dabei nicht verletzt?«

Er lachte. »Hin und wieder. Aber es war nie etwas Ernstes. Der eine oder andere Knöchelbruch und ein paar angeknackste Rippen.«

Sie stand nah bei ihm und nahm seinen warmen, würzigen Hautgeruch wahr. Er hatte etwas an sich, das sie glücklich machte, aber sie drehte sich ein wenig weg und schaute zum Sternenhimmel auf. Die Zikaden zirpten, und in den Bäumen zwitscherten die Nachtvögel. Mark war einen Schritt von ihr weggetreten, und sie sah, dass seine Körpergröße ihm diesen lockeren Gang verlieh, den Amerikaner in Filmen hatten, einen nonchalanten Gang, der Ungezwungenheit und Selbstvertrauen ausdrückte.

»Es heißt, der Mai sei der letzte Frühlingsmonat in Hanoi, aber es ist schon so warm wie im Sommer. Möchtest du vielleicht lieber ins Haus gehen?«, fragte sie.

»An einem solchen Abend?«

Sie fühlte sich beschwingt und lachte. Seine kurzen hellbraunen Haare neigten zu Locken und glänzten jetzt golden. Jemand hatte die Fackeln angezündet, und der Flammenschein flackerte über sein Gesicht und Haar.

»Wo bist du abgestiegen?«

»Im *Métropole* am Boulevard Henri Rivière.«

In dem Moment kam Sylvie zurück und zog Mark mit sich. Sobald Nicole allein dastand, fühlte sie seine Abwesenheit, und trotz der vielen Gäste kam ihr der Garten leer vor. Ihr fiel eine Redewendung ein, die ihre Köchin Lisa häufig gebrauchte: *Co cong mai sat co ngay nen kim* – Schleift man ein Stück Eisen lange genug, wird eine Nadel daraus. Lisa war zwar Französin, sprach aber genügend Vietnamesisch, um beim Einkaufen auf dem Markt zurechtzukommen, und war stolz darauf, ein paar vietnamesische Sprichwörter zu kennen. Vielleicht ist es an der Zeit, bei mir auch für mehr Schliff zu sorgen, dachte Nicole, als die Band zu spielen anfing. Und mal eine Nacht durchzutanzen.

2

Am nächsten Morgen begab sich Nicole in das Labyrinth der Räume im Tiefparterre. Am Ende der schmalen Treppe ging sie einen langen Korridor entlang und stieß die Tür zur Küche auf. Ihr Blick fiel auf die schmalen weißen Kacheln der Wände und die schimmernden Kupfertöpfe, die von einer Stange unter der Decke hingen. Die neuen grünen Rollos ließen die Küche kühler wirken, und die vier großen Mauerbögen, die den Raum teilten, gaben noch Farbgeruch ab.

Lisa hatte es sich in ihrem Lehnstuhl schon bequem gemacht, unmittelbar neben der Tür des Wintergartens, wo sie über ihr kostbares Gemüsebeet wachen konnte. Seit Nicoles Geburt war Lisa die eine Konstante gewesen. Sie sah aus, wie man sich eine Köchin wünschte: mollig. Obwohl erst in den Vierzigern, waren ihre schwer zu bändigenden, zum Dutt frisierten Haare schon grau und ihre Hände rot vom vielen Geschirrspülen. Sie hatte beide Füße auf einen Hocker hochgelegt und kramte in der Schürzentasche nach der ersten Zigarette des Tages, eine Frau, der nur Kaninchen, Eidechsen und Vögel Sorge bereiteten und der es wichtig war, dass im Juli die Longanfrüchte unbeschadet geerntet und zum Einkochen vorbereitet wurden.

»Kannst du dir den Kaffee selbst nehmen?«

Nicole nickte, goss sich eine große Tasse voll ein und setzte sich in den Lehnstuhl gegenüber. »Den brauche ich jetzt.«

»Verkatert?«

»Scheint so.«

»Ich habe dich gestern Abend mit einem interessanten Mann gesehen.«

»Welchen meinst du?« Nicole versuchte, ihr Lächeln zu überspielen, aber vor Lisa konnte man gar nichts verbergen.

»Du magst ihn wohl?«

Nicole lachte. »Es war fantastisch. Wahrscheinlich klingt es ein wenig kindisch, aber mir war, als hätte ich den einen Menschen getroffen, der mein ganzes Leben verändern kann.«

Lisa schmunzelte. »Er sieht sehr gut aus. Ich freue mich für dich, *chérie*. Hast du getanzt?«

»Nicht mit ihm. Er ist nicht lange geblieben.«

Nicole vermochte nicht angemessen in Worte zu kleiden, inwiefern sie sich verändert fühlte; es war, als verschwänden ihre alten Unzulänglichkeitsgefühle nun. Die kurze Begegnung mit Mark war ihr unter die Haut gegangen, und sie dachte immer wieder, dies sei der Beginn eines ganz anderen Lebens.

»Was macht er?«

»Ich habe nicht gefragt.« Sie grinste Lisa an und stand auf. »Er ist Amerikaner.«

»Ein Freund von Sylvie?«

Aus dem Zimmer der Haushälterin, das ebenfalls an dem Korridor lag, kamen Geräusche, und Nicole verzog das Gesicht. »Bettine ist da?«

Lisa nickte. Sie arbeiteten schon seit Jahren zusammen und hätten kaum verschiedener sein können. Bettine war dünn wie eine Bohnenstange und hatte ein steifes Benehmen. Lisas gemütliches Schlafzimmer und kleines Wohnzimmer, beide neben der Küche gelegen, waren eine stete Quelle des Streits zwischen den beiden, denn die Haushälterin wohnte auswärts. Die Spülküche und die Waschküche waren das Reich des Hausmädchens Pauline, und es gab einen Raum für die Speisenzubereitung, in dem das stundenweise beschäftigte Küchenmädchen arbeitete, das nur gerufen wurde, wenn Lisa zusätzliche Hilfe brauchte.

Nicole öffnete die Tür des Wintergartens, und beim satten Geruch von feuchter Erde lauschte sie dem Quietschen der Rikscha, die hinter dem Haus vorfuhr. Sie band sich den Morgenrock neu zu, schaute nach einigen frühen gelben Persimonen, die im Gras lagen – wo nach Sylvies Behauptung die

Leichen begraben waren –, und entdeckte Yvette, die Bäckerstochter, die soeben aus der Rikscha stieg. Die Bänder an ihren dunklen Zöpfen flogen im Wind.

Der Duft frischer Brioches wehte heran.

Nicole winkte dem Kind, und sowie es in der Küche stand, zog sie zwei Stühle unter dem gescheuerten Kieferntisch hervor. Lisa hatte schon Teller für Nicoles Schokoladenbrötchen und Yvettes weiche Weißbrotscheibe hingestellt, die mit Butter und Honig bestrichen war.

Yvette lieferte trotz ihrer zehn Jahre jeden Samstag die Konditorwaren aus: Vanillecremetörtchen, frisches Brot, das mit Marmelade und Einmachobst gegessen wurde, Brioches, Croissants und Schokoladenbrötchen. Ihre vietnamesische Mutter war während des Krieges von Japanern getötet worden, doch Yves war ein hingebungsvoller Vater, der versuchte, ihr die Mutter zu ersetzen, und Nicole mochte die Kleine sehr.

Nicole schlug die Beine unter und hielt ein Auge auf Yvettes jungen Hund. Trophy schnüffelte bereits überall herum und sprang plötzlich auf einen Stuhl.

»Böser Hund!« Yvette schüttelte die Faust, aber zu spät. Der Hund hatte sich schon ein Croissant geschnappt und zog sich damit unter den Tisch zurück, um es zu verschlingen.

Nicole lachte. »Aber er ist anbetungswürdig.«

»Ich wünschte, ich wäre schon alt genug und hätte zu deiner Party kommen können. Hast du getanzt?«

»Erst später. Aber der Abend war so schön, keiner wollte hineingehen.«

Lisa schaute zur Uhr. Yvette durfte eigentlich nicht bei ihnen frühstücken, aber es war eine Gewohnheit, die sie alle drei jedes Mal wieder genossen. »Du fährst jetzt besser wieder«, sagte Lisa und blickte bedeutsam nach oben.

Nicole wollte schon widersprechen, doch Yvette sprang vom Stuhl auf, und Trophy lief bellend hinter ihr her.

»Sei still, sonst weckst du noch das ganze Haus auf!« Yvette nahm das Hündchen hoch, das ihr sogleich übers Gesicht leckte, und flitzte durch den Wintergarten nach draußen, sodass der kräftige Geruch von Lisas schilfartigen Ingwerpflanzen hereinzog.

Sobald Yvette fort war, gab Nicole der Köchin einen Kuss auf die Wange.

»Kaum zu glauben, dass du schon achtzehn bist, mein liebstes Mädchen«, sagte Lisa schniefend. »Wie schnell die Zeit vergangen ist …«

»Werd jetzt nur nicht sentimental«, erwiderte Nicole grinsend. »Ich habe Wichtiges zu erledigen.«

»Zum Beispiel?«

»Zum Beispiel mein neues Leben zu planen.«

»Kommt darin auch der Amerikaner vor, auf den du ein Auge geworfen hast?«

»Ich weiß nicht, wann ich ihn wiedersehen werde.« Nicole stutzte. Ihr war gar nicht bekannt, wie lange Mark in Hanoi bleiben würde. Sie hoffte aber, das »Paris des Orients«, wie die Franzosen die wasserreiche Stadt nannten, würde ihn verzaubern und festhalten.

Beim Abendessen waren sie nur zu dritt. Vom kleineren der beiden Speiseräume in der Villa der Duvals blickte man auf einen schilfgedeckten Pavillon, wo übergroße Korbsessel und ein Glastisch neben einem Seerosenteich standen. In einer Ecke schirmte ein hübsch geschnitzter Paravent einen kleinen Schreibtisch und ein Sofa ab, wo Sylvie gern schrieb. Da Nicole die kurze Zeit vor dem Abendessen mit einem Buch vertrödelt hatte, anstatt sich frisch zu machen, kämmte sie sich die Haare rasch mit den Fingern. Dabei schaute sie zum Deckengemälde auf: ein blauer Himmel mit flauschigen weißen Wolken und Putten, die um den Ventilator flogen. Sie hatte es nie leiden können.

Im Nachbargarten hörte man die Pfauen schreien.

»Diese verfluchten Viecher mit ihrem elenden Gekreische«, schimpfte ihr Vater.

»Aber sie sind schön, findest du nicht?«, wandte Nicole ein.

»Warum muss sie sie unbedingt im Garten halten? Sie machen mich verrückt.«

»Vater hat recht«, meinte Sylvie. »Sie sind eine echte Plage.«

Danach aßen sie schweigend. Trotz des Ventilators war es zu heiß. Die schweren Seidenvorhänge, die mit goldenen Quastenkordeln beiseitegehalten wurden, waren nicht zugezogen, und die leichten Musselingardinen bewegten sich beim geringsten Luftzug. Die nächsten Pfauenschreie senkten die Laune ihres Vaters noch mehr.

Sie beendeten gerade das Dessert, als er seine Töchter anschaute und dann sagte: »Ich bin froh, euch beide hier zu haben.«

Die Schwestern wechselten einen Blick. In letzter Zeit war im Haus eine gewisse Unruhe zu spüren gewesen: Angespannte Soldaten in weißer Uniform überbrachten ständig Nachrichten, das Telefon klingelte sich heiß, und Papa wirkte zunehmend belastet. Nicole war aufgefallen, wie viele Amerikaner plötzlich ins Haus kamen, und sie vermutete, dass sie zur Central Intelligence Agency gehörten. Als sie Sylvie darauf ansprach, bekam sie jedoch nur allgemeine Floskeln zur Antwort. Offenbar wusste auch sie nicht, was dahintersteckte.

Ihr Vater neigte sich ein wenig nach vorn. »Da du nun achtzehn Jahre alt bist, Nicole, möchte ich dich über meine Pläne aufklären. Eigentlich wollte ich erst darüber sprechen, wenn ihr beide einundzwanzig seid, aber da ich im Begriff bin, eine Stellung bei der Regierung anzunehmen, habe ich es mir anders überlegt.«

»Und das heißt?«, fragte Sylvie.

»Das heißt, ich werde nicht hier sein und mich daher nicht um das Geschäft kümmern können.«

»Was für eine Stellung ist das, Papa?«, wollte Nicole wissen.

»Über die genaue Art meiner Aufgaben darf ich nicht sprechen, doch wegen meiner vietnamesischen Kontakte ist man der Ansicht, ich sei der richtige Mann dafür. Es ist eine große Ehre, dass man mich ausgewählt hat, zum Wohle Frankreichs zu arbeiten.«

»Aber doch wohl hier in Hanoi?«

»Hauptsächlich.« Er hielt kurz inne. »Es kommt sicherlich überraschend, aber ich glaube, es ist im besten Interesse der Firma, wenn nur eine von euch die Führung innehat. Da Sylvie die ältere von euch beiden ist, habe ich entschieden, ihr die Geschäftsleitung zu übertragen, mit sofortiger Wirkung.«

Nicole blickte ihre Schwester an, doch die schlug die Augen nieder und fummelte an ihrer Serviette herum. »Ich verstehe nicht. Warum können wir das nicht gemeinsam tun? Ich dachte immer, eines Tages würden wir beide die Firma leiten.«

Er schüttelte den Kopf. »Sylvie hat deutlich mehr Erfahrung, besonders mit dem amerikanischen Markt. Also ist es nur richtig, wenn sie die Verantwortung übertragen bekommt. Hättest du auf dem Lyzeum deine Lektionen gelernt und wärst so fleißig gewesen wie deine Schwester, hättest du viel mehr Möglichkeiten gehabt. Das wirst du doch einsehen.«

Nicole runzelte die Stirn. »Sylvie wird also Paul Bert unter sich haben?«

Er nickte.

Nicole schluckte hastig und dachte an das imposante Maison Duval mit dem wunderbaren Kuppeldach, der glänzenden Teakholztreppe und den eleganten Balkonen der oberen Etagen. Das Haus befand sich in der Rue Paul Bert, scherzhaft auch Champs-Élysées genannt, und Nicole mochte es sehr. »Was noch?«, fragte sie.

Er blickte über ihren Kopf hinweg und hob zählend die Finger. »Das Import- und Exportgeschäft und das Warenhaus im französischen Viertel.«

Ein Großteil der Seide, die sie lieferten, kam von Hue, wo ihre Exportgeschäfte abgewickelt wurden und wohin sie ihre Hoffnungen gerichtet hatte. »Aber ich hatte gehofft, dass ich eines Tages den Einkauf leiten würde. Ich dachte, deshalb hättest du mich zu den Seidendörfern mitgenommen, als Sylvie in Amerika war.«

Er zog eine Zigarre aus der Tasche und klopfte sie auf den Tisch. »Sieh mal, es tut mir leid, wenn ich dich enttäusche, *chérie*, aber so ist es nun mal. Du hast immer noch die Möglichkeit, deine Ausbildung abzuschließen, oder du kannst mein Angebot annehmen und den alten Seidenladen übernehmen. Wenn nicht, werde ich einen netten vietnamesischen Ehemann für dich finden.«

Das war ein Scherz, aber Nicole kamen vor lauter Enttäuschung die Tränen. »Ich dachte, wir hätten den alten Laden aufgegeben.«

Wieder kreischten nebenan die Pfauen. Ihr Vater schnaubte und ballte auf dem Tisch die Hände zu Fäusten. Nicole sah, wie er die Nüstern blähte, und nahm seinen Geruch nach Lederfett, Cognac und Zigarrenrauch wahr.

»Diese verfluchten Vögel«, brummte er.

Nicole war am Boden zerstört. Mit Europa war es das Gleiche gewesen. Sylvie hatte die Reise gemacht und sie nicht. Natürlich war das kurz nach Sylvies achtzehntem Geburtstag gewesen, als ihr das Missgeschick passiert war und sie die Markise in Brand gesteckt hatte.

Ihr Vater stand auf. »Ihr beide bleibt sitzen. Lisa wird gleich den Kaffee bringen. Ich werde meinen im Arbeitszimmer nehmen.«

Nicole gelang es, die heißen Tränen, die hinter ihren Lidern brannten, zurückzuhalten.

»Was die Firma angeht: Sylvie ist nun mal fünf Jahre älter als du. Und sie ist außerordentlich zuverlässig.« An der Tür angelangt, drehte er sich noch einmal um. »Was erwartest du denn von mir, wenn du vor den Prüfungen hinwirfst und tagelang verschwindest? Sämtliche Polizeikräfte haben nach dir gesucht. Dabei bist du mit deiner idiotischen Freundin einfach in einen Bus nach Saigon gestiegen. Ist dir denn nicht in den

Sinn gekommen, dass wir uns Sorgen machen? Da hätte alles Mögliche passieren können.«

Sie ließ den Kopf hängen. Würden sie ihr das ewig vorhalten? »Ich weiß. Es tut mir wirklich leid. Ich habe nicht nachgedacht.«

»Nun, dann musst du das eben jetzt tun, und ich kann nur hoffen, du hast aus deinen Fehlern gelernt.«

»Das habe ich, Papa, wirklich.«

»Beweise es und führe den Laden zum Erfolg! Dann werden wir sehen, was du vielleicht noch übernehmen kannst.«

3

Am nächsten Tag herrschten an die dreiunddreißig Grad. Als Nicole eine Eidechse an der Mauer hochhuschen sah, die sich hinter den Zweigen eines Farns versteckte, wusste sie, es würde draußen entsetzlich feucht sein. Durch den kühlen Fliesenboden, die riesigen Farntöpfe und die hohe Decke, wo das Licht durch eine Glaskuppel fiel, fühlte man sich in der Halle wie in einem schattigen Garten. Sie nahm ihre Schlüssel aus der Perlmuttschale, zog den Rock ihres eng sitzenden Kleides herunter und schlüpfte in die passenden hochhackigen Schuhe. Mit dem dringenden Bedürfnis, das Haus zu verlassen und über die Mitteilung ihres Vaters nachzudenken, hatte sie beschlossen, einen Gang in die Stadtmitte zu unternehmen.

Draußen drehte sie sich noch einmal um und sah Lisa die dunkelgrünen Fensterläden zur Seite stoßen. Das dreistöckige Haus sah prächtig aus, der ockerfarbene Putz war frisch gestrichen, und der breite Dachüberstand spendete der ausladenden Veranda Schatten. Ein gänzlich französisch gestalteter Außenbereich ließ nichts von dem indochinesischen Stil vermuten, der sich drinnen durch die blattvergoldeten Lacktafeln hervortat, die im Parterre zu beiden Seiten der Türen angebracht waren.

Nicole hatte den Weg zur Innenstadt eingeschlagen, und nachdem sie einige Male abgebogen war, nahm sie mit halbem Ohr aufgeregte Stimmen wahr. Sie hielt inne, und als sie laute Ausrufe und dann einen schrillen Schrei hörte, ging sie zwei Schritte zurück zu einer Gasse, die im spitzen Winkel von der Hauptstraße abzweigte. Sie spähte hinein, entdeckte aber niemanden. Spielende Kinder, dachte sie und setzte ihren Weg fort. Die Schreie wurden lauter und klangen alarmierend.

Kurzerhand bog sie in die Gasse ein, wo mehrere Häuser mit eingeschlagenen Fensterscheiben auf zerstörten Asphalt blickten. Nach dem Zweiten Weltkrieg und dem nachfolgenden Kampf mit den Vietminh warteten noch immer einige Straßen auf Reparatur. Sie zog die Schuhe aus und sprang, soweit es ihr in dem engen Kleid möglich war, über den Schutt an der Biegung, wo Bäume den weiteren Teil der Gasse vor ihrem Blick verbargen.

Nun konnte sie ein halbes Dutzend übererregter französischer Jungen sehen. Beim Näherkommen begriff sie entsetzt, dass sie ein kleines Mädchen zu der Mauer hinter einem Baum trieben. Im Halbkreis der Jungen gab es für das Mädchen kein Entkommen. Es war jünger als seine Peiniger, die Nicole auf dreizehn schätzte. Sie lief näher heran.

»*Métisse, métisse!*«, skandierte einer der Jungen.

Die anderen fielen höhnisch ein und verzogen dabei verächtlich den Mund.

»Dreckige *métisse*.«

»Verschwinde dahin, wo du hergekommen bist.«

Das Mädchen wurde grob herumgedreht, und Nicole erschrak, denn sie erkannte das tränennasse Gesicht – Yvette! Ohne zu überlegen, lief sie die Gasse hinunter. Die Jungen sahen sie kommen und wichen zurück, bis auf die zwei größten, die nicht nachgeben wollten. Eine von Yvettes blauen Schleifen löste sich, und ein Junge packte sie beim Zopf.

»Lass sie los!«, befahl Nicole in autoritärem Ton und tat, als wäre sie Herr der Lage. Im Hintergrund hörte sie den Lärm der Stadt, hupende Autos, quietschende Rikschas, Stimmenlärm, aber noch lauter dröhnte ihr das eigene Herzklopfen in den Ohren.

»Die ist ja selber eine *métisse*. Hört nicht auf sie«, sagte der größte Junge.

Nicole roch Alkohol und schaute über den Boden, wo zwischen totem Laub und Zementbrocken Weinflaschen und Zigarettenstummel lagen.

»Aber ihr Vater …«, wandte einer der kleineren Jungen ein.

Nicole rannte auf den Wortführer zu, packte ihn beim Kragen und schlug ihn mit ihren Schuhen. »Mein Vater wird dich anzeigen!«

Aufgeblasen wie er war, schlug er zurück, doch einer der Absätze traf ihn im Gesicht. Er hielt inne und griff sich an die Stirn, und wie jeder feige Rüpel fing er an zu winseln, als er das eigene Blut an den Fingern sah.

Nicole kniff die Augen zusammen. »Fasst sie nie wieder an!«

Der Junge machte eine obszöne Geste, zog sich aber zurück.

»Rennt nur weg, ihr Feiglinge! Sich an einem kleinen Mädchen zu vergreifen! Wirklich mutig!«

Ein Junge, einer der stilleren, der sich im Hintergrund gehalten und den sie bisher nicht bemerkt hatte, machte kehrt und kam zurück. Er war dünn und gut gekleidet, und jetzt, da sie ihn genauer ansah, kam er ihr bekannt vor. Dann sah sie in seiner Hand das Messer blitzen.

»Lauf, Yvette«, schrie sie und deutete hinter sich. »Da entlang. Lauf nach Hause, so schnell du kannst.«

Yvette zögerte.

»Los!«

Als das Mädchen rannte, stellte Nicole sich breitbeinig hin und wappnete sich.

Der Junge kicherte und machte einen jähen Sprung auf sie zu, wobei er das Messer durch die Luft zog. Nicole wich aus, bekam ihn jedoch am Arm zu fassen, den sie ihm mit roher Gewalt auf den Rücken drehte.

»Au! Sie tun mir weh!«, schrie er.

»Lass das Messer fallen!«

Er wand sich hin und her und konnte sich losreißen. Dabei ritzte er sie mit der Klinge an der Wange und stieß sie zu Boden. Bestürzt fasste Nicole sich ins Gesicht. Nur vage nahm sie einen Mann wahr, der an ihr vorbeirannte. Als sie aufblickte, hatte er den Jungen schon bei der Kehle gepackt. Ihre Bestürzung wuchs, als sie den Mann erkannte: Mark Jenson.

»Lass das Messer fallen, du kleiner Mistkerl«, rief er, während der Junge schrecklich röchelte und vor Angst die Augen aufriss.

Nicole sah voller Schrecken zu. Kurz schien es, als könnte der Amerikaner den Jungen erwürgen. Gerade wollte sie protestieren, um Schlimmeres zu verhindern, da ließ Mark den Jungen los und stieß ihn weg. Der taumelte rückwärts, fiel aber nicht.

Während die beiden einander anstarrten, fühlte sie plötzlich die Luft an ihrer Haut. Sie kam ihr kühler vor, etwa wie wenn die Sonne hinter Wolken verschwand, der Himmel über ihr war jedoch wolkenlos blau. Der Junge schwang noch immer sein Messer vor sich, und Nicole, der der Schweiß auf die Stirn trat, war sicher, er würde den Amerikaner jeden Augenblick angreifen. Er zögerte noch, und dann besann er sich wohl eines Besseren, denn er trat einen Schritt zurück und ließ das Messer fallen.

Mark machte einen Schritt auf ihn zu und hob die Faust. »Jetzt mach, dass du wegkommst!«

Der Junge rannte davon.

Ein paar Augenblicke lang war alles viel zu still gewesen, doch jetzt nahm sie den Lärm von der Hauptstraße wieder wahr.

Mark drehte sich zu ihr um. »Warte.« Er griff um ihre Taille. Als er sie hochhob, fühlte sie die Wärme seiner Hand durch ihren dünnen Kleiderstoff.

»Ich hätte es auch allein geschafft«, sagte sie, doch sie sahen beide, wie sie zitterte.

Sie wagte kaum, ihre Gefühle zu beleuchten, nachdem sie als *métisse* bezeichnet worden war, und rang ein plötzliches Schamgefühl nieder. Das war der abwertende Name für Kinder gemischter Abstammung. Bevor die Vietminh die Macht übernommen hatten, wenn auch nur kurz, war es nicht so gewesen.

Aber was die Franzosen betraf, hatte inzwischen jeder, der nur halb französisch war und vietnamesisch aussah, mit argwöhnischen Blicken und Geflüster zu rechnen. Sylvie passierte das nie, da sie im Wesentlichen ihrem französischen Vater ähnelte, aber Nicole war nicht zum ersten Mal höhnischen Beleidigungen ausgesetzt gewesen, und das brachte augenblicklich ihre eigene tief empfundene Unsicherheit zutage.

Der Wind frischte auf. Mark wischte ihr mit den Fingern das Blut von der Wange und schmierte es dann in ein Taschentuch.

»Danke.« So viel zu meinem neuen Schliff, dachte sie und versuchte, sich den Chignon neu zu knoten, der schon vorher nicht richtig gesessen hatte. Sie strich sich das Kleid glatt, und dabei fiel ihr ein, wer der Junge gewesen war: Daniel Giraud. Sein Vater war der Polizeichef und mit ihrem Vater befreundet. Das würde nicht gut ankommen.

»Komm«, sagte Mark. »Ich denke, wir brauchen beide etwas zu trinken.«

Er half ihr über die Krater im Asphalt und lief mit ihr zurück zum Boulevard Henri Rivière, wo sie im Schatten der Tamarindenbäume gingen. Als sie sich dem Hotel näherten, verlangsamte er den Schritt. »Wie geht es dir?«

»Bin noch ein wenig erschrocken.«

Sie blieb stehen und schaute ihn aufmerksam an. Er trug ein helles, kariertes Hemd und eine Leinenhose und war so glatt rasiert, wie man es von einem Amerikaner erwartete. Zwanglos gekleidet sah er ebenso gut aus wie im Abendanzug. Vielleicht sogar besser, dachte sie. Kurz blickte sie über die Straße zum französischen Hochkommissariat und hoffte, ihr Vater sei nicht gerade dort. Dann gingen sie beide durch die Glastür des Hotels *Métropole*.

Mark strich sich die Haare aus der Stirn und deutete einladend auf die Teetische. »Tee oder etwas Stärkeres?«

Sie lächelte ihn an und deutete zu den französischen Fenstern an der Rückseite des Foyers.

Mark schaute zu dem breiten Säulengang, der den Hotelgarten umgab.

»Tee, dort draußen im Schatten«, schlug sie vor. Auf der Veranda würden sie der Band zuhören können, die altmodische Tanzmusik zum Besten gab und hin und wieder Nat King Cole einstreute.

Draußen angelangt, zog er ihr einen Stuhl heran, und sie roch etwas Süßherbes wie Anis und Zitrone und fühlte seinen warmen Atem im Nacken.

Am Nachbartisch saßen drei französische Offiziere. Einer von ihnen lachte, hob seine Zigarre und schwenkte sie zu Nicole hin. Sie schnupperte. Der Rauch zog kräuselnd auf sie zu, und sie lächelte den Mann an.

»Wie läuft es in Hanoi? Gefällt es dir hier?«, fragte sie Mark.

»Eine gute Adresse für Seide.«

»Hast du damit zu tun?«

»Allerdings. Deswegen bin ich hier.«

»Wir haben wirklich wundervolle Seide, aber ich würde auch zu gern mal nach China und Indien fahren. Warst du schon dort?«

Während sie ihren Tee tranken, musterte sie ihn verstohlen unter ihrem dichten Pony. Sein Gesicht war nicht ganz ebenmäßig. Von vorn betrachtet sah er gut aus, doch im Profil war sein Kinn ein bisschen zu kantig. Er hatte eine gerade Nase und feine Fältchen in den Augenwinkeln, wenn er lächelte. Er schien alles ganz genau zu beobachten, während er über die Veranda schaute. Das kannte sie. Erpicht darauf, ebenso französisch zu wirken wie ihre Schwester, hatte sie gelernt, auf die kleinen verräterischen Anzeichen zu achten, wie schnelles Wegsehen und eine gewisse Distanziertheit. Allerdings hatte sie es nie richtig hinbekommen. Vor allem musste man, um so richtig französisch zu erscheinen, ein gewisses Anspruchsdenken ausstrahlen.

Als er den Blick auf ihr Gesicht richtete, bemerkte sie die dunklen Schatten unter seinen Augen, durch die er älter aussah. Er war der erste Mann, zu dem Nicole sich hingezogen fühlte.

»Wie steht's mit dir?«, fragte er.

»Nun, früher haben wir in Hue am Fluss gelebt und sind nur zu Weihnachten nach Hanoi gekommen, aber jetzt wohnen wir schon fünf Jahre hier. Du hast Glück. Die Welt sehen und Seide kaufen, das war schon immer mein Traum.« Sie schüttelte den Kopf und lachte über sich. »Jedenfalls möchte ich nicht mein ganzes Leben in Hanoi verbringen.«

In dem Moment kam ein Mann mit einer unangezündeten Zigarette zwischen den Lippen an den Tisch. Er redete sie in einer fremden Sprache an, die sich wie Russisch anhörte. Mark verstand ihn offenbar. Er zog sein Feuerzeug, klappte den Deckel auf und hielt dem Mann die Flamme hin, bevor er etwas erwiderte. Es folgte ein Wortwechsel, bei dem Mark der Souveräne war. Während er gelassen blieb, schien der andere aufgebracht, zumindest redete er lauter; schließlich jedoch zuckte er mit den Schultern und ging weg. Es sah ganz so aus, als hätte Mark den Streit gewonnen.

»Nanu, du sprichst Russisch?«, bemerkte Nicole, sowie der Mann außer Hörweite war. »Was hat er gesagt?«

»Nichts von Bedeutung.« Mark zögerte. »Meine Mutter war Russin. Weißrussin. Ihr Vater war Universitätsprofessor, und als er und seine Frau während der Revolution getötet wurden, floh meine Mutter vor den Bolschewiken nach Amerika.«

»Und dein Vater ist Amerikaner?«

»Ja. Sie hat bald geheiratet, nachdem sie eingewandert war, und mich haben sie auch gleich bekommen.«

Sein Tonfall hielt sie davon ab, noch weiter nach seiner Familie zu fragen. »Wie lange hast du vor hierzubleiben?« Sie spielte mit einer Haarsträhne.

»So lange wie nötig.«

Der Kellner kam mit einem Silbertablett und brachte eine weiße Kanne mit Jasmintee und passende Teetassen. Nicole kniff die Augen zusammen und schaute auf Marks Hände, als er dem Kellner dankte. Es waren keine eleganten Bürohände, sondern große Hände, die an körperliche Arbeit gewöhnt waren.

Es wurde still zwischen ihnen, und sobald sie ihren Tee getrunken hatten, seufzte er und schaute auf die Uhr, dann sah er sie an, und seine Augenwinkel kräuselten sich. »Ich habe es wirklich genossen, dich wiederzusehen, Nicole Duval. Du bist wie ein frischer Wind, der plötzlich hereinweht.«

Sie lehnte sich an und konnte ihm nicht in die Augen sehen. Die schienen bis in ihr Innerstes zu blicken, und sie wollte nichts von sich preisgeben. Würde denn ein Mann wie er sich überhaupt für sie interessieren? Als sie dann doch aufschaute, richtete er seine Krawatte und strich sich über die Haare.

»Du gehst schon?«

Er nickte. »So leid es mir tut, aber ich habe eine geschäftliche Verabredung und bin schon spät dran. Es war großartig, dich wiederzusehen. Wenn du dir nicht sicher bist, ob du dich schon so ganz von dem Schreck erholt hast, rufe ich dir ein Taxi.«

Sie lachte. »Weißt du, die Jungen hatte ich schon ganz vergessen.«

»Wenn du möchtest, könnten wir uns wieder treffen und zusammen Kaffee trinken.«

»Das wäre schön.«

»In drei Tagen dann? Sagen wir, um halb zehn zu einem Morgenkaffee? Treffen wir uns am Springbrunnen vor dem Hotel.«

4

Nicole schaute über das belebte Farbenspiel eines Marktes im vietnamesischen Viertel. Wie leicht verlor man sich in den alten Straßen, dem Netz von Gassen, die nach Ingwer und Holzkohle rochen. Nicole sah Händlerinnen mit schriller Stimme ihre Waren anpreisen, die Socken, Schals und Baumwollspulen auf mit Stroh und Planen bedeckten Handwagen, während die Männer im Schneidersitz auf niedrigen Schemeln saßen und auf dem Pflaster miteinander würfelten. Von den Markisen kleiner Geschäfte hingen Bambuskäfige, in denen Kanarienvögel sangen, und in der Luft flimmerte der sonnenbeschienene Staub.

Trotz alldem war ihr ein bisschen schwer ums Herz. Nachdem die Japaner am Ende des Krieges abgezogen waren und Ho Chi Minh Vietnam für unabhängig erklärt hatte, war für kurze Zeit eine vietnamesische Regierung an der Macht gewesen. Aber die Franzosen hatten sie bekämpft und, unterstützt von den Briten und Amerikanern, ihr koloniales Indochina zurückgewonnen. Die ganze Zeit über war der Seidenladen geschlossen gewesen, auch jetzt noch, aber sie hatte sich vorgenommen, ihn sich wenigstens einmal anzusehen. Nicole wusste, im Alter von achtzehn Jahren bereits einen eigenen Laden führen zu dürfen war keine Selbstverständlichkeit. Sie jedoch hatte auf mehr gehofft, nachdem man sie stets hatte glauben lassen, ihr stünden noch ganz andere Möglichkeiten offen. Nun war sie enttäuscht und gekränkt, weil ihre Schwester bevorzugt wurde.

Die Geschichte der Franzosen in Indochina, die im neunzehnten Jahrhundert ihre Kolonien errichtet hatten, war Nicole ihr Leben lang eingetrichtert worden. Sie hatten das

Land mit ihrer *mission civilisatrice*, ihrer Zivilisierungsmission, gefördert, hatten Straßen, Schulen und Krankenhäuser gebaut. Aber weil Nicole nach ihrer Mutter kam, sah sie zu vietnamesisch aus, um ganz zu den Franzosen zu gehören, und zu französisch, um ganz zu den Vietnamesen zu gehören. Vor dem Krieg war das nicht wichtig gewesen, jetzt jedoch, da so viel Misstrauen herrschte, spielte es eine Rolle. Sie prüfte die Blicke der jungen vietnamesischen Mädchen, deren spitze Hüte wippten beim Verkauf frittierter Zwiebeln und Brühe, und erkannte sich selbst in ihren ausdruckslosen, aber hübschen Gesichtern. Hinter sich hörte sie schrilles Quieken und sah ein Ferkel aus seinem Behelfskäfig ausbrechen. Es flitzte über die Straße an einer Reihe Hühnerkäfige entlang und zwischen den Beinen von Händlern und Käufern hindurch. Die Hühner flatterten und gackerten, und eine Frau rannte kreischend hinter dem Ferkel her. Nicole beobachtete das kleine Drama schmunzelnd. Vielleicht war es doch gar nicht so übel, hier zu leben. Ständig passierte etwas, es wurde nie langweilig.

Wenn man tiefer in das alte Viertel gelangte, stießen die welligen Dächer der schmalen Häuser aneinander wie betrunkene Dominosteine. Nicole mochte die sechsunddreißig alten Straßen, von denen jede auf eine andere Handelsware spezialisiert war – Hang Non auf Hüte, Hang Dong auf Kupfergeschirr, Hang Gai auf Seidenstoffe, denn dort lebten die Seidenfärber, und die Franzosen nannten sie daher die »Rue de la Soie«.

An einem Stand kaufte Nicole ein klebriges Kokosteilchen, aß es bedächtig und ging weiter, bis sie beim Laden angelangt war, dem ältesten ihrer drei Geschäfte in Hanoi. Sie setzte sich auf die Stufe vor der Tür. Es war Mittag, und trotz der hohen Luftfeuchtigkeit herrschte ringsherum die ansteckende Ausgelassenheit eines sonnigen Tages. Man lachte, aus einem Radio plärrte Musik, und alles war in Bewegung, Fußgänger, Radfahrer und dazwischen Tiere. Und der Duft von Lotusblumen zog durch die Luft. Nicoles Stimmung hob sich.

Ein junges Mädchen, fast noch ein Kind, kam aus dem Laden nebenan, wo es gemeinsam mit der Mutter Seidengarn verkaufte. Die Kleine war zart und hübsch, und ihr Haar war am Hinterkopf zu einem dicken Zopf geflochten, der ihr den Rücken hinunterhing. »Hallo«, grüßte sie. »Ist das dein Laden?«

Nicole stand auf und verneigte sich leicht. »Er gehört jetzt mir, ja.«

»Wird er bald wieder aufmachen? Es ist nicht gut, ihn so lange leer stehen zu lassen.«

Nicole schaute zu den verschossenen Stoffballen im Schaufenster des oberen Stockwerks, das ohne Sonnenrollo ein Auge auf die Außenwelt hielt. »Da hast du vielleicht recht.«

»Ich heiße O-Lan«, sagte das Mädchen. »Möchtest du eine Tasse Kaffee?«

Nicole zögerte, aber ihre Nachbarin strahlte sie an, während sie auf ihre Antwort wartete. »Ja, gern, danke. Kann ich mich mal eben drinnen umschauen und dann herüberkommen?«

Nicole betrachtete die Seidenvögel im Schaufenster, die sich langsam drehten, und stellte sich den Laden mit neu bestückten Regalen und neuen Gardinen am oberen Fenster vor. Das junge Mädchen war freundlich zu ihr, und der Laden wirkte gar nicht so schäbig wie erwartet. Zu ihrer eigenen Überraschung war sie bester Laune.

Nachdem sie aufgeschlossen hatte, stieg ihr der stickige Geruch eines über lange Zeit nicht gelüfteten Raums in die Nase. Mit angehaltenem Atem eilte Nicole durch den schlauchartigen Flur zur Hintertür und riss sie weit auf. Im Innenhof zupfte sie an einigen gelben Blüten der Kletterpflanze, von der die Hofmauern überwachsen waren und die einen Teil der oberen Fenster verdunkelte. In dem nicht überdachten Hof lebten offenbar ein Dutzend Katzen. Sie lagen schlafend auf den Steinplatten und sonnten sich. Katzen vertilgen Ungeziefer, dachte Nicole. Der Tonofen und die zerbrochenen Töpfe auf einer Bank verrieten, dass in dem Hof gekocht worden war, und es gab auch einen Brunnen. Nicole schaute rasch in das einfache Bad auf der linken Seite, betrat dann die Küche, die eine eigene Tür zum Hof hatte, und besichtigte die derzeit dunklen Räume des Personals. Als sie an der Rückseite der Vorratskammer eine Tür entdeckte, zog sie den Riegel beiseite und öffnete sie. Die Tür führte auf eine schmale Gasse. Nicole schaute zurück zum Vorderhaus und sah, dass O-Lan in Töpfen auf ihrem Balkon orange und rote *hoa cúc*, Chrysanthemen, zog. Sie nahm sich vor, Pflanzen zu kaufen.

5

Nach einer unruhigen Nacht erwachte Nicole viel zu früh aus dem Traum, den sie immer wieder hatte. Nur war er ausnahmsweise nicht beklemmend gewesen. Diesmal war es an einem windstillen Tag passiert, wo ein zartlila Dunst wie ein endloser Ozean über dem Fluss schwebte. Sie hatte sich gefühlt, als sänke sie in einen lila Teich, über ihr schimmerte die Sonne auf dem Wasser und schwoll an, bis ein gelber Sonnenball den ganzen Himmel ausfüllte. Das Entscheidende war, sich nicht zu wehren. Das Schlimmste an dem Traum war der entsetzliche Fischgestank und, dass einen Moment lang auch Sylvie darin vorkam. Das beunruhigte Nicole selbst nach dem Aufwachen noch. Es hieß, in einem Traum sterbe man nicht, aber wenn doch, dann wache man nicht mehr auf, sodass der Tod selbst im Traum immer ein Rätsel bleibe.

Es war ein wolkenloser Tag gewesen, als sie Hue damals verlassen hatten und nach Hanoi gezogen waren. Ein kühler Wind wehte von China her, und es war kein bisschen schwül. Nicole blickte auf den morgens noch eiskalten Parfümfluss, der durch Hue floss, und wusste schon trotz allem, wie sehr sie ihr Zuhause am baumbestandenen Südufer vermissen würde.

Hier in Hanoi konnte sie vom Haus aus nicht auf einen Fluss sehen. Aber die Banyanfeigen und Frangipani bewegten sich im Wind; es hatte aufgehört zu regnen, und da die Sonne bereits in den Garten schien, schliefen die Pfauen nebenan. Sie schlüpfte die Treppe hinunter und fand Lisa in der Küche vor. Die Köchin war wie gewohnt um fünf Uhr aufgestanden, um den Heizkessel in Gang zu bringen. Heute war er lahm, sträubte sich mitzumachen, und der Raum war voller Rauch.

Während Lisa auf dem Boden kniete, strich sie sich die Haare aus dem Gesicht und hinterließ Rußflecke an Nase und Stirn. »Verfluchter alter Bastard!«

Nicole lachte. »Sprichst du von meinem Vater?«

Lisa richtete sich auf und rieb sich den Rücken. »Natürlich nicht. Ich meine dieses dumme Mistding!«

»Was für Ausdrücke«, sagte Nicole, während sie die Hintertür aufstieß, damit der Rauch abzog.

»Warum bist du so früh auf, kleine Blume?«

»Konnte nicht mehr schlafen.«

Lisa versuchte es weiter, und endlich gelang es. Sie stand auf; die in die Hüften gestemmten Hände verrieten ihre Verärgerung. »Das wäre erledigt. Und jetzt setze ich mal den Kaffee auf. Gibt es etwas Neues?«

Nicole zuckte mit den Schultern. Sobald sie wieder an die ungerechte Entscheidung ihres Vaters dachte, kamen ihr die Tränen. »Mir wurde der alte Seidenladen übertragen, das ist alles.«

Lisa schnalzte mit der Zunge, und während sie mit weiten Armbewegungen den Tisch abwischte, brummte sie: »Nun, wir müssen wohl alle klein anfangen. Setz dich.«

Nicole zog sich einen Stuhl heran. »Außer Sylvie. Sie bekommt alles auf dem Silbertablett gereicht, und dabei kennt sie sich mit Seide nicht annähernd so gut aus wie ich. Warum ist er so ungerecht zu mir?«

Lisa blähte die Backen und schob sich ein paar Haarsträhnen hinter die Ohren. »Manches ist … Ich weiß nicht, aber seit eure Mutter tot ist …«

Nicole fiel ihr ins Wort. »Er gibt mir die Schuld daran, stimmt's?«

»Nicht mehr.«

»Aber früher mal?«

Lisa zögerte, als gäbe es dazu etwas zu sagen, das sie nicht preisgeben wollte. »Ach, Schätzchen, das ist alles so lange her. Schau doch lieber in die Zukunft. Zeig ihm, dass du's kannst.«

»Ich war dort und habe mir den Laden angesehen.«

Lisa atmete scharf ein.

»Wieso? Was ist denn?«

»Nun ja, es wurde gemunkelt, dass in der Altstadt eine Bombe hochgehen soll. Ich hoffe nur, du bist dort sicher.«

»Stehen die Vietminh schon kurz vor Hanoi?«

»Wahrscheinlich nicht. Du weißt, wie das mit Gerüchten ist.«

Ein paar Augenblicke lang schwiegen sie.

»Soll ich dir die Schultern massieren?«

Nicole nickte, und Lisa stellte sich hinter sie und begann, die Verhärtungen wegzukneten. »Dann ist es also deine Aufgabe, den Laden wieder zum Laufen zu bringen.«

»Sieht so aus. Er gefällt mir sehr.«

Lisa hörte auf, und Nicole drehte den Kopf, um zu ihr hochzublicken. Die Köchin hatte einen sonderbaren Gesichtsausdruck, Tränen standen ihr in den Augen.

»Ich habe dich immer lieb gehabt, Kleines.« Und nach kurzem Zögern fügte sie hinzu: »Ich weiß, es ist schwer gewesen.«

Nicole spürte plötzlich einen Kloß im Hals.

Lisa seufzte. »Ich denke, dein Vater muss mit seiner eigenen Schuld zurechtkommen, und manchmal lässt er das an dir aus.«

»Warum sollte er sich schuldig fühlen?«

Lisa schüttelte den Kopf. »Nicole, sei nicht zu hart zu deiner Schwester, auch sie hat gelitten. Lass dich von ihrem kühlen Äußeren nicht täuschen … Und ich habe mein Bestes getan, um es auszugleichen.«

»Was in Hue passiert ist, war nicht deine Schuld.«

»Du musst das Beste daraus machen, Liebes. Na komm, komm her!« Sie breitete die Arme aus, und Nicole stand auf und ging zu ihr.

In Lisas Armen konnte sie die Tränenflut nicht länger zurückhalten. Die Köchin klopfte ihr den Rücken, und als

Nicole sich schließlich die Wangen wischte, lächelte Lisa sie an. »Siehst du, jetzt geht's dir schon besser. Mal ordentlich weinen, das hat noch keinem geschadet. Und die Sache ist nicht so schlecht, wie du meinst.«

»Wirklich?«

»Wer weiß, vielleicht ist es sogar besser so.«

Sylvies Schlafzimmer war in zartem Gelb gestrichen und mit weißen Teppichen und hellen Brokatvorhängen ausgestattet. An diesem Abend klopfte Nicole an die Tür, ging hinein und setzte sich auf den seidenen Bettüberwurf.

Sie schnupperte, als ein Windstoß den Geruch von Rauch und gemähtem Gras hereinwehte. Das Zimmer lag noch im Sonnenschein, und es war nichts zu hören außer dem Rascheln eines Zweiges, der die Hauswand streifte. Sylvie war bereits im Pyjama und strich sich die langen kastanienbraunen Haare glatt, diesen welligen Vorhang, den sie sich seit Jahren wachsen ließ. Sie war stolz, weil er ihr inzwischen bis zur Hüfte reichte und sich an den Spitzen kein einziges gespaltenes Haar zeigte. Während sie an ihrem Schreibtisch am Fenster ins Tagebuch schrieb, schaute Nicole über die ordentlich aufgereihten Bücher auf dem Regal, die Glasfigürchen auf dem Bord über dem Bett und die gelben und weißen Rosen auf der Frisierkommode, dann wickelte sie ein Karamellbonbon aus und steckte es sich in den Mund. Dieses Zimmer war das Heiligtum ihrer Schwester, alles hatte seinen festen Platz, und wer an seinem Leben hing, rührte hier nichts an.

»Ich habe gestern mit Mark Jenson Tee getrunken«, erzählte Nicole. »In seinem Hotel. Es gab Musik, und unter den Gästen waren auch Offiziere.«

»Ich muss mich konzentrieren.«

»Ich finde ihn sehr nett. Und hat er nicht fantastische blaue Augen?«

Sylvie beugte den Kopf und sagte nach kurzem Zögern: »Ist er nicht ein bisschen zu alt?«

Nicole schaute an die Decke. War er zu alt? Sie blickte wieder zu Sylvie. »Was schreibst du denn?«

»Ist dir langweilig, Nicole?« Sylvie klappte das ledergebundene Tagebuch zu und begann, sich die Fingernägel zu feilen.

Nicole beneidete sie um ihre makellosen Nägel, die alle in die gleiche Form gebracht waren. Ihre eigenen splitterten leicht. Da bald der Sommerball anstand – sie würde zum ersten Mal mitgehen –, würde sie sich auch mit ihren Fingernägeln befassen müssen.

»Was wirst du zum Ball anziehen?«, wollte sie wissen.

»Das ist mein Geheimnis.«

Nicole beschloss, zu warten, bis ihre Schwester ausgegangen war, und das Zimmer danach zu durchsuchen.

»Ich weiß, was du denkst, und es ist nicht hier!«

Nicole lachte. »Seit wann kannst du Gedanken lesen?«

Die Ältere schüttelte den Kopf und sah sie an. »Du trägst das Herz auf der Zunge und bist leicht zu durchschauen.«

Sylvie war das genaue Gegenteil. Die Schwestern hätten unterschiedlicher nicht sein können. Man wusste nie, was in Sylvie vorging.

»Hattest du schon mal plötzlich Lust, nackt unter dem Sternenhimmel zu tanzen?«, fragte Nicole.

Sylvie lachte. »Du etwa?«

Nicole starrte ihre Schwester an. Warum nur wirkte sie immer so ruhig? Sylvie schien gar nicht zu sehen, wie ungerecht ihr Vater entschieden hatte. Nicole dagegen konnte fast an nichts anderes denken. »Sag mir, warum Papa dir die ganze Firma überlässt.«

Sylvie schüttelte ein Fläschchen rosa Nagellack und begann, sich die Nägel zu lackieren. »Das weißt du selbst. Er muss sich auf seine Arbeit bei der Regierung konzentrieren.«

»Und du weißt, was er da macht?«

Sylvie blickte zu ihr, und ein Tropfen Nagellack fiel auf den Boden. Sylvie nahm ein Papiertaschentuch und wischte ihn weg. Dabei bemerkte sie das Bonbonpapierchen. Sie bückte sich, hob es auf und warf es in den Papierkorb.

»Also?«, fragte Nicole.

»*Chérie*, ich weiß darüber genauso wenig wie du.« Sie lackierte den nächsten Nagel. »Aber ich möchte wissen, ob du das Angebot hinsichtlich des Seidenladens annimmst oder nicht. Wenn ja, müssen wir dort für Schutz sorgen.«

»Schutz?«

»Nur vorsichtshalber.«

Nicole betrachtete die gelassene Miene ihrer Schwester und musterte die vollkommene Symmetrie ihres Gesichts. Jeder beneidete Sylvie um ihren makellosen Teint und die fein geschnittenen Züge. Sie hatte wirklich alles. Sylvie schien auch Nicoles Gesicht zu mustern, senkte dann aber den Blick und wandte sich wieder dem Nagellack zu.

Am Tag darauf zogen sich dicke schwarze Wolken über der Stadt zusammen, und die Zeit kroch dahin. Nicole konnte den nächsten Morgen, an dem sie Mark wiedersehen würde, kaum erwarten und wanderte rastlos durch Haus und Garten. Sie wollte mit ihrem Vater über den Laden sprechen, aber er schien noch distanzierter zu sein als sonst. Als sie glaubte, es nicht mehr aushalten zu können, betrat sie sein Arbeitszimmer in der Erwartung, ihn allein anzutreffen. Leider platzte sie mitten in ein Gespräch mit einem hochrangigen vietnamesischen Staatsbeamten, der gerade über ein Untergrundnetz in Haiphong sprach.

»Nun? Was willst du ausgerechnet jetzt?«, fragte er barsch. »Das ist eine vertrauliche Unterhaltung.«

»Ich habe niemanden reden hören«, antwortete sie verlegen. »Ich wollte dir nur sagen, dass ich dein Angebot annehme.«

»In Ordnung. Besprich das mit Sylvie.«

Während sie sich zurückzog, kam ihr der Ausdruck »französische Marionette« in den Sinn. Das war bei ihrer Nachbarin, Madame Hoi, einige Male an die Gartenmauer geschmiert worden. War womöglich ihr Vater der Puppenspieler? Sie war überrascht, als sie ihn die Tür des Arbeitszimmers hinter sich schließen und ihr auf den Flur folgen sah.

»Ich habe einen Anruf erhalten. Man hat sich über dich beschwert«, bemerkte er mit gedämpfter Stimme. »Und ich muss sagen, das ist ein starkes Stück.«

»Was für eine Beschwerde?« Sie überlegte, was sie getan haben könnte, dass ihr Vater Anstoß daran nahm.

»Es geht um Daniel Giraud. Anscheinend hast du ihn vorgestern mit einem Messer bedroht. Was um Himmels willen hast du mit einem Messer gemacht?«

Hitze stieg ihr ins Gesicht. Das kleine Aas hatte sie tatsächlich verpetzt. Sie schob sich die Haare hinter die Ohren. »So ist es nicht gewesen. Das Messer hatte *er*. Schau, er hat mich an der Wange geritzt! Das war nicht ich.«

»Er ist ein kleiner Junge und schüchtern noch dazu.«

»So könnte man meinen, aber …«

Ihr Vater schnitt ihr das Wort ab. »Ich werde nicht dulden, dass meine Tochter sich aufführt wie ein Rüpel. Du wirst dich schriftlich entschuldigen.«

»Die Jungen haben Yvette drangsaliert. Daniel ist ein Rassist wie sein Vater.«

»Trotzdem wirst du den Brief schreiben«, entgegnete er. »Sein Vater mag ein Rassist sein, aber er ist auch der neue Polizeichef, und die Sache wäre viel weiter gegangen, wenn wir nicht miteinander bekannt wären.«

Er zeigte nach draußen. »Hättest du mit dem Messer mal lieber den vermaledeiten Pfauen die Gurgel durchgeschnitten.« Damit drehte er sich um und kehrte in sein Arbeitszimmer zurück.

Durch das offene Fenster lauschte sie auf die Geräusche von draußen, und ein wenig später hörte sie, wie ihr Vater den Besucher zur Tür brachte und dann in den Garten ging. Als seine Schritte verstummt waren, lief sie ihm nach und sah ihn auf einer Bank am Teich sitzen, auf dem die Seerosen blühten.

Doch ihr Vater hatte keinen Blick für deren Schönheit, sondern hielt den Kopf in die Hände gestützt. Kurz richtete er sich auf, brach von einem nahen Strauch eine Rose ab, roch daran und warf sie auf den Weg, um sie mit dem Absatz zu zermalmen.

Sie mochten ihre Differenzen haben, und er war aufbrausender denn je, doch sie wusste, er war in Sorge wegen der Unruhen im Land. Er wollte es nicht als »Krieg« bezeichnen, doch jeder wusste, dass nicht allzu weit von Hanoi entfernt immer wieder Kämpfe stattfanden.

Die fliegenden Insekten waren jetzt mit einem großen Aufgebot draußen unterwegs, und der Garten war beständig in Bewegung, da ein frischer Wind durch die Zweige fuhr. Nicole betrachtete die ausladenden Äste der Pappelfeige, die an der Seite blühte, und die Vögel, die um den Teich herum hin und her flogen. Ein leichter Nebel zog über das Wasser. Sie pflückte ein paar Gänseblümchen und plauderte dann mit dem Gärtner auf Vietnamesisch, während er die Hortensienhecke goss.

Als ihr Vater sie bemerkte, winkte er sie heran und rückte auf der Bank zur Seite, um ihr Platz zu machen.

»Es tut mir leid, dass ich so barsch war. Ich bin froh über deine Entscheidung, den Laden zu übernehmen.«

»Und mir tut es leid, dass ich undankbar war.« Sie schwieg für einen Moment. »Papa, darf ich dich etwas fragen?«

»Natürlich.«

»Ist es wahr, dass die Vietminh sich Hanoi nähern?«

Er blickte sie an. »Wie kommst du darauf?«

»Wegen der Gerüchte. Lisa hat etwas von einer Bombe im alten Viertel gehört. Und du warst so stark beschäftigt, da dachte ich, es ginge vielleicht darum.«

»Das ist Unsinn. Und selbst wenn die Vietminh ein paar Bauerndörfer auf ihre Seite ziehen, werden sie doch nie die französischen Streitkräfte schlagen.« Er zog eine Zeitung aus der Jackentasche. »Siehst du, keine Bombe.«

Nicole las die Schlagzeilen. Ja, richtig, der Bombenanschlag wurde geleugnet, doch dass ein französischer Amtsträger von einem Vietminh ermordet worden war, der sich in einem Bambushain versteckt hatte, fand immerhin Erwähnung.

Sie zeigte auf den Artikel. »Was hältst du von dem Anschlag?«

»Eine unglückliche Sache, aber die Kämpfe finden weit entfernt in den Reisfeldern und den Bergen statt. Es sind die Bauern, die leiden.«

»Hasst du die Vietnamesen?«

Ihr Vater schaute sie bestürzt an. »Selbstverständlich nicht. Deine Mutter war Vietnamesin. Aber wir Franzosen haben das Land zu dem gemacht, was es heute ist. Wir allein. Und nur wir können es angemessen regieren. Aber jetzt muss ich aufbrechen. Ich habe noch eine Verabredung mit Mark Jenson.«

»Er ist nett, nicht wahr?«

Ihr Vater runzelte die Stirn. »Komm ihm besser nicht zu nah, Nicole.«

»Warum nicht? Er ist bloß ein Seidenhändler.«

Er erwiderte darauf nichts.

»Morgen will ich mit der Arbeit im Laden beginnen, wenn du nichts dagegen hast. Ein bisschen sauber machen.«

Er tätschelte ihre Hand und ging.

Es war fast Abend, und gleich würde es von einem Augenblick auf den anderen dunkel werden. Nicole schaute zu den Bäumen, aus denen sie trotz Lisas Geklapper in der Küche die Nachtvögel singen hörte. Sie zog ihren leichten Wollschal um sich und fühlte sich wie an der Grenze zwischen zwei Welten, die eine voll menschlicher Geschäftigkeit, in der es manchmal schwer war, sich einzufügen, und die andere das Reich der Natur, in der ganz eigene Gesetze herrschten. Als der orange Himmel das Wasser des Teiches gelb färbte, bemerkte sie in sich etwas Neues: ein kribbelndes Gefühl der Erregung, das allein mit Mark zu tun hatte. Sie wusste nicht, warum ihr Vater sie vor ihm gewarnt hatte, beschloss jedoch, es zu ignorieren.

Die Blätter raschelten, als sich der Wind wieder erhob, dann rauschten die Zweige der Pappelfeige, und ihr Stamm knarrte. Als die Dunkelheit sie einhüllte, stellte Nicole sich vor, Mark säße neben ihr.

6

Am nächsten Tag, als Nicole sich zum ersten Mal in den Seidenladen begeben wollte, half Sylvie ihr, ein schwarzes Stück Stoff um ihre langen Haare zu wickeln und einen *Khan dong* zu binden, den traditionellen Kopfschmuck der Vietnamesinnen. Sie waren sich einig, dass es besser sei, wenn Nicole sich für die Arbeit im Laden vietnamesisch kleidete, und so trug sie ein pfauenblaues *Áo dài* über einer schwarzen Seidenhose.

Nicole verbeugte sich und lachte, als sie sich im Spiegel sah. Sie war aufgeregt, nicht nur weil sie mit der Arbeit beginnen, sondern auch weil sie Mark wiedersehen würde.

»Jetzt sehe ich gar nicht mehr französisch aus«, meinte sie und fragte sich, was er wohl denken würde, wenn er sie so sah.

»Nur im Laden. Zu Hause kannst du Französin sein, wenn du willst, obwohl du das natürlich nie sein wirst.«

»Keine von uns, Sylvie.«

»Nein. Da hast du recht.«

Ein wenig später saß Nicole am Springbrunnen gegenüber dem *Métropole*. Es war ein typischer Morgen in der Innenstadt, und ein leichter Wind trug die Gerüche der Bäume an den Seeufern heran. Bald würde es heiß sein, und unter der brutalen Sonne würden die Farben der Straßen verblassen. Aber Nicole war früh dran. Sie beobachtete die Vögel, die im Kies pickten, und das glitzernde Wasser der Fontäne.

Obwohl sie die Spiegelungen auf dem grünen Wasser des Hoan-Kiem-Sees von allem, was Hanoi zu bieten hatte, am schönsten fand, war dies ihr Lieblingsplatz, um einen Tag zu beginnen, bevor der Stadtverkehr zunahm. Während sie wartete, dachte sie über ihren Vater nach. Man wusste nie, mit wem er zu tun hatte oder warum, aber nach seiner Bemerkung über Mark Jenson war sie neugierig geworden, warum sich die beiden trafen. Wenn Mark nur ein Seidenhändler war, müsste dann jetzt nicht Sylvie zu dem geschäftlichen Treffen mit ihm gehen? Ihr Vater hatte eine Zeit lang Beziehungen mit den Amerikanern aufgebaut, und zwar, als er für ein paar Wochen zu Sylvie nach New York gereist war, dessen war sie sich ziemlich sicher. Und sie wusste, dass er den Amerikanern geholfen hatte, als sie damals die Vietnamesen im Kampf gegen die Japaner unterstützt hatten, denn sie hatte als Kind ein Telefonat belauscht.

In dem Moment entdeckte sie Mark. Er stand mit dem Rücken zu ihr vor dem Hotel, die Hände in den Hosentaschen, und unterhielt sich mit jemandem. Sie wartete, und ihr Herz machte einen Satz, als er sich umdrehte und auf sie zuschritt.

»Ich hätte dich in dieser Kleidung beinahe nicht erkannt«, sagte er.

Sie grinste entzückt, weil er sich offensichtlich freute, sie zu sehen. Im Gesicht und an den Unterarmen war seine Haut brauner geworden, auch seine Haare waren von der Sonne schon aufgehellt, und bei seinem Lächeln sah sie, wie weiß seine Zähne waren.

»Kaffee?«, fragte er.

Als sie auf das Hotel zugingen, lag der Sonnenschein wie Silber auf dem Trottoir. Sie lauschte auf den Rhythmus seiner Schritte, und während sie neben ihm herlief, war sie sich seiner Nähe bewusst und spürte die rastlose Energie, die in ihm zu stecken schien.

»Ich übernehme gerade das älteste Seidengeschäft unserer Familie. Heute ist mein erster Tag dort.« Plötzlich befangen, murmelte sie: »Ich hoffe, ich werde zurechtkommen.«

Er blieb stehen und schenkte ihr ein breites Lächeln, dann fasste er sie für einen Moment bei den Oberarmen, als wollte er sein Selbstvertrauen auf sie übertragen. »Du bist das Mädchen, das um die Welt reisen will, ja?«

Sie nickte.

»Du suchst dir dein Leben aus, Nicole. Zumindest in einem gewissen Maße.«

Sein beharrlicher Blick machte sie nervös. Wie sollte sie einem Mann mit so blauen Augen widerstehen? Erst recht, wenn sein Lächeln unwiderstehlich war und sein ganzes Gesicht aufhellte? Es berührte sie so stark, fast fühlte sie es körperlich. Ihr zitterten die Beine, und sie fragte sich, was er von ihren dunklen asiatischen Augen und ihrer vergleichsweise geringen Körpergröße hielt.

Er ließ sie los und legte einen Arm um ihre Schultern. »Komm.«

Im Café wartete sie mit ihm in der Schlange, während er bestellte. Der Raum wirkte heller, heiterer als sonst. Allerdings kam ihr alles schön vor, wenn sie mit Mark zusammen war. Auf dem Weg zu einem Fenstertisch lachte sie über sich, weil sie so überspannt war, und als sie bemerkte, dass er ihr Gesicht musterte, schaute sie weg.

»Sag, wenn du nicht darüber sprechen möchtest, aber ich habe den starken Eindruck, dass dich etwas bedrückt.«

Nicole seufzte. »Ich hätte nicht gedacht, dass man mir das anmerkt.«

»Und?«

Sie zögerte und warf ihm einen raschen Blick zu, doch seine Nähe brachte ihre verborgenen Gefühle an die Oberfläche. »Ach, es ist nichts. Ich bin nur ein bisschen gekränkt, weil ich bloß den alten Seidenladen bekommen habe und Sylvie die Firma.« Sie stockte und lauschte auf das Klirren der Kaffeetassen und die Gespräche ringsherum, dann schaute sie aus dem Fenster. Sie mochte Mark zwar, aber wie weit durfte man sich einem fremden Mann anvertrauen?

Es folgte ein kurzes Schweigen.

»Also werde ich doch nicht in den Einkauf gehen.«

Er lächelte. »Hab ein bisschen Geduld. Wo ist der Laden eigentlich?«

»Im alten Viertel. Ich habe beschlossen, das Beste daraus zu machen. Ich sehe vietnamesisch aus. Und ich liebe Seide, wie sie riecht und wie sie sich anfühlt. Ich kenne mich mit Seide aus.« Sie lächelte. »Wir haben eine besondere Beziehung zueinander.«

»Hast du besondere Pläne für den Laden?«

Sie lachte. »Zunächst muss alles gründlich gereinigt werden. Ich werde mir also als Erstes Desinfektionsmittel und einen Schrubber besorgen. Danach möchte ich den Laden so ansprechend gestalten, dass die Kunden nicht widerstehen können und etwas kaufen.«

Mark berührte ihre Hand. »Gibt es noch etwas, was du gern tun würdest?«

Sie lächelte. »In der Schule habe ich mit Begeisterung gesungen und Theater gespielt.«

»Ich meinte, mit mir. Wie wär's mit schwimmen gehen? Oder einem Ausflug auf den See?«

Sie verzog den Mund. »Ich bin mit Booten nicht so vertraut.«

»Ich werde rudern. Du brauchst dich nur zurückzulehnen und schön zu sein.«

Sie lachte. »Eine hohe Anforderung.«

»Du weißt es gar nicht, nicht wahr?«

»Was?«

Er neigte sich über den Tisch und berührte ihre Wange. »Du bist so schön und ahnst es nicht einmal.«

Das genügte schon, damit ihr die Hitze den Hals hinaufkroch, und sie schlug verwirrt den Blick nieder. Machte er sich über sie lustig? Der Gedanke, sie könnte für ihn nur eine Abwechslung sein, war ihr unerträglich. War sie für ihn ein Spielzeug, jemand, mit dem er seinen Spaß hatte, den er aber nicht ernst nahm?

Es sah nach Regen aus, obwohl die Sonne noch durch die

Bäume schien. Das war einer dieser sonderbaren Tage, wo Dunkelheit und Licht miteinander rangen.

»Glaubst du, ich kann den Laden zu einem Erfolg machen? Ich habe ein paar Dummheiten gemacht und meinen Vater enttäuscht. Er denkt, man kann sich auf mich nicht verlassen. Sylvie hat keine Markise in Brand gesteckt und ist auch nicht in einen Bus nach Saigon gestiegen, ohne zu Hause jemandem Bescheid zu geben, und ich musste in der Schule immer nachsitzen, weil ich zu viel getuschelt und mit der Tinte gekleckert habe.«

»Wir machen alle Dummheiten, wenn wir jung sind.«

»Das klingt, als wärst du schon älter. Wie alt bist du?«

»Zweiunddreißig.«

Es donnerte, und sie blickte zum Himmel.

»Glaub mir, das wird schon noch werden«, sagte er. »Zeig deinem Vater, dass du den Laden erfolgreich führen kannst.«

Er rauchte eine Chesterfield, und sie unterhielten sich noch ein wenig. Viel zu bald schob er seinen Stuhl vom Tisch zurück.

Sie wollte ihn nicht schon gehen lassen, darum plapperte sie drauflos. »Was hast du mit meinem Vater zu besprechen? Mit dem Seidengeschäft kann es nicht zu tun haben. Arbeitest du für die Franzosen?«

Er verzog keine Miene, aber dass er mit seiner Antwort eine Sekunde zögerte, beunruhigte sie. »Wie kommst du darauf?«

»Weil Sylvie jetzt die Verantwortung hat. Du müsstest demnach alles mit ihr besprechen, nicht mit meinem Vater.«

»Das werde ich noch tun. Aber niemand von uns möchte zusehen, wie sich der Kommunismus über Südostasien verbreitet, nicht wahr?« Er wollte nach ihrer Hand greifen, aber sie zog sie ein Stückchen zurück. Die Intensität seines Blickes machte sie so befangen, dass ihr sogar der Klang der eigenen Stimme fremd vorkam.

»Also werde ich dich morgen Abend um sechs Uhr abholen, dann können wir zusehen, wie über dem See die Sonne untergeht. Das wird schön.«

Sie hätte ihm gern noch weitere Fragen gestellt, doch er stand auf und verließ mit großen Schritten das Café. Einen Augenblick später lief sie hinter ihm her, nur um festzustellen, dass er draußen stehen geblieben war. Als sie in ihn hineinrannte, gab er ihr einen zarten Kuss auf die Lippen, der ihr einen Schauder durch den Körper jagte. Noch schwindlig von dem Gefühl, strich sie sich eine Haarsträhne aus der Stirn. Sie wollte mehr. Er musste es bemerkt haben, zog sich aber zurück, als hätte er sich eines Besseren besonnen.

Bis Nicole ihre Einkäufe erledigt hatte, roch es in den Straßen nach der Kanalisation, allerdings nicht allzu schlimm, denn der Duft frisch gebackener Kuchen war stärker. Das war typisch für diese Gegend: Gutes und Schlechtes lagen immer nah beieinander. Zum Glück hatten sich die Wolken wieder verzogen, und viele Kinder waren unterwegs und machten Besorgungen für ihre Mütter oder spielten im Rinnstein, obwohl sie sich in dem schleimigen braunen Wasser und in den Mückenwolken alles Mögliche einfangen konnten.

Mit dem Schlüssel in der Hand stand Nicole vor ihrer Ladentür. Daneben saß ein Krüppel auf dem Trottoir und streckte ihr einen Becher hin, in dem mal gebratenes Gemüse und mit Ingwer gewürzter Sojabohnenquark verkauft worden waren. Sie drehte sich zu dem Bettler hin, gab ihm ein paar Münzen und wechselte einige Worte mit ihm.

Aus einem Radio tönte vietnamesische Musik, und Nicole schaute zum oberen Fenster des Seidenladens von gegenüber. Er war kleiner als ihrer, nicht so bunt und verkaufte minderwertige Stoffe für Vorhänge. Die Witwe des Mannes, der früher den Seidenladen der Duvals geführt hatte, blickte hinter einer halb zugezogenen Gardine mürrisch zu ihr herunter, und Nicole sah ihre Zähne. Die Frau hatte sie sich schwärzen lassen, offenbar eine Anhängerin der alten Schule, die glaubte, weiße Zähne seien nur etwas für Hunde. Als Nicole grüßend die Hand hob, wurde die Gardine ruckartig zugezogen, und die Frau verschwand.

Gerade wollte Nicole die Tür aufschließen, da hörte sie jemanden hinter sich und fuhr herum, aber es war nur ein Händler, der gegrillte Frühlingsrollen verkaufte. Der Geruch der Holzkohle von seinem Grill hing in der Luft. Als sie zu ihm hinsah, bemerkte sie allerdings einen jungen Mann, der sie anstarrte. Er hatte das breite Gesicht der Vietnamesen, dicke Brauen und dunkle Mandelaugen. Sie nickte ihm zu und steckte den Schlüssel ins Schloss, doch ehe sie durch die Tür ins Haus schlüpfen konnte, war er schon bei ihr.

»Sie führen den Laden jetzt?«, fragte er, wobei eine Lücke zwischen seinen Schneidezähnen sichtbar wurde.

»Ja.«

Er hatte stachlige schwarze Haare, war barfuß und trug einen dunklen *Áo bà ba*, das Hemd der Landarbeiter.

»Dafür sehen Sie zu fein aus«, sagte er und fasste ihren Ärmel an.

Naserümpfend schaute sie an sich herab. »Haben Sie mich beobachtet?«

Er neigte den Kopf, ließ sie los und drehte sich eine Zigarette. »Vielleicht.«

Als sie sich abwandte, spürte sie, dass er sich ebenfalls entfernte. Ein bisschen arrogant war er aufgetreten, und ihr kam der Gedanke, er könnte der »Schutz« sein, von dem Sylvie gesprochen hatte. Sie blickte über die Schulter und sah ihn zwischen den Straßenhändlern verschwinden, die klebrige Reiskuchen aus Körben verkauften.

Sowie sie im Haus war, erkundete sie die engen Räume im Parterre, musterte die fleckigen Holzbalken, die alten Schnitzereien und die dunkel gefliesten Böden. Da sie nur durch dekorative Holzgitter voneinander abgeteilt waren, boten die meisten Zimmer keinerlei Privatsphäre. Außer ihr wusste es noch niemand, aber sie hatte sich überlegt, nicht nur den Laden zu betreiben, sondern auch in dem Haus zu wohnen. Es würde eine abrupte Trennung werden, und sie fürchtete sich davor, doch damit verschaffte sie sich die ersehnte Unabhängigkeit, einen Ort, an dem sie ganz sie selbst sein konnte, ohne dass Sylvie jeden ihrer Schritte überwachte oder ihr Vater ihr vorschrieb, was sie zu tun und zu lassen hatte.

Im Obergeschoss roch es modrig, aber Nicole war erleichtert, als sich bei näherer Untersuchung herausstellte, dass die Seide, die dort in zinkverschalten Holztruhen lagerte, unverdorben war. Die Truhen waren abgeschlossen, und sie besaß die Schlüssel.

Sie öffnete die Schubladen einer alten Holztruhe. Die vorigen Betreiber hatten ihre unbrauchbar gewordenen Besitztümer zurückgelassen, die Nicole nun in einen Müllsack warf. In der untersten Schublade fand sie eine alte verstaubte Börse. Sie wollte sie gerade in den Sack werfen, schüttelte sie aber noch einmal. Der Staub flog auf, und sie musste husten, doch wie ein zweiter Blick ihr zeigte, war die Börse aus handbestickter Seide. Eine vietnamesische Antiquität, verschossen und ein wenig abgenutzt, aber hübsch mit einem Fabelwesen verziert. Nicole strich mit den Fingerspitzen darüber und wusste, sie hielt die Vergangenheit in den Händen. Sie drehte und wendete die Börse, und dabei hörte sie fast die Stimme des einstigen Besitzers. Als sie die Börse ans Herz drückte, fühlte Nicole sich als Teil von etwas Besonderem: Die Geschichte der Seide und die Geschichte der Vietnamesen waren auch ihre Geschichte, und die war eingewebt in diese kleine Börse.

Bei einem französischen Vater, einer französischen Köchin und einer Schwester, die zwar keine reine Französin war, aber wie eine aussah, war der vietnamesischen Seite ihres Lebens kein Platz eingeräumt worden. Ihre Mutter war enterbt worden, weil sie einen Franzosen geheiratet hatte, und Nicole hatte ihre Großeltern weder kennengelernt noch wusste sie, wo sie lebten. Die Vorherrschaft der Franzosen war ihr so selbstverständlich, dass sie immer angenommen hatte, sie habe ihre Familie durch ihr Aussehen enttäuscht. Sie war die Einzige, die fehlerfrei Vietnamesisch sprach, und wünschte sich oft, sie hätte ihre Mutter noch, um sich mit ihr zu unterhalten. Was die übrige Welt anging, so würde jeder die Duvals für eine durch und durch französische Familie halten, wenn Nicole nicht wäre.

Sie wischte die oberste Schublade aus, wickelte die Börse in einen Seidenrest und legte sie behutsam wieder in die Truhe.

Nachdem sie zwei Stunden lang geputzt, Staub geschluckt und geschrubbt hatte, bürstete sie sich ab. Den Katzengestank im Hof hatte sie entfernt, aber nicht den Geruch nach faulenden Pflanzen. Beim nächsten Mal würde sie ein Bündel Shi-Blätter mitbringen, um das Haus zu desodorieren. Ihr war heiß, und sie fühlte sich klebrig, aber die Anstrengung hatte sich gelohnt. Als sie oben von Zimmer zu Zimmer gegangen war, hatte sie einige dunkle Möbel mit Perlmuttintarsien entdeckt und auch eine samtbezogene Chaiselongue.

In einem kühlen dunklen Zimmer, das hinten auf den Hof hinausging, fand sie einen Altar mit Räucherstäbchen und verfaulten grünen Mangos. Sie säuberte ihn, öffnete das Fenster und ließ es einen Spalt offen, um zu lüften, dann stand sie einen Moment still da. Obwohl sie nicht so recht wusste, ob sie an Gott glaubte, spürte sie doch den Frieden des jahrzehntelang ausgeführten Rituals.

Der Nachmittag rückte näher. Wenn die Hitze den Höhepunkt erreicht hatte, sehnte man schon die kühleren Abendstunden herbei. Sie überlegte gerade, zu Hause ein Schaumbad zu nehmen, um sich die alten Gerüche des Hauses abzuwaschen, als plötzlich ein Hahn krähte. Hastig blickte sie auf und entdeckte draußen vor dem Laden den jungen Mann, der ihr zuvor aufgefallen war. Er starrte sie durch das Fenster an. Jetzt lockerte er den Schal um seinen Hals, und dabei lugte der Rand eines violetten Muttermals hervor.

Sie ging hinaus, um ihn zur Rede zu stellen. »Was wollen Sie hier?«

»Der Schleicher, den keiner sieht, könnte einmal nützlich sein. Manches bleibt besser unsichtbar.« Er tippte sich an die Nase.

»Ich habe keine Ahnung, wovon Sie reden.«

Er zog ein Päckchen Streichhölzer hervor und zündete sich eine Zigarette an. Dabei inhalierte er tief.

»Wie heißen Sie?«

»Sie dürfen mich Tran nennen.«

»Also, Tran, falls das Ihr richtiger Name ist, ich will, dass Sie verschwinden, sonst hole ich die Polizei.«

»Sie werden mich bald brauchen.« Er grinste, was seine Zahnlücke erneut zum Vorschein brachte. »Die Vietminh sind schon in Hanoi.«

»Sie wissen gar nichts. Sie sind bloß ein aufgeschossener Büffeljunge!«

Er warf sich die Haare aus der Stirn und verbeugte sich, dann wechselte er auf die andere Straßenseite.

Obwohl sie sich nach dem Bad sehnte und gern nach Hause zurückgekehrt wäre, huschte sie ins Haus zurück und hielt am Fenster ein Weilchen Wache, indem sie durch die Lamellen der Jalousie spähte, die sie zuvor heruntergelassen hatte. Ein Militärkonvoi fuhr vorbei, ein seltener Anblick im alten Viertel, aber es sah ganz so aus, als kämen mehr Streitkräfte in die Stadt. Auf der anderen Straßenseite zerrte eine alte Frau ein laut protestierendes Kind aus dem Haus und zu dem Badezuber auf dem schmalen Bürgersteig, den sie zuvor mit Wasser gefüllt hatte. Sie setzte es hinein und schrubbte ihm den mageren Rücken.

Nicole grinste. Im alten Viertel spielte sich das Leben draußen ab. Das gefiel ihr, es kam ihr offen und ehrlich vor. Ein Teejunge näherte sich, den Bambusstab quer auf den Schultern. Daran baumelten kleine Blechtassen, Dosen und Teekannen, die schaukelnd eine scheppernde Melodie erzeugten. Tran hielt ihn an und sprach mit ihm. Das war ihre Chance. Sie schlüpfte aus dem Laden, schloss hastig ab und machte sich davon.

Hinter der Straßenecke kam sie an einer alten Vietnamesin vorbei, die ihre Ansichten aller Welt mitteilte.

»Es kümmert sie nicht, die Franzosen«, lamentierte sie gerade.

Nicole ging langsamer.

»Meine Nachbarin sagt, es hat eine Bombe gegeben«, erzählte eine jüngere Frau. »Nicht weit von hier. Hast du davon gehört?«

»Nein, aber mein Neffe sagt, alle hier reden davon.«

Die andere Frau senkte die Stimme. Nicole konnte nicht mehr jedes Wort hören, doch soweit sie verstand, glaubten beide, die Vietminh seien Hanoi näher als vermutet, genau wie Tran behauptet hatte.

Und von einer Bombe war die Rede gewesen. Schon wieder. Ihrem Vater zufolge war das Unsinn; er hatte ihr sogar die Zeitung gezeigt, in der die Aussage dementiert wurde. Plötzlich war Nicole nervös. Den Franzosen wurde zwar noch immer viel Loyalität entgegengebracht, aber nicht zu wissen, wem sie trauen konnte, beunruhigte Nicole. Nachdem sie das Gespräch belauscht hatte, machte sie sich Sorgen, die Lage könnte vielleicht schlimmer sein, als ihre Familie zugeben wollte.

7

Als Mark und Nicole am Seeufer entlangfuhren, zeigte sie auf einen Teppich rosa und weißer Lotusblüten auf dem Wasser. Beim Aussteigen aus der Rikscha schwanden ihre Sorgen wegen des alten Stadtviertels, und plötzlich war sie so glücklich, dass sich ihre Angst, in ein Boot zu steigen, erst einmal verflüchtigte.

Am Ufer hockte ein Bettler, der blind zu sein schien und keine Notiz von ihnen nahm, und nach kurzer Suche fanden sie den Mann, der die Boote verlieh. Er saß rauchend am Rand des Sees neben dem Steg und trank Kaffee. Er blickte betont auf die Uhr, als Mark an ihn herantrat, und willigte erst für ein paar Extradollar ein.

Die Sonne brannte noch, und da Nicole ihren Hut vergessen hatte, lieh Mark ihr seinen Strohhut. Er trug ein frisches weißes Hemd, das seine Haut zum Leuchten brachte, und sie ein gletscherblaues Hemdblusenkleid.

»Hohe Absätze waren vielleicht doch keine gute Idee«, meinte sie und lachte nervös. Der Bootsverleiher gab ihr ein Kissen, mit dem sie es sich bequem machte. »Ich hätte mir flache Schuhe anziehen sollen.«

Mark lachte. »Mach dir keine Sorgen.«

Nachdem er ins Boot gestiegen war, krempelte er sich die Ärmel hoch und nahm die beiden Ruder. Während er sie durchs Wasser zog und das Boot vom Steg wegglitt, beobachtete Nicole, wie die goldblonden Härchen an seinen Unterarmen in der Sonne schimmerten. Durch seine Jugend auf der Farm war er muskulös geworden, und wenn Nicole daran dachte, wie schnell er auf Gefahr reagiert und Daniel Giraud bei der Kehle gepackt hatte, konnte sie verstehen, dass er für eine gewöhnliche Bürostelle nicht geschaffen war. Außerdem war er kein Mann, mit dem man sich anlegen wollte.

Sie überlegte, ob sie das störte. Man sollte es wissen, bevor man sich darauf einlässt, dachte sie, und jemanden so sehr wollte, wie sie es wohl schon tat. Sie lächelte in sich hinein. Als gäbe es da eine Wahl!

In der Mitte des Sees legte er für einen Moment die Ruder ein und lächelte Nicole an. »Glücklich?«

Sie nickte, den Blick aufs Wasser gerichtet, das sich gerade mit Rosa und Gold überzog. »Normalerweise wird man so spät nicht mehr auf den See gelassen.«

»Ich wollte hier draußen mit dir zusammen sein, und wenn auch nur für ein paar Minuten. In unserem See zu Hause bin ich als Kind früher häufig bei Sonnenuntergang bis zur Mitte geschwommen.«

»Wie romantisch!«

Er grinste. »Mit zwölf Jahren habe ich das vermutlich nicht so empfunden.«

»Warum hast du es dann getan?«

»Ich weiß nicht, ob jemand anders das nachvollziehen kann, aber ich fühlte mich dann wie in einer anderen Welt. Nach dem Tod meiner Mutter war ich innerlich wie eingesperrt, und nur auf dem See konnte ich mich ihr nahe fühlen.«

Das Wasser und die Luft schimmerten im Licht, das von Hellgelb zu einem dunklen, verlockenden Rosa überging. Und er hatte recht: Der Alltag Hanois schien hier draußen verschwunden zu sein, sein Lärm gedämpft und fern. Man hörte nur noch das sanfte Schwappen des Wassers und die Schreie der Abendvögel, die ihre Kreise zogen. Die Bäume rings am Ufer waren dunkel und schattig, und sie hätte sich einsam fühlen können, wäre sie nicht bei Mark. Sie saugte jedes Detail in sich auf, und ihre Unruhe verschwand in dem einfachen Frieden dieser leuchtenden Welt. Dann, als sie sich in völligem Einklang mit dem See, den Bäumen, den Vögeln und – das war das Beste von allem – mit Mark fühlte, konnte sie loslassen.

Obwohl er etwas sehr Persönliches erzählt hatte, wirkte er souverän, fast als gehörte ihm alles, das Boot, der See, sogar der Abend. Wenn er sie anlächelte, den Schein der untergehenden Sonne im Gesicht, erschien Nicole die ganze Kulisse umso romantischer. Aus einem unerfindlichen Grund überlief sie plötzlich ein ahnungsvoller Schauder.

»Ich möchte hier nicht weg«, sagte sie, »aber vielleicht sollten wir zurückrudern, bevor es dunkel wird.«

»Keine Sorge. Uns bleibt noch Zeit. Würdest du mal kurz die Ruder halten? Ich habe meinen Fotoapparat dabei und möchte ein Foto von dir machen.«

Er gab sie ihr, dann holte er den Apparat aus einer kleinen Tasche und stand auf. Obwohl er mühelos das Gleichgewicht hielt, bekam Nicole einen Schreck. Die Angst vor dem Wasser hatte sie nie ganz verloren, seit dem schrecklichen Erlebnis, als Sylvie und sie allein mit einem Boot auf dem Parfümfluss gefahren waren.

»Du brauchst nicht zu rudern. Es soll nur so aussehen, als ob. Kannst du dich nach vorn beugen?«

»Du denkst, ich kann nicht rudern?« Sie lachte. »Das kann ich sehr wohl.«

Sie machte eine schnelle Bewegung, wie um es ihm zu beweisen, und brachte damit das Boot zum Schaukeln. Mark verlor das Gleichgewicht, fiel auf den Hintern, und in der plötzlichen Verwirrung griff sie nach ihm und ließ ein Ruder ins Wasser fallen. Sie kam sich dumm vor und wurde verlegen.

»Na, das ist mal was Neues«, sagte er lachend.

»Tut mir leid!«

Mit nur einem Ruder würde es sehr mühsam werden, ans Ufer zu gelangen. Mark versuchte, den Bootsverleiher auf sich aufmerksam zu machen, aber ohne Erfolg. Er erhob sich halb von der Bank und wollte sich an den Bootsrand knien, um sich hinüberzubeugen und nach dem schwimmenden Ruder zu greifen, das sich an einer Lotusblüte verfangen hatte. Aber da er den Fotoapparat noch in der Hand hielt, bewegte er sich zu schnell. Das Boot schlingerte, er verlor erneut die Balance und kippte im Nu vornüber ins Wasser. Nicole wurde kalt vor Schreck, und sie schrie auf. Doch dann erkannte sie, dass er nicht ernsthaft in Gefahr war. Als er ins Boot kletterte, fing sie an zu lachen und sah zu, wie er sich das Wasser aus den Haaren schüttelte.

»Hey! Du spritzt mich nass«, rief sie aus, und er tat es erneut.

Sein weißes Hemd war pitschnass und fast durchsichtig, und sie konnte jede Kontur seiner Arme und Brust erkennen. Ihr wurde die Kehle eng, und sie schluckte. Noch nie hatte sie ein so umfassendes Verlangen gespürt, es brachte ihr Herz zum Rasen und machte sie kurzatmig. Ein paar Augenblicke starrten sie einander an, keiner imstande zu sprechen, wie es schien. Plötzlich verlegen durch die Intimität, sah Nicole weg.

Dabei fiel ihr auf, dass er den Fotoapparat ins Boot hatte fallen lassen, nicht ins Wasser. Sie nahm ihn und knipste Mark triefend nass, wie er war, aber mit einem Lächeln im Gesicht. Dann warteten sie, doch als die Sonne am Horizont versank, war der Bootsverleiher noch nicht zu ihnen herausgekommen. Sie fühlte sich sicher bei Mark, schauderte aber noch einmal bei der Erinnerung daran, wie sie in den Fluss gefallen war, in die kalte Dunkelheit unter Wasser.

»Und?«, fragte sie. »Was nun?«

Er zuckte mit den Schultern. »Das Wasser ist eiskalt!«

»Geschieht dir recht, wenn du so angibst!«

Sie bemerkte einen Lichtpunkt auf dem See, dann hörte man, wie Ruder durchs Wasser gezogen wurden. Mark drehte den Kopf. Der angeblich blinde Bettler ruderte mit einem Ersatzruder heran.

Das obere Badezimmer teilten sich die Schwestern. Es war weiß gestrichen und aquamarinblau gekachelt, und die eine Hälfte befand sich in schönster Ordnung, während in der anderen Haarnadeln, Klipse, Haarbänder und Cremetiegel herumlagen. An einer Wand hing ein großer Art-déco-Spiegel, der Boden war schwarz-weiß gefliest, und wenn man aus dem Fenster schaute, blickte man auf tropische Palmsträucher.

Sylvie hatte darauf bestanden, dass jede ihren eigenen Bambusschrank hatte, damit ihre Sachen nicht durcheinandergeraten konnten, und Nicole warf selten mal einen Blick in den Schrank ihrer Schwester. Doch während jetzt das Wasser in die Wanne lief, strich sie mit den Fingerspitzen über Sylvies Tiegel und Fläschchen: Super-Rich All Purpose Creme, Cleansing Oil und Skin Lotion von Estée Lauder standen im untersten Fach, verschiedene Shampoos und Seifen in dem darüber. Unter den hübschen Parfümflaschen im obersten entdeckte Nicole auch Sylvies Lieblingsduft, Cœur Joie von Nina Ricci.

Nicole musste sich auf die Zehenspitzen stellen, um heranzureichen. Es gelang ihr, die Flasche nach vorn zu ziehen, und nachdem sie den Stöpsel abgezogen hatte, tupfte sie sich je einen Tropfen hinter die Ohren. Als sie die Flasche wieder an ihren Platz schob, stieß sie gegen etwas, das dahinterlag. Was sie hervorzog, war ein Kästchen. Sie öffnete es und fand zwei Pillenfläschchen, eines mit Benzedrin und eines mit Dexedrin, jeweils mit Sylvies Namen auf dem Etikett. Warum nahm ihre Schwester Pillen? Soweit Nicole wusste, waren das Amphetamine. Das erschreckte sie. War Sylvie krank?

Sie stellte das Kästchen weg, dann legte sie sich in die heiße Wanne, ließ sich von dem Wasser umhüllen und dachte an Mark. Die ungewohnten Gefühle beschäftigten sie. Sie war glücklich und zugleich aufgeregt. Vor allem aber freute sie sich wahnsinnig, weil er ihr bei dem Ausflug auf den See etwas ganz Persönliches und Besonderes anvertraut hatte. Und nun beim Einseifen fühlte sie sich wie eine Frau, die sich gerade verliebt, aber nicht so ganz glauben kann, dass es passiert.

Gerade hatte sie sich die Haare mit einem Handtuch frottiert und knibbelte, mit den Gedanken noch bei Mark, an der abblätternden Farbe des Türrahmens, als es klopfte und Sylvie hereinkam.

»Was ist los?«, fragte Nicole.

Sylvie ging zu dem dunklen Fenster. »Soll ich die Läden schließen? Ich mag keine schwarzen Fenster. Das erinnert mich an den Tod.«

Nicole zuckte mit den Schultern, verstand sie aber. Sie empfand ähnlich, wenn sie den Mond im Wasser sah und die Welt auf dem Kopf zu stehen schien. Und manchmal schaute sie nicht nach draußen in die Schwärze, aus Angst, die Geister am Grund des Gartens könnten sich hinter den Bäumen verstecken und das Rascheln rührte nicht von den Blättern und dem Wind her, sondern wäre die Stimme der Toten.

»Hast du Angst, die Geister kommen dich holen?«

»Es gibt keine Geister.«

»Du bist es doch, die mir immer von den Leichen erzählt hat. Verscharrt von den Japanern, hast du gesagt.«

»Leichen sind keine Geister«, erwiderte Sylvie.

Nicole lachte und begann, sich die feuchten Haare zu kämmen. »Du hast keine Fantasie.«

»Nun, wie wir wissen, haben die Japsen am Ende des Krieges viele Franzosen erschossen. Es könnte gut sein, dass auch hier welche begraben sind.«

Nachdem Sylvie die Läden zugezogen hatte, kehrte sie dem Fenster den Rücken zu und schien einem Gedanken nachzuhängen, während sie sich umschaute. Sie reichte Nicole einen weißen Frotteemantel und schenkte ihr ein Lächeln. »Lass uns in dein Zimmer gehen!«

Nicole hatte die Bücherstapel vom Boden weggeräumt, aber ihre Glasperlenketten hingen wahllos am Haken über ihrem Frisiertisch, und in einer offen gelassenen Schublade lag ein Lippenstift ohne Kappe und trocknete langsam aus. Ein Puderdöschen war ihr ins Waschbecken gefallen, und ein paar Kleidungsstücke lagen neben dem Bett verstreut.

Sylvie hob das Puderdöschen auf und bekam eine Wolke Puder ins Gesicht, sodass sie niesen musste.

Nicole grinste.

Ihre Schwester wischte sich den Puder mit den Fingern ab.

»Sehr lustig ... Na, jedenfalls wollte ich mit dir über den Laden sprechen. Wir müssen an deine Zukunft denken.«

Nicole zog ein Gesicht. »Und mir einen netten vietnamesischen Mann besorgen?«

»Das hat er doch nicht ernst gemeint.«

Nicole blickte ihre Schwester prüfend an und wollte ihr von ihrem Ausflug auf den See erzählen, überlegte es sich aber anders. »Du weißt immer, wie du Papa um den Finger wickeln kannst, nicht wahr?«

Sylvie errötete ein bisschen und hatte den Anstand zu lächeln. »Was den Laden angeht, ist dir klar, dass du damit gut Geld verdienen kannst, wenn du es richtig anfasst? Es ist dir doch ernst damit, oder?«

»Natürlich. Ich habe schon angefangen, dort sauber zu machen.«

»Und willst du auch deine Ausbildung zu Ende bringen?«

Nicole schüttelte den Kopf. »Ich wüsste nicht, wie das gehen soll, wenn ich den Laden führe.«

»Wohl wahr. Besser, du konzentrierst dich auf eine Sache. Papa wird das verstehen.«

»Ich freue mich darauf. Sag mal, Sylvie, nimmst du Tabletten? Ich habe zufällig welche im Bad gefunden.«

Ihre Schwester runzelte die Stirn. »Du hast in meinen Sachen geschnüffelt?«

»Wogegen sind die? Bist du krank?«

Sylvie schien zu zögern. »Die sind nur gegen Kopfschmerzen und Müdigkeit.«

Nicole nickte. Seit sie Mark wiedergesehen hatte, nahm sie die ungerechte Aufteilung des Geschäfts nicht mehr so wichtig, und sie hatte Mitleid mit ihrer Schwester. »Ich finde das nicht überraschend. Du nimmst eine ganze Menge auf dich.«

Am offenen Fenster hob der Wind die Musselinvorhänge an und brachte Bewegung in die Luft im Zimmer. »Was wird aus dem Haus in Hue?«, fragte sie. »Werden wir es verkaufen?«

»Papa hat einen Abteilungsleiter ernannt, der den Einkauf dort leiten soll. Der wird in dem Haus wohnen.«

»Nun, ich bin jedenfalls entschlossen, etwas aus dem Laden zu machen.«

»Das freut mich.«

»Weißt du von dem Mordanschlag im Bambushain?«, fragte Nicole.

Sylvie nickte. »Und bei dem einen wird es vielleicht nicht bleiben. Die Vietminh könnten sogar hier jemanden erschießen, wenn sie Lust darauf haben.«

Als Nicole an dem Abend wieder nicht einschlafen konnte, öffnete sie die Fensterläden und trotzte den Geistern. Der Mond stand voll am Himmel, aber der Garten wirkte überraschend friedlich, jedes Blatt und jeder Halm glänzte wie Gold. Es roch nach Wald, und die Luft war zäh wie Sirup. Sie dachte darüber nach, was der junge Mann vor dem Laden zu ihr gesagt hatte: *Bald werden Sie mich brauchen.* Er hatte bestimmt gelogen. Niemand glaubte, sie würden gegen die Vietminh verlieren – die französischen Truppen waren in der Übermacht. Das sagte jeder. Aber in ihrem Hinterkopf meldete sich eine kleine Stimme: *Und wenn sich alle irren?* Sie hatte ihren Vater über ein Geheimnetz im Hafen von Haiphong reden hören. Haiphong lag keine hundert Kilometer entfernt. Was, wenn schon mehr Vietminh in Hanoi waren, als man vermutete?

Sie schüttelte den Kopf. So sehr sie sich manchmal über ihren Vater und Sylvie beklagte, verlieren wollte sie sie nicht. Und wenn es zum Schlimmsten käme, wen scherten dann der kleine Seidenladen und eine junge gemischtrassige Frau mit Hoffnung auf Erfolg und vielleicht sogar auf Liebe?

8

Auf dem Herd klapperte ein Deckel, und während der Dampf die Küche erfüllte, sang Lisa lauthals zu einem alten französischen Lied mit, das im Radio lief. Nicole schaute zum Fenster. Mehrere Tage waren vergangen, seit sie auf den See gerudert waren, und sie hatte noch nicht wieder von Mark gehört. Die feuchtheiße Jahreszeit begann, und draußen war kein strahlendes Wetter. Es sah aus, als würde es ein schrecklich feuchter Tag werden. Auf dem Tisch lag ein knuspriger brauner Brotlaib, was ihre Laune stets hob. Sie knibbelte an ihrer Nagelhaut und sah der Köchin zu, die mit Singen aufhörte und sich stattdessen im Takt wiegte, während sie rote Paprikaschoten klein schnitt. Der frische Geruch breitete sich langsam aus.

»Kochst du mit geschlossenen Augen?«, fragte Nicole.

»Du denkst, ich schneide Gemüse und mache dabei die Augen zu?«

»Nun ja, manchmal schwimmen seltsame Dinge in der Suppe.«

Lisa schlug mit einem Geschirrtuch nach ihr. »Freche Göre!«

Nicole duckte sich, dann zupfte sie weiter an ihrer Nagelhaut. »Was gibt es heute?«

»Kaninchen. Habe ich selbst gefangen. Übrigens, warum hast du den Laden noch nicht eröffnet?«

Nicole zuckte mit den Schultern. »Ich lasse gerade den Hof streichen und die Küche von Grund auf reinigen. Der Gestank wäre zu arg für die Kunden.«

Es klopfte an der Hintertür. Als Lisa hinging und öffnete, sah Nicole ein schmuddeliges Kind etwas abgeben. Die Köchin schloss die Tür.

»Das ist für dich. Wer schickt dir denn Briefchen, mein Schmetterling?« Lisa reichte ihr einen Umschlag und setzte sich, um sich eine Zigarette zu drehen.

Nicole schaute auf den Namenszug. Sofort stand sie auf, um zu gehen.

»Heimliche Verabredung?«, fragte Lisa neckend.

»Genau!«, antwortete Nicole und lachte mit ihr.

Im Flur erst riss sie den Umschlag auf und schaute als Erstes auf die Unterschrift: *Mark*. Erleichterung durchströmte sie, als sie las, er wolle sich am Nachmittag um vier Uhr mit ihr vor dem Les Variétés treffen. Es werde sich für sie lohnen, meinte er. Ihre erste Reaktion war ein lauter Jubelschrei, danach flog sie die Treppe hinauf und überlegte bereits, was sie anziehen sollte.

Um zehn vor vier ging Nicole auf dem Bürgersteig vor dem Variété auf und ab, Hanois ältester Bühne, die als Ort kulturloser Unterhaltung betrachtet wurde. Um nicht zu spät zu kommen oder nass zu werden, hatte sie die Straßenbahn genommen, statt zu Fuß zu gehen, aber bis sie dort ausgestiegen war, hatte der Nieselregen aufgehört, und die Wolken waren aufgebrochen. Das Theater lag an einer Kreuzung, und von dem imposanten Eingang aus konnte Nicole in jede Richtung schauen, aus der Mark kommen mochte.

Sie war noch nie im Variété gewesen. Ihr Vater hatte Sylvie und sie aber einmal zu einem Konzert der Société Philharmonique mitgenommen. Sehr zu seiner Enttäuschung hatte Nicole die Musik nicht gefallen. Danach hatten seine Töchter ihn ins Municipal Théâtre begleitet, wo ein französisches Ensemble Molière aufführte. Die Vietnamesen nannten es das »Theater des Westens«. Es war ein hübsches Gebäude mit Bögen und Kuppeln, aber da es nur ihre Sehnsucht nach Aufregung steigerte, wurde der Besuch nicht wiederholt. Am liebsten ging sie in den schönen Filmpalast, der an der Trang Tien lag, wie die Vietnamesen die Straße nannten, und einen schönen Bogeneingang hatte. Ihre Lieblingsfilme in letzter Zeit waren *Die roten Schuhe* und *Die drei Musketiere* gewesen.

Papa hörte gern die französische Militärkapelle, die auf einem Platz am See spielte. Zum Glück trat sie heute nicht auf, und während Nicole auf Mark wartete, beobachtete sie die Blumenmädchen aus den Dörfern. Sie brachten die Blumen jeden Tag in großen Lastkörben auf mageren kleinen Eseln, und immer sah man sie, umringt von Vögeln, am Rand der Straße hocken, die um den See herumführte. Der Blütenduft war überwältigend, und als Nicole ein paar Schritte ging, stieß sie mit einem Jungen auf einem Fahrrad zusammen. Er war beladen mit Dutzenden Körben, in denen man Klöße dämpfte. Er versuchte, ihr welche zu verkaufen, aber als sie lachend ablehnte und sagte, sie sei Französin, beschimpfte er sie als *métisse* und spuckte auf den Boden. Das machte sie wütend, und doch war sie nicht bereit, sich davon den Nachmittag verderben zu lassen.

Kurz darauf hörte sie Mark rufen. Sie drehte sich nach ihm um. Wie selbstbewusst er aussieht, dachte sie, als sie ihn mit federndem Schritt und schwingenden Armen näher kommen sah.

»Pünktlich, wie ich sehe.« Er schenkte ihr ein breites Lächeln.

»Ich war etwas früher hier.«

»Du siehst hübsch aus.« Mit leichter Hand strich er ihr eine Haarsträhne aus dem Gesicht. »Es gefällt mir, wenn du die Haare offen trägst.«

Sie strahlte vor Freude. Nachdem sie sich mehrmals umgezogen hatte, war ihre Wahl auf ein rotes, eng sitzendes Kleid gefallen, das bis knapp über die Knie reichte, und auf einen flachen, cremefarbenen Hut mit breiter Krempe, den sie jetzt in der Hand hielt. Sie fühlte sich elegant und wusste, dass sie in dem Kleid älter wirkte.

Als er ihr die Hand bot, fand sie es erregend, wieder mit ihm zusammen zu sein.

»Wollen wir?«

Drinnen betraten sie den halbdunklen Zuschauerraum des altmodischen Variétés mit roten Samtsitzen und Öllämpchen an den Wänden, die sich bei näherem Hinsehen als elektrifiziert entpuppten. Es roch nach Theaterschminke, Schweiß und altem Parfüm, was ein aufregendes neues Gefühl in Nicole auslöste.

Ihr Herz schlug schneller, während sie den Mittelgang hinuntergingen. In der ersten Reihe saß ein Mann. Er drehte sich um, als er sie kommen hörte, und rief: »Beeilung! Haben Sie Ihre Noten mitgebracht?«

Von den Seitenbühnen hörte man Gehämmer, und da die Putzleute fegten und bohnerten, war es auch im Zuschauersaal laut.

Nicole zögerte. »Sprechen Sie mit mir?«

»Nein, mit der Nutte des Kaplans! Natürlich rede ich mit Ihnen. Hoffentlich ist Ihre Stimme besser als Ihr Verstand!«

Mark hatte sie amüsiert beobachtet, doch jetzt schritt er ein. »Jerry, das ist Nicole, das Mädchen, von dem ich dir erzählt habe. Ich fürchte, ich habe sie unter einem Vorwand hergelockt, aber sie sagt, sie kann singen. Ist es zu spät fürs Vorsingen?«

»Vorsingen!«, keuchte sie und starrte ihn ungläubig an.

»Eine Freundin von dir ist mir immer willkommen, Mark. Komm her, Liebes, sag mir, welche Lieder du kennst.«

»Geh nur!« Mark sah sie mit seinen leuchtend blauen Augen unverwandt an. »Schlimmstenfalls bleibst du stecken.«

»Oder ich sterbe!« Sie entzog ihm ihre Hand. Wenn ihre Stimme sich nun schauderhaft anhörte? Wenn sie betretenes Gelächter erntete?

»Nicole, das ist deine Chance«, flüsterte er. »Die musst du beim Schopf packen. Die Theatergesellschaft will das Volksmusiktheater in Hanoi wiederbeleben.«

Während die Geräuschkulisse verebbte und anschwoll, fingen ihre Hände an zu schwitzen. Sie fragte sich, wie sie je gesungen hatte, bezwang aber ihre Nervosität, gab Mark ihren Hut und stieg die drei Stufen zur Bühne hinauf. *I'll Be With You in Apple Blossom Time* sang sie ohne Begleitung, und bei den ersten Tönen vergaß sie die Arbeitsgeräusche im Saal und den Straßenlärm. Die hellen Lichter, die Sitzreihen und die arbeitenden Leute verschwammen. Als ihre Stimme in die Höhe kletterte, fühlte sie sich federleicht, nicht mehr wie die jüngere, von allen übergangene Schwester. Es war, als entdeckte sie eine neue Seite an sich. Nicole fühlte sich optimistisch, berauscht von ihrem Können, und noch nie hatte sie sich so zu Hause gefühlt. Als sie geendet hatte, waren ihre Empfindungen so stark, dass ihr fast die Tränen kamen.

Jerry klatschte, Mark fiel ein und ebenso die Schreiner, die auf den Seitenbühnen weitergehämmert hatten. Nicole verneigte sich.

»Das ist noch nicht nötig«, sagte Jerry, aber seine Mundwinkel zuckten.

»Also kriegt sie eine Rolle?«, fragte Mark.

»Ich bin sicher, ich finde eine für sie.«

Mark gab ihm einen Zettel. »Nicoles Telefonnummer. Auch die vom Laden.«

Dann kam er auf die Bühne und breitete strahlend die Arme aus. Voller Dankbarkeit warf sie sich hinein, und er schwenkte sie im Kreis.

Als er sie wieder hinstellte, behielt er die Hände ein paar Augenblicke länger an ihrem Rücken. Sie lehnte sich leicht gegen ihn und fühlte die Wärme seiner Finger, die er ein wenig höher schob. Er ließ sie los und trat einen Schritt zurück, aber zwischen ihnen war etwas geschehen. Sie spürte, das war ein Moment, von dem es kein Zurück mehr gab. Noch hatte er sie nicht geküsst, nicht richtig jedenfalls, doch sie war sicher, er würde es bald tun.

»Danke. Vielen Dank«, sagte sie.

Er lächelte. »Hör zu, ich werde für ein paar Wochen weg

sein, aber wenn du in zwei Tagen noch nichts von Jerry gehört hast, komm her und erinnere ihn daran.«

Sie nickte und lächelte, um sich ihre Enttäuschung nicht anmerken zu lassen. Nun würde sie ohne Mark leben müssen, jedenfalls eine Zeit lang.

»Jetzt musst du dir nur noch überlegen, wie du es deinem Vater am besten sagst.«

»Oh nein, ich werde es ihm nicht erzählen.«

Eine Woche später, der Abend des Sommerballs im Hotel *Métropole* stand bevor, schlüpfte Nicole heimlich in Sylvies Zimmer, um zu sehen, ob sich nicht herausfinden ließ, wie das Ballkleid ihrer Schwester aussehen würde. Sie schaute in den großen Eichenschrank, wo Sylvie ihre Kleider und Blusen nach Farben geordnet hängen hatte. Als sie mit den Fingerspitzen über die hübschen grauen und champagnerfarbenen Seidenstoffe strich, stellte sie fest, dass das Kleid nicht da war. Sylvies Kleidung war modisch-elegant, und da sich einmal die Gelegenheit bot, probierte Nicole zwei der bestickten Blusen an. Sie drehte sich vor dem Spiegel nach allen Seiten, aber da sie viel zierlicher war, versank sie in den Blusen. Nachdem sie sie ausgezogen hatte, warf sie einen Blick in die Schublade mit Sylvies Unterwäsche und fand ein Modejournal. Beim Durchblättern fiel ihr ein Foto von einem Kleid in die Hand. Das war es. Nicht der klassische Stil, den ihre Schwester normalerweise bevorzugte, sondern eher verspielt und ein bisschen auffällig, doch Sylvie war in der Mode immer allen anderen voraus. Nicole beschloss, ihr eigenes Ballkleid ein wenig abändern zu lassen.

Später auf dem Rückweg vom Schneider fielen ihr im Wind wehende Flugblätter auf. Bei vielen Läden war eines unter die Fußmatte geklemmt worden. Sie waren handgeschrieben, mit groben Zeichnungen illustriert und ausschließlich auf Vietnamesisch, und soweit Nicole es lesen konnte, handelte es sich um Propaganda der Vietminh. Sie zeigten freundliche Bauern, die Waffen und Lebensmittel zum Schlachtfeld brachten und die Verwundeten auf dem Rücken oder auf Tragen von dort wegtrugen. Sie steckte eins ein, um es später ihrem Vater zu geben.

Das alte Stadtviertel hatte die Form eines Dreiecks, und gewöhnlich nahm sie immer denselben Heimweg, heute jedoch nicht. Die untergehende Sonne erfasste die Dachfirste und überzog sie mit strahlendem Orange. An den Straßenständen brannten schon die Lampen, und über Stützstangen waren Planen gelegt, für den Fall, dass es regnete, auch die Feuerschalen waren angezündet.

Nicole blieb kurz stehen und unterlag dem Duft gebratener Hähnchen. Der Verkäufer, ein Mann in weitem Hemd und noch weiterer Hose, reichte ihr zwei in Blätter gewickelte Fleischstücke, frisch aus dem Wok, mit Gewürzen bestrichen und köstlich.

Nachdem sie gegessen hatte, wischte sie sich das Fett vom Kinn und ging weiter, beschwingt von der Vorfreude auf ihr Ballkleid, das nach dem Vorbild von Sylvies Kleid geändert wurde.

Das Ballkleid ihrer Schwester bestand aus perlgrauem Chiffon und Satin und war an Saum und Ausschnitt mit Seidenrosen besetzt. Auf der Fotografie war außerdem ein am Rücken angenähter Schleier mit Rosenmuster zu sehen gewesen. Nicoles Kleid war aus lindgrüner Seide, und um ihrer Schwester nachzueifern, ließ sie sich vom Schneider einen breiten Streifen geblümten Chiffon am Schultersaum befestigen, der fast so lang war wie das Kleid, und auch Rosen an den Saum nähen. Es war tief ausgeschnitten und saß an den richtigen Stellen eng. Nicole hoffte, Mark damit zu beeindrucken.

In bester Laune ging sie die unvertraute Straße entlang, bis sie etwas sah, das sie abrupt innehalten ließ. Was sie erschütterte, war nicht das schwarze Gesicht der Frau oder ihre Aufmachung, wenngleich ihr Kleid, das über dem runden Hintern spannte und an der Seite geschlitzt war, für Nicoles Geschmack ein bisschen zu provokant war. Vielmehr war es der Begleiter, der einen Arm um die Taille der Frau gelegt hatte. Ihr Vater. Während Nicole entsetzt hinstarrte, beugte er sich über die Frau und drückte ihr einen Kuss auf die halb entblößte Brust. Dann zog er sie an sich, um sie auf den Mund zu küssen.

Nicole wandte sich atemlos ab. Was für eine grässliche Szene! Mit klappernden Absätzen eilte sie davon. Natürlich musste ihr Vater andere Frauen gehabt haben, seit ihre Mutter tot war. Aber eine, die aussah wie eine Prostituierte?

9

Nicole und O-Lan standen bewundernd vor den frisch gefüllten Regalen, und als die Sonne den Boden mit Lichtstreifen überzog, bot O-Lan an, einen Eierkaffee zuzubereiten. Eierkaffee, das klang zwar grässlich, war aber das Köstlichste, was Nicole je getrunken hatte. Dick und cremig, ohne jeden Eigeschmack, sondern wie Karamellcreme mit Kaffeearoma, und Nicole hätte süchtig danach werden können.

Während sie auf das Getränk wartete, dachte sie an ihren Vater. Bei einem Gefecht im Norden von Hanoi hatte es auf französischer Seite viele Verwundete gegeben, und er war hinbeordert worden. Ständig kam ihr das Bild vor Augen, wie er die Frau küsste, aber seitdem hatte sie ihn noch nicht wiedergesehen. Wenigstens hatte sie, nachdem alles fertig gestrichen war, den Laden eröffnet und konnte sich auf ihre Kundschaft konzentrieren, anstatt sich ständig zu sorgen, was er als Nächstes tun könnte.

O-Lan stand in der kleinen Küche und bereitete den Kaffee zu, und als Nicole durch die dunklen Räume auf den hellen Hof zuging, wehte ihr der Geruch von heißer, süßer Milch entgegen.

Ein paar Minuten später erschien O-Lan mit zwei hohen Tassen im Hof. »Da ist er.«

Nicole reichte ihr die Papiertüte mit den Plätzchen, die sie bei Yvettes Vater gekauft hatte, und O-Lan nahm sich zwei heraus.

Sie setzten sich auf die niedrige Brunnenmauer und genossen in freundschaftlichem Schweigen die Wärme. Ein Hauch Minze lag in der Luft, und ein staubig gelber Dunst hing über den umliegenden Dächern. Der Beginn des Tages, wenn viele

Bewohner des alten Viertels noch schliefen, hatte seine eigene Schönheit.

Während sie dasaßen, begann O-Lan, ein bewegendes vietnamesisches Lied zu singen. Nicole hatte so etwas noch nicht gehört. O-Lan besaß eine ganz ungewöhnliche Singstimme, und Nicole war beeindruckt.

»Was ist das?«, fragte sie, als das Lied zu Ende war.

»Ein Volkslied. Es gibt viele dieser Art. Hat es dir gefallen?«

»Die Art zu singen ist mir ganz fremd. Könntest du es mir beibringen?«

»Natürlich.«

»Sollen wir es jetzt probieren? Hast du Zeit? Ich brauche noch nicht zu öffnen.«

Sie gingen in das Zimmer über dem Laden und stellten sich möglichst weit vom Fenster weg. Es dauerte eine Weile, bis Nicole den Bogen raushatte und die vibrierenden Klänge richtig wiedergab, und sie fürchtete, ausgelacht zu werden. Aber draußen versammelten sich unterdessen einige Nachbarn unter dem Fenster. Das wurde Nicole klar, als sie die Übungsstunde beendeten und von der Straße Applaus erklang.

Am nächsten Tag rief Jerry sie im Laden an und sagte, sie bekomme eine Rolle in seiner Show. Zuerst war Nicole euphorisch, aber dann wurde ihr klar, dass sie es nun ihrem Vater und Sylvie erzählen musste. Sie würde bestimmt nicht zu den Proben gehen können, ohne dass man ihre Abwesenheit bemerkte. Sie schaute zu den Schlagsahnewolken, die in blauen Seen schmolzen, während nicht weit entfernt dunkle Wolken Regen ankündigten. Da sie den köstlich aussehenden karamellisierten Mais auf der anderen Straßenseite ins Auge gefasst hatte, schloss sie den Laden früh und ging nachsehen, ob O-Lan sich ihr anschließen würde. Gegenüber versuchte der Mann, der den Mais röstete, sich in der hohlen Hand eine Zigarette anzuzünden. Der Wind pustete ihm die Flamme aus, und er versuchte es erneut. Eine gebeugte alte Frau mit papierdünner, runzliger Haut ging vorbei. Sie lächelte den Mann an, und Nicole sah nur Zahnfleisch, keine Zähne. Aus einem Geschäft kamen einige junge Mädchen und hielten sich kichernd die Seiten, jede zierlich und hübsch – es war unvorstellbar, die alte Dame könnte auch einmal so ausgesehen haben.

An der Kasse und zwischen den Regalen des Nachbargeschäfts war von O-Lan keine Spur, darum ging Nicole durch eine Schwingtür in den angrenzenden Raum und rief nach ihr. Auf einem Tisch in der Mitte stand ein Väschen mit einer Lotusblüte, auf Beistelltischen Steinschmuck und Keramiken, und ein großer Ventilator mit vier Flügeln drehte sich langsam unter der Decke. Die halb durchsichtigen Seidenvorhänge an den Fenstern bewegten sich im Luftzug.

Nicole hörte einen ungewöhnlichen Laut und ging in den Hof, wo sich orange blühende Kletterpflanzen über die ganze Hauswand ausgebreitet hatten und von der Holzverkleidung nichts mehr zu sehen war. Gerade als sie ins Freie trat, fing es stark zu regnen an. Sie wich einen Schritt zurück und schaute zu den dunklen Wolken, die vor die Sonne gezogen waren, dann auf die dichten Wasserschleier, die bereits von den überhängenden Dachrinnen herabklatschten.

Durch den prasselnden Regen hörte sie einen Laut wie das Miauen einer Katze, aber Nicole war sich sicher, er kam von einem Menschen. In einem der hinteren Zimmer, das an eine Küche grenzte, entdeckte sie Kim-Ly, O-Lans Mutter, eine winzige Vietnamesin mit straffem Haarknoten und traditionellem *Áo dài*. Sie lag kraftlos in einem Sessel, als wäre sie bewusstlos, und war kreidebleich. Nicole fühlte nach dem Puls, dann ließ sie die stark geäderte Hand los. Die Frau war noch am Leben, Gott sei Dank, aber der Puls war schwach und flattrig. Was tun? Nicole wusste, Kim-Ly war zuckerkrank. Zu viel Zucker im Blut war nicht gut, doch wenn es zu wenig war, konnte sie ohnmächtig werden. Sie versuchte, die Frau zu sich zu bringen, aber vergeblich. In der Küche fand sie einen

Topf Honig auf der Anrichte neben einem kleinen Bronze-Buddha. Sie hatte nicht daran gedacht, dass O-Lan Buddhistin sein könnte, doch natürlich war sie das, wie viele Vietnamesen. Man brauchte sich nur die vielen Tempel überall anzusehen.

Nicole hatte einmal gesehen, dass O-Lan ihre Mutter mit etwas Süßem gefüttert hatte, und begann daher, ihr den Honig einzuträufeln. Zunächst zeigte er keine Wirkung, und ein Teil lief Kim-Ly das Kinn herab, dann jedoch schluckte sie, und nach und nach kam sie zu Bewusstsein.

»O-Lan?«

»O-Lan kommt gleich. Sie müssen sich bewegen. Stützen Sie sich auf mich.«

Es gelang ihr, die nicht mehr junge Frau aus dem Sessel zu ziehen, doch sie stolperte und rief nach ihrer Tochter. Unsicher, ob Gehen das Richtige für Kim-Ly war oder ob sie sich besser aufs Bett legen sollte, versuchte Nicole zunächst, einige Schritte mit ihr zu machen. Aber schließlich trug sie sie halb durch die Küche zu einer Chaiselongue, die im Zimmer hinter dem Laden stand. Inzwischen hatten Kim-Lys Wangen wieder etwas Farbe angenommen, und Nicole hielt es für sicherer, sie ausruhen zu lassen. Während sie auf O-Lan wartete, redete sie ununterbrochen – damit Kim-Ly wach blieb. Nach einer Weile gab sie ihr noch etwas Honig. Aber wie viel war genug? Sie hatte keine Ahnung.

Kim-Ly wirkte müde und noch gebrechlicher als vorher, und nach einer halben Stunde schlief sie ein. Nicole musste sich entscheiden: War es besser, den Kräuterarzt aus der Nachbarstraße zu holen, oder sollte sie den Hausarzt ihrer eigenen Familie anrufen? In Kim-Lys Haus gab es kein Telefon. Sie würde also so oder so nach nebenan gehen müssen. In besorgter Hast lief sie zur Haustür, um nachzusehen, ob O-Lan in der Nähe war.

Zwischen den Geschäften und in den halb verwitterten Eingängen der Tempel standen Männer mit konischen Bambushüten in dichten Grüppchen zusammen und aßen gekochte Erdnüsse. Sie hatten vor dem Regen Schutz gesucht, während die Frauen weiter Tee und Kohlnudelsuppe an den Ständen auf dem Bürgersteig verkauften. Ein Stückchen die Straße hinunter entdeckte sie O-Lan, die sich in einem Hauseingang untergestellt hatte. Sie unterhielt sich mit dem jungen Vietnamesen, Tran – hieß er nicht so?

Als er Nicole sah, stieß er O-Lan an und zeigte zu Nicole hinüber, die hektisch winkte. Beide rannten los, fädelten sich geduckt zwischen den Händlern hindurch und kamen hereingestürmt. Nicole erklärte, was passiert war und was sie bereits unternommen hatte.

O-Lan lief sogleich weiter zu ihrer Mutter, prüfte den Puls und fühlte ihr die Stirn. »Es geht ihr gut.«

Nicole war enorm erleichtert. »Gott sei Dank! Ich wusste nicht mehr, was ich als Nächstes tun sollte.«

»Ich kann dir gar nicht genug danken.«

»Sollte sie von einem Arzt untersucht werden?«

»Ich werde sie morgen ins Krankenhaus bringen. Jetzt braucht sie erst mal Ruhe.«

Der junge Mann zog sich einen Stuhl an die Chaiselongue und begann, Kim-Ly über das Haar zu streichen. Nicole sah es verwundert.

»Tran ist mein Cousin«, erklärte O-Lan.

»Nun, ich bin froh, dass es deiner Mutter besser geht. Sag mir Bescheid, wenn ich helfen kann.«

»Bleib doch zum Essen. Ich bringe dich nach oben.«

Nicole lächelte. »Ich möchte nicht stören«, sagte sie, wusste jedoch, dass es eine Ehre war, in die Privaträume eines vietnamesischen Hauses eingeladen zu werden.

Während Tran bei Kim-Ly blieb, ging O-Lan mit Nicole die Treppe hinauf und zeigte ihr den Ahnenaltar der Familie, dann führte O-Lan sie durch mehrere Zimmer, die nur durch hölzerne Wandschirme voneinander getrennt waren. Sie standen am Kopf der Außentreppe, der gleichen wie an

Nicoles Haus. Der Regen hatte nachgelassen, und nun war die Luft von Blütenduft geschwängert. Nicole atmete tief ein und wünschte, sie könnte den zauberhaften Moment festhalten.

»Ich hoffe, du magst *bánh xèo*«, sagte O-Lan.

»Davon habe ich noch nie gehört.«

»Das sind knusprige Pfannkuchen. Wir essen sie mit *rau song.*«

»Mit welchem?«

»Bananenblüten und Guavenblättern.«

»Klingt köstlich.«

Nicole beschloss, ihrem Vater das Flugblatt zu geben und von der Show zu erzählen, wenn sie am Abend heimkehrte. Aber als er dann noch immer nicht zu Hause war, war sie ein wenig erleichtert. Wie könnte sie sich unbefangen geben, nachdem sie ihn mit jener Frau gesehen hatte? Ihm ins Gesicht zu schauen war ihr schon zu viel. Als Lisa nach draußen in den Garten ging, um sich bei einem Glas Wein und einer Zigarette zu entspannen, gesellte Nicole sich zu ihr.

»Ich habe heute *bánh xèo* gegessen«, erzählte sie.

»Wirklich?«

Nicole nickte.

»Hat es dir geschmeckt?«

»Ja.«

Lisa zog eine Grimasse. »Ich kann vietnamesisches Essen nicht vertragen.«

Die Rasenkanten waren von wilden Blumen gesprenkelt, und allerhand fliegendes Getier sammelte sich um die süß duftenden Büsche. Die Bäume winkten mit den Zweigen, und die Sonne leuchtete golden auf den Blättern und ließ die Schatten umso schwärzer aussehen.

»Ist es nicht schön hier draußen, Lisa? Weißt du noch, wie ich immer von der Schaukel gefallen bin, die in Hue an der Pappelfeige hing?«

Lisa lächelte, und ihre Augen leuchteten auf. Sie sah einem

Vogel mit schwarzen Flügeln nach, der auf dem obersten Zweig der Pappelfeige landete.

»Und als ich mir das Partykleid zerrissen habe?«

»Ja, und als wir den Doktor rufen mussten, weil du dir den Knöchel gebrochen hattest.«

»Du hast die ganze Nacht an meinem Bett gesessen.«

Lisa seufzte. »Was für ein Wildfang du warst! Ständig hattest du Schrammen oder blaue Flecken.«

»Lisa, was ist, wenn die Vietminh siegen und wir von hier wegmüssen?«

»Hörst du deinem Vater nicht zu? Die Vietminh können gegen die französische Armee nicht gewinnen.«

»Vermutlich hast du recht.« Wie aus dem Nichts überfiel sie Trauer. »Ich weiß so wenig über meine Mutter.«

»Du solltest deinen Vater fragen. Sie war eine gute Frau, und ich habe sie sehr gemocht.«

»Er will nicht über sie reden.«

»Du bist wie sie, weißt du?«

Nicole lächelte. »Wirklich?«

»In vieler Hinsicht. Sie war voller Leben, genau wie du.«

»Die Vietnamesen sagen, wenn man seine Vorfahren nicht kennt, ist man kaum besser als ein Dieb.«

Lisa lachte. »Was für alberne Ideen die haben!«

10

Eine dritte Haarnadel sprang ihr von den Fingern und rutschte über den Boden. Nicole bückte sich, um sie aufzuheben, und brach sich dabei einen Nagel ab. Mist! Ausgerechnet jetzt! Es war Anfang Juli und ein typischer feuchtheißer Sommer mit täglichem Regen und ermattender Luftfeuchtigkeit. Aber wenigstens waren die Straßen in das leuchtende Rot der blühenden Flammenbäume gekleidet. Nicole hatte ihrem Vater nun doch noch von der Show erzählt, und nach einiger Überredung hatte er widerwillig seine Erlaubnis gegeben. Das Flugblatt der Vietminh hatte er kurzerhand zerrissen.

Mark hatte sie seit fast vier Wochen nicht gesehen, und sie war nun so aufgeregt, dass sie sich bei allem ungeschickt anstellte. Genau das, was sie nicht brauchte. Mit dem Nagel würde sie sich später befassen, zuerst musste sie mit ihren Haaren zurechtkommen. Sie saß vor dem Frisiertisch auf der Hockerkante. Ihr wurde immer heißer, je mehr sie sich ärgerte. Jetzt hatte sie ein rotes Gesicht, einen abgebrochenen Fingernagel und Haare, die ihr einfach nicht gehorchen wollten. Wenn sie nur nicht so dick und glatt wären! Einige kleine Locken oder ein paar von Sylvies Wellen, und sie wäre schon zufrieden. Immer wieder rutschten ihr die Strähnen heraus, und sie versuchte erneut, sie festzustecken, bis sie sich geschlagen gab und die Haarnadeln hinwarf. Ersatzweise bürstete sie sich heftig, um die Haare zum Glänzen zu bringen, legte ein bisschen Rouge auf und rieb die Lippen aneinander, um den hellrosa Lippenstift zu verteilen.

So ging sie zu dem langen Spiegel auf dem Treppenabsatz und betrachtete sich kritisch. Sie war sich nie so ganz sicher, was ihr gut stand. Wirkten die roten Rosen auf dem lindgrünen Kleid nicht ein bisschen aufdringlich? Und war dieser rosa Lippenstift dazu passend? Sie wischte ihn weg und kehrte in ihr Zimmer zurück.

Wenig später klopfte es an der Tür.

»Bist du fertig? Der Wagen wartet«, sagte Sylvie beim Hereinkommen.

Nicole starrte sie an und musste sich zusammenreißen, um nicht verblüfft nach Luft zu schnappen.

Sylvie stand in ihrem schlichten perlgrauen Seidenchiffonkleid da und strahlte eine Perfektion aus, als wäre sie direkt aus den Seiten der französischen *Vogue* herausgetreten. Keine Rosen am Kleid, kein geblümter Schleier. Sie rieb sich die Hände. »Nun? Bist du startklar?«

»Aber …«

»Was?«, fragte Sylvie und tat ganz unschuldig.

»Dein Kleid. Ich dachte …«

Sylvie lachte.

Nicole fühlte Druck hinter den Lidern. Sie wollte auf keinen Fall weinen. Aber verglichen mit der dezenten Eleganz ihrer Schwester war ihr Kleid kindisch, und sie kam sich dumm vor. »Warum versuchst du, mein Leben zu ruinieren?«

Sylvie strich sich eine kurze Strähne aus der Stirn. »Werd jetzt nicht melodramatisch! Das war nur ein Scherz. Du siehst ganz passabel aus.«

Nicole warf sich in ihren Lehnsessel und drückte sich den abgebrochenen Nagel in die Handfläche. Ihre Schwester hatte auch noch besonders kränkende Worte gewählt. Wer wollte schon »ganz passabel« aussehen?

»Also? Kommst du?«

»Nein.«

»Komm doch mit! Es werden Fotos gemacht, und ich will, dass du auch mit drauf bist.«

»Du möchtest, dass ich neben dir scheußlich aussehe?«

Sylvie warf den Kopf zurück und lachte wieder. »Sei nicht albern! Ich sag doch: Es war nur ein Scherz.«

Nicole blickte auf. Sylvie grinste noch immer. Soll sie doch warten, bis sie schwarz wird, dachte Nicole. Ich werde mich nicht zum Narren machen. »Du hast immer mir die Schuld gegeben. Hab ich recht?«

»Woran?«, fragte Sylvie.

»Du weißt, was ich meine.«

»Ich war noch ein Kind, Nicole. Ein fünfjähriges Mädchen, das gerade seine Mutter verloren hatte.«

»Geh nur«, sagte Nicole, ohne die Stimme zu heben.

»So schlecht siehst du gar nicht aus. Soll ich dir die Haare hochstecken?«

Nicole gab keine Antwort.

Sylvie drehte sich auf dem Absatz um, verließ das Zimmer und schloss leise hinter sich die Tür.

Nicoles Laune sank auf den Nullpunkt. Sie war nicht nur neidisch, vielmehr brachte Sylvies Triumph auch ihre alte, verborgene Unsicherheit zutage. Sie schaute aus dem Fenster. Der samtene Himmel wurde gerade von Silberfäden durchwoben. Es hätte ein wunderbarer Abend werden können.

Sie dachte an den Tag, an dem Mark und sie auf den See gerudert waren. Die Erinnerung brachte sie zum Lächeln und gab ihr den Anstoß, etwas zu unternehmen, was den Abend doch noch retten könnte. Sie war selbst schuld, weil sie Sylvie hatte nacheifern wollen. Aber sie durfte sich davon jetzt nicht runterziehen lassen. Sie nahm sich die Nagelschere und machte sich daran, die Rosen abzutrennen. So sehr sie sich bemühte, die Seide war schwierig zu handhaben, und als Nicole einmal kurz nicht aufpasste, schnitt sie in den Stoff. Nun hatte ihr Kleid ein Loch. Vor Wut riss sie die Rose ab und schleuderte sie gegen die Wand. Sie war wütend auf Sylvie und noch wütender auf sich selbst, weil es ihr so viel ausmachte. Es kränkte sie viel mehr, als ein beschädigtes Kleid sie kränken sollte. Es hielt ihr klar vor Augen, wer sie beide waren.

Sie hörte es erneut an der Tür klopfen.

»Geh weg!«, rief sie und warf sich wieder in den Sessel, weil sie dachte, es sei Sylvie.

»Musst du nicht gehen, *chérie*?«

Nicole drehte sich herum. In der Tür stand Lisa. Als die Köchin zu ihr kam und sie in den Arm nahm, versuchte Nicole, ihre Tränen hinunterzuschlucken.

»Wisch dir die Augen! Du kommst jetzt mit mir.«

»In dem Kleid kann ich nicht hingehen«, erwiderte Nicole mit schwankender Stimme.

»Nein, natürlich nicht. Wir werden für dich etwas viel Besseres finden. Du solltest endlich begreifen, dass du nicht französisch auszusehen brauchst, um schön zu sein.«

Nicole lächelte zwar, war aber nicht überzeugt.

Eine Stunde später hielt Nicole an der Tür zum Ballsaal inne und schaute auf die funkelnden Kronleuchter und Spiegelwände. Dutzende teurer Parfüms mischten sich mit dem Duft der weißen Rosen, die mit Efeugirlanden um die Säulen gewunden waren. Adrette Kellner balancierten Tabletts mit Champagner zwischen den Gästen hindurch, und das Orchester am anderen Ende des Saales stimmte gerade einen Tango an. Zuerst fühlte Nicole sich steif und unbeweglich wie eine der Marmorstatuen im Garten. Aber als die Musik in Fahrt kam, erfasste sie Begeisterung. Sie nahm die Schultern zurück und schwebte langsam in den Saal.

Sie kam spät, der Ball war bereits in vollem Gange. Fasziniert von den Frauen, die in schimmernden Roben mit Pailletten, Perlen und Strass glänzten, fühlte sie sich, als hätte der Zauber des Luxus die Sorgen der Vergangenheit weggewischt. Überall Farben und Licht. Hier präsentierte sich die französische Kolonialwelt von ihrer glitzernden Seite, und Nicole dachte, es könnte doch noch die schönste Nacht ihres Lebens werden.

Nachdem sie schon geglaubt hatte, zu Hause bleiben zu müssen, hatte Lisa sie in ihr Zimmer mitgenommen und aus dem Kleiderschrank das schönste Kleid hervorgeholt, das Nicole je gesehen hatte.

»Es hat deiner Mutter gehört«, sagte Lisa. »Es ist von Chanel.«

Nicole stieß einen leisen Pfiff aus. »Bist du sicher?«

Lisa nickte. »Es wird dir bestimmt passen.«

»Warum hast du es aufbewahrt?«

»Dein Vater hat es aus Paris mitgebracht, bevor du zur Welt kamst. Sie hat es nur ein Mal getragen. Nach ihrem Tod wollte er keine Erinnerungsstücke behalten, aber ich durfte mir aus den Sachen deiner Mutter etwas aussuchen. Ich habe das Kleid genommen. Ihren schönen Schmuck hat er verkauft, sonst hätte ich mir eine Kette ausgesucht. Vor Kurzem habe ich es ändern lassen. Ich wollte es dir zu Weihnachten schenken.«

Es passte wie angegossen, und Nicole fühlte sich ungeheuer glamourös. Das Kleid hatte ein ärmelloses, enges, aber hochgeschlossenes Mieder aus grob gerippter, scharlachroter Seide und einen Rock aus rotem Seidenchiffon, der von der Taille an in Plisseefalten aufsprang. Nicole konnte ihr Glück kaum fassen, als sie sich schwungvoll drehte. Es war nichts Altmodisches an dem Kleid, nur zeitlose Schlichtheit.

»Wie gut es zu deinem Teint passt!«, sagte Lisa. »Siehst du, wie schön du bist? Jetzt brauchst du noch roten Lippenstift und einen schwarzen Lidstrich. Ich werde dir die Haare auf chinesische Art hochstecken, mit einer von den roten Rosen von dem schrecklichen Kleid, das du eben anhattest.«

Dazu ein Paar Schuhe mit hohen Absätzen, und Nicole war ballfertig. Sie trug ein klassisches französisches Kleid, sah aber verblüffend asiatisch aus.

Als sie nun im Ballsaal stand, hörte das Orchester zu spielen auf. Die Champagnergläser klirrten aneinander, und ein stetiges Stimmengewirr lag über dem Saal, durchsetzt von Lachen und vereinzelten freudigen Zurufen.

Sie schaute zu der deckenhohen Fensterflucht hinüber. Die

Vorhänge hatte man offen gelassen und im Garten Dutzende Fackeln angezündet, die sich in den Wasserbecken in der Mitte spiegelten und Nicoles Erwartung eines zauberhaften Abends steigerten. Da entdeckte sie Mark in einem schwarzen Abendanzug. Er unterhielt sich mit einem Bekannten. Seine Schultern erschienen ihr noch breiter als sonst, und obwohl seine Haare frisch geschnitten aussahen, fiel ihm eine Locke über das rechte Auge. Nicole verspürte den Impuls, zu ihm zu laufen und sie ihm zur Seite zu streichen. Er lachte schallend über eine Bemerkung seines Gesprächspartners, und Nicole wurde plötzlich schüchtern und schwankend. Hatte sie sich nur eingebildet, dass er sie mochte? In dem Moment fiel sein Blick auf sie, und er hörte abrupt auf zu lachen. Sie starrten einander an. Dann schien er sich zu besinnen, klopfte dem Mann auf die Schulter und kam auf sie zu.

Glücklich, weil auch sie einmal glänzte, wartete sie mit leichtem Herzklopfen.

»Lass dich anschauen«, sagte er beim Näherkommen und hielt ihr beide Arme entgegen. »Du siehst absolut fantastisch aus.«

»So?« Sie ergriff seine Hände, und ihre Laune stieg, als sie in seine leuchtenden Augen blickte und darin Zuneigung und Bewunderung sah. Also war es keine Einbildung gewesen.

»Ich dachte schon, du kommst nicht.«

Sie konnte kaum sprechen. »Ich hatte ein Problem mit meinem Kleid.«

Er küsste sie auf beide Wangen, und sie schloss die Augen, wollte jeden Moment auskosten.

»Möchtest du tanzen?«, fragte er. »Das Orchester stimmt sich schon ein.«

Als er sie mit einer Hand unter dem Ellbogen beim Arm nahm, entdeckte Nicole ihre Schwester auf der anderen Seite des Ballsaals, die sich lachend mit einem blonden Offizier in Weiß und Gold unterhielt. Sie sah Sylvies Verblüffung und gab sich keine Mühe, ihr Triumphgefühl zu verbergen.

»Sieh an, das Entlein ist zum Schwan geworden«, bemerkte Sylvie breit lächelnd, als Nicole mit Mark an ihr vorbeiging. »Nicht wahr, Mark?«

»Sie war schon immer ein Schwan«, erwiderte er, aber Nicole glaubte nicht, dass Sylvie es gehört hatte.

In dem Moment trat ein Fotograf von der Lokalzeitung vor sie und knipste sie alle drei.

Sylvie posierte für ihn und setzte ein perfektes Lächeln auf, dann zog sie Nicole beiseite und flüsterte: »Du siehst hübsch aus. Es tut mir leid wegen vorhin. Ich wollte dich nicht verärgern. Bitte verzeih mir.«

»Ist nicht wichtig«, sagte Nicole und meinte es ehrlich. »Ich hätte nicht so kindisch sein sollen.«

Sie schob die Finger in Marks große warme Hand, und er führte sie, die andere fest an ihren Rücken gelegt, in die Saalmitte. Bei den ersten Tanzschritten fühlte Nicole sich schwindlig und drückte sich an ihn. Die Kraft seines Körpers zu spüren, so nah und nicht nur bei einer flüchtigen Umarmung, löste in ihr eine Anspannung, die ihr vorher nicht bewusst gewesen war. Er drehte sich mit ihr zu einem Wiener Walzer, und sie schwebte über das Parkett, ohne die übrigen Paare wahrzunehmen. Die Gesichter verschwammen – auch Sylvies löste sich auf –, und der Saal schien sich zu leeren. Als ihre Füße die Schritte ausführten, ohne dass sie darauf achten musste, musste sie zugeben, dass die öden Tanzstunden doch zu etwas gut gewesen waren. Es erregte sie, sich so frei zu fühlen, und sie konnte das Wunder kaum glauben.

Nach drei Walzern hintereinander legte das Orchester eine Pause ein. Marks Blick ruhte auf ihrem Gesicht, und er blies ihr die Ponyfransen aus den Augen.

»Dein Haarknoten löst sich.«

Als er ihr mit den Fingerspitzen über den Nacken strich, überlief sie ein Schauder, und sie sah Mark lächeln. Er steckte ihr die Haare wieder fest, um sie berühren zu können, und da sie sich dessen bewusst war, schmunzelte sie und genoss die

Wärme seiner Berührung. Er drehte sie zur Seite und hielt sie von sich weg. »Durstig?«

In der Tat, und die Luft war auch schon verraucht. Sie fühlte sich vom Tanzen schwerelos, aber vielleicht mehr durch Marks Nähe als durch irgendetwas anderes. Er sagte, er werde Champagner holen, und bat sie, an der Seite des Saales zu warten. Das tat sie und ließ jeden Moment des Tanzes noch einmal an sich vorüberziehen, um sich alle Eindrücke für immer einzuprägen. Eine der jungen Französinnen, die ihr früher Schimpfworte nachgerufen hatte, ging mit ihrer Mutter an ihr vorbei. Nicole lächelte sie an und wurde von beiden ignoriert. Sie zeigte sich gleichgültig. So gut hatte sie das wohlerzogene französische Mädchen noch nie gespielt.

Mark blieb länger fort als erwartet, darum beschloss Nicole, ihn zu suchen. Als sie sich umschaute, reichte ihr ein Kellner im Vorbeigehen ein Glas Champagner, und nachdem sie einen großen Schluck getrunken hatte, begab sie sich zu den umliegenden Salons.

In dem ersten hingen Zigarrenrauch und ein Cognac-Aroma in der Luft, ein paar ältere Herren saßen in Clubsesseln. Sie versuchte es in den anderen Salons und Bars, dann ging sie zurück in den Saal, wo sich das Gedränge ein wenig gelichtet hatte. Nicole schob sich zwischen Grüppchen hindurch und erspähte Mark am anderen Ende, wo er gerade eine Seitentür öffnete. Während er dahinter verschwand, lief Nicole los, um ihm zu folgen, wurde jedoch von ihrer alten Schulfreundin Francine aufgehalten, die ihre Hand zu fassen bekam und über belanglose Dinge plaudern wollte. Obwohl Nicole ständig zu der Tür schaute, kam Mark nicht wieder heraus, und bis sie Francine abschütteln konnte, waren mehrere Minuten vergangen.

Endlich gelangte sie zu der Tür, öffnete sie und fand sich in einem kühlen Korridor ohne Teppich wieder. Sie ging weiter, weil sie glaubte, dies sei ein diskreter Weg zu den Spielzimmern. Der Korridor machte eine Biegung und endete vor einer Tür. Nicole zog sie auf. Dahinter führte eine steile Steintreppe abwärts. Sie zögerte, und obwohl es ihr sonderbar vorkam, stieg sie hinunter, denn Mark konnte keinen anderen Weg genommen haben.

Ein Eisengeländer bot einen gewissen Halt, und als sie unten auf nacktem Zementboden anlangte, wurde ihr bewusst, dass sie sich unter der Erde befand, im Weinkeller des Hotels. Sie lief an einem Flaschenregal entlang und hielt inne, weil sie Stimmengemurmel hörte. Es wurde leiser. Sie schlich an Nischen und zwei Durchgängen vorbei, die in ein weiteres Gewölbe voller Fässer und Weinflaschen mündeten. So tief unter der Erde war von dem Orchester kaum noch etwas zu hören, und ihre Schritte hallten in dem großen Kellerraum.

Neugierig, was sie hinten im Gang vorfinden würde, gelangte sie ans Ende einer Regalreihe. Das hinterste Regal stand ein wenig schräg und bot einen schmalen Durchlass. Stirnrunzelnd drückte sie es weiter auf. Dahinter befand sich eine Stahltür mit einem kleinen runden Fenster in Augenhöhe. Sie hörte Stuhlbeine über den Boden scharren und einen gedämpften Schrei. Ihre Handflächen wurden feucht. Vielleicht war es nicht die beste Idee gewesen, Mark nachzulaufen. Oben war Licht, und es herrschte eine fröhliche Stimmung. Sie hätte auf ihn warten sollen. Wieder erklang ein Schrei. In der Kälte des Kellers begann sie zu frösteln. Was hatte sie sich nur dabei gedacht, hier herunterzusteigen?

Nicole trat einen Schritt zurück. Es kribbelte ihr im Nacken, und sie wischte sich die feuchten Hände am Kleid ab. Sie beschloss zurückzugehen, aber etwas hielt sie davon ab. Und obwohl sie es nicht wollte, fühlte sie sich gezwungen, durch das Türfenster zu spähen. Die Zeit stand still, als sie den jungen, an den Stuhl gefesselten Vietnamesen sah. Sie erkannte ihn sofort: O-Lans Cousin Tran. Es schnürte ihr die Kehle zu, und die Faust vor den Mund gepresst, rang sie um Fassung.

Was gesprochen wurde, konnte sie nicht hören, doch Trans angsterfüllte Blicke und sein heftiges Kopfschütteln zeigten deutlich, dass ihn jemand bedrohte. Ihr wurde übel von dem Anblick, aber sie konnte nicht wegsehen. Ein Mann trat aus dem Dunkeln in den Lichtkreis, in dem Tran saß. Sie blinzelte heftig, und die Knie wurden ihr weich, als sie sah, dass es ihr Vater war. Während er hin und her schritt und dabei ein ums andere Mal aus ihrem Blickfeld geriet, bemerkte sie einen scheußlichen Geruch – von Mäusen oder vielleicht sogar Ratten – und hörte ein hohles Stöhnen. Erschrocken drehte sie sich um. Es kam von der Decke, wo einige Rohre verliefen. Dann wandte sie sich wieder ihrem Vater zu und sah nun, dass er eine Pistole in der rechten Hand hielt. Verzweifelt kniff sie die Augen zu, als könnte sie das Bild damit auslöschen.

Das konnte nicht wahr sein!

Von Kopf bis Fuß angespannt, zwang sie sich, wieder hinzusehen. Der Schreck durchfuhr sie, als sie ihn zielen sah. Alle Geräusche verstummten. Sie hörte einen Schrei in ihrem Kopf, als er abdrückte. Innerhalb von Sekunden war es vorbei. Der Junge riss die Augen auf, zuckte zusammen, dann erschlaffte er, und der Kopf sackte ihm auf die Brust. Sein langer Pony hing herab wie der gebrochene Flügel eines Vogels. Aus seinem Mund tropfte Blut, begleitet von einem gurgelnden Laut. Aber das konnte sie unmöglich hören, nicht wahr? Spielte ihre Fantasie ihr einen Streich? Ein dunkler Fleck bildete sich in der Mitte der Brust. Er war O-Lans Cousin, der Cousin ihrer neuen Freundin. Nicole sah es noch vor sich, wie sanft er Kim-Ly übers Haar gestrichen hatte. O-Lan und ihre Mutter liebten ihn, und nun hatte ihr eigener Vater ihm das Leben genommen!

Sie versuchte, unter den Geräuschen in dem Raum die Stimme ihres Vaters herauszuhören, der nun aus ihrem Blickfeld verschwunden war. Das Wort »Puppenspieler« fiel ihr ein. Warum war ihr Vater daran beteiligt? Der Schock über das Erlebte setzte widersprüchliche Reaktionen in Gang. Obwohl ihr Verstand schrie, sie solle sofort von hier verschwinden, konnte sie die Beine nicht bewegen. Er war ihr Vater. Er hatte einen Menschen umgebracht. Sowie Nicole aus dem Raum Schritte hörte, wich sie in den Weinkeller zurück und huschte in eine dunkle Ecke. Dort kauerte sie sich zusammen.

Die Tür ging auf und entließ den Gestank des Todes. Ihr Vater kam als Erster heraus, gefolgt von zwei Männern: einem im Kellnerfrack, der jedoch wie ein Polizist wirkte, und dem blonden Offizier, mit dem Sylvie sich im Ballsaal unterhalten hatte. Sie wechselten ein, zwei Worte mit ihrem Vater, dann entfernten sie sich.

Nicole wiegte sich vor und zurück und wünschte sich, sie wäre bei Lisa. Sie hörte Schritte und blickte auf. Aus dem Raum kam Daniel Girauds Vater, ein untersetzter, unfreundlich blickender Mann mit schütterem grauem Haar, hellen wässrigen Augen unter buschigen Brauen und einem großen, mürrischen Mund. Ein Mann, der die Vietnamesen hasste.

Wer würde die Leiche wegschaffen? Darauf hatte sie keine Antwort, und der schreckliche Gedanke, den armen Toten noch einmal sehen zu müssen, machte ihr klar, dass sie den Keller schleunigst verlassen musste. Sie sollte ohnehin gar nicht hier sein. Niemand durfte erfahren, dass sie den Mord mit angesehen hatte. Als sie dann Sylvie aus dem Raum treten sah, blieb Nicole die Luft weg. Ihre Schwester war kreidebleich und den Tränen nahe. Hinter ihr erschien Mark. Er wirkte genauso entsetzt.

»Mein Gott«, wisperte Sylvie, »mir ist schlecht!«

Nicole sah die Hände ihrer Schwester zittern.

»Warum wollte er uns dabeihaben?«

»Damit du weißt, worauf du dich einlässt, nehme ich an.« Mark nahm ihre Hände und rieb sie. »Menschenskind, sind die kalt! Ich dachte, es wird nur ein Verhör. Mehr nicht. Ich hatte keine Ahnung. Das beweist hoffentlich, dass wir das Richtige tun.«

»Es war entsetzlich. Entsetzlich!«

»Vielleicht verstehst du jetzt die amerikanische Haltung zu den französischen Methoden?«

Sylvie lehnte sich gegen die Wand, entzog ihm ihre Hände und barg das Gesicht darin.

»Und darum müssen wir eine andere vietnamesische Partei finanzieren, die die Vietminh herausfordert.«

Sylvie ließ die Hände sinken. »Ohne Wissen der Franzosen?«

»Ganz recht.«

»Aber was ist mit meinem Vater? Er weiß es. Untergrabt ihr damit nicht seine Stellung bei der Regierung?« Sylvie rannen Tränen über die Wangen. Es war schon furchtbar genug, die Erschießung durch ein kleines Fenster mit anzusehen. Doch wie viel schlimmer musste es sein, sie im selben Raum zu erleben! Nicole beobachtete, wie Mark ihre Schwester an der Schulter fasste, mit der anderen Hand ihr Kinn hob und ihr die Tränen abwischte. Dann stellte er sich vor sie. Nicole konnte Sylvies Gesicht jetzt nicht mehr sehen, aber Mark beugte ein wenig den Kopf. Er schien Sylvie zu küssen. Dann nahm er sie in die Arme.

»Machen wir, dass wir hier wegkommen!«, sagte er.

Sylvie nickte und ging, von Mark gestützt, an den Weinregalen entlang zur Treppe. Den Gestank des Todes noch in der Nase, fühlte Nicole, wie die Fundamente ihres Lebens allesamt zerbrachen.

11

Die Sonne war aufgegangen, ihr mächtiges Licht breitete sich aus und verschluckte alles. Nicole starrte aus dem Fenster, immer auf ein und dieselbe Stelle, bis ihr die Augen wehtaten. Am vergangenen Abend war es ihr gelungen, sich unbemerkt aus dem Hotel zu stehlen. Fast die ganze Nacht hatte sie fassungslos zusammengekrümmt im Bett gelegen und gedacht, sie müsste ersticken. Ein hoher, klagender Ton entwand sich ihrer Kehle, ohne dass sie es wollte. Sie konnte an nichts anderes denken als an das Blut.

Sie drückte sich die Fäuste auf die Augen. Die ganze Welt verschwamm. Rot, leuchtend rot. Nicole nahm die Hände herunter, wartete, bis sie klar sah, dann stieg sie aus dem Bett, und um den inneren Schmerz zu betäuben, schlug sie mit der Faust auf die Wand ein.

Draußen war es zwar feuchtheiß, aber sie hielt es in diesem Haus nicht mehr aus.

Sie benetzte sich das Gesicht mit Wasser, zog an, was ihr gerade in die Finger kam, und schlüpfte hinunter in die Küche. Lisa stand am Herd, den Rücken der Tür zugekehrt, und rührte in einem Topf. Als sie sie hereinkommen hörte, drehte sie sich um. Unsicher, wie sie sich verhalten sollte, trat Nicole von einem Bein aufs andere und ließ die Arme hängen. Sie hätte nicht in die Küche gehen sollen. Lisa würde ihr sofort ansehen, wie schlecht es ihr ging.

»Himmel, Kind!«, sagte die Köchin da auch schon. »Du siehst ja schrecklich aus! Da steht Kaffee auf dem Herd. Gieß dir etwas ein.«

Nicole nahm sich eine Kaffeetasse und ging zur Kanne, aber als sie sich Kaffee einschenkte, zitterte ihre Hand so stark, dass sie ihn verschüttete. Als Lisa das Zischen hörte, kam sie heran.

»Was für eine Ferkelei! Geh, setz dich! Ich brühe dir frischen auf.«

Nicole schüttelte den Kopf. »Ich suche mir ein Café.«

»Du bleibst schön hier. Du bist weiß wie die Wand. Dein Vater würde mir nie verzeihen, wenn ich dich in diesem Zustand aus dem Haus ließe.«

Nicole schaute sehnsüchtig zu ihr hinüber. Mehr als alles andere wollte sie von der Köchin in die Arme genommen werden und ihr erzählen, was sie gesehen hatte. Doch sie schwieg und senkte schließlich den Blick, denn ihr war klar, dass sie niemals über das Geschehene würde sprechen dürfen.

Der Kaffeeduft erfüllte die Küche, während Lisa Bohnen mahlte und das Pulver übergoss. Dann brachte sie den frischen Kaffee an den Tisch, goss zwei Becher voll ein und setzte sich neben Nicole.

»Jetzt erzähl mir, was passiert ist, dass du so aussiehst! Hast du zu viel Champagner getrunken? Kommt es daher?«

Nicole trank von dem heißen Gebräu. Es war ihr egal, ob sie sich die Zunge verbrannte. Dann wischte sie sich den Mund mit dem Handrücken ab.

»Ihr jungen Mädchen! Was du brauchst, ist ein gutes Frühstück. Vielleicht ein paar schöne pochierte Eier.«

»Ich würde nichts runterbekommen.«

»Ein Croissant?«

Nicole sprang auf, dass die Stuhlbeine über den Boden scharrten. »Entschuldige … Ich muss …« Sie verhaspelte sich und blinzelte hastig, weil ihr heiße Tränen in die Augen stiegen. »Ich muss gehen«, sagte sie, dann schlüpfte sie an Lisa vorbei und floh aus dem Haus.

Draußen schritt sie kräftiger aus und rannte schließlich. Es trieb ihr das Blut in den Kopf, und ihr Schädel fühlte sich eng an, doch sie machte nicht halt. Solange sie rannte, musste sie nicht an das Blut denken.

Als es stark zu regnen anfing, waren auf der Rue Paul Bert immer noch viele Leute unterwegs. Sie hielt den Kopf gesenkt. Vor der Maison Duval an der Ecke sah sie ihren Vater unter dem Dach stehen, das über den Bürgersteig reichte. Er winkte ihr, aber sie tat, als hätte sie ihn nicht bemerkt. Es war ihr nicht möglich, ihn auch nur anzublicken. Zum zweiten Mal hatte er sie tief erschüttert. Es war ihr schon zuwider gewesen, wie er die schwarze Frau auf die halb entblößte Brust geküsst hatte. Ihn einen Mann erschießen zu sehen war um ein Vielfaches schlimmer. Es war entsetzlich.

Als sie den Cercle Nautique passierte, den Ruderclub am Ufer, hielt sie an, um Atem zu schöpfen. Während einer Regenpause kam eine Showtruppe vorbei. Solche Gruppen von Musikern und Schauspielern waren auf den Straßen in und um Hanoi häufig zu sehen. Obwohl es Gerüchte über sie gab – manche hielten sie für Kuriere der Vietminh –, mochte Nicole die Auftritte meistens. Heute jedoch konnte nichts sie ablenken. Sie sah immer wieder vor sich, was passiert war: die Sekunden, die es gedauert hatte, einen Menschen zu töten. Sie erinnerte sich an die Furcht in Trans Augen, als er um sein Leben gefleht hatte – und seinen beängstigend wissenden Blick. War es immer so, wenn der Tod nahte? Dieses schreckliche Gefühl der Unausweichlichkeit?

Sobald sie im vietnamesischen Viertel angelangt war, die Haare nass von Schweiß und Regen, konnte sie wegen der vielen Teeverkäufer auf dem Bürgersteig nicht mehr schnurgeradeaus laufen und wurde langsamer. Trotzdem stieß sie mit einem entgegenkommenden Sandalenmacher zusammen, der über sie fluchte, weil sie seinen Warenkorb zum Umkippen gebracht hatte.

Schließlich blieb sie stehen, um eine Rikscha vorbeizulassen, die von einem Mann zu Fuß gezogen wurde.

Sie hatte starke Kopfschmerzen. Im Juli war die Luftfeuchtigkeit erbarmungslos. Warum war Sylvie bei der Ermordung dabei gewesen? Warum hatte ihr Vater kaltblütig einen Mann erschossen? Sie wagte kaum, daran zu denken, wie betrogen sie sich fühlte, seit Mark ihre Schwester geküsst hatte. Wieso hatte sie überhaupt geglaubt, er könnte an ihr interessiert sein, wenn er doch Sylvie haben konnte? Sie stellte sich vor, wie die beiden über sie lachten. Die arme gutgläubige Nicole! War es nicht offensichtlich, dass er ihr die kluge und viel schönere Schwester jederzeit vorziehen würde?

Nicole bog in die nächste Straße ein, wo sie Yvette mit einem großen Korb voll süßer Brötchen am Arm aus der Bäckerei laufen sah. Ihr schwarzer Zopf schwang hin und her. Sie winkte, hell erfreut, Nicole so unerwartet zu sehen. Sie war ein so heiteres Mädchen, dass Nicole sie anlächelte, trotz ihrer inneren Qualen. Sie winkte zurück, dann ging sie weiter zu ihrem Seidenladen.

Den ganzen Tag fiel ein starker Regen, sodass Nicole nur sehr wenige Kunden hatte, trotzdem machte sie sich erst am Abend auf den Heimweg.

Als Sylvie in ihr Zimmer kam, um ihr zu sagen, das Abendessen werde jetzt aufgetragen, wusste Nicole nicht weiter. Ihre Schwester trug ein graues Seidenkostüm und ein weißes Hütchen mit einem kurzen schwarzen Schleier. Auch sie hatte den Tag über gearbeitet, und Nicole entnahm ihrem distanzierten Verhalten, dass sie kein Wort über den Mord verlieren würde. Ein Mann hatte sein Leben verloren, und alle würden so tun, als wäre nichts geschehen, und doch war auch Sylvie darüber entsetzt gewesen. Nicole wollte mehr erfahren. Warum war es ihr Vater, der abgedrückt hatte, und worauf ließ Sylvie sich ein? Nicole wünschte, sie könnte sich ihrer Schwester anvertrauen.

Eine Sehnsucht nach den alten Kindertagen ergriff sie plötzlich, aber sie wehrte sie ab. »Ich …«

»Was?«

Nicole hielt inne, und sie blickten einander in die Augen. »Ich habe dich gesehen.« Das Entsetzen jener Nacht wallte in ihr auf, aber etwas sagte ihr, sie sollte über die Erschießung schweigen.

»Was meinst du?«

Nicole überlegte hastig. Erwähne nicht die Pistole, nicht den Toten! »Warum hast du dich von Mark küssen lassen?«, fragte sie stattdessen.

Sylvie blickte erstaunt.

»Ich war im Weinkeller. Ich habe dich mit Mark gesehen.«

Sylvie senkte den Blick auf ihre Füße, bevor sie aufschaute und ihre Schwester ansah. Sie wirkte unnatürlich ruhig und lächelte verkniffen. »Mehr nicht, hoffe ich.«

Nicole antwortete ihr nicht.

Sylvie schaute sie eindringlich an.

»Ich habe euch gesehen, das ist alles. Er war mein Freund, Sylvie. Hast du nicht schon genug bekommen?«

»Ich kenne Mark bereits seit einiger Zeit, Nicole. Ich weiß nicht, was ich sonst sagen soll.«

»Ach, nein?«

Sylvie deutete zur Tür. »Ich bin nur gekommen, um dich zum Essen zu holen. Soll ich Lisa ausrichten, du möchtest lieber ein Tablett aufs Zimmer haben? Was Mark und mich betrifft, so musst du erwachsen werden. Hast du deshalb den Ball vorzeitig verlassen, ohne dich zu verabschieden? Es tut mir leid, wenn dich ärgert, was du gesehen hast.«

»Du weißt genau, dass es mich ärgert, Sylvie, tu doch nicht so unschuldig!«

Als Sylvie sich zum Gehen wandte, rang Nicole erfolglos mit ihrer Verbitterung und warf ein Buch nach ihrer Schwester. Sylvie wich aus, sodass es auf den Boden knallte.

Nicole schaute auf das aufgeklappte Buch, dessen Blätter im Luftzug vor dem offenen Fenster flatterten. Einen Moment lang herrschte Schweigen, während Sylvie in den Spiegel schaute, sich eine Locke aus der Stirn strich und die Lippen gegeneinander rieb, um den Lippenstift nachträglich besser zu verteilen.

»Ich glaube, *du* hast es Vater ausgeredet, mir einen gerechten Anteil am Geschäft zu geben.«

Sylvie antwortete, ohne Nicole anzusehen. »Fang nicht wieder damit an! Von mir kam das nicht. Er hielt es für besser, wenn nur eine von uns die Leitung innehat.«

»Nicht, weil du immer so perfekt bist?«

»Er tat es, weil es für das Unternehmen das Beste ist. Jetzt trockne dir die Augen! Und übrigens musst du mir acht Meter von der cremefarbenen, golddurchwirkten Seide mitbringen. Das hat keine Eile, aber irgendwann brauche ich sie.«

Nachdem Sylvie gegangen war, warf Nicole sich aufs Bett, barg das Gesicht im Kissen und kaute an der Nagelhaut des Daumens, bis sie Blut schmeckte. Da sie sich immer gewünscht hatte, eine richtige französische Tochter zu sein, hatte sie gedacht, das Schlimmste sei, aus dem Familienunternehmen ausgeschlossen zu werden. Aber diesmal ging der Schmerz tiefer. Ihre Schwester und Mark hatten dem Mord beigewohnt. Was waren sie dadurch? Was war sie selbst, nachdem sie es mit angesehen hatte? Wie konnte ihr Vater einen Menschen töten, als wäre der nur ein Tier? Als sie sich diese Frage stellte, keimte ein befremdlicher Gedanke in ihr auf, der ein Gefühl der Leere erzeugte: Wem außer Lisa durfte sie noch trauen?

II

Der Mond im Wasser

Mitte Juli bis Oktober 1952

12

Von einigen kurzen Begegnungen abgesehen, ging Nicole ihrer Schwester und ihrem Vater in den folgenden Tagen aus dem Weg. Da sie sich nicht erklären konnte, warum beide in dem Raum hinter dem Weinkeller gewesen waren, drängte es sie immer wieder, sie mit dem Mord zu konfrontieren, aber der Selbsterhaltungstrieb hielt sie davon ab. So schwieg sie und verbannte das Geschehen nach und nach in den Hinterkopf. In ihrer finsterer werdenden Welt fragte sie sich, was man mit der Erinnerung an etwas anstellen konnte, das man lieber nicht gesehen hätte. Ließe sie sich unterdrücken? Oder würde sie dann nur im Verborgenen liegen, bis die Zeit käme, da sie zu stinken begänne wie etwas Verdorbenes? Nicole schlug sich die Hand vor den Mund, wie um zu verhindern, dass die Wahrheit aus ihr heraussprudelte. Aber nichts konnte verhindern, dass die Erinnerung sie im Traum heimsuchte.

Vater und Schwester wunderten sich über ihr Verhalten, und Sylvie streckte eines Morgens mit düsterem Blick den Kopf in ihr Zimmer, schon fertig angezogen für die Arbeit.

»Ich möchte kurz mit dir reden«, sagte sie, als sie sich mit dem Rücken an die Tür lehnte.

Nicole nahm eine Veränderung in ihrem Ton wahr, vielleicht einen Hauch Zerknirschung, doch sie weigerte sich, Sylvie anzusehen, und starrte stattdessen aus dem Fenster. Sie wollte ihre Schwester nicht in ihrem Zimmer haben. Mit dem Gefühl, in die Enge getrieben worden zu sein, beobachtete sie eine Eidechse, die einen Baumstamm hinauflief.

»Ich möchte dich über das Gespräch, das du belauscht hast, ins Bild setzen.«

Nicole fuhr herum.

»Ich dachte, es ist vielleicht am besten, wenn du es von mir erfährst.«

Sie blickte Sylvie mit großen Augen an. Die zögerte einen Moment lang, als würde sie sich ihre Worte ganz genau zurechtlegen. »Schau, die Amerikaner finanzieren eine neue vietnamesische Partei, die nicht kommunistisch ist, um die Vietminh zu bekämpfen. Das Leben einiger Leute kann dadurch gefährdet sein, darum muss es geheim bleiben. Kann ich mich auf dich verlassen?«

»Warum unterstützen die Amerikaner die Franzosen nicht einfach?«

»Sie denken, wir hatten unsere Chance, nehme ich an.«

»Aber du denkst das nicht?«

»Natürlich nicht.« Sylvie richtete sich gerade auf. »Doch eine Alternative zu den Vietminh kann uns nur stärken.«

»Ist Papa daran beteiligt?«

»Ja, und das wollte ich dir sagen. Aber die Regierung darf über die neue Partei oder deren Armee noch nichts wissen. Das würde Papas Position schaden, gelinde gesagt.«

Nicole sah sie forschend an. »Also ist Mark kein Seidenhändler? Mark, Papa und du, ihr seid gemeinsam an der Sache beteiligt?«

»Zum Wohle Frankreichs. Du weißt, darum geht es Papa.«

Nicole schüttelte den Kopf.

Sie begab sich sofort zum Laden und beschloss, sich in die Arbeit zu vertiefen. Am Ende des Tages, als ihr die Augen brannten und ihre Glieder vom Heben schwerer Stoffballen schmerzten, fühlte sie sich ein wenig besser. Am nächsten Tag strich sie den Laden in einem hinreißenden, zarten Grünblau, das sie von Enteneiern kannte.

Während der folgenden Tage sammelte sie Lotusblumen für ihr Schaufenster und machte die Räume im oberen Stock wohnlich, polierte die Möbel mit Bienenwachs und wischte den Fliesenboden mehrmals mit Zitronenseife. Stundenlang nähte sie Seidenreste zusammen und fertigte daraus schimmernde Vorhänge, Kissen und einen Bettvorleger. Nicole lernte, wie man quastenverzierte Lampenschirme herstellte, und ersann eine Methode, um aus Seide gefiederte Vögel zu nähen, die sie ins Schaufenster hängte. Danach stellte sie Schals und Halstücher her, um sie zu verkaufen.

Als die jungen vietnamesischen Mädchen bald in Scharen in den Laden kamen und sie kauften, wurde er zum Mittelpunkt ihres Lebens. Hier fühlte sie sich sicher, und hier wollte sie sich ihren Platz in der Welt schaffen.

Eines Abends rannte sie draußen O-Lan in die Arme. Ihre Gedanken überschlugen sich. Was sollte sie ihrer Freundin bloß sagen? Wie sollte sie verbergen, dass sie vom Tod ihres Cousins wusste?

»Hallo«, sagte O-Lan. »Schade, dass wir uns in letzter Zeit gar nicht mehr gesehen haben. Ich war mit meiner Mutter beschäftigt.«

Nicole trat nervös von einem Bein aufs andere und hatte Mühe, sich ihre Angst nicht anmerken zu lassen. »Ja, ich … hatte auch viel zu tun.«

»Hast du Lust zu singen? Meine Mutter schläft gerade, also hätte ich Zeit.«

Nicole zögerte. »Ich weiß nicht. Ich bin müde.«

»Bitte. Das wird dich aufmuntern. Mir gibt es nach der Arbeit immer neue Energie.«

Nicole ließ sich überreden, und sie gingen nach oben, wo O-Lan die Veränderungen bestaunte.

»Das Zimmer ist schön geworden. Du hast wirklich Talent.«

Sie fingen an zu singen, doch O-Lan wirkte schrecklich niedergeschlagen, und Nicole fühlte sich schuldig. Beiden ging es nicht gut, und bald brachen sie ab. Nicole öffnete eine Flasche Ingwerlimonade und reichte sie O-Lan.

»Setzen wir uns doch aufs Sofa«, schlug sie vor und versuchte, entspannt und normal zu klingen.

O-Lan war still und starrte auf die Flasche. Oh Himmel,

jetzt sagt sie mir gleich, dass Tran tot ist, dachte Nicole. Sie bekam einen sauren Geschmack im Mund. Erzeugte lügen so einen Geschmack? Sie überlegte, womit sie O-Lan ablenken könnte. »Wie geht es deiner Mutter?«

»Immer schlechter.«

Das war es also. Nicole war erleichtert und hatte zugleich ein schlechtes Gewissen, weil sie sich lieblos vorkam. »Ist sie beim Arzt gewesen?«

»Der kann ihr anscheinend wenig helfen.«

Nicole hielt ihr die Hand hin. »Wenn ich etwas für dich tun kann, sag es bitte.«

Sie dachte an ihre Rolle in dem Musical. Einerseits lenkten die Proben sie an den Abenden ab, andererseits verstärkten sie das Gefühl, eine *métisse* zu sein. Am vergangenen Abend hatte sie ein Hemdblusenkleid in Sorbetpink mit einem weiten Rock getragen, der bis über die Waden reichte, und mit einem schwarzen Ledergürtel in der Taille. Damit fühlte sie sich glamourös, aber es hatte den Zwiespalt in ihr nur verschärft. Da Nicole bei Tag ein ganz vietnamesisches Leben führte, fühlte sie sich ihrer französischen Familie zunehmend entfremdet. Das erschreckte sie. Wenn sie sich von ihr abspaltete, was bliebe ihr dann noch? Nicole wünschte sich, ihre Probleme mit O-Lan bereden zu können, aber dabei müsste sie die Erschießung weglassen, und die war der Kern des Ganzen.

»Du singst schon besser«, sagte O-Lan.

Das Mädchen hatte recht. Durch die Übung beherrschte Nicole ihre Stimme, und sie hatte dadurch mehr Kraft bekommen. Breit grinsend hatte Jerry kürzlich erklärt, sie werde beim Publikum einen ganz passablen Eindruck machen.

»Sollen wir es noch mal versuchen?«, fragte Nicole.

O-Lan stand auf und schenkte ihr ein süßes Lächeln.

Das ist gut, dachte Nicole. Wenn ich mich an den schönen Dingen in meinem Leben festhalten kann, werden die schrecklichen Bilder aus der Mordnacht vielleicht verblassen. Sie hielt in ihren Gedanken inne. Und Mark? Sie würde versuchen müssen, sich mit dem abzufinden, was sie jetzt über ihn wusste.

An einem geruhsamen Tag im Laden beschloss Nicole, die Ware nach Farben zu ordnen. Bei den kühlen Blau- und Grüntönen fing sie an und suchte dann die Gelb- und Rottöne zusammen. Die Farben sprachen zu ihr. Blau und Lila standen für ihre Zeit in Hue, Rot für ihren Zorn und Gelb für die sommerliche Wärme im Garten. Sie mochte es, sich in ihre Stoffe zu vertiefen, sich in die Seide zu hüllen und so zu tun, als wäre sie eine der Frauen des Kaisers in längst vergangener Zeit. Da musste das Leben noch einfach gewesen sein. Wenn sie über die Seide strich, fand sie das tröstlich.

Sie hatte überlegt, einmal in das Dorf zu fahren, wo die Seide von den dort lebenden Familien gewebt wurde. Ein Großteil der Duval-Seide kam aus der Nähe von Hue, aber es wäre gut, auch einen örtlichen Lieferanten zu finden. Nicole wusste alles über die verschiedenen Qualitäten und Stärken von Seide und die Verwendbarkeit des Garns, das von fast unsichtbar dünn bis zu dick und minderwertig rangierte. Letzteres wurde zu billigen Stoffen verarbeitet, die für den Alltag gekauft wurden.

Während sie darüber grübelte, sprach jemand sie an. »Du bist also immer noch hier?«

Sie drehte sich um und wurde blass, denn sie blickte in das Gesicht von O-Lans Cousin. Aber war er denn nicht im Keller des Hotels erschossen worden?

»Das kann nicht … Ich dachte, du bist …«

»Tot? Du dachtest, ich bin tot?«

»Ich … ich meine, ich …« Sie stockte völlig fassungslos und schluckte schwer.

»Du weißt also von der Erschießung?«

Sie rieb sich den Nacken. »Ich weiß gar nichts!«

Es war nicht ihre Absicht gewesen, so unfreundlich zu klingen, und sie bereute ihren Ton, sowie Tran ein paar Schritte näher kam. Sie wich neben den Schreibtisch zurück und überlegte fieberhaft, was sie sagen sollte. Er kam ihr nach und legte die Hände auf ihre Schultern. Tran stand viel zu dicht vor ihr. Da er kaum größer war als sie, waren ihre Augen auf einer Höhe, und er schaute sie durchdringend an. Wie sollte sie seinem Blick standhalten, ohne sich zu verraten?«

Er schnaubte. »Ach, wirklich?«

»Ja«, antwortete sie so scharf, wie sie es eben wagte, obwohl sie vor ihrem geistigen Auge nur den toten jungen Mann sah. Sie gab ihr Bestes, um unbefangen zu wirken, doch sie konnte nicht aufhören zu blinzeln, weil ihre Augen brannten.

Tran betrachtete sie prüfend. »Hast du was an den Augen?«

Durch die Ladentür hörte man das Geräusch von Rädern und quietschenden Bremsen, eine Tür wurde geöffnet und zugeschlagen. Ihr Instinkt befahl ihr, sich loszumachen und nach draußen zu laufen.

»Also?«

Er schaute sie weiter unverwandt an, und als er ihre Schultern fester griff, war ihr, als blickte er in ihren Kopf. Hastig dachte sie nach. »Ich habe dich länger nicht gesehen. Einer der Nachbarn hat wohl erwähnt, dass du in dein Dorf zurückgekehrt bist.«

»Tatsächlich?«

Ihre Hände schwitzten. Sie nickte, fand jedoch selbst, dass es lahm geklungen hatte.

Er lächelte sarkastisch. »Und welcher Nachbar soll das gewesen sein?«

»Das weiß ich nicht mehr. Vielleicht deine Cousine O-Lan.«

Er packte ihren linken Arm und drehte ihn ihr auf den Rücken. Da er sie gegen den Schreibtisch drückte, spürte sie seinen straffen, groben Körper, und sie roch scharfe Zwiebeln und Essig in seinem Atem.

Um nicht aufzuschreien, biss sie die Zähne zusammen. »Bitte, tu mir nichts! Ich weiß nichts.«

»Und trotzdem warst du erschrocken, als du mich sahst.«

Er ließ sie los. Nicole räusperte sich, blieb aber steif und angespannt. Sie versuchte, in seinen Augen zu lesen, und überlegte sich gründlich, was sie als Nächstes sagen sollte. Noch ein falsches Wort, und es käme sie teuer zu stehen.

»Warum bist du hier?«, fragte sie schließlich.

Einen Moment lang ließ er den Kopf hängen, doch als er aufblickte, sah sie Wut in seinen Augen lodern. Er knallte die flache Hand auf den Schreibtisch. »Wir dachten, mein Bruder wäre in das Seidendorf zurückgegangen, aus dem wir alle stammen, aber dort hat ihn keiner gesehen. Sein Moped steht noch hier, mit vollem Tank. Er stellt es immer in dem Schuppen hinter O-Lans Laden unter, und wir konnten gar nicht verstehen, warum er es hiergelassen hat.«

»Du hast einen Bruder?«

»Seine Leiche wurde am Fluss gefunden. Ich musste es gerade O-Lan sagen. Die Tiere haben ihn schon angefressen, doch es war eindeutig, dass man ihm in die Brust geschossen hat. Er sah aus wie ich. Man nannte uns nur ›die Zwillinge‹, obwohl er größer und älter war als ich. Du willst mir weismachen, dass du nichts darüber weißt?«

Sie sah zu Boden, dann schaute sie ihn an. »Ich …«

»Die Franzosen haben ihn erschossen.«

»Es tut mir leid für dich, aber woher weißt du, dass es die Franzosen waren?«

Er runzelte die Stirn. »Wer sonst? Mein Bruder war vorbestraft wegen Volksverhetzung. Unsere Leute dürften ihn also kaum erschossen haben, nicht wahr?«

»Er muss ein Verbrechen begangen haben. War er in der Maison Centrale?«

Seine Miene wurde noch düsterer. »Du meinst, das *Hoa Lò*.«

»So nennt ihr das Gefängnis?«

Er nickte. »Höllenloch.«

»Ich weiß, was das heißt.«

»Soweit wir wissen, war mein Bruder nicht dort.«

Nicole holte tief Luft und sah den Schmerz hinter seiner Feindseligkeit. »Ich bedaure das sehr, aber ich verstehe nicht, warum du denkst, dass ich etwas darüber weiß.«

»Wegen deiner Reaktion eben.«

»Das habe ich doch erklärt. Ich war überrascht.« Nach ein paar Augenblicken fragte sie: »Was wirst du jetzt unternehmen?«

»Herausfinden, wer ihn umgebracht hat.«

Sie senkte den Blick. »Natürlich.«

Er schüttelte den Kopf. »Er war ein guter Mensch. Wir vermuten, das war ein Vergeltungsschlag für den Mord an dem französischen Funktionär, den mein Bruder nicht begangen hat.«

Nicole überlegte, wie sie unauffällig das Thema wechseln könnte. »Warum kämpfen die Vietminh wieder gegen uns? Ich dachte, das wäre längst vorbei.«

»Wir sind im Krieg. Er wird erst vorbei sein, wenn wir gesiegt haben. Eure ganze Wirtschaft basiert auf dem Export unserer Rohstoffe.«

»Aber was ist mit der *mission civilisatrice?* Die Franzosen wollen den Wohlstand des Landes verbessern.«

Tran spuckte aus. »Zum Ruhme Frankreichs!«

Nicole wusste, das war nicht ganz fair. Die Franzosen hatten für Bildung gesorgt und auch sonst zur Entwicklung des Landes beigetragen.

»Du weißt, was passiert ist, als die Japaner kamen?«, fragte er.

»So ungefähr.«

»Euch Franzosen haben sie geduldet, während wir hungern mussten.«

Die letzten vier Worte fauchte er, und sie bekam wieder Angst. Nicole schüttelte den Kopf und überlegte, ob sie sich langsam zur Tür bewegen könnte. Sie hatte davon gehört, wie die Japaner damals die Reisvorräte beschlagnahmt hatten, sodass eine schreckliche Hungersnot ausgebrochen war. Die

Leichen von Vietnamesen hätten aufgehäuft in den Straßen Hanois gelegen, damit sie dort verwesten, hatte es geheißen, doch ob das wahr war, wusste Nicole nicht.

Sie zog die Unterlippe zwischen die Zähne. »Du nennst mich Französin, aber ich bin halb Vietnamesin. Und außerdem haben die Japaner auch Franzosen erschossen, als sie den Krieg verloren.«

Er drehte sich eine Zigarette und holte dann eine Schachtel Streichhölzer hervor. Sie warf einen Blick zur Tür. Wenn sie ihn nur am Reden halten konnte!

»Wir hatten unser Land für uns allein, doch ihr Franzosen seid mit der Hilfe eurer Verbündeten zurückgekommen. Hier im alten Viertel und in der Cité Universitaire war die Zerstörung furchtbar.«

Er verstummte und schaute auf den Boden. In der Stille dachte Nicole fieberhaft nach. Zweifellos glaubte er alles, was er sagte, aber ihr Vater hätte Trans Bruder nicht ohne Grund erschossen.

Der junge Mann zündete sich die Zigarette an. »Sag mir eins: Warum ist deine Familie jetzt in Hanoi?«

Sie zuckte mit den Schultern und begann, die Seide zusammenzufalten, die sie auf dem Ladentisch liegen gelassen hatte.

»Dein Vater hat eine bedeutende Position. Ich denke, du könntest mir helfen«, sagte er und zog dann kräftig an seiner Zigarette.

Nicole runzelte die Stirn, unsicher, wohin das führen sollte.

»Nicht mehr lange, und die Stadt steht unter Belagerung. Und du könntest uns helfen.«

»Warum sollte ich?«

»Du hast es selbst gesagt: Du bist zur Hälfte Vietnamesin, nicht wahr?«

Er blickte ihr in die Augen. Seine sind genauso dunkel wie meine, dachte sie.

»Willst du nicht mehr wissen? Ich kann dir einiges zeigen.

Komm morgen nach Ladenschluss mit mir. Wir treffen uns an der Ecke.«

Sie nickte zögernd, als würde sie darüber nachdenken. »Woher willst du wissen, dass ich dich nicht an meinen Vater verrate?«

Er sah sie prüfend an und lächelte dann. »Irgendetwas sagt mir, dass du das nicht tun wirst, kleine *métisse.*«

An dem Abend verließ sie den Laden erst spät, weil sie hoffte, O-Lan dann nicht zu begegnen. Tran war gar nicht tot, sondern sein Bruder. Natürlich war der auch O-Lans Cousin gewesen, und sie hatte ihn bestimmt gerngehabt.

Zu Hause angekommen, hatte Nicole unbemerkt in ihr Zimmer schlüpfen wollen, um mit ihren gemischten Gefühlen allein zu sein, begegnete in der Halle jedoch ihrem Vater.

»Ah, da bist du ja, *chérie*!«, sagte er forsch, aber freundlich und wies mit einer Hand voraus.

Ihr blieb nichts anderes übrig, als ihn in das große Wohnzimmer zu begleiten. Dort saß Sylvie auf dem geschwungenen Art-déco-Sofa, eine Hand nach Mark ausgestreckt, der schräg hinter ihr stand, und lächelte zu ihm hoch. Die Tatsache, dass er Sylvies Hand nicht nahm, war ohne Belang. Die Geste allein genügte.

»Wie du weißt, hatte Mark hier und da schon geschäftlich mit Sylvie zu tun«, bemerkte ihr Vater. »Genauer gesagt, hat er eine recht große Menge Seide bestellt.«

Ihren Vater lügen zu hören zerrte an Nicoles Nerven. Sie setzte sich möglichst weit von den anderen entfernt auf einen unbequemen Stuhl neben den Kamin. Das Zimmer quoll über von Sylvies gelben Rosen, die sie so liebte, und Nicole wurde übel von dem süßlichen Geruch. Sie schaute zu Mark, und er schenkte ihr das breite Lächeln, das sie vor Kurzem noch glücklich gemacht hätte. Mit unbewegter Miene wandte sie sich ab, wenngleich es ihr das Herz zerriss. Ein Gefühl absoluter Sinnlosigkeit überkam sie, und sie konnte ihn nicht wieder anblicken. Stattdessen schaute sie auf den Kaminsims, wo eine Sammlung blau-weißer vietnamesischer Keramiken aus dem fünfzehnten Jahrhundert stand.

Der Raum hatte wie viele andere im Haus eine indochinesische Atmosphäre. Der Boden war mit glasierten Fliesen ausgelegt, verziert mit der französischen Lilie, und nur in der Mitte mit einem antiken vietnamesischen Teppich bedeckt. Die Lampen brannten und verliehen dem Raum Behaglichkeit, für die Nicole allerdings gerade nicht empfänglich war. Sie schaute nach draußen zum Abendhimmel. Der Monsun war noch nicht vorbei, und es hatte wieder angefangen zu regnen. Sie lauschte, wie es von der Dachrinne auf die Veranda tropfte, und sehnte sich danach, hinauszulaufen und sich in den Regen zu stellen. Vielleicht würde er den Schmerz wegspülen.

»Ich wollte euch alle hier haben«, sagte ihr Vater, »weil es gerade wieder Gerüchte gibt. Ganz gleich, was ihr hört, nichts deutet darauf hin, dass die Vietminh näher an Hanoi herankommen. Von ihnen droht keine Gefahr. Das möchte ich euch allen versichern.«

Sylvie lächelte. »Also geht das Leben wie gewohnt weiter.«

»Ganz recht.«

Mark nickte lebhaft, wie Nicole bemerkte. Er fing ihren Blick auf und versuchte es noch einmal mit einem Lächeln, doch sie wandte den Kopf zur Seite. Die widerwärtige Tatsache blieb bestehen: Die drei waren in dem Raum hinter dem Weinkeller gewesen. Sie alle waren an der Ermordung von Trans Bruder beteiligt gewesen.

Ein paar Augenblicke lang wünschte Nicole sich, alles könnte wieder so werden wie früher. Sie hatte ihre Schwester immer geliebt, trotz ihres schwierigen Verhältnisses. Aber dann sah sie erneut Sylvie mit Mark vor sich und versteifte sich. Ihre Schwester hatte alles bekommen: die Schönheit, das Familienunternehmen und, wie es aussah, nun auch noch Mark.

»Es heißt, die Stadt wird bald belagert«, sagte sie, um das

Schweigen zu brechen und ihren inneren Aufruhr einzudämmen.

»Woher hast du das denn, Nicole?«, fragte ihr Vater.

Sie zuckte mit den Schultern.

»Das ist Unsinn«, erwiderte Sylvie. »Hast du nicht gehört, was Papa gesagt hat?«

»Mit dir habe ich nicht gesprochen«, entgegnete Nicole.

»Ach du lieber Himmel, sei doch nicht so kindisch!«

So sehr die Erwiderung ihrer Schwester sie ärgerte, Nicole ignorierte sie und sprach weiter mit ihrem Vater. »Wie schlimm war die Hungersnot hier während des Weltkriegs?«

»Für die Franzosen nicht allzu schlimm.«

»Ich meinte, für die Vietnamesen.«

Ihr Vater schob das Kinn vor. »Entsetzlich, fürchte ich.«

»Es heißt, die Leichen wurden in den Straßen auf einen Haufen geworfen.«

»Ja.«

»Findest du dann nicht, sie könnten Grund haben, Groll gegen uns zu hegen?«

»Der Zweite Weltkrieg ist lange vorbei, *chérie.* Wir müssen nach vorn schauen und ein stärkeres, besseres Indochina schaffen.«

Nicole zog die Brauen hoch, sagte jedoch nichts mehr dazu. Sie schaute auf die Hände ihres Vaters – die Hände eines Mörders – und wusste nicht, ob sie ihn je wieder lieben konnte. Und dennoch, auf eine unerklärliche Art liebte sie ihn noch immer. Sie hielt sich vor Augen, dass Vertrauen etwas anderes war als Liebe. Und was war mit Mark? Warum war er so liebevoll und freundlich zu ihr gewesen, wenn er die ganze Zeit eigentlich Sylvie gewollt hatte? Sie hatte nichts von ihm verlangt, und er hatte ihr nichts versprochen, aber sie war sich sicher, zwischen ihnen hätte etwas entstehen können. Sie hatte es gespürt. Und er hatte es ebenfalls gespürt. Es hatte ausgesehen, als gäbe es tausend Möglichkeiten – und plötzlich gar nichts mehr. Das verstand sie nicht.

Sie dachte wieder an den Mord und versuchte, ihn zu rechtfertigen: Mark habe nicht gewusst, was passieren würde; er sei gegen seinen Willen Zeuge geworden; er sei gezwungen worden, dabei zu sein. Doch jedes Mal wenn sie an dem Punkt anlangte, als er ihre Schwester geküsst hatte, sah Nicole zugleich, wie der Kopf des jungen Vietnamesen nach vorn sackte und ihm die Haare über die Augen hingen, und sie hörte wieder das grausige Gurgeln. Mark mit ihrer Schwester und der Kopf des toten jungen Mannes – beide Bilder waren nun für immer miteinander verbunden.

Wie könnte sie Mark jetzt noch mögen? Als der Schmerz in einer Woge zurückkehrte, wurde ihr am ganzen Körper heiß und ihre Augen brannten. Sie wollte vor den anderen nicht weinen. Deshalb stand sie auf, durchquerte mit steifen Schritten das Zimmer und stieß versehentlich eine Glasvase mit gelben Rosen um. Nicole hörte es klirren, blieb aber nicht stehen. In der Halle rang sie nach Luft und schlang die Arme um sich. Sie hörte laute Stimmen im Wohnzimmer, und dann kam Mark zu ihr heraus.

»Nicole, was hast du? Warum bist du so verärgert?«

Ihre Kehle war wie zugeschnürt. Nicole konnte weder sprechen noch ihn ansehen und hielt das Gesicht abgewandt. Er berührte sie am Arm.

Sie wehrte ihn ab und fand die Stimme wieder. »Fass mich nicht an!«

»Habe ich dir etwas getan?«

Jetzt blickte sie ihn an. »Wie kommst du denn darauf?«

»Nun, es muss wohl so sein. Willst du es mir nicht sagen? Oder hat es mit deiner Mutter zu tun? Sie hätte bald Geburtstag, nicht wahr?«

»Meine Mutter?«

»Sylvie hat mir von ihrem Tod erzählt und wie sehr du noch immer darunter leidest. Das tut mir sehr leid.« Er hielt inne und schien seine Worte abzuwägen. Sie bemerkte die Traurigkeit in seinen Augen, als er die Hände in die Hosentaschen schob und den Kopf schüttelte. »Natürlich. Du weißt ja, meine ist auch früh gestorben. Das hat sich auf mein ganzes Leben ausgewirkt. Darum verstehe ich dich, weißt du?«

»Du verstehst überhaupt nichts.« Sie starrte ihn an, während er unter ihrem wütenden Blick befangen das Standbein wechselte. »Du hast deine Mutter viel später verloren. Meine ist gestorben, als sie … mich zur Welt brachte. Und das hat man mich immer spüren lassen.«

»Nicole.« Er streckte die Hand nach ihr aus, doch sie wich einen Schritt zurück, dann floh sie die Treppe hinauf.

13

Nicole konnte die Ballnacht einfach nicht vergessen. Aufflammende Bilder rissen sie aus dem Schlaf: der nach vorn sackende Kopf, die Haare vor den Augen, das Gurgeln – ein unvergleichliches Geräusch – und das schreckliche Erschlaffen des Körpers. Immer wieder. Dabei schlief sie ohnehin schon schlecht, weil die Augustnächte so heiß waren. Aber wie sollte sie das ohne die Erholung durch Schlaf je hinter sich lassen? Schützend riss sie die Arme hoch und wollte schreien: *Nicht schon wieder, bitte nicht!* Sie musste tatsächlich laut im Schlaf geschrien haben, denn sie wachte davon auf. Sylvie kam besorgt in ihr Zimmer, die blassen Lippen zusammengekniffen.

Nicole wich zurück, als ihre Schwester sich auf die Bettkante setzte.

»Geht es dir nicht gut?« Sylvie legte locker einen Arm um Nicoles Schultern. »Es ist mitten in der Nacht. Du siehst aus, als hättest du einen Geist gesehen.«

»Du hast auch schon besser ausgesehen.«

Nicole blickte auf Sylvies Hände. Sie hatte lange Finger mit schmalen Nägeln, die Hände einer Musikerin. Nicole verbarg die eigenen unter der Bettdecke. Die Angst und das Grauen ließen sich jedoch nicht verbergen. Aber am schlimmsten von allem war der Zweifel. Wie er sie ständig beschlich, bis er sich vollends einnistete, ein Unheilbote, der ihr die Schultern niederdrückte und den Frieden raubte.

Wem konnte sie noch trauen?

Sie schaute ihrer Schwester ins Gesicht. »Wie bewältigst du dieses Leben?«

Sylvie lächelte mitfühlend. »Nicht so leicht, wie du glaubst.«

»Was meinst du?«

»Ich meine, du bist nicht die Einzige, die schlecht träumt. Ich habe auch Albträume und meine eigenen Sorgen.«

Ihre Hände zitterten ein wenig. »Erzähl mir davon«, sagte Nicole. Sie sehnte sich nach dem wortlosen Verstehen, das manche Schwestern miteinander genossen.

Einen Moment lang saß Sylvie reglos da. »Da gibt es nichts zu erzählen. Ich bin bloß gesundheitlich angegriffen.«

Aber sie klang mechanisch, und Nicole stöhnte, weil ihr die schrecklichen Bilder jenes Abends erneut durch den Kopf schossen. Fühlte Sylvie sich deswegen gesundheitlich angegriffen? Sah sie dieselben schrecklichen Dinge, wenn sie im Bett die Augen schloss?

»Möchtest du warme Milch mit Cognac?«

Die freundliche Geste rührte Nicole, aber zuerst musste sie Sylvie etwas fragen: »Triffst du dich mit Mark?«

»Das weißt du doch.«

Am nächsten Morgen, als die ersten deutlichen Lichtstrahlen durch die Dunkelheit drangen, stieg Nicole mäuschenstill aus dem Bett, trat behutsam auf, um die losen Dielen unter dem Teppich zu meiden, öffnete das Fenster und lehnte sich auf die Brüstung, die an der Rückseite des Hauses verlief. Trotz ihrer Traurigkeit beobachtete sie fasziniert, wie die Vögel durch den Garten flogen und die frühen Sonnenstrahlen auf den Teichen schimmerten, und atmete tief durch. Da es schon warm war, würde es ein feuchter Tag werden, aber wenigstens regnete es noch nicht. Sie zog sich eine weite Baumwollhose und eine ebenso weite Bluse an, dann ging sie hinunter in die Küche.

Lisa war natürlich schon auf den Beinen. Sie stand immer vor allen anderen auf. »Hallo«, sagte sie. »Ich überlege gerade, was du vielleicht zum Abendessen möchtest.«

»Jetzt schon?«

»Ich muss auf den Markt. Trinkst du zuerst einen Kaffee?«

Nicole nahm den Becher mit brühheißem Kaffee entgegen

und schlang die Hände darum, um sich behaglicher zu fühlen. »Vielleicht bin ich zum Abendessen gar nicht da.«

Als Lisa die Hintertür öffnete, erfüllte das Vogelgezwitscher die Küche. Nicole streckte den Kopf nach draußen. Die Sonne schien, der Garten in all seinen Grüntönen war in ständiger Bewegung. Die Blätter raschelten im Wind, die Zweige schwankten knackend, und die Blumen, die den Regen überstanden hatten, leuchteten aufmunternd. Niemand kann ewig grübeln, und der von neuem Leben strotzende Garten stimmte sie froh. Sylvie war mit Mark zusammen. Sie musste das nur hinter sich lassen.

Lisa zog sich einen Stuhl heran und strich sich die grau melierten Haare aus dem Gesicht. »Ich hoffe, du hast etwas Nettes vor. Du siehst ziemlich blass aus.«

»Hab nur schlecht geträumt.«

»Wieder vom Ertrinken?«

»Nein.«

Lisa runzelte die Stirn. »Mein liebstes Mädchen, was ist denn los? Du scheinst mir neuerdings nicht mehr du selbst zu sein.«

Nicole schüttelte den Kopf. Sie durfte es Lisa nicht erzählen. Das wäre nicht fair. Und war es nicht sowieso Zeit, den Schrecken jener Nacht hinter sich zu lassen? Sie versuchte, an etwas Heiteres zu denken.

»Weißt du was?«, sagte sie und setzte sich. »Einen Apfelkuchen zum Dessert fände ich prima. Würdest du mir ein Stück aufheben, falls ich es nicht rechtzeitig zum Abendessen schaffe?«

Lisa grinste und hielt ihr die Hand hin. »In der Speisekammer wird ein Nicole-großes Stück stehen. Mit Schlagsahne?«

Nicole fühlte die Wärme von Lisas Hand und drückte sie. »Ja, bitte.«

Es wurde still in der Küche.

Nicole schnupperte. »Kann es sein, dass es nach angebranntem Käse riecht?«

Lisa sprang auf. »Meine Güte! Der Frühstückscamembert …«

Nicole schmunzelte. Der Geruch brachte ihr immer eine ihrer liebsten Erinnerungen zurück – gebackener Camembert mit Lisa in der Küche in Hue. »Du hättest es mir sagen sollen, dann hätte ich dir dabei geholfen.«

»Ja, beim Anbrennenlassen«, erwiderte Lisa, die mit den Händen wedelte.

Nicole zog die Brauen hoch. »Das hast du ja diesmal ganz allein hinbekommen.«

Als Nicole klein gewesen war, hatte Lisa den Käse zuerst eingeritzt und ihn dann mit Rosmarinspitzen gespickt, bevor sie ihn in den Ofen geschoben hatte. Dann hatte sie das Brot gewürfelt. Nicole wartete geduldig mit steigender Vorfreude, bis ihr erlaubt wurde, zwei holzige Rosmarinzweige von den Nadeln zu befreien und Brotwürfel aufzustecken. Sie träufelte Olivenöl darauf und bestreute die Würfel mit Salz, dann schob Lisa sie in den Ofen zu dem Camembert. Sie aßen am Küchentisch bei offenem Fenster, damit sie den Parfümfluss riechen konnten, nur sie beide. Wie gut es schmeckte, wenn man die Brotwürfel in den geschmolzenen Camembert tunkte! Himmlisch! Gebackener Camembert, Rosmarin und der salzige Fluss: Es waren noch immer Nicoles Lieblingsgerüche.

Sie berührte Lisa an der Hand. »Ich hab dich lieb.«

»Raus mit dir, Mädchen.«

Nicole war müde, nachdem sie ständig Mücken weggescheucht hatte, die in den Laden gekommen waren. Obwohl sich der große Deckenventilator drehte, war es schwül. An solchen Tagen war sie so lustlos, dass sie nichts mit sich anzufangen wusste. Sie zündete ein Räucherstäbchen an, in der Hoffnung, es könnte die Luft angenehmer machen.

Draußen vor dem Schaufenster stand eine Händlerin, die sie kannte, mit einem Kuchen in den Händen und gab ihr

Zeichen. Nicole konnte Süßem nicht widerstehen und ging hinaus.

Während sie den Kuchen aß, dachte sie über Tran nach. Sie hatte entschieden, sich unter keinen Umständen mit ihm zu treffen, und dennoch rätselte sie, was er ihr wohl zeigen wollte. Es wäre keine gute Idee, das war klar, denn das würde ihr alles zurückbringen, was sie lieber vergessen sollte. Nein, sie würde nicht hingehen. Das wäre ein großer Fehler. Damit war die Entscheidung gefallen. Aber warum schlug sie dann nach Ladenschluss, statt nach Hause zu gehen, die entgegengesetzte Richtung ein?

Tran ließ eine Weile auf sich warten, doch als er schließlich erschien, gab er ihr die Hand. »Ich wusste, du würdest kommen.«

Sie schüttelte den Kopf. »Da wusstest du mehr als ich.«

Er lachte. »Muss an meinem Charme liegen.«

Tran schien ihr freundschaftlich gesinnt zu sein, aber Nicole blieb wachsam, während sie durch stark belebte Straßen gingen. Sie war neugierig. Nicht mehr und nicht weniger. Doch als er sie schließlich durch Gassen führte, wo sie, abgesehen von ein paar dunklen Gestalten, allein waren, bekam sie wieder Angst. Nicole hatte nicht den Eindruck gehabt, er könnte ihr etwas antun wollen, aber sollte sie sich getäuscht haben, war die Gegend, die er ansteuerte, bestens dafür geeignet. Sie blieb stehen.

Nervös, weil es schon dämmrig wurde, schlug sie einen fröhlichen Ton an. »Eigentlich hab ich's mir anders überlegt.«

Er fasste sie beim Ellbogen. »Dafür ist es zu spät.«

Sie hörte hinter ihnen jemanden die Straße entlangkommen und fuhr herum. Es war nur ein alter Vietnamese, der hastig vorbeihumpelte und dann in eine Gasse einbog.

»Warum sind hier keine Leute?«

Tran antwortete nicht.

»Ich habe dich gefragt …«

»Ich hab's gehört.«

»Ich will nach Hause.«

»Zu gegebener Zeit.«

Sie machte sich los. »Ich will jetzt gehen.«

Er blieb stehen und sah sie an. »Ich werde dir nichts tun.«

Ihr Nacken verspannte sich spürbar, als ihr bewusst wurde, dass dieser Mann mit seinen politischen Überzeugungen für die Tochter einer wohlhabenden französischen Familie eine gefährliche Gesellschaft war. Einige Abschnitte des alten Viertels waren als Brutstätten des vietnamesischen Aufruhrs bekannt. Wieso hatte sie geglaubt, sie könne ihm trauen?

»Ich werde dir nichts tun«, wiederholte er, und sein warmer Ton zerstreute ihre Befürchtungen. »Hab keine Angst. Du wirst unbeschadet nach Hause kommen. Und beizeiten.«

Beim nächsten erleuchteten Fenster, unter dem sie vorbeigingen, schaute sie ihn von der Seite an. Sie war seltsam neugierig auf ihn, und zugleich machte er sie nervös. Doch als er sie breit anlächelte, sah sie Ehrlichkeit in seinen Augen und fühlte sich besser.

»Du kannst mir vertrauen, Nicole.«

»Wie heißt du genau?«

»Mein Familienname ist Tran, wie du weißt. Das soll erst mal genügen.«

Nach einer Weile fand sie es aufregend, bei Dunkelheit in diesem Stadtteil, den sie überhaupt nicht kannte, unterwegs zu sein. Sie hörte laute Stimmen, und im nächsten Moment bogen sie in eine enge Straße ein, in der jedes Schaufenster von roten und gelben Laternen leuchtete. Sie schnupperte. Ein unangenehm süßer Geruch hing in der Luft.

»Opium«, sagte Tran.

Sie runzelte die Stirn.

»Wie du siehst, hat der gesellschaftliche Glanz des französischen Hanoi eine Schattenseite.«

»Ich habe davon gehört.«

»Die Franzosen fördern sie durch ein staatliches Monopol auf den Opiumhandel.«

Ein Stück voraus auf dem Bürgersteig standen eine Handvoll Vietnamesen und nahmen die spärlich bekleideten Vietnamesinnen in Augenschein, die sich verführerisch an französische Offiziere schmiegten. Nicole zögerte weiterzugehen, weil sie fürchtete, einer der Franzosen könnte sie erkennen, aber die Gruppe begab sich in ein Haus.

»Gehen sie tanzen?«

Er verzog das Gesicht. »Das nicht gerade.«

»Du führst mich nicht zum Tanzen aus, oder?«

»Ich tanze nicht.«

Sie schaute in sein ernstes Gesicht. »Das kann ich gar nicht glauben. Tust du gar nichts, was Spaß macht?«

Er antwortete nicht, aber fast hätte er gelächelt. Zumindest hatte Nicole diesen Eindruck.

Die Straße mündete in eine andere mit noch zwielichtigeren Bars, und es roch noch stärker nach Opium.

»Komm«, sagte er, als er vor einem Eingang stehen blieb.

Sie zögerte, denn die Schreckensgeschichten über entführte junge Mädchen, die ihr Vater erzählt hatte, fielen ihr wieder ein. Die hatte sie immer für übertrieben gehalten, für eine Masche, um ihr Temperament zu zügeln. Jetzt war sie sich dessen nicht mehr so sicher.

Sie gingen hinein, und Tran führte sie schmale Treppen hinunter und einen Korridor entlang in den hinteren Teil des Hauses, wo er eine schwere Tür aufdrückte. Starker Opiumgeruch schlug ihnen entgegen. Der Raum war von blauem Rauch verhangen, und bis auf die leise Musik im Hintergrund war es still.

»Das ist eine Opiumhöhle«, sagte er.

Zuerst konnte sie in dem düsteren Zwielicht kaum etwas erkennen, doch dann bemerkte sie kleine diffuse Lichtflecken und die im Raum verteilten Öllampen. Die Kunden, zumeist Vietnamesen, lagen mit einer Lederrolle unter dem Kopf auf den dünnen Matratzen der einfachen Tagesbetten. Ihre stumpfen, teilnahmslosen Augen verrieten alles. Nicole sah eine barfüßige Vietnamesin neben einer der ruhenden Gestalten hocken. Die Utensilien der Sucht lagen neben ihr auf einem niedrigen Tisch: lange schwarze Opiumpfeifen, ein Bambusgefäß und eine Nadel mit silbernem Griff. Sie nahm die Nadel und drehte sie über einer Öllampe.

Tran deutete mit dem Kinn zu einer anderen Frau, die hier das Sagen zu haben schien und auf einen Durchgang zeigte. Nicole, die sich ihrer Schutzlosigkeit bewusst war, griff nach Trans Arm.

»Könnten wir nicht wieder gehen?«

»Ich will dir noch mehr zeigen.«

Nervös ging sie weiter mit ihm.

Hinter dem Durchgang erstreckte sich ein breiter, mit rotem Teppich ausgelegter Korridor, von dem zu beiden Seiten große, mit schweren Brokatgardinen verhängte Nischen abgingen. Es stank derart nach synthetischem Parfüm, als wäre der Geruch in die Wände gezogen. Nicole hielt sich die Nase zu und sah sich um. Einer der Vorhänge war nur halb geschlossen, und sie wandte den Blick ab, da sie gar nicht wissen wollte, was dahinterlag. Das war ein düsterer Ort, nicht nur weil es an Licht mangelte, sondern wegen des Elends und der Angst, die sie deutlich spürte.

»Bitte«, flüsterte sie und wich zurück. »Nicht weiter!«

»Du darfst jetzt nicht kneifen.«

Sie schüttelte den Kopf.

»Es dauert nicht lange.«

Beim Weitergehen änderte sich der Geruch. Jetzt roch es nach Alkohol. Sie ging einen Schritt weiter und schaute in eine Nische, wo der Vorhang weit geöffnet war. Ein Mann und eine Frau schliefen auf einer Samtcouch, auf einem Wandbord über ihnen saß eine große graue Katze. War das alles? Nein, denn aus den nächsten Nischen drangen Geräusche. Nicole trat an eine heran, spähte durch den Vorhangspalt und fuhr angewidert zurück.

Sie gingen weiter den Korridor entlang und dann eine

schmale Treppe hinauf in einen kleinen Raum. Leise schloss Tran die Tür und lächelte. Nur eine quastenbesetzte Tischlampe brannte, und es roch ekelerregend nach Räucherstäbchen und Öl.

Einen Finger an die Lippen gelegt, bedeutete Tran ihr, sich einem Samtvorhang zu nähern, der von einer Wand zur anderen reichte. Dahinter hörte sie Gelächter und Männer, die Französisch sprachen. Tran winkte Nicole erneut heran. Die Bodendielen knarrten unter ihren Füßen. Sie wurde starr vor Schreck, dann, als nichts passierte, näherte sie sich ein wenig.

»Manche sehen gern zu«, flüsterte Tran und zeigte auf den Spalt zwischen den Vorhängen.

Nicole schaute hindurch in ein großes, mit dunklen Möbeln eingerichtetes Zimmer, wo ein junges vietnamesisches Mädchen nackt auf einem mit Seide bezogenen Bett lag. Nicole blickte in das ausdruckslose Gesicht und wollte ihr zurufen, sie solle weglaufen, obwohl ihr klar war, dass es für sie keine Zuflucht gäbe. Drei Polizisten schienen sie abwechselnd zu besteigen und ließen eine Cognacflasche herumgehen. Einer klatschte dem Mädchen aufs Hinterteil und beugte sie nach vorn, um sie zu zwingen, den Penis eines anderen in den Mund zu nehmen. Nicole unterdrückte ihren Abscheu, zog aber versehentlich den Vorhang ein Stück zu weit auf. Im selben Moment hob der Mann den Kopf, und sie fuhr erschrocken zurück. Vielleicht hatte er sie aber gar nicht gesehen, denn er hatte gerade mit zusammengekniffenen Augen das Gesicht verzogen und seine wulstigen Lippen geöffnet – er war der Mann, der die Stadt überwachen sollte, Polizeichef Giraud.

Angewidert wandte Nicole sich ab.

»Genug gesehen?«, flüsterte Tran und wollte nach ihrem Arm greifen.

Sie wehrte ihn mit einer Geste ab und schloss für einen Moment die Augen. »Lass uns gehen!«

Er führte sie zurück durch den opiumverräucherten Raum und hinaus auf die Straße, wo sie aufatmete.

»Das ist nur eins von vielen Bordellen. Tausende arbeiten in der Prostitution. Es gibt noch üblere als dieses.«

Sie drehte sich bestürzt zu Tran um. Es gab noch schlimmere? Wie könnte das möglich sein? Der Tag hatte so gut angefangen. Nicole hatte beschlossen, die Vergangenheit hinter sich zu lassen, und zum ersten Mal seit Langem hatte sie wieder Hoffnung geschöpft. Jetzt war sie völlig aufgewühlt und wütend über die schändliche Doppelmoral der Franzosen und ihre Ausbeutung der jungen Mädchen.

»Es gibt außerdem Hunderte von Spielhöllen.« Tran bemerkte ihren Gefühlsaufruhr. »Geht es?«

Sie nickte und konzentrierte sich darauf, sich zu beruhigen. Als sie wieder sprechen konnte, sagte sie: »Glücksspiel scheint mir nicht ganz so schrecklich zu sein.«

»Leider spielen die Vietnamesen allzu gern. Wegen der Schulden gibt es viele Selbstmorde. Das möchten wir ändern.«

»Ich dachte, ihr wollt nur die Franzosen aus dem Land treiben.«

»Das ist bloß der Anfang. Wir müssen das vietnamesische Volk umerziehen.« Nach kurzem Schweigen sagte er: »Komm, lass uns von hier verschwinden!«

Unterwegs schien der Opiumgeruch noch an ihren Kleidern zu haften, und sie fühlte sich so schmutzig wie noch nie. »Warum hast du mir das gezeigt?«

»Damit du verstehst, dass wir keine schlechten Menschen sind, sondern für das Gemeinwohl arbeiten.«

»Aber gegen die Franzosen.«

»Wie denn sonst? Wir wollen unser Volk mobilisieren, nicht in Armut und Unterdrückung halten. Wir wollen den Menschen Hoffnung auf die Zukunft geben. Wir wollen über das herrschen, was uns gehört. Kannst du das nicht verstehen?«

Nach allem, was sie gerade gesehen hatte, konnte sie nur nicken.

Als sie das Viertel hinter sich ließen, dachte Nicole an den Fluss in Hue. Damals hatte sie häufig die Boote beobachtet und die Armen in Tontöpfen Reis kochen sehen, während sie vorbeipaddelten. Waren sie mit ihrem einfachen Leben zufrieden gewesen? Was, wenn die Wirklichkeit ganz anders war? Was, wenn sie sich schon die ganze Zeit abgemüht hatten und unglücklich gewesen waren?

»Du brauchst mich, um deine Gedanken zu ordnen«, sagte Tran eifrig. »Wie schon erwähnt, die Franzosen fördern den Opiumgenuss, aber nur solange es sich um das Opium der Regierung handelt.«

»Das kann nicht wahr sein!«

»Ist es aber, fürchte ich. Die Franzosen überwachen den Anbau, die Herstellung und den Handel. Inzwischen wird auch Opium aus China geschmuggelt, und dort schätzt man es gar nicht, gegen einen Haufen Schwarzmarkthändler den Kürzeren zu ziehen.«

»Ist dein Bruder deshalb umgebracht worden?«

Er zuckte mit den Schultern.

Nicole eilte nach Hause und dachte über das nach, was sie gesehen hatte. Hatte Tran ihre Unzufriedenheit gespürt und gedacht, sie sei vielleicht reif für die »Bekehrung«? Vielleicht nahm er an, ihre Familienbande hätten sich gelockert. Nun, da irrte er sich. Wenn sie auch vietnamesisch aussah, ihre Mutter war lange tot, und ihr Vater hatte immer das Bild einer überwiegend französischen Familie hochgehalten. Das vietnamesische Blut der Duvals war schon allzu lange begraben.

14

Das starke Regenwetter wurde immer eintöniger, und Nicole sehnte den September und Oktober herbei, die klaren, kühlen Tage von Hanois trockener Jahreszeit. Anfang September würde auch die Show Premiere haben. Gerade setzte sie sich während einer Probenpause in ihre Garderobe und versuchte, mit ihrem inneren Aufruhr fertigzuwerden. Diese Mädchen im Bordell taten ihr leid, aber sie war auch wütend auf sich selbst, weil sie Tran dorthin begleitet hatte. Wie sehr sie sich auch wünschte, etwas ändern zu können, sie sah dazu keine Möglichkeit.

Sie kam zu dem Schluss, dass Trans Bruder erschossen worden war, weil er Opium geschmuggelt hatte. Das konnte die Erschießung nicht rechtfertigen, doch wenigstens wäre das ein Grund. Wenn das Opium ein Monopol der Regierung war, hätte er nicht gegen das Gesetz verstoßen dürfen. Allerdings wurde sie den Gedanken nicht los, dass der Handel mit Opium generell falsch war, ob legal oder illegal.

Sie beschloss, nicht mehr daran zu denken. Sie durfte sich nicht derart überfordern und würde sich nicht noch einmal von Tran überreden lassen, ihn zu begleiten. Welchen Nutzen sollte es haben, wenn er ihr solche Sachen zeigte? Sie war schon viel zu weit gegangen.

Sie schreckte hoch, weil es an der Tür klopfte, und hörte Jerry rufen. Sie hatte nicht gut gesungen und verließ ihre Garderobe in Erwartung einer Standpauke.

»Geht es dir nicht gut?«, fragte er.

»Bin nur ein bisschen müde. Es tut mir leid, dass ich heute nicht ganz auf der Höhe bin.«

»Wir haben alle mal einen schlechten Tag. Keine Sorge.

Die Sache ist die: Simone ist krank. Da die Premiere schon nächsten Monat ist, brauche ich einen Ersatz.«

Sie starrte ihn verständnislos an.

»Also?«, fragte er. »Meinst du, du schaffst das?«

Aufgeregt begriff sie, dass er sie gerade bat, die Hauptrolle zu übernehmen.

»Kannst du die Songs schnell genug lernen?«

Sie errötete vor Freude. »Die kenne ich doch.«

»Also abgemacht.«

Nicole grinste. »Wann soll ich anfangen?«

»Jetzt gleich. Wir machen mit dem zweiten Akt weiter.«

Sie zögerte. »Gibt es ein Skript für mich?«

Er zog die Brauen hoch. »Ich dachte, du kennst die Songs.«

»Nicht jede Zeile und die genauen Einsätze.«

»Na gut, aber du musst sie möglichst bald auswendig können.«

Nicole nickte und begab sich zur Bühne.

Das Musical, geschrieben von einem Frankovietnamesen, wurde auf Französisch aufgeführt und handelte von einem Franzosen, der sich in eine Vietnamesin verliebt. Nicoles Vater hatte zwar eine Vietnamesin geheiratet, aber solche Mischehen waren nicht mehr so häufig wie noch vor zwanzig Jahren, und daher war das Musical noch nie aufgeführt worden. Jerry hielt es für lohnend.

Nicole dachte an Mark und wünschte, sie könnte ihm die Neuigkeit erzählen. Er wusste nichts über die schwierige Zeit, die Sylvie und sie gehabt hatten: die Spannungen, die Streitereien, die Rivalität. Mark konnte auch nicht wissen, dass er zur Trophäe geworden war, die Sylvie nun gewonnen hatte. Was den Mord betraf, neigte Nicole inzwischen dazu, Mark für unschuldig zu halten. Ihre Angst war verblasst, und seit sie die Dinge klarer sah, konnte sie auch wieder schlafen. Mark war kein Mittäter gewesen. Er war nur als unfreiwilliger Zeuge dabei gewesen. Das war alles. Und Sylvie? Ihre Schwester nahm ohnehin schon zu viel Raum in ihren Gedanken ein, fand Nicole.

An einem schönen Sonntagnachmittag lief sie an der Hollywood Dance Hall vorbei. Da Musik von drinnen zu hören war, blieb Nicole stehen und lauschte. Um mit ihrem Leben fortzufahren, hatte sie sich angewöhnt, an Sonntagen, wenn es nicht regnete, spazieren zu gehen, manchmal mit Freunden, manchmal allein. An diesem Tag war sie allein unterwegs, erhobenen Hauptes und die Schultern steif vor Anspannung. Sie schaute auf die enormen Glastüren, die der frischen Luft wegen offen standen, denn drinnen war es blau von Rauch, und beobachtete die ein und aus gehenden Besucher. Sie trug ihr Lieblingskleid, das schwarze aus Baumwolle mit dem weiten Rock und dem runden Ausschnitt, und wäre gern hineingegangen, um sich in dem blauen Dunst zu verlieren. Sie hatte sogar überlegt, sich den neuen jungenhaften Haarschnitt zuzulegen, der gerade in Mode kam, aber sie konnte sich nicht dazu überwinden. Stattdessen hatte sie ihre dicken schwarzen Haare im Nacken aufgedreht.

Wie lange sie dagestanden hatte, als Mark in der Ferne erschien, wusste sie nicht. Man merkte kaum, wie die Zeit verging, wenn man sich innerlich ein wenig verloren fühlte. In ängstlicher Erwartung blieb sie steif stehen, dann schaute sie einem Schwarm Vögel nach, der am Himmel seine Kreise zog. Sie wollte den Eindruck erwecken, er wäre ihr gleichgültig; vor allem wollte sie das gern selbst glauben.

Sie hörte ihn rufen.

»Hallo, Mark.« Nicole drehte sich um und versuchte, unbeschwert zu klingen.

»Was tust du hier?«

»Ich komme zufällig vorbei.« Sie lächelte, schloss aber hinter dem Rücken eine Hand zur Faust und drückte die Fingernägel in die Handballen.

Er lehnte sich an die Hauswand. »Du siehst sehr hübsch aus.«

»Ach, wirklich?«

Er trug einen dunkelblauen Anzug, durch den seine Augen

noch blauer strahlten, doch er wirkte anders als sonst, hatte etwas Verletzliches an sich, das sie tief anrührte. Die dunklen Schatten unter den Augen ließen ihn müde wirken. Sie hätte ihn gern berührt und getröstet.

»Ich habe dich vermisst«, sagte er und lächelte.

Nicole zog die Brauen hoch. »Ist nicht meine Schuld. Hat Sylvie dir nicht erzählt, warum du mich nicht mehr zu Gesicht bekommen hast?«

»Was erzählt?«

Sie zögerte. Sollte sie ihm sagen, dass sie ihre Schwester und ihn bei einem Kuss gesehen hatte? Ihr Stolz hielt sie davon ab, und wenn Mark sie noch so fragend anblickte, sie wollte nicht wieder zu jenem Abend zurückkehren. »Unwichtig … Übrigens habe ich jetzt die Hauptrolle in dem Musical. Simone ist krank geworden.«

»Ich wusste, du hast Talent«, sagte er mit einem herzlichen Lächeln.

»Wirst du kommen? Zur Premiere, meine ich.«

Ohne zu überlegen, war sie damit herausgeplatzt und starrte jetzt in seine blauen Augen, während sie die Röte, die ihr brennend in die Wangen kroch, aufzuhalten versuchte. Keiner von ihnen sprach ein Wort. Beide standen sie still da und sahen einander ins Gesicht. Nicole bemerkte eine Regung in seinem Blick und war sich sicher, seine Gefühle für sie in seinen Augen zu lesen. Es schien, als wollte er etwas sagen. Sie fühlte Tränen hinter ihren Lidern brennen und sehnte sich danach, ihn zu berühren, bezwang sich aber.

»Möchtest du etwas trinken gehen?«, fragte er schließlich.

Sie antwortete nicht, und das Schweigen wurde unangenehm.

»Also?« Er streckte ihr die Hand entgegen, doch sie nahm sie nicht.

Noch immer blickte er sie an und wartete auf eine Antwort. Sie rang sich ein Lächeln ab, das er als Einwilligung auffasste.

Mark ging mit den Händen in den Hosentaschen dicht

neben ihr, sodass sie ab und zu gegen ihn stieß. Er kickte eine leere Zigarettenschachtel in den Rinnstein, und Nicole wünschte sich verzweifelt, ihm wieder nah zu sein, und gleichzeitig trieb es sie von ihm weg.

»Ist Hanoi jetzt nicht wunderbar?«, bemerkte er gerade. »Ich dachte, die Hitze geht nie vorbei.«

»Lass dich nicht täuschen. Sie ist noch nicht vorbei.«

Sie gelangten zu einer Bar mit Tischen auf dem Bürgersteig. »Ist die gut genug?«

Nicole nickte, und Mark zog ihr einen Stuhl unter dem Tisch hervor. »Ich nehme Weißwein«, sagte sie.

Er ging hinein und kam nach einigen Minuten mit einem Glas Wein für sie und einem Bier für sich selbst heraus, dann zündete er sich eine Zigarette an und blies den Rauch nach oben in die Luft.

»Ich würde sehr gern zu der Aufführung kommen. Und vielleicht wäre es nett, wenn dein Vater und Sylvie auch mitgehen würden.«

Sie schaute ihn verstohlen an. »Warum?«

»Sollen sie nicht sehen, wie gut du bist?«

Nicole zuckte mit den Schultern. Sie wollte sich ihm gegenüber normal verhalten, so wie vorher, aber was sie gesehen hatte, hatte alles verändert. Egal, was er jetzt sagte, der Schaden war angerichtet, und sie waren beide hölzern. Außerdem fragte sie sich jetzt, da er sich so unbehaglich zu fühlen schien, ob seine vorherige Nonchalance gespielt gewesen war. Es ärgerte sie, dass sie nicht mehr wusste, woran sie bei ihm war. Sie selbst fühlte sich auch unecht, als spielte sie die Nicole nur.

»Was ist passiert, Nicole? Zwischen uns?«

Sie traute ihren Ohren kaum. Er blickte sie unverwandt an, eine Ader pochte an seiner Schläfe, seine Augen wirkten klar und aufrichtig.

»Du triffst dich mit Sylvie«, brachte sie schließlich mühsam hervor.

Er runzelte die Stirn. »Natürlich. Ab und zu. Vielleicht hat sie dir nicht erzählt, dass wir miteinander ausgegangen sind, als sie in den Staaten war.«

»Vielleicht hast *du* mir das nicht erzählt.«

»Es waren nur wenige Male, nichts Ernstes, und dann, als sie krank war, habe ich mich um sie gekümmert.«

»Krank? Sylvie war krank? Das hat sie nie erwähnt.«

»Das ist auch lange her. Inzwischen habe ich nur noch wegen des Seidengeschäfts mit deiner Schwester zu tun.«

»Ich weiß, dass das nicht alles ist.« Sie senkte die Stimme und war im Begriff, von dem Kuss anzufangen, überlegte es sich jedoch im letzten Moment anders. Der Vorhang war zwischen ihnen gefallen. Sie konnte es nicht mehr sagen. Andernfalls würde sie sich bloß kindisch anhören.

Stirnrunzelnd griff er nach ihrer Hand, drehte sie herum, dann fuhr er die Linien mit der Fingerspitze nach. Er sah furchtbar unglücklich aus, und sie wollte sein Gesicht in die Hände nehmen und seine Traurigkeit wegküssen. Aber obwohl seine Berührung sie erregte, zog sie die Hand weg.

»Ich weiß, dass du dafür arbeitest, eine dritte bewaffnete Partei zu finanzieren.«

»Sie hat es dir erzählt?«

Nicole nickte und trank ihren Wein in einem Zug aus. »Du hast es ja selbst angedeutet. Also arbeitest du für den Geheimdienst?«

Er zog die Brauen zusammen und schwieg, wobei sich die beiden Steilfalten noch vertieften. Von einer Passantin wehte ein delikater Rosenduft heran. Er erinnerte Nicole an die Ballnacht, und sie fühlte sich leer und zugleich voller Schmerz. Einen Moment saß sie wie festgeklebt auf ihrem Stuhl, doch dann konnte sie es nicht mehr ertragen, Mark so nahe zu sein, und zwang sich schließlich aufzustehen.

»Also, ich muss gehen. War nett, dich zu sehen«, sagte sie und verließ aufgewühlt das Café.

Hinter der nächsten Ecke lehnte sie sich an die Hauswand

und atmete tief durch. Sie schloss die Augen, verärgert über sich selbst, weil sie ihn immer noch so sehr mochte. Aber warum gab er vor, nicht mit Sylvie zusammen zu sein? Ein Mitarbeiter des Nachrichtendienstes war sicher darin geschult, anderen etwas vorzumachen, und sie wusste nicht, was sie glauben sollte. Ihr kam eine Erinnerung aus ihrer Kindheit in den Sinn, und die mühsam zurückgehaltenen Tränen quollen nun doch hervor. Ihre Schwester und sie waren im Garten. Sylvie zeigte einer Freundin die neusten Fotos, die sie ins Familienalbum geklebt hatte, während Nicole auf der Schaukel saß und sang.

Abgesehen von den Wolken summender Insekten bei den blühenden Büschen und den Pfirsichbäumen voller reifer Früchte war es still. Am anderen Ufer des Parfümflusses ließen Kinder Drachen und Fische aus bemaltem Papier steigen, die über dem Dunst im Wind schwebten. Es war Januar, trocken und angenehm, und der Tag, an dem im Hause Duval Kuchen gebacken wurde. Deshalb war Lisa beschäftigt, und die Kinder waren sich selbst überlassen. Eine Krähe mit großem Schnabel landete flatternd neben der Schaukel und streifte Nicoles Bein mit dem Flügel. Nicole scheuchte sie weg und beobachtete dann, wie das Tier seine krächzenden Rufe ausstieß und sich zum höchsten Zweig der Pappelfeige aufschwang, um mit einer anderen glänzenden Krähe Wache zu halten. Es war ein beglückender Tag.

»Du bist so schön, aber Nicole hier …«, sagte Sylvies Freundin laut lachend und zeigte auf eine Seite in dem Album. »Sie sieht so hässlich aus.«

Ihre Schwester lachte auch und drehte sich dann zu Nicole um. »Du bist tatsächlich nicht besonders fotogen, oder?«

Nicole sprang von der Schaukel und kam, um sich die Sache anzuschauen. Es war ihr peinlich, denn das war das schlimmste Foto, das Sylvie hätte aussuchen können. Das Kleid war ein altes von ihrer Schwester, ihre Haare sahen aus, als müssten sie gewaschen werden, und sie grinste unvorteilhaft in die Kamera. Sylvie dagegen sah makellos aus.

»Warum hast du dieses Foto da reingeklebt? Gab es keine besseren?«

Sylvie zuckte mit den Schultern. »Ich dachte nicht, dass dir das was ausmacht. Dir ist doch immer egal, wie du aussiehst.«

Hinterher war Nicole so gekränkt und wütend, dass sie kaum wusste, wo sie sich lassen sollte. In Wahrheit hatte sie die unausgesprochenen Erwartungen immer gespürt, die sie nicht erfüllen konnte. Ihr Aussehen war ihr überhaupt nicht gleichgültig, und sie machte sich ständig Gedanken, wie andere sie sahen. Später schlich sie in Sylvies Zimmer, schnitt ihrer Lieblingspuppe die Haare ab und warf sie in den Fluss.

15

Mit starken Kopfschmerzen schloss Nicole am nächsten Tag den Laden auf – sie hatte zu viel Cognac aus dem Keller stibitzt. Der Alkohol half ihr zu vergessen, hatte sie festgestellt, machte sie aber auch weinerlich und sentimental. Sie wischte den Fußboden, polierte die Möbel und wollte gerade anfangen, die Fenster zu putzen, als sie Yves mit seiner Tochter auf der anderen Straßenseite entlanglaufen sah. Yvette grinste sie an, und die beiden kamen herüber und stolperten fast über ein entlaufenes Huhn, das ihnen zwischen die Beine rannte.

»Ich habe vorhin schon mal geschaut, ob Sie da sind«, sagte er, »aber da war der Laden noch geschlossen.«

»Kann ich etwas für Sie tun?«

»Ich wollte fragen, ob Yvette für ein paar Stunden bei Ihnen bleiben kann. Hat sich aber erledigt. Sie kommt jetzt einfach mit. Ich muss nämlich ins Krankenhaus.«

»Hoffentlich nichts Ernstes?«

»Nein, nur zur Kontrolle.«

Da sie es sich nicht entgehen lassen wollte, den Tag mit einem Kind zu verbringen, dessen unbedarfte Fröhlichkeit so ansteckend war, schüttelte Nicole den Kopf. »Ach was! Lassen Sie Yvette ruhig hier. Wenn nicht so viel zu tun ist, werde ich ihr zeigen, wie man Seide schneidet.«

»Es macht Ihnen nichts aus?«

»Überhaupt nicht.«

»Hier ist der Schlüssel zur Bäckerei, falls es Ihnen nicht zu lästig ist, Trophy zu holen.«

Nicole streckte Yvette die Hand hin, und nachdem sie Yves zum Abschied gewinkt hatten, holten sie das Hündchen. Dann putzten sie die Ladenfenster. Es war ein schöner Tag mit klarem blauem Himmel und Zitronenduft in der Luft, und es wehte ein frischer Wind. Deshalb war es auch nicht weiter schlimm, dass Yvettes Kleid fast mehr Wasser abbekam als die Fenster. Und hinterher war es wunderbar, auf der Stufe zu sitzen, trocken zu werden und das halbe Viertel vorbeilaufen zu sehen.

Als immer mehr Essensdünste die Luft schwängerten, wurde ihre Aufmerksamkeit auf das Tor eines Tempels gelenkt, wo sich eine kleine Gruppe von Tänzern aufstellte. Zu ihnen gehörte ein Mann in einem goldenen Kostüm, der sich mit einer Trommel auf den Bürgersteig setzte. Als er zu trommeln anfing, wiegten sich die Tänzer hin und her und ließen die Bewegung allmählich in eine Drehung übergehen, und einige Frauen sangen dazu. Die heitere Gelassenheit und Sinnlichkeit der Tänzer war anziehend. Fasziniert von dem Anblick, griff Yvette nach Nicoles Hand und drückte sie.

»Du wirst dich an deine Mama wohl nicht mehr erinnern?«, flüsterte Nicole an ihrem Ohr.

»Nein.«

Yvettes Mutter war eine vietnamesische Tänzerin von außergewöhnlicher Schönheit gewesen, aber während des Krieges hatte sie die Aufmerksamkeit eines japanischen Kommandeurs auf sich gezogen, und das wurde ihr zum Verhängnis. Er war hingerissen gewesen von der sirenenhaften Tänzerin, die zugleich völlige Reinheit verkörperte, und hatte sie ausschließlich für ihn tanzen lassen. Leider war es nicht nur beim Tanzen geblieben.

Sie schauten zu, bis der Tanz zu Ende war.

»Wollen wir jetzt Seide schneiden?«, fragte Nicole. »Ich habe die größten Scheren, die du je gesehen hast. Welche Farbe sollen wir nehmen?«

»Creme, bitte.«

Ehe sie mit der Lektion richtig beginnen konnte, brach ein Strom von Kundinnen in den Laden ein. Darunter war auch eine, die Nicole besonders mochte, eine alte, runzlige Frau mit wenigen Zähnen im Mund, die Seide für ihre Enkelinnen kaufte. Obwohl sie sicher ein schweres Leben gehabt hatte, war ihr Blick strahlend, und sie hatte für Nicole immer ein Lächeln.

Als es im Laden wieder still war und Yvette sicher auf einem Schemel stand, um besser zusehen zu können, rollte Nicole den Stoff ab. Er war von bester Qualität und mit Goldfäden durchwirkt, die in der Sonne schimmerten. Nachdem er glatt auf einer Lage feinem Papier lag, deckte sie ihn mit einem zweiten Bogen Papier ab.

»Wofür ist das?«, fragte Yvette.

»Wenn man Seide zwischen Papierbögen schneidet, verhält sie sich wie das Papier und ist viel leichter zu schneiden. Zuerst schneiden wir einen Meter für dich ab. Den darfst du mit nach Hause nehmen. Dann muss ich acht Meter für Sylvie abschneiden und einpacken. Sie hat mich schon vor einer Ewigkeit darum gebeten, aber ich habe es immer wieder vergessen.«

»Das ist aber viel.«

»Ja, nicht wahr?«

Yvette schien zu überlegen und schaute Nicole dann mit leuchtenden Augen an. »Wenn ich groß bin, kann ich dann hier bei dir arbeiten?«

Nicole war gerührt und drückte sie kurz bei den dünnen Schultern. Manchmal war Yvette für sie mehr Schwester, als Sylvie es je gewesen war. »Nicht bei deinem Vater in der Bäckerei?«

»Vielleicht beides?« Die Kleine dachte darüber nach und kicherte. »Seide finde ich schöner, aber das darfst du ihm nicht verraten.«

Den Kopf über den Ladentisch gebeugt, erledigten sie ihre Aufgabe, und Nicole erklärte, dass Seide bei kaltem Wetter warm halte und bei heißem Wetter kühl.

»Seide ist auch ein reißfestes Garn. Dünner als menschliches Haar, aber so stark wie Draht.«

»Ich mag Seide«, sagte das Kind. »Sie schimmert so schön.«

Nicole war bezaubert von dem offensichtlichen Interesse, und sie ließen sich nur von der Ladenglocke stören.

»Hallo«, sagte Tran. »Zwei kleine *métisses* bei der Arbeit, wie ich sehe.«

Nicole blickte auf und nahm eine drohende Haltung ein. »Ich wünschte, du würdest mich nicht so nennen.«

Er lachte. »Verzeihung, junges französisches Fräulein!« Er verbeugte sich mit einer ausholenden Armbewegung und brachte sie zum Lächeln. Tran wirkte anders. Tatsächlich sah er jedes Mal anders aus, wenn er kurz in ihrer Welt auftauchte. Heute schaute er zum Beispiel wie ein Student aus.

Tran bot Yvette die Hand, um ihr von dem Schemel zu helfen. »Was haltet ihr von einem Eis?«

Yvettes Augen leuchteten auf, und er schaute Nicole an.

Die nickte, und er ging zur Ladentür, das Mädchen im Schlepptau.

»Nein, lass das Kind hier! Hol das Eis, und dann kommst du damit hierher.«

Mit leicht zusammengezogenen Brauen blickte er sie an. »Du traust mir wirklich nicht, oder?«

»Habe ich denn Grund dazu?«

Er zuckte mit den Schultern und ließ Yvettes Hand los. Als er durch die Tür ging, bemerkte Nicole wieder sein violettes Muttermal. Es war zu heiß, um einen Schal zu tragen, dadurch war es fast ganz zu sehen. Sie bezweifelte, dass er zurückkam, aber das tat er, und zu dritt setzten sie sich auf die Stufe und aßen Eis. Auch O-Lan gesellte sich dazu. Nicole hatte Mango- und Passionsfruchtsorbet, die anderen Schokoladen- und Mokkaeis. Hinterher sangen sie zwei vietnamesische Lieder. Tran fiel mit ein, und Yvette summte dazu. Er war sehr nett zu Yvette, trotz seiner extremen Ansichten, und Nicole fing an, ihn zu mögen.

Nach einer Weile verschwand O-Lan wieder in ihrem Laden, und Yvette ging nach hinten in den Hof, um Trophy hinauszulassen.

Tran wandte sich Nicole zu. »Hast du darüber nachgedacht?«

»Worüber?«

»Uns zu helfen.«

»Du denkst, du kannst meine Gefolgschaft mit einem Eis kaufen?«

Er lachte. »Nein, Kleine, aber du weißt schon, dass du mit einem falschen Sicherheitsgefühl lebst, oder? Der Widerstandskrieg wird sich noch verschärfen, da wir jetzt die Bauern auf unserer Seite haben.«

»Ich dachte, du bist einer!«

»Das bin ich auch, aber ich habe das Glück, dass mir mein Onkel ein Studium bezahlt, und jetzt gebrauche ich meinen Verstand.«

»Wurde dein Bruder getötet, weil er den französischen Beamten umgebracht hat? Oder war er ein Schmuggler?«

»Es gibt keinen Beweis, dass er den Mord begangen hat, und er war kein Schmuggler. Wie gesagt, wir glauben, dass er als bekannter Agitator zur Vergeltung des Anschlags getötet wurde. Zur Demonstration.«

»Wieso war er bekannt?«

»Es gibt Spione auf beiden Seiten. Auch wir müssen über das militärische Vorgehen der Franzosen und das Eingreifen der Amerikaner Informationen sammeln.«

Sie zog ein Gesicht. »Dann musst du verrückt sein, wenn du glaubst, dass ich helfen kann.«

»Du hast einen amerikanischen Freund.«

»›Hattest‹ trifft es eher. Außerdem ist er nur ein Seidenhändler und wird überhaupt nichts wissen.«

»Das glaubst du?«

Nicole schaute weg. »Wie gesagt, er ist nicht mehr mein Freund. Nicht, dass ich überhaupt für euch spionieren würde.«

»*Bat ca hai tay.* Man kann nicht auf zwei Hochzeiten tanzen. Es kommt der Tag, an dem du dich entscheiden musst, ob du Französin oder Vietnamesin bist.«

Sie kniff die Augen zusammen und forschte in seinem Gesicht. »Du scheinst dir da sehr sicher zu sein, aber ich bin beides. Das kann ich nicht ändern.«

»Es ist nur eine Frage der Zeit. Du hast doch sicher schon einmal gesehen, unter welchen Bedingungen die Arbeiter leben, die sanitären Verhältnisse, die Armut. Löst das bei dir keine Betroffenheit aus?«

Mehr sagte er dazu nicht, doch sie konnte es sich mühelos vorstellen.

»Eines Tages werde ich dir die Augen noch weiter öffnen«, versicherte er und stand auf.

Nachdem er gegangen war, schlüpfte Nicole in den oberen Stock und holte die kleine bestickte Börse hervor, die sie an ihrem ersten Tag im Laden gefunden hatte. Sie drückte sie an die Brust und wartete auf Yvette. Immer wenn sie traurig oder niedergeschlagen war oder auch nur ein wenig unsicher, fühlte sie sich besser, sobald sie die Börse in den Händen hielt. Und Tran brachte sie im Augenblick durcheinander. Obwohl er sich die schwarzen Haare mit Pomade zurückkämmte und sich einen Schnurrbart wachsen ließ, hatte er etwas Grobes, Unfertiges an sich. Sie konnte nicht leugnen, dass seine vollen Lippen und die feurigen dunklen Augen anziehend waren, und seinen jugendlichen Idealismus fand sie auch aufregend. Doch was sie wirklich beflügelte, war die Leidenschaft, die in ihm zu brennen schien, selbst wenn sie vieles, worüber er redete, für Unsinn hielt.

16

An dem Tag, als Sylvie die Seide abholte, hatte Nicole die Ladentür weit offenstehen gelassen, damit frische Luft hereinkam, und sie faltete gerade Stoffreste zusammen, die sie verkaufen wollte.

»Ich bin auf dem Weg von einer Besprechung zur nächsten, habe also nicht viel Zeit«, sagte Sylvie. Sie war elegant gekleidet, trug ein schlichtes weißes Etuikleid mit Federhütchen, graue Krokodillederschuhe und kurze Handschuhe. Einen zog sie aus, um mit den Fingerspitzen über den Ladentisch zu streichen. »Du hältst ihn sauber.«

»Er muss sauber sein, wenn ich darauf Seide schneiden will.«

»Natürlich.«

Nicole fühlte sich ungepflegt neben ihr und wünschte, sie hätte sich nicht ihre ältesten vietnamesischen Sachen angezogen. Sie faltete weiter Stoffreste. »Ist noch etwas?«

Als Sylvie sich umschaute, bemerkte Nicole, dass ihre Schwester fahrig war, ganz und gar nicht so ruhig wie sonst immer. »Ich werde mir die Zahlen ansehen müssen, um einen Gesamteindruck zu bekommen, doch soweit ich sehe, hat sich der Laden gut entwickelt. Du hast ihn sogar schön gestaltet.«

Nicole hielt inne und blickte sie an. »Danke.«

»Er bedeutet dir offenbar viel.«

»Er bedeutet mir alles.«

»Ich hätte nicht gedacht, dass es dir damit so ernst ist.«

Sie unterhielten sich über ihr Warenhaus in der Rue Paul Bert, wo die Gewinne weiter schrumpften. Sylvie habe Pläne, sagte sie, große Pläne für die Zeit nach den derzeitigen Unruhen. Sie war völlig sicher, dass sie bald vorbei sein würden.

»Weißt du, ich wünschte, wir könnten noch mal von vorn anfangen«, sagte sie schließlich.

»Von welchem Punkt an?«

»Von damals … Als wir noch Kinder waren.«

Nicole seufzte. Wenn es nur so einfach wäre. »Weißt du noch, als du überall herumerzählt hast, ich wäre adoptiert?«

»Ach je, ich war schrecklich, oder?«

Nicole grinste. »Nur manchmal.«

»Aber nicht nur ich. Du hast mir einmal eine tote Maus ins Bett gelegt.«

»Du und deine Freundinnen habt mich ausgeschlossen.«

»Das tut mir leid.« Sylvie schwieg für ein paar Augenblicke. »Können wir uns nicht ein bisschen mehr anstrengen?«

»Wobei?«

»Einander zu mögen …«

Es folgte ein kurzes Schweigen, während Nicole darüber nachdachte. Die Wahrheit war, dass es während ihrer Kindheit Zeiten gegeben hatte, in denen Sylvie für sie eingetreten war. Sie hatte ihr damals auch immer bei den Mathematikhausaufgaben geholfen und war lieb zu ihr gewesen, wenn sie zitternd aus dem Albtraum hochschreckte, bei dem sie im Parfümfluss ertrank. Das Verhältnis zwischen den Schwestern war kompliziert und wurzelte tief in halb erinnerten Kindheitsereignissen.

»Ich sag dir was: Morgen gehe ich ins Laternendorf. Da gibt es ein Fest. Möchtest du mitkommen?«

Nicole antwortete nicht, sondern bückte sich hinter dem Ladentisch und kam mit dem verschnürten Päckchen für ihre Schwester wieder hoch. »Hier sind deine acht Meter Seide. Sehr hübsch, die cremefarbene. Die beste Seide, die wir haben. Wofür brauchst du sie?«

»Nur für alle Fälle.«

Nicole blickte nicht auf. Was ging da wirklich vor? Hoffte ihre Schwester, Mark würde ihr einen Heiratsantrag machen?

Plötzlich kochte ihre Wut hoch, ihr Herz schlug heftig, und sie hob den Blick erst wieder, als sie sicher sein konnte, dass ihr der Schmerz nicht anzusehen war. Aber noch immer war es wie ein Schlag in die Magengrube, und ihr war schlecht vor Eifersucht. Wenn Mark und ihre Schwester sich so nahestanden, wie Sylvie andeutete, dann war es für sie wirklich aus und vorbei.

»Und wie geht's Mark?«, fragte sie, um sich nonchalant zu geben, und war zugleich erpicht, mehr herauszufinden.

Sylvie tippte auf ihre Uhr. »Ach, ständig beschäftigt, weißt du. Wie ich. Die meiste Zeit ist er in Saigon. Also, willst du morgen zu dem Fest mitkommen? Wir könnten uns um vier Uhr am Hoan Kiem treffen.«

Das Laternenfest fand abends statt, aber Sylvie hatte vorgeschlagen, schon früher hinzufahren, um sich anzusehen, wie die Laternen gefertigt wurden. Nicole ging nur mit, um ihre Schwester nach Mark auszufragen, und hatte beschlossen, O-Lan als moralische Unterstützung dazu einzuladen.

»Die Laternenmacher kamen ursprünglich aus Hoi An«, erklärte O-Lan, nachdem sie aus dem Auto gestiegen waren und ins Dorfzentrum gingen, wo die Laternen für den Abend bereithingen. Einige hatten die Form von Drachenköpfen, andere von Fischen, und ein paar waren schlichte, mit Bändern verzierte Kuben. »Die Rahmen bestehen aus abgelagertem Bambus. Man weicht ihn mehrere Tage lang in Salzwasser ein.«

»Warum?«, wollte Sylvie wissen. Sie war wieder so ruhig wie immer.

»Das schützt ihn gegen Würmer und Motten.«

»Die Seide ist schön.« Nicole befühlte eine rote Laterne, die gerade erst aufgehängt worden war, ein Fabeltier in lodernden Feuerfarben.

»Sie kommt aus dem Dorf meiner Familie«, sagte O-Lan.

Nicole nickte. »Lass uns eine Laterne kaufen, Sylvie, für den Garten zu Hause! Wir könnten eine Vollmondparty veranstalten.«

»Ich bezweifle, dass Papa das erlauben würde, aber es würde

bestimmt hübsch aussehen. Diese hier sind viel größer als die Papierlaternen, die wir zu Hause haben.« Sylvie grinste. »Eigentlich finde ich, wir sollten gleich mehrere kaufen. Du könntest dir auch eine in den Laden hängen.«

Sie gingen in eine Werkstatt und sahen zu, wie der Besitzer eine Laterne herstellte. Einer Ecke entströmte ein starker Geruch von Räucherwerk, von dem Sylvie husten musste. Sie gingen wieder nach draußen, wo der Geruch noch in der Luft hing, aber nicht so überwältigend war.

»Himmel, wie viele Kräuter waren da drin?«

»Mindestens fünfzehn«, sagte O-Lan.

»Zu viel für mich. Übrigens, wie geht es deiner Mutter, O-Lan? Ich habe gehört, sie ist krank.«

Nicole war überrascht. Sie konnte sich nicht erinnern, Sylvie davon erzählt zu haben.

»Ein bisschen besser, danke.«

Als es dämmerte und die Septemberluft abkühlte, wurden die Laternen angezündet, und nachdem es dunkel geworden war, leuchteten sie dutzendfach und ließen den Himmel noch schwärzer erscheinen. Die Hauptstraße war ungepflastert, aber gut festgetreten und nicht morastig.

Die jungen Frauen gingen weiter und gelangten an eine Kreuzung mit einer schlichten Bühne, wo ringsherum kleinere Laternen zwischen den Bäumen hingen. Aufgeregte Kinder rannten johlend umher und wichen den Erwachsenen aus, die eifrig versuchten, sie beim Kragen zu fassen. Ein halbes Dutzend Hunde hatte sich der Jagd angeschlossen, und die Atmosphäre war äußerst lebhaft.

Als mehrere Musiker auf die Bühne stiegen und Getrommel laut wurde, wiegte Nicole sich zur Musik. Innerlich jedoch war sie voller Angst; sie war überrascht, dass niemand es ihr anmerkte. Drei Männer tanzten mit einem großen rot-goldenen Seidendrachen. Sie trugen ihn hoch über ihren Köpfen, jeder an zwei Stöcken, mit denen sie dem Geschöpf Ausdruck verliehen. Sein monströser Kopf, die vorgewölbten Augen und die Papierflammen, die aus seinen Nüstern wehten, waren faszinierend.

Die älteren Vietnamesen glaubten noch, alles sei beseelt, auch die Seen, Flüsse und Bäume. Das Fest war ein Ritual, um die Geister des Lichts zu ehren, und es war von entscheidender Bedeutung, das Fest jedes Jahr so schön wie möglich zu gestalten, damit die Sonne weiterschien. Wenn die Menschen das Richtige taten, konnten sie die Geister zu Wohlwollen bewegen, hieß es.

Nicole verstand, weshalb der Drache Macht und Reichtum symbolisierte, und drehte sich um, um mit Sylvie zu plaudern, doch die war gar nicht mehr da. Während O-Lan die Vorstellung verfolgte, drängte sich Nicole durch die Zuschauer, um Sylvie zu suchen.

»Da bist du ja«, rief sie, als sie sie entdeckt hatte.

»Ich habe zwei Drachenköpfe gekauft.« Sylvie reichte ihr eine Laterne und hakte sich dann bei ihr unter. »Es ist so schön, etwas miteinander zu unternehmen, findest du nicht? Wir tun das viel zu selten. Sollen wir uns jetzt etwas zu essen besorgen?«

»Wir müssen auf O-Lan warten.«

»Oh ja, natürlich. Ich meinte auch nicht, dass wir ohne sie gehen sollten.«

»Wie wär's, wenn du auf O-Lan wartest und ich bringe eben die Laternen ins Auto? Wenn wir sie in der Hand halten und mit der anderen etwas essen, bekommen sie noch Flecken.«

Ehe Nicole ihr die Laterne gab, neigte Sylvie sich zu ihr heran. »Ich hätte das schon eher mal sagen sollen, aber ich bedaure, was auf dem Ball passiert ist.«

»Du meinst Mark?«

»Nein, die Sache mit dem Kleid.«

»Oh.«

»Aber das mit Mark auch. Ich wusste nicht, dass du dachtest, da sei mehr zwischen euch als Freundschaft.«

Nicole schüttelte den Kopf. »Ach, da war ja gar nicht mehr. Eigentlich.« Das stimmte nicht, doch sie wollte Sylvie nicht die Genugtuung verschaffen zu sehen, wie niedergeschlagen sie wirklich war.

»Nun, ich sehe jetzt, dass du gehofft hast, es könnte mehr sein. Ich wünschte, ich könnte etwas sagen, um es wiedergutzumachen.«

Nicole blickte ihrer Schwester in die Augen. Im Schein der Laterne, die über ihr von einem Ast hing, sahen Sylvies Augen feucht und ernst aus. Anstatt sie auszufragen, schwieg Nicole und fühlte sich noch verwirrter und elender als zuvor.

17

Bald danach hob ein strahlender Tag Nicoles Laune. Ein kühler Wind milderte die Hitze, und die Luftfeuchtigkeit war angenehm niedrig. Wie viele Einwohner Hanois liebte sie den September. Es war kühl und trocken, aber die Sonne schien, und entlang der Straßen leuchteten die Bäume mit roten und gelben Blättern. Das Blau des Himmels war intensiver, und die Seen funkelten grüner als in der Regenzeit. Große weiße Gänseblümchen und gelbe Sonnenblumen wuchsen auf jedem Streifen Erde, doch Nicole mochte besonders den Duft der Milchblüten in der Abendkühle. Ein paar der Milchblütenbäume mit den winzigen weißen Blüten wie der in ihrem Garten gab es auch in der Innenstadt, und es hieß, man werde noch mehr dieser Bäume pflanzen, wenn der Krieg gegen die Vietminh gewonnen sei. Ihre Blüten schwängerten die Luft mit einem herbsüßen Geruch, und wenn der Wind wehte und die weißen Blüten herabfielen, fand Nicole, dass sie aussahen wie Schnee.

Das machte sie glücklich, und als sie zu ihrem Laden lief, dachte sie an ihr Leben in Hue, insbesondere an den Tag, an dem ihr Vater sie weit über die Dörfer am Rande Hues hinaus mitgenommen hatte, in ein kleines Nest von Bronzegießern. Er hatte nach einem Geburtstagsgeschenk für Sylvie gesucht. Nicole zerbrach sich den Kopf, kam aber nicht mehr darauf, was er schließlich gekauft hatte. Am nächsten Tag hatte er Nicole zu einem Seidendorf mitgenommen und ihr gezeigt, wie Seide erzeugt wurde.

Dort sah sie damals die drei Stadien der Produktion zum ersten Mal, und ihre Liebe zur Seide war geboren. Das erste Stadium war der Anbau der Maulbeerbäume, das nächste die

Zucht der Seidenraupen und die Gewinnung des Filaments aus dem Kokon. Die Seidenraupen fraßen die Blätter der Maulbeerbäume, und nachdem die Raupen sich verpuppt hatten, wurden sie getötet, indem man sie in kochendes Wasser tauchte, bevor die ausgewachsenen Seidenspinner schlüpfen konnten. Die verpuppten Tiere hatten Nicole ziemlich leidgetan, da sie nur um der Seide willen gezüchtet wurden, die als ununterbrochener Faden aus dem Kokon gehaspelt wurde. Danach wurden sie gebraten und verzehrt. Das dritte und aufregendste Stadium war die Herstellung der Seidenstoffe.

Nicole schaute im Vorbeigehen auf die Straßenstände. Es war Markttag, und viele Menschen waren unterwegs, kauften Obst und Gemüse ein oder plauderten an den Ecken. Entsprechend ihrer Stimmung hatte sie einen beschwingten Gang. Jeder liebte es zu feilschen, und Nicole lauschte auf das Gelächter und die lauten Stimmen der freundschaftlich streitenden Menschen. Als es heißer wurde, machte sie eine Pause und kaufte sich starken Tee bei einem Jungen, der seine Teetässchen an einer Bambusstange bei sich trug, und überlegte, was sie mit dem Tag anfangen könnte. Dabei entdeckte sie Yvette zwischen zwei parkenden Autos. Vielleicht würde sie das Mädchen einladen, wieder zu ihr in den Laden zu kommen. Yvette winkte, und Nicole hob die Hand, um den Gruß zu erwidern.

Unvermittelt gab es einen ohrenbetäubenden Knall, bei dem Trümmer zwanzig Meter in die Luft flogen und auf die Straße niederregneten. Nicole wurde in eine Gasse geschleudert. Angst fegte durch die Straßen: Kinder schrien und rannten zu ihren Müttern, Erwachsene kreischten und brüllten, Männer schrien auf, und Frauen standen wie angewurzelt da. Nicole sah es halb, und halb hörte sie es nur. Rauch breitete sich aus, der von zwei brennenden Autos ausging. Ihr Körper fühlte sich sonderbar schwer an, als sie aus der Gasse trat. Eine weitere Explosion erschütterte die Straße. Ein Feuerball brach hervor, gefolgt von einem Grollen und Fauchen. Schreckensstarr schloss Nicole die Augen gegen das blendend weiße Licht des Nachbildes.

Sie hustete von der Asche in der Luft, aber weil ihr Yvette einfiel, riss sie die Augen auf und starrte zu den brennenden Autos hinüber – es war genau die Stelle, wo sie das Kind gesehen hatte. In dem unbändigen Wunsch, zu Yvette zu gelangen, rannte sie über Glasscherben und abgerissene Blechteile. Hunde heulten, und in dem Lärm und der allgemeinen Panik bemerkte Nicole kaum den Mann am Boden, der Hilfe suchend die Arme nach ihr ausstreckte. Nachdem sie an mehreren Verletzten vorbeigelaufen war, blieb sie stehen, dann erblickte sie das Mädchen. Einen Moment lang war Nicole wie erstarrt. Der Rauch hatte sich so weit verzogen, dass sie wieder etwas sehen konnte, aber die Luft um sie herum war dumpf und unerträglich heiß. Als ihr der Schrecken in die Magengrube fuhr, brachte sie einen erstickten Laut hervor. *Bitte, nicht Yvette! Nicht dieses Kind, das keinem etwas getan hat!*

Auf der Straße breitete sich Wasser aus und sammelte sich in der tiefsten Stelle in der Mitte zu einer großen Pfütze. Das Mädchen lag neben der Wasserpfütze, das linke Bein unter Ziegelsteinen und Mörtel begraben. Der kleine Trophy saß winselnd neben ihr. Nicole sah sich Hilfe suchend um. Hektisch vor Angst, begann sie die Trümmer von Yvettes Bein wegzuräumen, brach sich die Fingernägel ab und zerkratzte sich die Arme. Als sie Yvettes Bein freigelegt hatte, floss das ausgetretene Blut in die Wasserpfütze, die glänzte wie ein Spiegel.

Trotz des Geschreis ringsherum hörte sie französische Musik aus dem Radio in der Bäckerei. Nicole sank auf die Knie und hob Yvettes Kopf in ihren Schoß, kaum fähig, in die dunklen Augen zu blicken, aber sie streichelte das Gesicht der Kleinen und murmelte ihren Namen. Sie wiegte das Mädchen, wischte ihr das noch warme Blut und den Staub von den Wangen und summte ihr Lieblingslied, das sie sonntags früh in der Küche gesungen hatten. Die Explosion musste sie auf der Stelle getötet haben.

Als Nicole keinen Ton mehr herausbekam, blickte sie auf und sah Yves kommen. Die Knochen seines Gesichts standen hervor; die Haut wirkte so straff gespannt, er sah selbst kaum noch lebendig aus.

Sie schaute auf Yvettes Kleid, das Blut aufgesaugt hatte, und bemerkte eine Glasscherbe in ihrer eigenen Hand. Nun rann ihr Blut zwischen ihren Fingern hervor. Yves hob seine Tochter vom Boden hoch. Alles wurde still. Er sagte kein Wort, Nicole ebenfalls nicht, sie vermochte nicht einmal zu weinen. Sie schluckte mühsam, biss die Zähne zusammen, zog die Scherbe aus dem Handballen, riss einen Streifen von ihrem Rock ab und wickelte ihn sich um die blutende Hand. Dann hob sie das Hündchen auf und taumelte hinter Yves her in die Bäckerei.

Mit seiner Tochter in den Armen sank Yves an einem Tisch auf einen Stuhl und weinte.

Nicole setzte sich in schweigendem Entsetzen zu ihm.

Das war ganz anders als die Schwarz-Weiß-Bilder in der Zeitung, die meist Berichte über Siege der Franzosen in den fernen Bergen und Tälern des Nordens illustrierten. Dieses Blut war rot, bestürzend rot, das Fleisch zerfetzt und zerschmettert, der Tod allzu wirklich. Die Zeit schien stillzustehen und hielt Nicole in einer Welt gefangen, in der einem Kind in Sekundenschnelle das Leben geraubt wurde. Innerlich war ihr so kalt wie noch nie. Nach und nach, als die Geräusche von draußen wieder zu ihr durchdrangen, hörte sie laute wütende Stimmen und wurde gewahr, dass sich in ihr etwas verändert hatte.

Schließlich traf unter Sirenengeheul die Polizei ein. Das war es, woran sie sich später erinnerte: Polizeisirenen, schluchzende Menschen und der ekelhafte Geruch von Blut und verbranntem Zucker.

Die Polizei befragte sie noch am Ort des Anschlags, stellte ganz einfache Fragen: Was hatte sie gesehen? Hatte es irgendeine Warnung gegeben? Darum war sie überrascht, als ihr Vater sie früh am nächsten Morgen in sein Arbeitszimmer rief und sagte, die Polizei wünsche sie noch einmal zu sprechen. Im Morgenmantel tappte sie hinter ihm her und fühlte sich innen und außen wund. Sie hatte die ganze Nacht um Yvette geweint, und Lisa hatte sie in den Armen gehalten. Aber Nicoles Kummer ging tief. Sie hatte Yvette geliebt wie eine Schwester.

Als ihr Vater die Tür schloss, versuchte sie, sich von den Bildern zu lösen, und hatte nur den einen Gedanken, dass nichts das Töten von Kindern rechtfertigen konnte. Dann sah sie, wer in dem verrauchten Arbeitszimmer wartete: der Polizeichef. Giraud nahm unverhältnismäßig viel Raum ein, wie er mit dem Rücken zur Wand breitbeinig und mit verschränkten Armen dastand. Nicole zog es den Magen zusammen, als sie ihm von Angesicht zu Angesicht gegenüberstand. Er richtete den Blick seiner wässrigen Augen auf sie. Mit hochgezogenen Brauen schaute sie zu ihrem Vater hinüber.

»Monsieur Giraud möchte dir ein paar Fragen stellen, Nicole. Das ist alles.« Sein Ton war freundlich und warm.

Die Trauer und die Erschöpfung machten sie wehrlos. Sie trat einen Schritt weiter vor und griff nach der Lehne eines Stuhls. »Papa, ich habe überhaupt nicht geschlafen. Kann das nicht warten?« Ihre Stimme schwankte.

Ihr Vater schaute zu Boden, während Giraud zu ihr kam und sich viel zu nah neben sie stellte. Er strich sich über die Haare, und ihr war, als könnte er jeden Moment über sie herfallen. Sie konnte jedes schwarze Nasenhaar erkennen und den Tabakrauch in seinem Atem riechen. Mit Schaudern fiel ihr wieder ein, wobei sie ihn beobachtet hatte.

»Wenn mir eine Minute vergönnt ist«, sagte Giraud und glättete sich weiter die Haare. »Ein ganz freundschaftliches Gespräch. Es wurde bemerkt, dass Sie mit einem jungen Vietnamesen zusammen waren.«

Er redete leise, flüsterte fast. Sie konnte das nicht leiden. Das hieß, sie musste sich anstrengen, um etwas zu verstehen, und das gab ihm Macht über sie. Bevor sie antwortete, schaute sie ihn an, und sein Blick verriet ihr, dass er sie in dem Bordell bemerkt hatte. Ihr Magen zog sich noch fester zusammen.

»Das ist nicht verboten, oder?«

»Nicole«, mahnte ihr Vater.

»Sie wissen, Sie können mir vertrauen«, sagte Giraud und streckte ihr die Hand hin. »Sie vertrauen mir, und ich werde Ihnen vertrauen, wenn Sie verstehen, was ich meine.«

Nicole schüttelte den Kopf. »Ich war nicht mit ihm zusammen, wie Sie es ausdrücken.«

Mit einem betont geduldigen Seufzer fuhr er fort. »Man sah Sie mit ihm Eis essen. Sie saßen gemeinsam auf der Stufe vor Ihrem Laden.«

»Ist das ein Verbrechen?«

»So habe ich dich nicht erzogen, dass du dich hier wie ein aufgegriffener Vietnamese verhältst«, sagte ihr Vater, aber sein Ton war nicht unfreundlich.

»Er ist ein Student. Ich kenne ihn kaum«, erwiderte Nicole.

»Wie heißt er? Oder vielmehr: Mit welchem Namen hat er sich vorgestellt?«, fragte Giraud.

»Ich weiß es nicht.«

»Nun komm, Nicole«, sagte ihr Vater. »Wir wollen Yvettes Mörder finden, ich weiß, dass du sie gernhattest.«

»Natürlich hatte ich sie gern.« Sie biss die Zähne schmerzhaft fest zusammen, doch eigentlich wollte sie sich hinsetzen und nur noch weinen. Nicole schloss die Augen. Wenn sie doch Giraud zum Verschwinden bringen könnte und die Fragerei endlich aufhörte …

»Also. Hat er einen Namen?«

Sie zögerte. Aber da ihr klar war, dass sie gar keine andere Wahl hatte, machte sie die Augen auf. »Ich weiß nur, dass er Tran heißt.«

»Sie heißen alle Tran oder Nguyen. Ist das alles, was Sie

wissen? Denken Sie nach, Nicole! Jede Kleinigkeit kann entscheidend sein, wie gering sie auch erscheint.«

In dem anschließenden Schweigen lächelte ihr Vater sie an. »Monsieur Giraud legt dir nichts zur Last, Nicole. Wir wissen, es hat nichts mit dir zu tun.«

Nicole konnte die Tränen nicht länger zurückhalten, und als sie ihr von den Wangen tropften, wischte sie sie weg, wütend auf sich selbst, weil sie vor dem widerlichen Mann weinte.

Er zog ihr einen Stuhl hervor und lächelte. »Setzen Sie sich doch, meine Liebe. Dann geht es Ihnen besser.«

Sie wollte sich nicht setzen, tat aber wie geheißen, dann sah sie, wie er sich zu ihrem Vater umdrehte. »Edouard, könnten Sie ihr ein Glas Wasser holen, bitte, oder vielleicht Limonade?«

Ihr Vater hätte an der Klingelschnur ziehen können, doch er verließ das Zimmer. Sobald er gegangen war, verblasste Girauds Lächeln, und er wischte sich die Stirn. Jetzt hob er die Stimme. »Wir haben den jungen Tran beobachtet.«

»Sie sind nur gekommen, um mich über ihn auszufragen?«

Giraud schüttelte den Kopf. »Yvette ist unser gemeinsames Interesse. Aber Ihr junger Freund und seine Mitverschwörer sind unsere Hauptverdächtigen. Sie wurden einen Abend mit ihm gesehen. Ich denke, wir wissen beide, von welchem Abend ich spreche. Wie erklären Sie das?«

»Wie könnte das von Bedeutung sein? Er ist nicht ›mein junger Freund‹, er ist bloß ein Stu …«

Giraud fiel ihr ins Wort. »Es ist Zeit, die Wahrheit zu sagen. Wir können einander einen Gefallen tun.«

Nicole schwieg.

»Also? Erzählen Sie. Von Ihnen und ihm.«

»Es gibt kein ›mir und ihm‹.«

»Was haben Sie mit ihm gemacht? Sie denken vielleicht, ich stehe nicht auf Ihrer Seite. Aber wir wollen das Gleiche, nicht wahr?«

Nicole schluckte. Tran konnte mit der Gräueltat nichts zu

tun haben. Er war so freundlich zu Yvette gewesen. Und dennoch hatte er davon gesprochen, dass die Stadt bald unter Belagerung stünde. War das eine Warnung gewesen? Ratlos, was sie denken sollte, erinnerte sie sich, dass er auch angekündigt hatte, ihr die Augen zu öffnen.

»Er hat mir erzählt, dass sein Bruder von den Franzosen erschossen wurde.«

»Ah, jetzt kommen wir der Sache schon näher.«

Sie schüttelte den Kopf. »Er war nett.«

»Jeder kann nett sein, wenn er es will. Sogar ich.« Er lachte. »Sie betreten da eine Welt, die Sie nicht begreifen. Also, ich helfe Ihnen, Sie helfen mir. So funktioniert das. Das nächste Mal, wenn er in Ihren Laden kommt, rufen Sie diese Nummer an. Sie haben dort doch Telefon?«

»Ja.«

»Also abgemacht? Sie brauchen gar nichts zu sagen. Lassen Sie es drei Mal klingeln, dann legen Sie auf und tun das Gleiche noch mal.«

Nicole nickte nur leicht und starrte auf den Boden. Auf keinen Fall würde sie ihm verraten, dass Tran O-Lans Cousin war.

Giraud drückte ihr die Schulter und ließ seine Hand dort ruhen. »Braves Mädchen. Ich möchte, dass wir beide uns verstehen.«

Ihr Vater kam mit einem Glas Limonade zurück.

»Nicole hat sich bereit erklärt«, sagte Giraud und entfernte sich, um sich eine Zigarette anzuzünden.

»Sind Sie sich der Sache sicher, Giraud?«, fragte ihr Vater, während er ihr das Glas reichte und ihr auf den Rücken klopfte. »Ich möchte nicht, dass Sie meine Tochter in Gefahr bringen. Mir wäre es lieber, sie ginge gar nicht mehr in den Laden zurück.«

»Machen Sie sich keine Sorgen! Geben Sie der Sache ein paar Tage Zeit, während die CIA ihre Agenten dort platziert. Wir werden alle auf Nicole aufpassen.«

Sie blickte ihren Vater böse an. »Wer hat Monsieur Giraud erzählt, dass ich mich mit Tran unterhalten habe?«

»Werd doch nicht so schnell wütend, Nicole!«

»Jedenfalls können wir unsere Quellen nicht offenbaren«, fügte Giraud hinzu. »Danke für Ihre Kooperation.«

»Nun, solange Sie für ihre Sicherheit garantieren können … Ich liebe meine beiden Mädchen nämlich sehr.«

Nicole blickte zu ihrem Vater auf und sah, dass seine Augen feucht waren.

18

Nicole bekam Tran einige Tage nicht zu Gesicht und hätte es auch nicht gewollt. Sie hatte gründlich darüber nachgedacht. Und je mehr sie das tat und sich ins Gedächtnis rief, was er gesagt hatte, desto mehr war sie geneigt zu glauben, er sei in Yvettes Tod involviert gewesen. Der Gedanke entsetzte sie. Und es ging ja nicht nur um Yvettes Tod, es waren auch andere unbeteiligte Menschen umgekommen – die alte Frau mit den geschwärzten Zähnen zum Beispiel. Viele waren verletzt worden. Von denen standen die meisten nun auf der Straße herum und erzählten es jedem, der es wissen wollte. Viele hörten zu, besonders die runzligen alten Frauen mit den strengen Haarknoten, deren einzige Freude im Leben der Klatsch war. Nicole wusste, dass alle den Franzosen die Schuld gaben, und spürte die veränderte Stimmung. Wegen der gewachsenen Anspannung kleidete sie sich nur noch vietnamesisch und tat alles, um keine Aufmerksamkeit auf sich zu ziehen.

Mit Tran wollte sie eigentlich gar nicht reden, aber sie wusste, das würde sie tun müssen, und da sie ihn in der Nähe des Ladens nirgends sah, beschloss sie, um den See herumzuwandern und nachzudenken. Dort angelangt, war sie überrascht, seinen mageren Rücken zu entdecken. Tran saß still am Ufer und schaute über das Wasser. Kurz bekam sie Angst und biss sich in die Fingerknöchel, um nicht aufzuschreien.

Doch er sah so wehrlos aus. Er konnte doch unmöglich an Yvettes Tod schuld sein, oder? Als er sich herumdrehte, wurde die Anschuldigung ihres Vaters und Girauds gegen ihn in ihr laut. Ihr wurde schlagartig heiß.

»Wie konntest du?«, zischte sie.

Es herrschte Schweigen, während der Vorwurf zwischen ihnen schwebte. Die Szene pulsierte vor ihren Augen, das Grün der Bäume, der silbrige See, seine einsame Gestalt. Alles floss ineinander, und ihr wurde schwindlig. Sie konnte keinen Schritt auf ihn zugehen, keinen einzigen. Sie begann zu zittern. Sie würde reden müssen oder weglaufen.

Nach einigen Augenblicken seufzte er. »Ich wusste, dass du das denkst.«

»Du hast es getan, haben sie zu mir gesagt.«

»Sie?«

Sie senkte den Kopf und starrte ins Leere, bevor sie ihn wieder ansah. »Giraud und mein Vater. Sie beschuldigen dich.«

»Du glaubst ihnen? Du denkst das wirklich?«

Sie kniff die Augen zusammen. »Ich habe mit ihnen gestritten. Ich habe ihnen nichts gesagt.«

»Und?«

»Tran, hast du es getan?«

»Du musst das wirklich fragen?« Sein Blick wurde hart. Er stand auf und ging ein paar Schritte auf sie zu.

Sie streckte abwehrend den Arm aus. »Komm nicht näher.«

»Denk nach, bevor du urteilst! Warum sollten wir jemanden aus unserem Volk töten?«

Nicole schüttelte den Kopf. »Um die Franzosen in Verruf zu bringen.«

Mit einem Fußtritt wirbelte er das tote Laub auf dem Rasen auf. »Hast du mal überlegt, dass es sich umgekehrt verhalten könnte?«

Darauf schwieg sie.

»Beim Leben meiner Mutter, ich schwöre dir, dass wir das nicht getan haben. Ich hätte dem Mädchen kein Haar krümmen können.«

Die Erinnerung an Yvette mit ihren schwingenden Zöpfen brachte Nicole erneut zum Zittern. Sie verschränkte die Arme und starrte vornübergebeugt auf ihre Füße. »Ich kann es nicht ertragen. Sie hat keiner Menschenseele etwas getan.«

»Ich finde es auch unerträglich, Nicole.«

Sie richtete sich auf, und während sie seine Worte überdachte, schaute sie den Vögeln nach, die über den See flogen. Der Moment dauerte an, und obwohl sie nicht zu Tran hinsah, nahm sie wahr, dass er sich nicht bewegte. Schließlich wandte sie sich ihm wieder zu. »Wie kann ich dir glauben, wenn jeder sagt, das waren die Vietminh? Warum soll ich dir vertrauen?«

Und jetzt trat er doch einen Schritt näher. »Weil du mein Wort hast.«

Sie suchte in seinem Gesicht nach Anzeichen einer Lüge. Er war vollkommen angespannt, erwiderte ihren Blick ohne Blinzeln, trotzig und entschlossen. Dann fiel sein Gesicht in sich zusammen, als hätte auch er eine übermächtige Traurigkeit zurückgehalten und könnte jetzt erst ein wenig davon herauslassen. Seine Augen füllten sich mit Tränen, und er wirkte so verletzlich, dass sie sich hin- und hergerissen fühlte. Dennoch hätte sie ihm nicht geglaubt, hätte sie nicht selbst gesehen, wie ihr Vater kaltblütig einen Menschen umgebracht hatte. Wenn er dazu fähig war, wozu mochten die Franzosen imstande sein?

»Wer war es dann?«

»Die Amerikaner vielleicht. Wir wissen, dass die CIA herumgeschnüffelt hat. Sie stehen wahrscheinlich im Bunde mit einigen wichtigen Leuten, die in Vietnam eine dritte militärische Kraft aufbauen wollen.«

»Die gegen die Vietminh kämpfen soll?«

»Ja, und die unserem Ansehen schaden soll.«

Dagegen konnte sie nichts sagen. Sie trat zu ihm und schaute ihm in die Augen, wobei sie hoffte, ihr wäre nicht anzumerken, dass sie davon bereits wusste. »Sie wollen, dass ich dich denunziere. Ich soll ihnen Bescheid geben, wenn ich dich sehe.«

Sie sah seine Tränen kommen. Gerührt von seiner Ernsthaftigkeit, berührte sie seinen Arm. Er war so jung und schon so gezeichnet. Sie hasste es zu sehen, wie er sein Leben für eine aussichtslose Sache vergeudete.

»Tran, warum vergisst du das alles nicht einfach? Wende dich deinem Studium zu! Die Vietminh können die Franzosen gar nicht besiegen.«

Er nahm ihre Hand und drückte sie.

Unsicherheit überkam sie, und einen Moment lang wusste sie nicht, wie sie reagieren sollte. In seiner starken Überzeugung und seinem Eifer steckte auch Naivität. Sagte er die Wahrheit? Wie sollte sie das beurteilen? Sie griff nach seiner anderen Hand. So standen sie voreinander, und sie spürte die Wärme seiner Haut. Sie schloss die Augen, hörte das Wasser leise ans Ufer schwappen. Er räusperte sich, und sie öffnete die Augen wieder. Als er lächelte, passierte etwas zwischen ihnen, und ihr war, als würde sie ihn schon ewig kennen. Als wäre er ihr vietnamesischer Bruder. Sie konnte gar nicht anders, als ihn schützen zu wollen, wie sie auch nicht anders konnte, als ihren Vater zu lieben, selbst nach dem Mord noch.

»Versprichst du mir, mich niemals anzulügen?« Das verlangte sie, obwohl sie wusste, sie würde ihn wegen des Geschehens in dem Keller immer belügen müssen.

Er legte die Hand ans Herz, dann an ihres. Danach führte er sie zu einer abgeschiedenen Stelle zwischen Bäumen und Büschen. Dort bog er die Zweige auseinander, und sie krochen hindurch auf eine kleine Lichtung, die vollständig unter dem Blätterdach verborgen war.

»Den Platz kannte ich nicht«, sagte sie, während sie versuchte, sich hinzusetzen. Doch sie musste unter den niedrigen Zweigen tief gebückt bleiben.

»Du musst liegen, hier kann man nicht sitzen«, erwiderte er. »Komm.«

Er half ihr, sich neben ihm im Gras auszustrecken, und schließlich lag sie mit dem Kopf auf seiner Schulter. Hier und da hörte man Fahrräder quietschen und Autos vorbeifahren. Doch vor allem lauschten sie den Vögeln und dem Rauschen der Bäume im Wind. Sie stemmte sich auf einen Ellbogen und betrachtete die Licht- und Schattenflecken auf seiner honigbraunen Haut.

»Du bist mir nicht mehr ganz so rätselhaft wie bisher«, sagte sie. »Zuerst dachte ich, du seist voller Hass.«

Er lächelte. »Da ist kein Rätsel und kein Hass. Ich will, was für mein Volk das Richtige ist.«

»Und unter der Herrschaft eines anderen Landes zu stehen ist nicht richtig?«

»Genau.«

»Und wenn ihr verliert? Es wird schreckliche Vergeltungsmaßnahmen geben.«

»Die gibt es jetzt schon. Denk an meinen Bruder.«

Nicole schüttelte den Kopf, um die Erinnerung zu verscheuchen, die herabhängenden Haare, das Gurgeln, das Zusammensacken. Den Ausdruck in seinen Augen, kurz bevor ihr Vater ihn erschoss.

Sie schwiegen eine ganze Weile, ehe sie wieder etwas sagte.

»Früher habe ich bei Mondschein gern auf den Parfümfluss geschaut. Während des Krieges durfte ich die Fenster nicht öffnen, aber das konnte ich nicht aushalten. Ich dachte, ich muss frei sein oder ich sterbe.«

»Dann verstehst du, wie es mir geht.«

Sie nickte. »Es erschreckt mich zwar, aber ich verstehe dich.«

»Dann hilf uns!«

»Wie?«

»Versprich, dass du keinem davon erzählst. Das ist gefährlich.«

Sie atmete die nach Erde und Wasser riechende Luft ein und fühlte sich mitgerissen von seiner Vehemenz, zugleich jedoch verwundert. War er denn blind für die Tatsachen? Die Franzosen konnten nicht besiegt werden. Und doch war es beglückend, sich mit der Sache des vietnamesischen Volkes so verbunden zu fühlen. Sie wusste, sie beging Verrat an ihrer

Familie, indem sie so dachte, und im Hinterkopf verstand sie, dass sie in große Schwierigkeiten geraten könnte, allein weil sie hier mit ihm lag.

»Wir werden uns Geheimgänge schaffen«, fuhr er fort. »Durch die Läden im alten Viertel.«

»Unter der Erde?«

»Wir brechen die Mauern im Erdgeschoss auf, machen Durchgänge, wenn du so willst, breit genug für einen Menschen, damit man schnell hin und her kann.«

»Aber die Durchbrüche sieht man doch.«

»Die Ladenbesitzer werden etwas davorstellen.«

Nicole runzelte die Stirn. »Du willst, dass ich Löcher in meine Wände bohre?«

»Ja.«

»Aber was ist mit der Seide? Wird die nicht gestohlen?«

»Nicht, wenn die Leute wissen, dass du zu uns gehörst. Ich werde dich schützen. Das verspreche ich.«

»Was ist mit meiner Familie?«

»Nicole, sie sind Franzosen und unsere Feinde.«

Sie setzte sich auf, den Oberkörper über die Knie gebeugt, und schlug sich die Hände vors Gesicht. Sie wollte das nicht hören. Es war zu grausam, so von ihrem Vater und Sylvie zu denken, denn trotz allem liebte sie sie.

»Es tut mir leid. Es gibt keinen anderen Weg.«

Es folgte ein langes Schweigen, während sie darüber nachdachte, was er von ihr verlangte.

»Wenn du deine Familie retten willst, überzeuge sie, nach Frankreich zu ziehen«, sagte er, als hätte er erraten, was sie dachte. »Mehr kannst du nicht tun. Die Tage der französischen Herrschaft sind gezählt.«

Sie nahm die Hände vom Gesicht, um sich aufzustützen und sich zu ihm herumzudrehen. Tran lag im Gras wie zuvor, die Arme unter dem Kopf verschränkt. »Wenn ich mich eurer Sache anschließe, verliere ich meine Familie.«

Er nickte.

»Du scheinst dir in allem so sicher zu sein.«

»Bin ich. Tausende Bauern haben sich auf unsere Seite gestellt. Sie geben uns Nahrungsmittel, befördern Waffen und kümmern sich um die Verwundeten. Die Armee der Vietminh rückt näher. Hast du gesehen, wie viele französische Panzer jetzt durch die Straßen fahren? Sie bereiten sich auf die letzte Schlacht vor, die sie nicht gewinnen können.«

»Du schwörst, du hattest nichts mit Yvettes Tod zu tun?«

»Glaub mir.« Er fasste ihr Kinn und drehte ihr Gesicht zu sich. »Ich werde dein Vertrauen nicht enttäuschen. Und wie ich schon sagte, die Amerikaner sind dabei, eine dritte militärische Kraft zu organisieren, um gegen die Vietminh zu kämpfen.«

»Die Amerikaner können uns Kolonialisten nicht leiden.«

»Den Kommunismus hassen sie noch mehr.«

»Eine Frage: Sind die Vietminh wirklich Kommunisten?«

»Wir sind Nationalisten, Nicole. Die kommunistischen Länder China und Russland unterstützen uns, und Amerika ist darüber unglücklich. Der Westen hat sich von uns abgewandt.«

Nicole dachte darüber nach und fand die Frontbildungen falsch. Es gab doch sicher einen besseren Weg, um das Schicksal eines Landes zu entscheiden, als durch Gewalt und Krieg. »Warum können wir nicht weiter zusammenleben?«

»Du weißt, warum. Wir sind nicht frei. Wir haben eine eigene Kultur, und die ist ganz anders als die französische.«

»Mein Vater liebt Vietnam. Er hat sogar eine Vietnamesin geheiratet, meine Mutter.«

»Trotzdem will er die französische Herrschaft aufrechterhalten.« Nach ein paar Augenblicken fügte er hinzu: »Nicole, ich wünschte, ich könnte noch viel mehr sagen, um dich zur Wahrheit zu führen, doch ich muss bald in den Norden. Ich werde vielleicht eine Woche lang weg sein, dann komme ich wieder.«

»Und wenn ich mich entscheide, euch nicht zu helfen?«

»Dann werden wir uns nicht wiedersehen. Aber bedenke,

deine wahre Familie ist vielleicht nicht die, in die du hineingeboren wurdest.«

Nicole schaute ihn an. Er wirkte entschlossen, doch sie fürchtete, seine Überzeugungen würden in Kummer enden. Sie wollte die Konturen seiner Wange mit den Fingerspitzen nachzeichnen, der Impuls war so stark, dass er den Kopf ein wenig drehte, als hätte er es gespürt.

»Und bedenke auch, dass du vielleicht nicht mehr sicher im Laden sein wirst, wenn du dich für die französische Seite entscheidest. Da werden manche möglicherweise bereit sein, dir etwas anzutun, wenn sie vermuten, dass du von den Geheimgängen weißt. Und sie wissen, dass du mit O-Lan befreundet bist. Sie werden denken, du weißt es von ihr. Du würdest also auch ihr Leben in Gefahr bringen.«

»Willst du mich erpressen?«

»Nein, das ist nur die Realität. Wir müssen unser Land zurückerobern. Um jeden Preis.«

Sie kniff die Augen zusammen. »Ich werde vollkommen sicher sein, solange du keinem sagst, dass ich von den Gängen weiß.«

»Und was wirst du im Gegenzug tun?«

»Ich werde der Polizei nicht davon erzählen.«

19

Inzwischen war es Herbst. Auf den Straßen Hanois lag ein Teppich aus roten Blättern der Engelstrompetenbäume, und bald war der Abend gekommen, an dem die Premiere des Musicals stattfinden sollte. Nicole dachte jeden Tag an Yvette, erstaunt, weil ihr eigenes Leben einfach so weiterging. Während sie sich in ihrer Garderobe schminkte, wanderten ihre Gedanken auch zu Tran. Allmählich sah sie ihr Treffen mit ihm als einen jener Wendepunkte im Leben an, an denen man spürt, dass sich alles ändern könnte, unwiederbringlich. Ganz wie in der Nacht, da ihr Vater Trans Bruder erschossen hatte und die Gewissheiten ihres französischen Lebens verschwommen waren. Eines war klar: Egal, welche Seite sie wählte, sie würde auf die andere verzichten müssen. Wenn sie der Familie den Rücken kehrte, würde sie sie verlieren und Lisa dazu. Aber sie fühlte sich von der erwachenden vietnamesischen Seite in ihr unwiderstehlich angezogen. Trans Hoffnung auf eine bessere Zukunft hatte sie tief gerührt. Er hatte leidenschaftlich gesprochen, aber auch vernünftig geklungen, und jetzt blieb ihr nichts anderes übrig, als ihre eigene Loyalität zu hinterfragen. Was, wenn er nun recht hatte und die Franzosen für Yvettes Tod verantwortlich waren? Sie schüttelte den Kopf. Die Wahrheit würde wahrscheinlich nie ans Licht gelangen.

Tran hatte zur Aufführung kommen wollen. Aber da Mark und ihr Vater vermutlich da sein würden, hatte Nicole ihn davon abgebracht.

Während sie an ihrer Maske einer Frau von schlechtem Ruf die letzten Handgriffe vornahm, schnupperte sie. Theaterschminke! Sie konnte es sich nicht erklären, aber sowie sie die kleinen, in Goldfolie gewickelten Leichner-Stifte zum ersten

Mal in die Hand genommen hatte, war ihr leicht ums Herz geworden. Seufzend schlüpfte sie in ihr Kostüm und begab sich in die Seitenkulisse, um auf ihren Auftritt zu warten. Sie hatte noch bis zur Mitte des ersten Aktes Zeit. Also konnte sie durch einen Schlitz im Vorhang in den Zuschauerraum spähen. Die Frau, die sie spielte, hatte keinen guten Ruf, aber ein Herz aus Gold. Nicole mochte das befreiende Gefühl, jemand anders zu sein, wenn auch nur für ein, zwei Stunden, besonders da es ihr so oft Unbehagen bereitete, sie selbst zu sein.

Zunächst konnte sie keine Gesichter erkennen und musste sich erst auf die Dunkelheit im Saal einstellen, doch dann entdeckte sie ihren Vater in der dritten Reihe. Etwas weiter links von ihm saß Sylvie zwischen einem blonden französischen Offizier und Mark. Als sie sah, wie Sylvie sich zu Mark hinüberneigte, fingen ihre Augen an zu brennen. Aber sie wahrte die Fassung. Nichts durfte ihr diese eine Chance zu glänzen ruinieren. Und obwohl sie Trans Vorschlag ernsthaft erwogen hatte, war ihr noch immer wichtig, Mark und ihren Vater zu beeindrucken.

Das Lied ihres ersten Auftritts wurde angestimmt. Sie trat ins Scheinwerferlicht und sang. Als sie sich der Musik hingab, hörte die Welt auf, sich zu drehen, und während ihre Stimme den Zuschauerraum füllte, war sie der Freude so nahe wie noch nie. Es gab nur die Musik, und das Hochgefühl wirkte ungeheuer erleichternd. Nach dem langen Applaus zeigte ihr ein Blick zu ihrem Vater, wie stolz er auf sie war. Dann erschrak sie, denn Tran stand unter einer Wandlampe im Hintergrund des Saales.

Als sie wieder in die dritte Reihe schaute, war Mark gegangen, und nur ihr Vater, der französische Offizier und Sylvie saßen noch dort. Es war nun zu dunkel, um zu erkennen, ob Tran noch dastand. Sie hoffte, er habe sich davongeschlichen, denn er war dort nicht sicher. Die Vorstellung ging weiter mit zwei Beleuchtungspannen und einigen Einsätzen der Souffleuse, doch wie oft bei Premieren wurde der Abend ein großer Erfolg.

Gleich danach schminkte Nicole sich ab, zog sich um und begab sich in das kleine Café, wo die Theaterleute und ihre Familien und Freunde sich trafen. Sylvie kam in Begleitung des blonden Soldaten breit lächelnd auf sie zu und klatschte in die Hände.

»*Chérie*, du warst absolut wundervoll!«

»Danke.«

»Natürlich wusste ich immer, dass du singen kannst, aber du hast geklungen wie ein Engel. Es war wirklich erstaunlich. Übrigens, das ist André.« Damit stellte sie ihr den Offizier vor.

Nicole zog die Brauen hoch.

»Nur ein Freund«, flüsterte Sylvie und zwinkerte ihr zu.

Ihr Vater gesellte sich zu ihnen. »Wunderbar«, sagte er, küsste sie auf beide Wangen und wuschelte ihr durch die Haare.

Nicole schaute zum Eingang. »Und Mark, was ist mit ihm?«

Sylvie hatte ununterbrochen gelächelt, aber jetzt ging eine kleine Veränderung in ihrem Gesichtsausdruck vor. War sie nervös? Immer wieder fuhr sie sich über den Nacken und nestelte an ihren Ohrringen. »Er musste sich um etwas Geschäftliches kümmern, irgendeine Kleinigkeit«, antwortete sie.

Nicole konnte ihre Enttäuschung und ihre Sorge nicht verbergen. »Konnte das nicht warten?«

»Anscheinend nicht«, sagte Sylvie, noch immer nervös. »Aber das macht doch nichts. Wir sind so entzückt zu sehen, wie du dich hier entfaltest, nicht wahr, Papa?«

Ihr Vater nickte und hakte sich bei Nicole unter. »Du bist mein kleiner Star, doch ich fürchte, André und ich müssen euch für einen Moment allein lassen. Da ist jemand, mit dem ich sprechen muss.«

Sylvie wandte sich Nicole zu. »Übrigens bin ich zufrieden mit dir. Die Geschäftsbücher, die du mir geschickt hast, waren gut.«

Nicole nickte, während sie ihrem Vater nachschaute, der das Café durchquerte.

Viel hatte er nicht gesagt, doch wenigstens war er gekommen. Sie erinnerte sich, als sie damals bei der Weihnachtsfeier der Schule ein Solo gesungen hatte, war Sylvie krank geworden, sodass ihr Vater nicht zur Aufführung hatte erscheinen können, und Nicole war den Verdacht nie losgeworden, dass Sylvie sich nur krank gestellt hatte, damit er nicht hinging.

Sie sah ihn stehen bleiben und einem Mann auf die Schulter klopfen. Giraud. Der Polizeichef schaute herüber und lächelte Nicole verschwörerisch an.

»Was macht der hier?«, fragte sie ihre Schwester.

»Ich habe keine Ahnung. Wahrscheinlich wollte er sich die Premiere ansehen wie viele andere auch. Ich bin so stolz auf dich, du warst einfach göttlich!«

»Oh, vielen Dank.«

»Übrigens hoffe ich, das kleine Problem wegen Mark ist Vergangenheit.« Sylvie schaute sie prüfend an. »Es ist doch Vergangenheit, oder? Denn es war nie meine Absicht, dich zu kränken, und jetzt … Nun, er ist sehr häufig weg, doch sagen wir einfach, ich bin sehr glücklich.«

Nicole war gereizt, verbarg das aber hinter einem starren Lächeln. Sie mochte sich fühlen, als könnte sie jeden Moment die Fassung verlieren, doch sie wollte Würde bewahren.

»Also fährst du mit uns im Wagen nach Hause?«, fragte ihre Schwester gerade.

Erst als Sylvie sich abwandte, konnte Nicole sich mit ihrer heimlichen Angst befassen. Sie mochte Mark noch immer, auch wenn er jetzt mit Sylvie zusammen war. Aber sie hatte keine Möglichkeit zu erfahren, ob die »Kleinigkeit«, die er so dringend zu erledigen hatte, mit Tran zu tun gehabt hatte, und, schlimmer noch, sie wusste nicht, ob sie beide in Sicherheit waren.

20

Nicole zog in die Wohnung über dem Laden, weil sie hoffte, sich fern von ihrer Familie ausgeglichener zu fühlen. Es gelang ihr nicht, Mark aus ihren Gedanken zu verbannen, und die Tage, an denen sie nicht mit ihm sprach, kamen ihr vor wie Wochen und die Wochen wie Jahre. Sie war nicht bereit, sich Tran anzuschließen, war aber von ihm fasziniert und machte sich Sorgen, ihm könnte etwas zustoßen. Ihre Traurigkeit wegen Yvettes Tod war unvermindert, doch sie beschäftigte sich mit der Arbeit im Laden, und als es durchs offene Fenster nach Rindfleischsuppe und Garnelennudeln duftete, wurde ihr bewusst, dass sie von Woche zu Woche mehr zur Vietnamesin wurde. Damit fühlte sie sich anders. Nicht besser, nicht schlechter, doch es war, als bräche die französische Hülle, in der sie gesteckt hatte, nach und nach auf.

Sie machte es sich zur Aufgabe, noch buntere Seiden zu bestellen als bisher, doch da ihre Kundschaft zu schrumpfen begann, nahm sie Zuflucht zu Büchern. Sie las alles, was sie in die Finger bekam. Abends trat sie im Theater auf. Am Ende der Spielzeit erfuhr sie, dass die Leute aufgrund der gewachsenen Spannungen in Hanoi lieber zu Hause blieben und es keine weitere Aufführung geben werde. Wenige sprachen über ihre Angst, aber einige planten schon ihren Umzug nach Paris oder Saigon. Sie ignorierte die Risiken und verbrachte die Abende im Laden, wo sie Lampenschirme und Mobiles aus Schmetterlingen und Vögeln nähte, und die weichen Seidenstoffe wirkten tröstlich auf sie.

Immer wieder sann sie über alles nach, was Tran gesagt hatte. Er war idealistisch und glaubte an die Sache der Vietminh. Und allmählich dachte auch sie, er könnte recht haben. Doch niemand konnte wissen, wie es sich am Ende fügen würde. Vielleicht würden die Franzosen Indochina doch behalten. Zumindest würden sie es nicht kampflos aufgeben. Im Geiste ging Nicole den Abend der Premiere noch einmal durch, als Mark so plötzlich aus dem Zuschauerraum verschwunden war, und sie sorgte sich permanent, zwischen den beiden Männern könnte etwas Schreckliches vorgefallen sein.

In den folgenden Wochen fühlte sie sich wegen der Trennung von ihrer Familie oft einsam. Sie hatte zu viel Zeit zum Nachdenken und verbrachte nach Ladenschluss endlose Stunden damit, durch die Stadt zu streifen und zu überlegen, wie sie die Dinge betrachten und wie sie sich entscheiden sollte. Das waren die Fragen ihres Lebens, und sie hatte noch immer keine Antworten darauf.

Auf diese Weise lernte sie die Stadt gut kennen, und ihr fiel auf, wie sehr den Stadtplanern daran gelegen gewesen war, die französischen und die vietnamesischen Viertel voneinander zu trennen. Von Anfang an hatten sie alte Bauten und Tempel abgerissen, um Raum für die neue Innenstadt zu schaffen. Nun dominierten breite Straßen, geräumige Villen und prachtvolle Regierungsgebäude die französischen Gegenden der Stadt, wohingegen man in den vietnamesischen Vierteln die schmalen, schlauchförmigen Häuser beibehalten und lediglich mit einer französischen Fassade versehen hatte.

Eines Tages entdeckte sie Tran im alten Viertel, als sie gerade einigen Radfahrern auswich. Beklommen folgte sie ihm, verirrte sich und fand sich am Eingang eines Marktes wieder, dessen Existenz ihr gar nicht mehr bewusst gewesen war. Da sie Hunger hatte, steckte sie den Kopf durch das offene Tor und schaute, ob es irgendwo Krapfen und vielleicht einen Milchkaffee zu kaufen gab. Der Markt war spärlich beleuchtet. Dem Geruch nach zu urteilen – am Eingang lagen Chilischoten zum Verkauf –, wurden hier unter anderem Gewürze verkauft.

Nicole ging weiter, aber hinter einem Vorhang getrockneter Feigen schlug ihr starker Fischgeruch entgegen. Sie verabscheute diesen Geruch, er verklebte ihr den Rachen und hinderte sie am Schlucken. Da sie dachte, am anderen Ende könnte es einen Ausgang geben, lief sie weiter an einer Schlange von Kundinnen vorbei, die sich unter den grotesk aussehenden, in verschiedenen Eimern schwimmenden Fischen einen aussuchen wollten. Nicole lief schneller, aber es sollte noch schlimmer kommen: Voll Grauen passierte sie einen Stand, wo Fliegenschwärme um die auf Eis gebetteten Fische kreisten.

Der übrige Markt war hauptsächlich auf Gemüse und Obst beschränkt, allerdings gab es einen Bereich, wo Schweinefüße, Frösche und Schlangen angeboten wurden. Als sie den Ausgang gefunden hatte, musste sie feststellen, dass er abgeschlossen war. Also musste sie umkehren. Schließlich fand sie zu ihrem Laden zurück, war aber schweißgebadet, und ihre Haare und Kleidung stanken nach Fisch. Sie zog sich aus und eilte in das kleine Bad, um sich von Kopf bis Fuß zu waschen.

Bei Fischgeruch musste sie sofort an den Fluss in Hue denken. Mit ihrem alten Wohnort waren für sie viele glückliche Erinnerungen verbunden, besonders die an Lisa, doch auch eine alte, unangenehme, die ihr hartnäckig zu schaffen machte. Gerade wieder hatte sie Sylvies Stimme im Ohr und versuchte angestrengt, sich an Details zu erinnern.

»Na los, erst du, dann ich!«, sagte ihre Schwester.

Sie wusste noch, dass Sylvie gelacht hatte, und sie erinnerte sich an das Wasser. Es war ihr so gewaltig, so endlos vorgekommen.

Und dann war sie im Krankenhaus zu sich gekommen. Sie hörte noch Lisas Stimme und das Klappern von Tabletts und Instrumenten, das unaufhörlich weitergegangen war, bis sie hatte schreien wollen.

Mit einem Ruck löste Nicole sich aus der Vergangenheit. Ihr zitterten die Hände von der bruchstückhaften Erinnerung. Sie wusste nur noch wenig von jenem Tag, erinnerte sich aber gut an die folgenden Wochen. Die Sonne schien aufs Wasser und blendete sie so sehr, dass ihr die Augen wehtaten, und alle Vögel pickten im Rasen und flogen umher und zwitscherten, als wäre nichts geschehen. Es dauerte Wochen, bis sie sich wieder in die Nähe von Wasser traute, und der Geruch von Fisch ekelte sie seit damals.

Ihre Gedanken wanderten zu der Frage, wie sehr sich alles verändert hatte. Wann hatte sie aufgehört zu vertrauen? Hatte es sich über mehrere Tage entwickelt? Hatte sie nur immer gesehen, was sie hatte sehen wollen, das geglaubt, was ihr Wohlbefinden nicht gestört hatte? Die Wahrheit ließ sich beugen, verkehren, verändern, bis sie einem passte.

Was, wenn es Anzeichen dafür gegeben hatte, dass etwas Schlimmes passieren würde? Hätte sie gewarnt sein müssen? Da waren die Jungen gewesen, die Yvette drangsaliert hatten, und davor war der Umzug nach Hanoi gewesen. Hatte ihr Vater gelogen, als er sagte, für die Vietminh sei alles vorbei? Hatte er die Familie hergebracht, obwohl er die Gefahren kannte, mit denen sie vielleicht zu tun bekommen würden? Die Erschießung von Trans Bruder hatte sie schon schwer erschüttert, und dann hatte sie Yvettes Tod erleben müssen – seitdem reichten die Risse in Nicoles Welt noch tiefer. Ihr war, als rutschte sie in einen solchen Riss hinein, um womöglich bald auf immer darin zu verschwinden.

Wenn sie in den Spiegel schaute, sah sie, dass sich ihr Gesicht verändert hatte. Ihr Blick hatte sich verdunkelt, und sie war nicht länger daran interessiert, äußerlich ihrer Schwester nachzueifern. Und wenn sie nach Hause ging, geschah es in der Hauptsache, um Lisa zu sehen.

Eines Morgens tranken sie zu Hause zusammen Kaffee in dem kleineren Esszimmer, von dem aus man auf den Gartenpavillon und den Tisch und die Stühle am Seerosenteich blickte. Ihr Vater war auch bei ihnen, nur Sylvie fehlte. Am Abend war in den Radionachrichten von einem sprunghaften Anstieg der französischen Verluste im Norden berichtet worden.

»Ihr müsst Hanoi verlassen«, sagte Lisa. »Seht ihr das nicht ein?«

Nicoles Vater gab keine Antwort. Beim Brummen von Flugzeugen über ihnen schaute sie auf zu den flauschigen weißen Wolken und Putten, die um den Kronleuchter flogen. Wie lächerlich sie in solch einer Zeit erschienen. Dann musterte sie ihren Vater. Lisa hatte recht. Er sollte nach Frankreich zurückkehren. Man sah ihn nur noch mit zusammengezogenen Brauen, und in seinem blassen, verkniffenen Gesicht zeigte sich die Anspannung. Wer immer den Krieg gewinnen würde, es hatte nicht den Anschein, als könnte er hier noch einen ruhigen Lebensabend verbringen.

»Und du auch, Nicole«, sagte Lisa. »Du hast dich so sehr verändert. Ich kenne dich kaum wieder. Falls das hilft, werde ich mitgehen, dann kann ich zu meiner Schwester Alice ins Languedoc.«

Nicole wollte lieber bleiben und schüttelte den Kopf. »Wo ist Sylvie?«

Ihr Vater und Lisa wechselten einen besorgten Blick.

»Es besteht keine Notwendigkeit, das Land zu verlassen«, sagte er. »Wir werden siegen, wie wir es immer getan haben. Habt ein bisschen Vertrauen.«

»Was ist mit den Verlusten von gestern Abend?«, fragte Nicole.

»Es gab welche, aber die Zahlen sind wie immer übertrieben.«

»Ich dachte, ich hätte Geschützfeuer gehört.«

»Der Wind trägt den Schall herüber«, sagte er.

»Und Sylvie?«

»Deine Schwester hat sich Urlaub genommen.«

»Urlaub? Warum?«

Er verzog einen Mundwinkel und kratzte sich am Kinn. »Sie war ein bisschen unpässlich.«

»Sie ist krank?«

»Es geht ein wenig auf und ab, das ist alles.«

»Sie nimmt Tabletten, das weiß ich. Sie wollte mir nur nicht sagen, wogegen.«

»Sie nimmt sie nicht mehr. Sie waren ihrer Verfassung nicht förderlich.«

»Was hat sie denn nun eigentlich?«

»Deine Schwester ist anfälliger, als du denkst, und auch anfälliger, als ich dachte. Und nun betrachte das Thema als beendet. Ich versichere dir, die Vietminh können den Krieg nicht gewinnen.«

Inzwischen glaubte Nicole ihm nicht mehr, oder zumindest nicht mehr alles. Und Lisa tat es auch nicht.

»Dir geht es auch nicht gut, Papa. Und siehst du denn nicht, dass sich Indochina verändert hat?«

Er stand an einem der französischen Fenster, mit dem Rücken zu ihr, und schwieg.

»Du weißt, dass viele schon fortgezogen sind«, sagte Nicole. »Sie haben nicht den Mut zu bleiben. Kannst du das nicht verstehen?«

Schließlich drehte er sich um. Jetzt sah er traurig aus. »Nein, Nicole, das kann und werde ich nicht verstehen. Ich habe Hanoi immer geliebt und werde nicht in Erwägung ziehen, es aufzugeben.«

Ganz gleich, was er sagte, sie wussten alle, dass es gefährlicher geworden war.

Lisa setzte sich, sie schien den Tränen nahe. Nicole hockte sich neben sie und redete ihr tröstend zu. Ihr Vater beobachtete sie einen Moment lang ausdruckslos. Erst als Lisa sich offenbar gefasst hatte, stand Nicole auf und ging dann mit der Köchin in die Küche hinüber.

In dem Raum, wo sie immer am glücklichsten gewesen war, schaute sie auf die vertrauten schmalen weißen Kacheln und die Kupfertöpfe, die an der Eisenstange unter der Decke hingen. Während sie auf Trans Rückkehr gewartet hatte, hatte sie sich gefühlt, als hätte sie keine Wurzeln. Nicht in der französischen Welt, nicht in der vietnamesischen. Jetzt wünschte sie sich nur, sie könnte sich einer Sache sicher sein. Wenn sie bei Lisa war, ging es ihr gewöhnlich besser, wenn auch nur vorübergehend.

Sie setzte sich an den Tisch neben sie, doch ihre alte Verbündete schaute noch immer ungewöhnlich traurig drein. Oder war sie missmutig? Irgendetwas stimmte nicht, das spürte man im ganzen Haus. Sogar die Küche war ungewöhnlich heiß und obendrein stickig. Die Jalousien waren nur halb hochgezogen, und, was noch schlimmer war, es roch nicht nach leckeren Speisen.

»Was ist los?«, fragte Nicole. »Wo ist Bettine? Und warum sind die Fenster und die Tür geschlossen?«

»Ich habe vergessen, sie aufzumachen. Und Bettine ist weg.« Lisa zuckte mit den Schultern. »Nicht, dass ich sie vermisse, das heißt, abgesehen von der Mehrarbeit, die jetzt für mich anfällt. Es ist unmöglich, Ersatz für Bettine zu finden.«

»Für mich läuft es auch nicht gut.«

»Nun, du kennst die Lösung.«

»Die Wintergartenfenster öffnen und Camembert backen?«

»Und wir könnten ein Kirsch-Clafoutis zubereiten. Was hältst du davon?«

Während Lisa in den Schränken nach den Zutaten kramte, ging Nicole die Fenster und die Hintertür öffnen. Es wurde augenblicklich kühler in der Küche.

»Also, was ist passiert?« Sie blickte vielsagend zur Decke. »Im Haus meine ich.«

»Deine Schwester war in letzter Zeit unruhig. Und vorige Woche war sie mit Mark in Hue.« Sie zog ein Gesicht.

»Magst du ihn nicht?«

»Doch, das ist es nicht. Als sie zurückkam … Nun ja, sagen wir, dass im Paradies nicht alles zum Besten steht. Nicht, dass es mir nicht leid tut für sie, aber …«

»Soll das heißen, Mark liebt sie nicht?« Dass ihr Herz einen kleinen Satz machte, konnte Nicole nicht ignorieren. »Glaubst du, sie ist deswegen weggefahren?«

»Sie war ein bisschen niedergeschlagen, ja.« Lisa überlegte. »Aber was weiß ich schon.«

»Du weißt besser als jeder andere, was hier vor sich geht, Lisa. Das war schon immer so.«

21

Die Lage trübte sich zunehmend. Bisweilen war Geschützfeuer zu hören, und die Stimmung in der Stadt hatte sich verändert. Man musste achtgeben, wo man entlangging und mit wem man redete. Obwohl noch Hühner in den staubigen Straßen pickten und Katzen sich in der Sonne ausstreckten, war die heitere Gelassenheit Hanois verschwunden. In ihrer freien Zeit saß Nicole zumeist auf dem Sofa über dem Laden und beschäftigte sich, oder sie schaute in die Ferne und spitzte die Ohren, ob sie Soldatenstimmen oder Stiefelschritte hörte. Tran rief nicht an, obwohl sie das gehofft hatte. Natürlich vermutete er, die Franzosen hätten die Telefonleitungen angezapft. Für ihn war die persönliche Begegnung die einzige Möglichkeit der Kontaktaufnahme, und da er weit oben im Norden war, wusste Nicole nicht, was gerade vor sich ging.

Niemand war gekommen, um mit ihr über den Mauerdurchbruch zu sprechen, und es dauerte einige Wochen, ehe sie Tran wiedersah. Eines Nachmittags kurz vor Ladenschluss, sie hatte gerade die Schaufensterjalousie heruntergezogen und wollte die Tür abschließen, stand Tran plötzlich da. Ihr fiel sofort auf, wie dünn er geworden war. Er sah schutzlos aus, als er seinen Schal abnahm und sich damit das Gesicht abwischte. Das Muttermal am Hals stach hervor, sein Kopf war kahl rasiert, und als er sie in den Arm nahm, spürte sie seine Knochen. Mit zitternden Beinen und verschleiertem Blick stand sie da. Ihre Erleichterung war so groß, dass sie sogar vergaß, dass sie jemand beobachten könnte.

»Lass uns reingehen«, sagte er und schob sie in den Laden.

»Natürlich.« Sie besann sich der Situation und schloss hinter ihnen ab.

Er zog etwas aus der Hosentasche. Zu ihrer Verblüffung gab er ihr einen Riegel Schokolade.

»Schokolade? Tran, wo bist du gewesen? Ich wusste nicht einmal, ob du überhaupt noch am Leben bist!«

»Ich war in Bac Kan. Ein Zentrum des Widerstands. Du solltest es sehen, Nicole.«

Sie spähte auf die Straße. »Lass uns nach hinten gehen, dann erzählst du mir davon.«

Aber er redete in einem fort weiter. Sie hörte ihm zu, während ihr allerhand Gedanken durch den Kopf gingen. Seine Augen glänzten, und er redete hastig, erzählte von den Intellektuellen, die sich der Sache angeschlossen hätten, von den Schauspielern, Sängern, Musikern. Er sagte, die Vietminh hätten Reisvorräte angelegt und in den Bergen versteckt, für Notzeiten. Es gebe Fabriken in Höhlen, wo sie von Seife bis zu Munition alles herstellten.

»Nachdem die Franzosen 1947 Bac Kan bombardiert hatten, haben wir uns in den Bergen verstreut. Sie dachten, sie könnten uns auslöschen, indem sie unsere Anführer gefangen nehmen und die Truppen vernichten. Das hat nicht funktioniert.«

»Und was passiert jetzt?«

»Wir haben Krieg«, sagte er. »Die Bauern sind auch auf unserer Seite. Die Franzosen werden bald eine vernichtende Niederlage erleiden.«

»Warum hast du dich nicht gemeldet?«

»Es war zu gefährlich. Die Amerikaner haben dich ununterbrochen beobachtet.«

»Mark?«

Er nickte. »Du weißt, die CIA arbeitet jetzt eng mit den Franzosen zusammen. Sie tauschen Erkenntnisse über unsere Bewegungen aus. Die CIA bringt den Leuten bei, zu lügen und zu täuschen. Sie nennen das ›Spionagepraxis‹. Du darfst diesem Mann nicht trauen. Gib den Laden auf! Komm mit mir, Nicole!«

»Ich kann nicht kämpfen«, sagte sie. Bestürzt über das Bild, das er von Mark malte, hatte sie das Gefühl, ihr Leben zerbräche in zwei Teile.

»Wenn du bleibst, wird er dich manipulieren. Du kannst auftreten. Wir haben mehrere Wandertheater, die das Volk mit ihren Aufführungen bilden.«

»Propaganda?«

»So kann man es nennen. Ich bezeichne es als die ›Erziehung der Massen‹. Nichts beflügelt die Bauern so sehr wie Musik. Warum willst du dein Leben vergeuden und versuchen, jemand zu sein, der du nicht bist? Komm mit uns!«

»Bist du deshalb zu meiner Aufführung gekommen? Um zu sehen, ob ich singen kann?«

»Ich habe schon vorher geglaubt, dass du Talent hast. Ich hatte jemanden bei mir, den ich davon überzeugen wollte. Er ist Komponist und schreibt schöne Lieder; er nutzt den Stoff der Volksmärchen. Die Theatertruppen reisen durch das Land und treten vor Soldaten und auch in Dörfern auf. Manchmal führen sie Stücke auf. Wie Bänkelsänger, aber mit einer politischen Botschaft.«

»Um den Hass auf die Franzosen zu schüren.« Sie schüttelte den Kopf. »Falls du es vergessen hast: Ich bin zur Hälfte Französin.«

»Ich habe es dir schon einmal gesagt: Der Tag wird kommen, an dem du dich entscheiden musst.«

»Ich kann mich nicht von meiner Familie abwenden. Außerdem hat es doch keinen Zweck. Die Vietminh würden mich nicht akzeptieren.«

Er schüttelte traurig den Kopf. »Ich denke, da irrst du dich.«

Tran reichte ihr die Hand, und sie gingen nach oben, damit er sich ausruhen konnte. Sie hatte einen Zweig Jasmin in einer Vase ans Bett gestellt, und das Zimmer duftete danach. Tran zog sich die Stiefel aus, dann legte er sich auf den Rücken und schloss die Augen. Sie streckte sich neben ihm aus, in der Erwartung, er werde sofort einschlafen.

Sie war schon zu lange allein und sehnte sich nach körperlichem Kontakt. Obwohl die Nähe sie ein wenig verlegen machte, freute sie sich, als er nach ihrer Hand griff. Er drehte sich zu ihr auf die Seite, und sie betrachtete die tiefen Erschöpfungsfalten rings um seine Augen. Was als Nächstes geschah, hatte sie nicht erwartet. Tran legte einen Arm um sie und zog sie an sich. Dann knöpfte er betont langsam ihre Bluse auf und sah sie dabei unverwandt an. Erregt durch sein Verlangen, blickte sie ihm in die Augen. Sie setzte sich auf und zog sich die Bluse aus, dann nacheinander die übrigen Kleidungsstücke. Er wollte nach ihr greifen, doch sie bestand darauf, dass er sich auch auszog. Nachdem er die Kleidung abgelegt hatte, schauten sie einander an. Sie strich mit den Fingerspitzen über seine Rippen, nahm seine Hände, betrachtete die schmutzigen, abgebrochenen Fingernägel und seinen mit Kratzern und blauen Flecken übersäten Körper. Er berührte ihr Kehlgrübchen. Sie hatte angenommen, es würde eine hastige Angelegenheit werden, doch er war sanft, und als sie ihm ihren Körper überließ, gestand sie sich ein, wie nötig sie es hatte, gehalten zu werden. Es war keine Leidenschaft, sondern das sanfte Liebesspiel zweier Freunde.

»Das ist mein erstes Mal«, flüsterte sie und fühlte sich den Tränen nahe. Sie zeichnete sein Muttermal nach. »Wir sind beide gezeichnet, nicht?«

Er drehte sie um und küsste ihren Rücken.

»Wir sind Kameraden«, sagte er, dann blieben sie eine Weile schweigend nebeneinander liegen.

Später kochte sie ein einfaches Reisgericht mit Huhn, das er hungrig in sich hineinschlang.

»Du bist so dünn«, sagte sie.

»Es war hart.«

»Ich weiß nicht, was ich tun soll. Wenn ich mit dir gehe, werden sie mich suchen.«

Er schüttelte den Kopf. »Wenn du nicht mitkommst, werden sie dich beobachten. Dann wirst du sehen, wie viel du deiner kostbaren Familie wert bist. Du kannst nicht jeden retten.«

»Das versuche ich auch gar nicht. Und trotzdem, ich habe nichts getan.«

»Du wurdest mit mir gesehen. Das reicht. Ich muss jetzt fort, bin aber bald wieder da.«

»Geh nicht!«

»Ich muss. Hier bin ich nicht sicher. In einer Woche komme ich wieder her, am Abend, kurz bevor du den Laden schließt. Das ist der Stichtag für dich. Ich hoffe, bis dahin hast du eine Entscheidung gefällt. Entweder du kommst mit, oder wir sehen uns dann zum letzten Mal. In der Zwischenzeit kannst du ja herausfinden, auf welcher Seite du stehst, indem du deinem Vater und dem Amerikaner aufmerksam zuhörst. Geh für ein paar Tage nach Hause. Schau, was du über die Pläne der Franzosen herausfinden kannst.«

»Mark hat nichts damit zu tun.«

Tran lachte. »Sei doch nicht so naiv. Glaubst du, er würde sonst hier herumschnüffeln? Sei vorsichtig, Nicole. Die wollen uns alle vernichten und werden dich zertrampeln, wenn du ihnen in die Quere kommst.«

Eine Stunde nachdem er gegangen war, bereute sie, mit ihm geschlafen zu haben. Sie liebte ihn nicht. Aber sie hatte sich so allein gefühlt und hatte sich eingeredet, es sei das Richtige für sie. Dabei mochte sie ihn durchaus. Ja, sie mochte ihn, doch nicht auf diese Weise, und jetzt hatte sie alles durcheinandergebracht. »Ich weiß nicht, wohin ich gehöre«, wisperte sie in die Stille. Bei der Vorstellung, wieder zu Hause bei ihrer Familie zu sein, wurde ihr klar, dass sie sich dort nicht länger heimisch fühlte. Und Tran? Der bot ihr nur das Exil.

Als Mark am nächsten Tag überraschend in der Tür stand, vollführte ihr Herz einen Freudensprung. Er war wieder ganz der Alte, mit seinem lässigen Charme, dem sie von Anfang an erlegen war, und als er sie anlächelte, empfand sie dieselbe

Sehnsucht wie zuvor. So fühlte sich das also an. Nicole hatte sich gefragt, wie es sein würde, wenn sie wieder mit ihm allein wäre. Nun wusste sie es.

Er schlenderte pfeifend durch den Laden, aber sie spürte, dass etwas im Argen lag.

»Möchtest du Seide kaufen?«, fragte sie, obwohl klar war, dass er das nicht vorhatte.

Mark antwortete nicht.

Es war ein feuchter Tag. Obwohl sich der Ventilator ununterbrochen drehte, war es drückend. Die Zeit dehnte sich, während er mit den Fingerspitzen über die Seide strich und hinter die großen glänzenden Stoffballen schaute, die sich an den Wänden türmten.

Sie hatte die Arme fest vor der Brust verschränkt, doch jetzt entspannte sie sich ein wenig, froh, weil es noch keinen Mauerdurchbruch zu entdecken gab. Zugleich wünschte sie sich, es könnte sich für ihn ein Grund finden zu bleiben. »Was möchtest du dann?«

»Ich möchte, dass du hier sicher bist.«

Sie blickte ihn an und versuchte, seine Absichten zu erraten.

»Es wird geredet«, erklärte er. »Über einen Vietnamesen, mit dem du zusammen warst.«

»Was wird geredet?«

Er zuckte mit den Schultern, hatte ihr jedoch noch den Rücken zugewandt.

»Was wird geredet?«

Mark drehte sich um. Er war groß und kräftig, ganz und gar amerikanisch und sehr männlich. Der Kontrast zu Tran hätte nicht schärfer sein können. Der Unterschied machte sie sprachlos.

»Dass du in etwas reingeraten könntest, das du später bereust«, sagte er. Sein Blick war so klar, dass sie unmöglich glauben konnte, er sei unaufrichtig. »Ist das wahr?«

Sie gab keine Antwort.

Er zog die Brauen hoch.

»Wie geht es Sylvie?«, fragte sie. »Ist sie von ihrer Reise zurück? Mein Vater hat durchblicken lassen, es ginge ihr nicht gut.«

»Sie ist wieder da. Sie hatte nur ein paar emotionale Probleme.«

Er streckte die Hand nach ihr aus, doch als sie sie nicht nahm, ließ er den Arm sinken. Und bevor er weitersprach, entdeckte sie eine Spur von Traurigkeit in seinem Gesicht. »Nicole, du sollst wissen, dass du recht hattest. Ich bin kein Seidenhändler. Aber mit Yvettes Tod hatte ich nichts zu tun.«

»Wer dann?«

»Ich habe einen Verdacht, aber darüber darf ich nicht mit dir sprechen. Das musst du verstehen.«

»Und für denjenigen wird es keine Konsequenzen geben?«

»Vermutlich nicht.« Er zögerte. »Es ist tragisch, wenn unschuldige Menschen leiden, aber in solchen Zeiten sind wir alle in Gefahr.«

»Hast du dich schon mal gefragt, wofür du kämpfst?«

Sie schwiegen, während sie ihn ansah, und seine Augen gaben nichts preis.

Er schüttelte den Kopf. »Komm nach Hause, Nicole. Deine Familie vermisst dich.«

»Und du, vermisst du mich auch?« Sie schluckte mühsam und war sich sicher, dass er ihr den emotionalen Aufruhr anmerkte, der in ihrem Innern tobte.

»Mehr als du denkst.«

Sie wartete, dass er weiterredete.

»Nicole, wir sind im Krieg. Ich schlafe nicht mehr. Es fällt mir zunehmend schwer, meine Arbeit zu tun, und ich sorge mich um deine Sicherheit. Und um auf deine Frage zurückzukommen: Ich frage mich tatsächlich, wofür wir kämpfen.« Er stockte. »Bitte, geh nach Hause. Hör auf mich. Schließ den Laden.«

Sie seufzte schwer. Damit würde sie eine von Trans Forderungen erfüllen. Sie fühlte sich hin- und hergerissen. Wie könnte sie je Informationen über Mark weitergeben?

»Also gut, ich werde für eine Weile zurückkehren, doch den Laden werde ich nicht schließen.«

Er hielt ihr noch einmal die Hand hin, und diesmal nahm sie sie. Mark zog sie an sich, wie um sie zu umarmen, aber obwohl sie es sich wünschte, machte sie sich steif, und darum ließ er sie los.

»Ich werde ein bisschen später nach Hause gehen«, sagte sie.

Breitbeinig, wie sie es von ihm kannte, stand er da, und betrachtete sie. Ein paar Augenblicke lang sagte keiner ein Wort, dann atmete er langsam aus. »Oh, Nicole.«

Was mochte in seinem Kopf vor sich gehen? Hatte sie je den wahren Mark kennengelernt? Er hatte etwas an sich, das sie zutiefst berührte und in ihr ein geradezu schmerzhaftes Verlangen nach ihm weckte. Doch nach Trans vernichtenden Anschuldigungen war sie verunsichert, und da sie sich vor ihren eigenen Gefühlen schützen musste, versuchte sie, sich dessen Gesicht vor Augen zu rufen, als Mahnung.

»Wenn es wegen Sylvie ist …«, sagte er und unterbrach damit ihren Gedankenstrom.

»Wenn was wegen Sylvie ist?«

»Dein Verhalten.« Er zögerte. »Deine Schwester und ich sind nicht zusammen, Nicole. Das waren wir nie, außer dass wir in den Staaten ein paar Mal miteinander ausgegangen sind.«

»Aber sie hat gesagt …«

»Sie ist nicht immer so ehrlich wie du. Mir ist klar geworden, dass sie, aus welchen Gründen auch immer, glaubt, es sei mehr zwischen uns, als tatsächlich ist oder je sein kann.«

Nicole wollte ihm gern glauben, doch sie war gekränkt und konnte nicht über ihren Schatten springen.

»Bei dir fühle ich mich so unbeschwert, Nicole. Siehst du das nicht?«

»Ich denke, du solltest jetzt gehen«, sagte sie ein wenig stockend. Trotz der Ahnung, er könnte auf irgendeine Weise der Schlüssel zu ihrem wahren Ich sein, wies sie ihn ab.

Er trat von ihr weg, aber er sah völlig niedergeschlagen aus.

Nachdem er fort war, schloss sie den Laden zu und ging nach oben, zog die Jalousien herunter und die Vorhänge zu, zündete eine Duftkerze an und legte sich aufs Bett, in dem sie vor Kurzem noch mit Tran gelegen hatte. Sie fühlte sich erschöpft, kaum imstande, ihre Gefühle auszuloten. Sie mochte Tran, doch wenn sie Mark sah, überkam sie schmerzliche Sehnsucht. Und vielleicht hatte ihr Zusammensein mit Tran ihre Gefühle für Mark sogar noch intensiviert. Aber woran sollte sie erkennen, wem sie trauen durfte? Das schien inzwischen unmöglich zu sein.

Als sie die Augen schloss, wünschte sie sich, nackt bei Mark zu liegen und seine Haut an ihrer zu spüren. Sie hatte sich immer wieder gesagt, sie würden von jetzt an nur Freunde sein, aber da war doch die Hoffnung auf so viel mehr gewesen, zumindest bei ihr. Sie zog sich aus und legte sich unter die Decke.

Sie dachte an Tran, der emotional und idealistisch war. Vieles von dem, was er sagte, hielt sie für wahr. Die Vietnamesen waren jahrzehntelang von den Franzosen benutzt und schlecht behandelt worden. Die Franzosen mochten sich altruistisch geben, doch ihnen war nur an ihren eigenen Interessen gelegen. Warum ihr Mark so viel bedeutete, war schon schwerer zu verstehen. Vielleicht weil er kein Franzose und darum anders war. Manchmal konnte er gleichgültig erscheinen, und sie vermutete, das hatte nicht zuletzt mit dem Schmerz über den Tod seiner Mutter zu tun. Bei ihr war es ähnlich. Tran war ernst, aber es war schwer zu ergründen, welche anderen Gefühle hinter seinen rigiden Ansichten lagen. Ihr ganzes Leben schon bezahlte sie für den Tod ihrer Mutter, und Mark brachte diese vergrabenen Gefühle an die Oberfläche, auf eine Weise, die ihr keine Angst machte. Bei ihm fühlte sie sich befreit und ruhig. Tran war kaum mehr als ein Junge, und sie wusste, dass die

Partei, die für sein Selbstbild wesentlich war, für ihn immer an erster Stelle stehen würde. Über seinem Dorf, über seiner Familie, über ihr. Und wenn sie mit ihm ginge, dürften die wenigen Sätze, die sie vorher mit Mark gewechselt hatte, die letzten gewesen sein.

Sie legte eine Hand an ihre Brust und die andere zwischen ihre Beine. Vielleicht wäre eine Nacht mit Mark genug, um den Zauber zu zerstören. Aber wie wäre es mit ihm? Würden sie schweigend beieinanderliegen? Würden sie reden? Sie stellte sich seine Lippen nah an ihrem Hals vor und konnte seinen Atem spüren. Ein Schauder überlief sie.

Die Geräusche von der Straße hörte sie nicht mehr, während sie ihrer Fantasie freien Lauf ließ. Nach und nach dämmerte ihr, wie ihre Situation tatsächlich aussah, und ihr wurde kalt. Sie hatte gehofft, sie könnte die beiden Hälften ihres Lebens voneinander getrennt halten, ohne sich zu zerreißen. Doch sie musste akzeptieren, dass sie bereits eine Grenze überschritten hatte. In der Stille des Zimmers, mit dem Jasminduft in der Nase, wurde ihr schmerzhaft bewusst, dass sie gezwungen sein könnte, eine Entscheidung zu treffen – eine Entscheidung, die sie mit unbekanntem Terrain konfrontieren würde. Wenn das passierte, würde sie nicht nur einen Teil ihrer selbst verlieren, sondern auch einen der beiden Männer verraten müssen, die ihr am meisten bedeuteten.

22

Der vertraute Geruch von Tomaten und Pilzen schlug ihr entgegen, als sie die Tür aufschloss und das Haus ihrer Familie betrat. Sie schnupperte: Lisas Schmorhähnchen nach Jägerart. Nicole lief das Wasser im Mund zusammen. Wie lange war es her, seit sie solch ein Gericht gegessen hatte? Sylvie hatte sie wohl hereinkommen hören, denn sie steckte den Kopf aus dem Wohnzimmer und blieb in der halb offenen Tür stehen. In dem schulterfreien schwarzen Etuikleid und den spitzen roten Schuhen strahlte sie eine mühelose Eleganz aus. Dann ging sie mit ausgestreckter Hand ein paar Schritte auf Nicole zu.

»Lass deinen Koffer stehen. Das Hausmädchen kann ihn hinauftragen.«

Nicole rührte sich nicht von der Stelle und schaute ihre Schwester an. »Ich habe dich eine Ewigkeit nicht gesehen. Papa sagte, dir geht es nicht gut und dass du im Urlaub seist.«

»Unsinn. Ich bin wieder da, und es geht mir bestens.«

»Das ist schön.« Nicole fand, dass ihre Schwester dünner wirkte, aber einigermaßen gesund. Sie schlug den Weg zur Treppe ein. »Ich will mich nur rasch umziehen.«

»Trink doch erst einen Cocktail mit uns.« Sylvie deutete mit dem Kopf zum Wohnzimmer. »Papa wird sich freuen, dich zu sehen.«

»Ich springe nur schnell in mein altes Zimmer.«

Sylvie lächelte und klingelte nach Lisa. »Sei nicht albern! Umziehen kannst du dich nachher noch. Wir haben dich in letzter Zeit ja kaum noch zu Gesicht bekommen. Papa ist da drinnen.«

Seufzend gab Nicole sich geschlagen und stellte ihren Koffer hin. Sie ging vor Sylvie her ins Wohnzimmer, wo ihr Blick als Erstes auf ihren Vater fiel, dann auf den blonden Soldaten, diesen André. Warum war er hier? Sie sah ihren Vater an, der sich gerade erhob, und lächelte ihn an. Er trat von einem Bein aufs andere, dann kam er mit ausgestreckten Händen einen Schritt auf sie zu. Nicole ließ sich von ihm umarmen und genoss den Moment der Herzlichkeit, ehe sie sich zu Sylvie umdrehte, um etwas zu sagen.

Das Lächeln verging ihr, da Giraud hinter der Tür hervorkam. Er nickte Sylvie zu und schritt in die Mitte des Zimmers. »Freut mich, Sie zu sehen«, sagte er mit einer Zigarette im Mundwinkel.

Nicole zog die Brauen hoch, ohne ihn zu grüßen. Da sie als Kind als Lügnerin abgestempelt worden war, wusste sie genau, wann es besser war zu schweigen.

»Monsieur Giraud muss dir ein paar Fragen stellen. Nichts Besorgniserregendes«, sagte Sylvie.

Giraud nahm die Zigarette aus dem Mund und hustete in die Hand. »Wir würden gern wissen, ob Sie weiteren Umgang mit Ihrem kleinen Freund hatten.«

Jetzt riskierte sie doch einen Blick. »Wen meinen Sie?«

Lächelnd ging er zu einem Marmoraschenbecher, in dem er seine Zigarette ausdrückte. »Wir wissen wohl beide, wen ich meine.«

»Hast du mich deswegen gebeten, nach Hause zu kommen, Papa?«, fragte Nicole. Sie wollte Zeit gewinnen, um zu überlegen, wie sie antworten sollte.

»Natürlich nicht. Wir haben dich vermisst.«

Sie presste die Hände aneinander. Es mochte besser sein zu antworten, als zu schweigen, gleichwohl brauchte sie ein kleines Ablenkungsmanöver. »Tran kam kurz vorbei, aber nur, um sich zu verabschieden.«

»Wir wollten, dass Sie uns Bescheid geben, wenn Sie ihn sehen«, sagte Giraud stirnrunzelnd. »Erinnern Sie sich?«

»Warum ist das so wichtig?«

Er runzelte noch stärker die Stirn und kratzte sich unter dem Kragenrand. »Weil wir um jeden Preis siegen müssen.«

»Dann viel Glück«, sagte sie.

»*Chérie*, sei nicht respektlos«, warf ihr Vater ein. »Du könntest in Gefahr sein.«

»Papa hat recht«, sagte Sylvie. »Keiner von uns möchte, dass dir etwas passiert.«

Nicole schüttelte den Kopf und hoffte, aufrichtig zu wirken. »Ich bin sicher, es besteht keine Gefahr für mich.«

Giraud kniff die Augen zusammen und leckte sich über die Zähne, absichtlich langsam, wie es schien. »Wir müssen erfahren, wo er ist.«

»Er hat es mir nicht gesagt.«

»Nicole?« Das kam von ihrem Vater und gleich noch einmal von Sylvie.

Nicole fuhr ihre Schwester an: »Was bist du, Papas Echo?«

Giraud seufzte schwer. Nicole fand seine vorgebliche Geduld ärgerlich und hatte Mühe, sich zu beherrschen. Was wollte er wirklich? Sein langsames Herantasten hatte etwas Bedrohliches, durch das sie sich noch verletzlicher fühlte.

»Wirklich, Papa, er hat es nicht erwähnt. Er sagte, er verlässt Hanoi und kommt nicht zurück.«

»Wissen Sie, Nicole«, fuhr Giraud fort und blickte sie fest an, »wir haben die Information, dass er viel mehr tat, als kurz vorbeizukommen. Ist Ihnen die Situation entglitten? Haben Sie für den Mann Gefühle entwickelt?«

»Ich weiß nicht, was Sie meinen.«

Giraud trat mit erhobenem Finger auf sie zu. »Ah, ich denke, das wissen Sie. Und dabei wird es nicht bleiben. Was, glauben Sie, ist der Unterschied zwischen Ihnen und denen?«

Er hatte die Stimme gesenkt, und ein seltsamer Tonfall hatte sich eingeschlichen. Nicole wollte etwas erwidern, aber mit dem Kloß im Hals gelang ihr das nicht.

»Wollen Sie es ihr sagen?«, fragte Giraud ihren Vater. »Oder soll ich?«

Ihr Vater schüttelte kaum merklich den Kopf.

»Haben Sie all das vergessen, Nicole?« Giraud deutete mit der Hand auf die Pracht des Raumes. »Haben Sie Ihre französische Familie vergessen? Ich muss gestehen, ich bin enttäuscht. Ich dachte, wir hätten eine Abmachung, und nun diese mangelnde Kooperation … Glauben Sie mir, ich bedaure, was ich tun muss, eingedenk der Position Ihres Vaters.«

Plötzlich voller Angst, wich sie bis an die Fenster zurück. Giraud bedachte sie mit einem kalten Lächeln und zog eine neue Zigarette hervor. Sie schaute durch das Zimmer und bereute, dass sie sich nicht umgezogen hatte. Sie trug ihr ältestes *Áo dài*. Sylvie stand vor der Tür zur Halle, den Blick zu Boden gerichtet. Nicole drängte sie beiseite und drückte die Klinke. Die Tür war abgeschlossen.

Wütend blickte sie ihre Schwester an. »Gib mir den Schlüssel!«

Sylvie rührte sich nicht. »Es tut mir leid. Wirklich.«

»Gib mir auf der Stelle den Schlüssel!« Schon am Rand der Panik fuhr sie herum. »Wessen brillante Idee war das? Deine, Papa?«

Ihr Vater schaute gequält, antwortete aber nicht.

»Monsieur Giraud, ich verlange, dass Sie mich hinausgehen lassen.«

»Leider brauche ich mehr Informationen, bevor ich das tun kann.«

»War das Ihre Idee?«

Giraud schaute für einen Moment beiseite. »Man hat mich darauf aufmerksam gemacht, dass Sie in Gefahr sein könnten. Wir können nicht zulassen, dass eine junge Französin sich mit den Vietnamesen verbrüdert. Obwohl Sie im Grunde natürlich eine von ihnen sind.«

»Moment mal, Giraud«, sagte ihr Vater.

»Sie kennen meine Ansichten, Edouard. Die Rassen sollten sich nicht vermischen. Sie sind nicht wie wir.«

Sylvie trat von der Tür weg. »Ich war es, die die Polizei

verständigt hat, und wir haben Mark gebeten, dich zu überzeugen, nach Hause zu kommen. Ich dachte, er könnte Erfolg haben, wo wir nicht weiterkommen. Wir dachten, hier bist du sicherer.«

»Was fällt dir ein, dich in mein Leben einzumischen?«

»Du bist eindeutig mit einer unerwünschten Person in Kontakt. Ich habe mir Sorgen gemacht.«

Nicole schnaubte verächtlich. Insgeheim war sie erschrocken, weil Mark sich dazu hergegeben hatte, sie nach Hause zu locken, damit sie nun wie eine Kriminelle behandelt wurde.

»Du hattest noch nie ein gutes Urteilsvermögen, und du hast keinen Sinn für Schicklichkeit. Kannst du nicht verstehen, dass wir das zu deinem Besten getan haben? Sag es ihr, Papa.«

Ihr Vater nickte. »Es ist wahr, deine Schwester war besorgt um dich. Wir beide waren besorgt.«

»Dir ist gar nicht klar, wie viel du uns bedeutest«, fügte Sylvie hinzu. »Bitte beruhige dich! Alles wird gut werden.«

Nicole blickte sie herausfordernd an. »Was habe ich dir je getan?«

»Das reicht«, fuhr Giraud dazwischen. »Falls Sie es sich noch anders überlegen wollen, ich gebe Ihnen noch eine letzte Chance zu reden.«

»Oder?«

Einen Moment lang herrschte Schweigen. Dann antwortete ihr Vater: »Ich bedaure, *chérie*, aber du wurdest unter Hausarrest gestellt.«

Nicole schnappte nach Luft. »Für wie lange?«

»Bis auf Weiteres.«

Nicole überlegte hastig. Tran würde in einer Woche zurückkommen und erwartete ihre Entscheidung. »Und wenn mir noch etwas einfällt?«

»Dann werden wir das überdenken.«

»Papa?«

Ihr Vater zuckte resigniert mit den Schultern.

»Eines sollte ich noch erwähnen«, sagte Giraud, »eine Kleinigkeit. Sie werden auf Ihr Zimmer beschränkt bleiben.«

Sie straffte die Schultern und blickte die drei nacheinander an. Ihr Vater schaute weiterhin gequält, Sylvie völlig ausdruckslos und Giraud mit einem gewissen Amüsement. Diese drei hatten einen jungen Mann auf dem Gewissen. Wer konnte wissen, wozu sie noch fähig waren? Vielleicht waren sie sogar für Yvettes Tod verantwortlich, ein Verdacht, bei dem ihr graute. Aber wenn sie geglaubt hatten, sie könnten sie einsperren, dann hatten sie sich getäuscht. Am liebsten hätte sie ihnen an den Kopf geworfen, was Giraud in dem Bordell getan hatte, doch sie würden ihr nicht glauben, und damit würde sie ihre Lage nur verschlimmern. Sie kannte diesen Typ Franzosen: Sie verachteten die Vietnamesen, aber für ihre körperlichen Begierden waren vietnamesische Frauen gut genug. Es war ekelerregend.

Ehe sie etwas sagen konnte, fuhr Giraud mit einer ungeduldigen Geste fort: »Es schmerzt mich, das zu tun, aber die Tür wird verschlossen, und ein Polizist wird abgestellt, um auf Sie aufzupassen. André wird ab und zu vorbeischauen. Sie sehen, Sie sind so wichtig, dass Sie die volle Aufmerksamkeit der Polizei und des Militärs genießen. Sie werden keinen Kontakt zu Mitgliedern des Haushalts haben außer zur Köchin, die die strikte Anweisung hat, Sie nicht hinauszulassen, außer ins Badezimmer.«

Nicole konnte ihre Wut nicht länger bezwingen. Sie ging auf Sylvie zu und gab ihr eine schallende Ohrfeige. Zufrieden sah sie zu, wie sich im überraschten Gesicht ihrer Schwester ein roter Fleck ausbreitete. Das änderte zwar nichts an ihrer Lage, doch wenn die drei geglaubt hatten, sie würde sich widerstandslos fügen …! Mit dem Gesicht zur Tür rang sie mit den Tränen, die hinter ihren Lidern brannten. Dann drehte sie sich zu Giraud um.

»Und falls Sie es vergessen haben, Monsieur Giraud, sie mag sehr französisch aussehen, meine Schwester Sylvie, doch auch sie ist zur Hälfte Vietnamesin«, sagte sie. Und so gleichmütig wie möglich fügte sie hinzu: »Wollen wir dann?«

Sobald sie in ihrem Zimmer war und hörte, wie der Schlüssel im Schloss herumgedreht wurde, war es vorbei mit ihrer Tapferkeit. Wie hatte Mark ihr das antun können? Tran hatte recht behalten. Mark hatte sie manipuliert, indem er ihr weisgemacht hatte, sie sei in ihrem Laden nicht mehr sicher. Dabei hatte er sich die alte Anziehung zwischen ihnen zunutze gemacht. Von allen verraten, aber entschlossen, auszuharren, kämpfte sie mit den Tränen. Ihr Zimmer sah noch genauso aus wie immer, nur die Luft war stickig. Sie klopfte ihr Kissen flach und warf sich dann bäuchlings aufs Bett, auf der Suche nach Trost in dem vertrauten Geruch des Bettzeugs. Doch es war frisch bezogen und roch nach Lavendel. Auf keinen Fall sollte jemand sie weinen hören, darum presste sie sich ein Taschentuch vor den Mund, als sie den Tränen freien Lauf ließ. Dann schaute sie über ihre herumstehenden Sachen, die sie nicht mit in den Laden genommen hatte: die Glasperlen und die Kleidungsstücke, die Lisa offenbar zusammengefaltet hatte. Ihre Hände wurden schweißnass, daher wischte sie sie an der Bettdecke ab. Mit neuer Hoffnung dachte sie an das Fenster und hastete stolpernd hinüber, um es aufzureißen. Frische Luft …

Nicole packte den Griff. Es ließ sich nicht öffnen.

Sie schaute zur Sonne. Sie stand nicht mehr hoch.

Ihr Herz begann zu flattern wie ein Vögelchen. Zuerst setzte es einen Schlag aus, dann schlug es hastiger, während ihre Angst wuchs. Es hörte nicht mehr auf, als hätte es seinen gewohnten Rhythmus verlernt. Sie drückte eine Hand dagegen, wie um ihm zu befehlen, langsamer zu schlagen. Doch das Flattern wurde nur schlimmer und machte sie schwindlig. Sie schaute sich im Zimmer um, betrachtete einen Gegenstand nach dem anderen, suchte und hoffte auf etwas, das ihr Halt gab.

Entschlossen, nicht in die Knie zu gehen, riss sie sich zusammen. Doch die Erinnerung überkam sie, deutlicher denn je, und sie nahm ihr die Luft zum Atmen. Innerhalb von Augenblicken war sie wieder acht Jahre alt und im Begriff zu ertrinken. *Das Wasser ist warm wie in der Badewanne*, sagte Sylvie. *Komm, lass uns reinspringen, los!* Hinterher hieß es, Nicole habe sich alles nur eingebildet. Und Sylvie war zuckersüß zu ihr. *Das Wasser ist warm. Es ist warm, Nicole. Spring doch rein.* Wessen Idee war das gewesen? Sylvie behauptete später, es sei Nicoles Einfall gewesen. Hatte Sylvie sie reingeschubst? *Lass uns schwimmen*, sagte sie. *Springen wir rein.* Im Nu ging alles schief. Wo war Sylvie? Im Boot oder auch im Wasser? Als sie die Worte ihrer Schwester hörte, sah sie sich hineinspringen, sah sich untergehen, hörte das dunkle Brausen des Wassers. Es war eiskalt. Und dunkel.

Nicole fing an zu zittern. Sie rannte zur Tür und schlug mit den Fäusten dagegen, bis sie blaue Flecken hatte und ihr die Arme wehtaten.

Sie rief nach ihrer Schwester und nach ihrem Vater, während ihre Angst weiter zunahm.

Niemand kam.

»Du weißt, ich halte es nicht aus, eingesperrt zu sein. Sylvie!«, schrie sie, dann kreischte sie, so laut sie konnte.

»Papa, ich habe Klaustrophobie!«

Ihr lief der Schweiß vom Kopf, ihre Haare klebten im Nacken. Sie riss sich die Kleider vom Leib, um das Gefühl der Enge loszuwerden. Ihr war, als platzte ihr der Schädel, während Erinnerungen auf sie einstürmten. Das Wasser. Die Sonne schien auf die Wasseroberfläche. Sie hob einen Arm, wie um sie abzuwehren, fing aber an zu zittern. Sie zwang sich zu horchen. Kein Laut war zu vernehmen. Es war sonderbar still im Haus. Sie hörte nur das Blut in ihren Ohren wummern und sagte sich, das alles spiele sich nur in ihrem Kopf ab. Aber als ihr die Kehle eng wurde und das schreckliche Gefühl zu ersticken einsetzte, fiel sie auf die Knie. Sie fühlte sich abwärtsgleiten, und da alle Luft aus ihrer Lunge gedrückt wurde, blieb sie wie eingeschnürt. Wieder befand sie sich am Grund des Flusses und hörte ihn brausen, seine Stimme donnerte und dröhnte in einem Takt mit ihrem Herzen. Nicole krümmte sich nach vorn, drückte die Stirn an den kalten Boden, und mit der Kühle kam ein einzelner Gedanke: Selbst wenn ihr Vater nicht begriff, wie groß ihre Furcht vor dem Eingesperrtsein war, Sylvie wusste es.

Nicoles Angst ließ nicht nach. Gerade als sie glaubte, es nicht mehr zu ertragen, kam Lisa herein und schüttete ihr ein Glas Eiswasser ins Gesicht, dann hielt sie sie im Arm, während Nicole nach Luft rang, spuckte und hustete. Von dem Schreck wie gelähmt, kam sie endlich zur Ruhe.

»Du meine Güte, wie ist es nur so weit gekommen?«, sagte Lisa, als sie aufstand, um zu gehen.

Nicole fasste sie beim Ärmel, an dem der tröstliche Zigarettenrauch und Essensgeruch der Köchin haftete. »Bitte, lass mich nicht allein, bitte!«

»Ein paar Minuten kann ich noch bleiben, aber nicht länger, sonst gehen sie auf mich los.«

Sie hielt Nicole im Arm und wiegte sie schweigend hin und her.

»Was um Himmels willen ist da passiert?«, fragte Lisa schließlich und schob Nicole ein Stück von sich, um sie ansehen zu können. »Was ist mit dir geschehen?«

»Ich weiß einfach nicht mehr, wem ich noch glauben kann. Ich dachte, auf Mark kann ich mich verlassen, doch es ist seine Schuld, dass ich hier eingesperrt bin. Er ist nicht der Mensch, für den ich ihn gehalten habe.« Nicole schüttelte den Kopf. »Das tut weh, Lisa. Das tut so weh.«

Sie wollte gar nicht an ihr Gespräch im Laden denken, an seine Beteuerung, Sylvie und er seien kein Paar. Wie sollte sie ihm das jetzt noch glauben?

»Mein Liebling, du wirst das durchstehen«, sagte Lisa. »Das

weiß ich genau. Ich kann nicht länger bleiben, doch ich werde weiter nach dir sehen. Klopf fest gegen die Tür, wenn es wieder schlimm wird.«

Wenige Minuten später ging sie dann.

Nach und nach wurde Nicole der Symptome ihrer Phobie Herr. Beim ersten Anzeichen – meistens wenn sie aufwachte und sich erinnerte, dass sie nicht hinauskonnte – sagte sie sich, dass nichts Schreckliches passieren werde. Wenn das nicht wirkte, zwang sie sich, den Anfall durchzustehen, konzentrierte sich aufs Atmen, selbst wenn sie meinte, gleich ohnmächtig zu werden. Einatmen. Ausatmen. Zittrige, unvollständige Atemzüge, aber Atemzüge. Einatmen. Ausatmen.

Sobald die Angst nachließ, wurden die Atemzüge länger – wenn nicht normal, so doch tiefer. Sie spazierte im Zimmer herum, im Uhrzeigersinn, gegen den Uhrzeigersinn, quer durch die Mitte und zurück. Sie berührte ihre Sachen, als müsste sie sich nach langer Abwesenheit neu eingewöhnen, und schaute durchs Fenster, wo sie feststellte, dass die Welt unverändert war. Die Äste der Bäume wehten im Wind, und der Garten war noch von den Geistern der Toten besetzt. Von unten durchdrangen weiterhin die Geräusche des Alltags das Haus, und sie vermisste ihren Seidenladen zutiefst.

Obwohl sie ihrem Vater eindringliche Briefe schrieb, die Lisa ihm überbrachte, und ihn anflehte, er oder Sylvie mögen zu ihr kommen, sah sie nur die Köchin, die angewiesen war, mit ihr ins Bad zu gehen und ihr das Essen zu bringen, und die weiterhin unglücklich war, sie in diesem Zustand zu sehen. Am vierten Tag stellte Nicole überrascht fest, dass sie der Angst allmählich besser gewappnet begegnete. Noch immer sträubte sie sich, sich zu waschen oder auch nur anzuziehen, doch Lisa hielt ihr dabei die Hand und half ihr. Wenn sie sauber war, flocht Lisa ihr die Haare. Mit zitternden Händen reichte Nicole ihr die Gummibänder an, mit denen die Zöpfe zusammengebunden wurden. Die einfachen Tätigkeiten verhinderten nicht die nächste Angstattacke, aber Nicole fühlte sich besser gegen die ersten Anzeichen gerüstet: Schwitzen, Zittern, Atemlosigkeit.

Auf keinen Brief erhielt sie eine Antwort, nicht ein Wort von ihrem Vater. Auf sein unerbittliches Schweigen hin schritt sie durch das Zimmer. Es musste einen Weg hinaus geben. Es musste einen geben. In drei Tagen würde Tran zurückkehren, und sie wäre nicht da. Sie war es ihm zumindest schuldig, ins Geschäft zu kommen. Allerdings war sie nicht bereit, alles hinter sich zu lassen; trotz allem, was sie ihr angetan hatten, brachte sie es nicht über sich, ihre Familie aufzugeben. Sie hoffte, Tran hatte es nicht ernst gemeint, als er gesagt hatte, sie wäre im Laden nicht mehr sicher. Der Seidenladen war das einzig Gute, das ihr noch geblieben war. Sie wünschte, sie könnte jetzt dort sein, beruhigt von den ordentlich gestapelten, leuchtend bunten Stoffen und dem Geruch nach Seide und Kampfer. Sie würde ihn überzeugen, dass sie kein Wort über die Geheimgänge verraten würde, und wenn ihr das nicht gelänge, bliebe ihr immer noch das Exportgeschäft in Hue. Vielleicht könnte sie dorthin ziehen.

So schmerzlich sie sich nach Mark sehnte, so unerträglich war ihr der Gedanke, er könnte es gewesen sein, der Sylvie über Trans letzten Besuch informiert hatte. Auf jeden Fall hatte Sylvie es an Giraud weitergegeben. Aber wenn Mark wesentlich zu ihrem Hausarrest beigetragen hatte, war es wirklich aus Sorge um ihre Sicherheit passiert oder weil er ein CIA-Agent war und alles tun würde, damit sich der Kommunismus nicht weiter ausbreitete? Er hatte angedeutet, er wolle Details über die Pläne der Vietminh erfahren, genau wie Tran von ihr verlangt hatte, sie sollte etwas über die Absichten der Franzosen herausfinden. Da sie das Misstrauen nicht abstreifen konnte, hasste sie das ganze Geschehen. Warum hatte es nicht so weitergehen können wie zuvor? Obwohl sie sich diese Frage stellte, kannte sie die Antwort längst: Der Reichtum der Franzosen war auf dem Rücken der Vietnamesen angehäuft worden – das wenigstens hatte sie von Tran gelernt. Zweifellos gab es auch anständige Franzosen, die ihre Macht nicht missbrauchten, sondern an ihre Aufgabe glaubten. Doch Nicole würde nie vergessen, was ihr Vater in dem Kellerraum unter dem Hotel getan hatte.

Als Lisa am nächsten Tag hereinkam, beschloss Nicole, sie noch einmal zu fragen, was am Tag ihrer Geburt passiert war. Denn ihrem Empfinden nach ging alles darauf zurück. Bisher hatte Lisa sich immer geweigert, darüber zu reden, diesmal jedoch setzte sie sich aufs Bett und sagte, sie werde ihr die Wahrheit erzählen.

»Deine Mutter hatte schon bei Sylvie eine schwierige Geburt, und deine war noch schwieriger. Sie lag viel zu lange in den Wehen, aber der eigentliche Grund war, dass sie zu früh eingesetzt hatten.«

»Warum? Warum kamen sie zu früh?«

Lisa schloss die Augen. »Deine Mutter hätte das Wochenende über verreist sein sollen, doch sie kehrte früher zurück und sah etwas, das sie nicht hätte sehen sollen.«

Nicole zog verständnislos die Brauen zusammen.

»Bist du sicher, dass du das wissen willst?«

»Natürlich.«

»Deine Mutter ging nach oben in das Schlafzimmer, das sie mit deinem Vater teilte, und fand ihn im Bett«, Lisa zögerte, »mit einer anderen.«

»Oh, mein Gott, mit wem? Wer war bei ihm?«

»Eines der Dienstmädchen.«

Nicole schüttelte den Kopf. »Das glaube ich nicht.«

»Es tut mir sehr leid, doch so war es.«

»Was passierte dann?«

»Dein Vater schickte das Dienstmädchen eilig aus dem Haus, und nach einer Weile hörten wir deine Mutter in ihrem Zimmer weinen und dann schreien. Ich sagte deinem Vater, dass die Wehen eingesetzt haben, aber er wollte mir nicht glauben und verbot mir, zu ihr zu gehen. Sie verstanden sich schon seit einiger Zeit nicht mehr. Deine Mutter war oft krank, und er hielt sie für eine Hypochonderin. Er machte ihr deswegen immer wieder Vorwürfe, doch sie war wirklich anfällig.«

»Hat er meine Mutter nicht geliebt?«

»Anfangs betete er sie an, aber dann zeitigten wohl die Konsequenzen einer Mischehe ihre Wirkung. Jedenfalls blieb er bei seiner Annahme, dass sie wieder nur Aufmerksamkeit bekommen wolle. Und dann wurde es oben still. Und da es bis zur Geburt des Kindes noch einige Zeit dauern sollte, dachte ich, vielleicht hat er sogar recht.«

»Aber er irrte sich?«

»Am Ende war es unnatürlich still oben. Ich setzte mich über sein Verbot hinweg, und als ich nachsehen ging …« Sie hielt inne und blickte Nicole an. »Willst du das wirklich hören?«

Nicole nickte.

»*Chérie*, überall war Blut. Ich rief den Arzt an, und ich entband sie von dem Kind – das warst du natürlich. Doch es war zu spät für sie. Sie hatte zu viel Blut verloren. Der Arzt kam schließlich hereingestürzt, zusammen mit deinem Vater, und da war sie schon tot.«

Nicole spürte einen mächtigen Kloß im Hals.

»Seine Schuldgefühle waren vernichtend.«

Nicole blickte auf und schlug sich mit der Faust in die Hand. »Das sollten sie auch sein.«

»Das hat ihn verändert. Es hat uns alle verändert.«

Lisa schwieg, aber Nicole wollte mehr wissen. »Was hat der Arzt gesagt? Hätte er sie retten können, wenn man ihn sofort gerufen hätte?«

»Vielleicht. Er sagte, er hätte sie auf der Stelle ins Krankenhaus gebracht, konnte sich jedoch nicht dafür verbürgen, dass sie die Geburt überlebt hätte.«

»Es war nicht meine Schuld, oder?«

»Überhaupt nicht. Du warst ein unschuldiges Kind. Wenn jemand Schuld hat, dann …«

»Mein Vater.«

Nicole hatte ein Rauschen in den Ohren, als würde sie noch einmal ertrinken. Wenn sie das nur schon früher gewusst hätte!

»Ich habe ihm gut zugeredet, dich auf den Arm zu nehmen, aber er wollte dich nicht mal ansehen. Du warst so winzig, ich habe auch um dein Leben gebangt. Ich vermute, du hast ihn zu sehr an seine Schuld erinnert.«

Nicole konnte keinen klaren Gedanken fassen.

»Im Haus herrschte ein einziges Durcheinander. Dein Vater verschwand tagelang, manchmal nahm er Sylvie mit. Jemand musste dafür sorgen, dass das Leben weiterging. Also behielt ich dich bei mir in der Küche, bis du ein paar Monate alt warst. Ich hatte auch einen Liebsten, doch der wollte nicht auf mich warten.«

»Du musst böse auf mich gewesen sein.«

Lisa blickte sie an. »Auf dich, mein Liebling, niemals. Du warst so süß. So lustig. Für mich warst du mein Töchterchen.«

Nicole blinzelte gegen die Tränen an. »Aber das Dienstmädchen muss doch gewusst haben, dass meine Mutter schwanger war.«

Lisa nickte. »Es tut mir so leid.«

»Aber Sylvie hat immer geglaubt, unsere Mutter wäre durch mich gestorben. Das hat sie mich stets spüren lassen.«

»Sie sah, wie dein Vater dich behandelt hat. Er wollte dich nicht anfassen, und auch als du älter wurdest, zeigte er wenig Interesse.«

»Das habe ich immer so empfunden.«

»Zwar musste er dich irgendwann anerkennen, doch der Schaden war angerichtet. Sylvie war überzeugt, dass der Tod eurer Mutter deine Schuld sei und euer Vater dich deshalb ablehne. Sie hat sein Verhalten bloß übernommen.«

»Warum hast du mir das nicht schon längst erzählt?«

Lisa schüttelte den Kopf. »Das stand mir nicht zu.«

Nicole schwirrte der Kopf, und vor lauter Zorn schlug sie mit der Faust gegen die Wand.

»Sylvie tut mir leid«, sagte Lisa. »Sie war noch sehr klein, als sie ihre Mutter verlor. Das hat sie schwer getroffen und ihr ganzes Leben beeinträchtigt.«

Das löste bei Nicole den nächsten Wutausbruch aus. »Sie tut dir *leid*?! Schon als Kind hat sie mir gezeigt, dass ich unerwünscht bin.«

»Das weiß ich.«

»Sie stand immer im Mittelpunkt. Sie hat mich eingeladen mitzukommen, wenn sie mit ihren Freundinnen etwas unternehmen wollte, und in letzter Minute, wenn ich startbereit und vor Freude schon ganz aus dem Häuschen war, hat sie dann gesagt, sie hätte es sich anders überlegt. Ich habe mich immer ausgeschlossen gefühlt.«

»Warum hast du das nicht deinem Vater erzählt?«

Nicole schüttelte den Kopf. »Wozu? Er hätte ja doch nie meine Partei ergriffen. Er hätte mir nicht mal geglaubt.«

»Nun, er ist es, auf den du wütend sein solltest, nicht wahr?« Lisa legte eine Hand auf Nicoles Arm. »Ich möchte dir eine Frage stellen. Bist du gern du selbst, oder wärst du lieber Sylvie?«

Nicole starrte die Köchin an. »Was für eine Frage ist das denn?«

»Nun, du solltest vielleicht wissen, dass Sylvie eine zutiefst bekümmerte junge Frau ist.«

Aber Nicole wollte sich nicht beschwichtigen lassen. »Das ist mir egal. Ich weiß nur, wie unglücklich sie mich gemacht hat.«

»Manchmal frage ich mich schon, was aus euch beiden geworden wäre, wenn eure Mutter weitergelebt hätte.«

Nicole hatte ihre Schwester geliebt, doch jetzt traf sie eine Entscheidung: Hinter Sylvies engelhaftem Aussehen lag nichts, das es wert war, es zu vermissen. Nicole wollte sie nie wiedersehen. Sie war es leid, die Schuld am Tod ihrer Mutter zu tragen und sich dafür zu schämen, wer sie war. Der Schmerz, den sie ihr Leben lang unterdrückt hatte, brach hervor.

»Hat mein Vater mich denn je geliebt?« Eine Frage, die sie noch nie laut zu stellen gewagt hatte.

»Er hat es versucht. Davon bin ich überzeugt.«

»Versucht!«

»Ganz sicher liebte er dich irgendwann auf seine Weise. Als er heiratete, konnte er nicht wissen, wie es sich zwischen ihnen entwickeln würde. Er hatte eine Stellung aufrechtzuerhalten, und seine Ehe war dafür nicht förderlich. Natürlich warst du ihm eine ständige Mahnung. Und Männer wie Giraud sind deinem Vater jetzt keine guten Freunde.«

Bislang war die Familie für Nicole das Wichtigste gewesen. Zumindest hatte sie stets versucht, einen Weg zu finden, sich dazugehörig zu fühlen. Nun jedoch waren die französische Familie und die ersehnte Identität für sie verloren, und in gewisser Weise befreite sie das. Sie hatte immer gehofft, dass bei nächster Gelegenheit alles besser würde und ihr Vater und ihre Schwester sie eines Tages genauso lieben würden, wie sie die beiden liebte. Nun ließ sie diese Hoffnung fahren. Ihre französische Welt entglitt ihr, und endlich Bescheid zu wissen gab ihr Macht. Sie hatte bei ihnen gelebt, gehörte aber nicht dazu und musste nicht länger in ihrer Welt gefangen bleiben. Abgesehen von Lisa war ihr hier nichts mehr geblieben. Sie hatte geglaubt, eine Trennung nicht ertragen zu können, doch nun wäre es eine Erleichterung wegzugehen, was immer auch vor ihr liegen mochte. Sie würde es für ihre Mutter tun, und sie brachte den leisen Einwand in sich zum Verstummen, dass Sylvie damals auch nur ein kleines Mädchen gewesen war.

23

Am nächsten Morgen beim Aufwachen waren ihre Wangen nass. Von ihrem Traum wusste sie nur noch, dass eine goldene Pagode, umgeben von leuchtend blauen Schmetterlingen, und der Geruch von Räucherwerk darin vorgekommen waren. Und dann hatte sie Trans Stimme gehört. Da er an diesem Abend zurückkehren und sie sich mit ihm treffen sollte, musste sie irgendwie aus ihrem Gefängnis ausbrechen.

Ein Dienstmädchen im Bett mit ihrem Vater, während ihre Mutter schwanger war – dieses quälende Bild ging ihr nicht aus dem Sinn, und als Lisa mit dem Frühstückstablett hereinkam, sagte Nicole, ihr sei die ganze Nacht schlecht gewesen und sie habe sich in den Nachttopf übergeben. Tatsächlich hatte sie, sobald Lisa den Heizkessel eingeschaltet hatte, sich zwei Finger in den Hals gesteckt und dann heißes Wasser ins Waschbecken laufen lassen. Wütend und entschlossen hatte sie einen Waschlappen eine halbe Stunde lang immer wieder eingetaucht und ihn sich aufs Gesicht gelegt.

Umgeben vom Gestank des Erbrochenen, fühlte Lisa ihr die Stirn. »Du fühlst dich ein bisschen zu warm an. Wie wär's, wenn du erst mal etwas Leckeres isst?«

»Ich kann nicht. Ich brauche frische Luft, Lisa. Dann geht es mir bestimmt besser.« Nicole fühlte sich schrecklich dabei, Lisa, ihre einzige Vertraute, anzulügen, doch sie sah keine andere Möglichkeit, aus dem Haus zu entkommen.

Die Hände in die Hüften gestemmt, stand die Köchin da und runzelte die Stirn. »Ich habe es deinem Vater versprochen.«

»Bitte, lass mich mit in die Küche gehen! Lass die Tür zugeschlossen. Mach nur das Fenster in der Speisekammer auf. Das ist so klein, da passt doch keiner hindurch. Mir ist sowieso viel zu schlecht, um irgendwohin zu gehen, selbst wenn ich wollte.«

Während Lisa überlegte, blickte Nicole auf den Boden und drängte die Köchin im Stillen nachzugeben. Sie stand auf und schaute in den Spiegel. Ausgezeichnet. Ihre Augen glänzten, und ihr Gesicht war gerötet und fleckig.

»Oh, Lisa«, sie streckte einen Arm aus und stützte sich an der Wand ab, »mir ist so schwindlig!«

Die Köchin schien sich durchzuringen. »Also, ich habe genug von diesem schmählichen Zustand. Du hast recht. Du brauchst frische Luft und vielleicht etwas zu essen. Warte, ich hole dir einen Schal.«

Während Lisa ihr den Rücken zukehrte, zog Nicole die Schublade am Nachttisch auf und tastete nach dem Ladenschlüssel. Die Hausschlüssel hatte man ihr abgenommen, aber diesen nicht, und im Laden hatte sie einen zweiten Satz Hausschlüssel verwahrt. Selbst wenn sie gefasst und zurückgebracht würde, würde sie wieder das Haus verlassen können, solange man den Schlüssel nicht bei ihr entdeckte. Sie fand den Ladenschlüssel und steckte ihn zusammen mit einer Nagelfeile ein.

»Da ist er ja«, sagte Lisa und reichte Nicole einen Schal, der einmal ihrer Mutter gehört hatte.

Nicole nahm ihn. Keiner wusste, dass sie ihn in Hue im Stall gefunden hatte, in einer alten Truhe mit den Sachen ihrer Mutter. Das schien ihr heute ein gutes Omen zu sein. Ihre Mutter würde bei ihr sein. Sie legte ihn sich um die Schultern und ließ sich nichts anmerken.

»Was, wenn uns jemand sieht?«, wisperte Nicole, als sie oben an der Treppe stehen blieben.

»Wir sind allein im Haus.«

Nicole blickte sich um. »Aber der Polizist. Passt der nicht auf?«

Lisa grinste und gab ihr einen kleinen Rippenstoß. »Mach dir um den keine Sorgen. Der ist ein fauler Hund. Die halbe Zeit schleicht er sich nach Hause.«

Nicole verzog das Gesicht. »Giraud wird nicht zufrieden sein mit ihm.«

»Unser Monsieur Giraud hat im Moment ganz andere Sorgen.«

»Was für welche?«

»Sagen wir mal, es kursieren üble Gerüchte über ihn.«

Beim Anblick des vertrauten Fußbodens und der weiß gekachelten Wände in der Küche geriet Nicole ins Schwanken. Sie wünschte, dass sie die Frau, die ihr immer eine gute, treue Freundin gewesen war, nicht überlisten müsste. Nicole schaute auf die Reihe Kupfertöpfe unter der Decke, vermied es aber, zu dem Durchgang zu blicken, der zu den Glastüren des Wintergartens führte.

»Es tut mir leid, dass ich dich einschließen muss«, sagte Lisa gerade. »Aber ich hoffe, ich kann dich zu einer Tasse *soupe au vin blanc* überreden, die ich auf dem Herd stehen habe.«

»Mir ist immer noch schlecht.«

»Dann koche ich dir einen schönen Kräutertee. Mach es dir am Fenster bequem. Hast du einen besonderen Wunsch?«

»Ich könnte nicht mal etwas trinken.«

»Nun, dann leiste ich dir einfach ein wenig Gesellschaft, ja?« Lisa pflanzte ihren üppigen Körper auf den Stuhl neben Nicole. »In der letzten Woche war hier alles ziemlich seltsam, kann ich dir sagen.«

Nicole gab sich desinteressiert, wusste jedoch, dass Lisa zu gern tratschte. Sie wusste auch, dass ein Fenster des Wintergartens einen schadhaften Riegel hatte.

»Höchst seltsam.« Lisa schmunzelte schadenfroh. »Du wirst nie erraten, was ich gestern aufgeschnappt habe.«

Nicole schüttelte den Kopf. »Wahrscheinlich nicht.«

»Zwei von den Militärtypen waren hier, und ich hörte sie

in der Halle über Giraud reden. Er wurde in einer kompromittierenden Situation erwischt.«

»Was für einer?«

»Er hat Geld von den Amerikanern abgezweigt, um damit Prostituierte für die französische Armee aus Algerien herzubringen und von diesem Geld zu bezahlen.«

Nicole dachte darüber nach und fragte sich, ob die schwarze Frau, die sie mit ihrem Vater gesehen hatte, auch eine Prostituierte gewesen war.

»Sie haben gesagt, die Frauen sind Ouled Nail aus Constantine. Sie sind sehr schön, heißt es.«

Nicole äußerte sich nicht dazu.

»Unsere Truppen sollen nach Norden ziehen, mithilfe von Zivilflugzeugen und zivilen Piloten. Amerikanischen. Und unter uns gesagt, ich habe auch gehört, sie wollen fünfzigtausend Soldaten schicken. Was soll man davon halten!«

Ein Sonnenstrahl fiel über das Gesicht der Köchin, beleuchtete die Falten rings um die Augen und die erschlaffte Haut am unteren Rand der Wangen. Wann war sie derart gealtert? Es war schändlich, Lisa noch mehr Kummer zu bereiten, und Nicole schämte sich dafür. Erschrocken über die Stärke ihres Empfindens, hielt sie inne und dachte nach. Vielleicht sollte sie doch nicht gehen? Lisa hatte etwas Besseres verdient. Aber als Nicole wieder einfiel, was ihr Vater getan hatte, überkam sie ein Gefühl der Mutlosigkeit: Was blieb ihr denn anderes übrig?

Sie schüttelte den Kopf. »Lisa, mir ist so übel. Vielleicht trinke ich doch etwas Kräutertee. Irgendwas Frisches aus dem Garten.«

»Tut mir leid, *chérie.* Da rede ich und rede, und dir geht es so schlecht. Warte, ich hole meine Schere und spring mal schnell in den Garten. Ich hab da genau das Richtige.« Ein bisschen verlegen fügte sie hinzu: »Du weißt, ich werde die Tür abschließen müssen.«

Während Lisa Kräuter sammelte, schlich Nicole in den

Wintergarten und vergewisserte sich, dass die Köchin sich auf der anderen Seite des Gartens aufhielt, bevor sie das Fenster mit dem schadhaften Riegel suchte. Sie hörte ein Geräusch und fuhr schuldbewusst herum, doch es kam aus dem Nachbargarten. Nicole wandte sich wieder dem Fenster zu. Sie lockerte es mit der Nagelfeile, dann ging sie in die Hocke, um den unteren Riegel zu lösen. Vorsichtig drückte sie das Fenster auf und dankte dem Himmel für die bodentiefen Fenster der Franzosen. Dann, als ihre Angst in einen Schub Tatkraft umschlug, schlüpfte sie hinaus und rannte zur Mauer am hinteren Gartenende. Bei der Erinnerung, wie oft Lisa sie schon gedeckt hatte, hielt sie einen Moment inne. Tief betrübt wegen des Ärgers, den die Köchin bekommen würde, erkannte sie bestürzt, dass sie einander vielleicht nie wiedersehen würden. Dann dachte sie an Mark. Trotz allem wagte sie nicht, sich vorzustellen, wie sie damit zurechtkäme, ihm nie mehr zu begegnen. Aber was ihre Gefühle für ihren Vater anging, war sie hin- und hergerissen: Durfte sie ihn noch gernhaben nach dem, was Lisa ihr erzählt hatte? Sie kletterte an den Ziegelsteinen hinauf und über die Mauerkrone. Erleichterung durchströmte sie, als sie auf der anderen Seite hinuntersprang und davonrannte.

24

Hier im Laden würden sie sie als Erstes suchen. Darum drängte sie die Euphorie über die wiedergewonnene Freiheit zurück und beeilte sich. Sie ließ den Blick über all die Dinge wandern, die sie restauriert, selbst hergestellt oder sich erarbeitet hatte. Es fiel ihr schwer, im Laden zu stehen und zu wissen, dass sie ihn zurücklassen musste. Trotz des starken Verlustgefühls erledigte sie zügig, was getan werden musste, nahm die Hausschlüssel an sich, band sich die Haare hoch und zog sich vietnamesische Sachen an. In dem kleinen Bad wusch sie sich das Gesicht und versuchte, die Nerven zu behalten.

Im letzten Moment sauste sie nach oben und holte die alte Börse hervor, die für sie ein kleines Symbol der Vergangenheit war und als solches Verbundenheit schuf. Nach kurzem Zögern steckte sie sie ein. Mit der Börse in der Tasche würden ihre Vorfahren sie beschützen. Einer Eingebung folgend, schob sie ihr einziges Foto von Mark hinein. Sie wäre allzu gern im Laden geblieben, um dort auf Tran zu warten, aber es war zu gefährlich.

Es würde schwierig werden, den ganzen Tag im Freien zu warten, doch sie kannte die rückwärtigen Gassen, die zum See führten, und vor allem das versteckte Plätzchen unter den Bäumen und Büschen, wo sie mit Tran gelegen hatte. Da würde sie bis zum Abend bleiben und dann durch die Gassen zurücklaufen.

So verbrachte sie den Tag am See, und am späten Nachmittag, um die Stunde, zu der die Geschäfte schlossen, band sie sich ein Tuch um den Kopf und lief zurück, um sich mit Tran zu treffen. Es hielten sich weniger Leute draußen auf als gewöhnlich, die Straße wurde also überwacht. Darum huschte sie in eine dunkle Gasse gegenüber ihrem Laden. Voller Angst, Tran könnte inzwischen festgenommen worden sein, spähte sie immer wieder um die Ecke, aber als zwei Polizisten vorbeigingen, wich sie in den Schatten zurück. Sie konnte nicht wissen, wie lange sie würde warten müssen. Eine alte Dame schaute im Vorbeigehen in die Gasse, und Nicole wich noch weiter zurück und verbarg sich in einem Türbogen.

Als sie O-Lan aus ihrem Geschäft kommen und durch das Schaufenster in den Seidenladen spähen sah, konnte Nicole sich nicht länger bezähmen. Sie zog sich das Tuch tiefer in die Stirn und lief über die Straße.

O-Lan drehte sich um und lächelte ihr entgegen. »Wo warst du? Der Laden ist schon seit einer Woche geschlossen. Ich habe dich vermisst. Warst du krank?«

Nicole schüttelte den Kopf, nahm O-Lan beim Arm und zog sie über die Straße. »Können wir uns in der Gasse unterhalten?«

»Warum gehen wir nicht ins Haus?«

»Das geht nicht.«

Eilig verschwanden sie in den Schatten der Gasse.

O-Lan fasste Nicole am Arm. »Was ist los?«

»Ich gehe mit Tran in den Norden«, bekannte Nicole und konnte ihre Ungeduld kaum verbergen.

Ihre Freundin schaute enttäuscht drein.

»Warum machst du so ein Gesicht? Ich dachte, das würde dich freuen.«

»Tran ist leidenschaftlich, idealistisch und …«

»Ein guter Mensch«, unterbrach Nicole.

»Ja, aber …« O-Lan verstummte und rang die Hände. Nicole war verblüfft, wie ernst ihre Freundin schaute. »Die Partei ist sein Ein und Alles. Er wird dich opfern, wenn du seinen politischen Ansichten im Weg stehst.«

Nicole schüttelte den Kopf. »Das würde er nie tun.«

»Du bist zu vertrauensselig.«

»Aber ich dachte, du sympathisierst mit den Vietminh?«

»Das habe ich nie gesagt.« O-Lans Tonfall wurde verächtlich, ihr Blick vorwurfsvoll.

»Auf wessen Seite stehst du?«

»Nicole, ich stehe auf keiner. Ich liebe meine Familie. Und es kümmert mich nicht, ob sie die Vietminh oder die Franzosen unterstützen.«

»Würdest du Tran denn nicht verstecken, wenn er auf der Flucht wäre?«

O-Lan wirkte wütend. »Ich hoffe, dazu wird es nie kommen. Bitte, Nicole, geh nicht! Schau dir deinen hübschen Laden an! Er ist der schönste in der ganzen Straße. Was soll daraus werden?«

»Darüber habe ich mir auch schon Gedanken gemacht.«

O-Lan ergriff ihre Hand. »Und? Ist er nicht Grund genug für dich, zu bleiben?«

Nicole spürte einen Anflug von Bedauern. »Es ist nicht so, dass ich wegmöchte.«

»Dann geh doch bitte nicht!« O-Lan stockte. »Und was ist mit deinem Vater und Sylvie? Ich weiß, du hast dich über sie geärgert, aber du liebst sie doch. Sie sind nicht deine Feinde.«

»Wenn nicht sie, wer dann?« Nicole senkte den Blick. »Lisa hat mir erzählt, was passiert ist, als ich geboren wurde, und ich kann ihnen nicht verzeihen. Ich gehöre nicht zu ihnen. Selbst wenn ich wegen des Ladens bleibe, hätte ich weiter mit Sylvie zu tun, und ich müsste meinen Vater sehen und Mark – ich kann das nicht.«

»Also läufst du weg?«

»Nein. Ich unterstütze eine gute Sache.«

O-Lan warf ihr einen enttäuschten Blick zu. In ihren Augen schimmerten Tränen. »Du irrst dich. Du redest dir das ein, Nicole, aber die Wahrheit sieht anders aus. Du weißt nicht mal, wer der Feind ist.«

»Komm, sei nicht so niedergeschlagen!« Nicole lächelte sie an. »Ich möchte mich nicht mit dir überwerfen.«

O-Lan starrte sie an, ohne das Lächeln zu erwidern.

»Nun, da haben wir's«, sagte Nicole. »Am besten, du gehst wieder ins Haus. Tran wird jeden Moment hier sein.«

O-Lan nahm ihre Hände. »Pass auf dich auf, und wenn du mich brauchst, ich bin hier.«

Nicole bekam feuchte Augen und wurde unsicher, als O-Lan davonging. Hatte ihre Freundin recht? Sie war wütend geworden, und Nicole dachte mit Schrecken daran, dass sie nach der Rückkehr in Hanoi nie wieder sicher wäre. Doch dann stellte sie sich ihren Vater im Bett mit einer anderen Frau vor, während ihre Mutter so verletzlich gewesen war. Das Bild ließ sie nicht los, und der Schmerz überfiel sie und bestärkte sie in ihrem Entschluss.

Plötzlich legte jemand von hinten eine Hand auf ihren Mund.

Nicole erstarrte. Das musste einer von Girauds Leuten sein! Sie hörte leises Kichern und fuhr herum. Erleichtert erkannte sie Tran. Seine Augen funkelten, und er wirkte hell erfreut. Sie grinsten einander an, und beinahe hätte sie laut gelacht. Mit großen Augen bedeutete er ihr, kein Wort zu sagen und ihm zu folgen. Sie kam von selbst darauf, in einigem Abstand hinter ihm herzugehen.

Ein paar Straßen weiter erklärte er ihr flüsternd, was er geplant hatte. Sie würden in einen der Busse steigen, die nur von Vietnamesen benutzt wurden.

Eine Stunde später saßen sie zusammengequetscht in einem Bus, der am Delta des Roten Flusses entlangfuhr, wo der Dampf in Wellen von der Wasseroberfläche aufstieg, und der Gestank von verwesendem Fisch wehte durch das offene Fenster herein. Nicole versuchte, es zu schließen, aber es war rostig und ließ sich nicht bewegen. Sie versuchte, an alles Mögliche zu denken außer an Fisch, und als das Brausen der wenigen Autos nachließ, durchlief sie ein Schauder. Die Gegend wurde ländlicher. Sie schaute zu den Sampans und Dschunken, die an den Pflaumenbäumen am Flussufer entlangfuhren. Ein paar

Gänse flogen in Formation über sie hinweg, ihr lang gezogener Schrei war aus dem hellen Gekrächze der Seevögel deutlich herauszuhören.

Weiter außerhalb und fern vom Fluss rollte der Bus an ärmlichen Dörfchen vorbei, wo nackte Kinder im Staub spielten. Nicole döste ein, und schließlich hielt der Bus an einer Bambushecke, hinter der die Dächer eines Dorfes aufragten. Wie friedlich es hier ist, dachte sie, bis ein schriller Vogelschrei die Stille störte.

»Wir sind da«, erklärte Tran und stand auf. Er lächelte, und sie bemerkte wieder diesen Anflug kindlicher Begeisterung bei ihm. Er senkte die Stimme und sagte dicht an ihrem Ohr: »Und du hast jetzt einen vietnamesischen Namen. Von jetzt an heißt du Linh.«

Sie grinste. »Frühling. Das gefällt mir.«

Nicole folgte ihm aus dem Bus und schaute zu den Häusern, die kaum mehr waren als Hütten oder Schuppen mit spitzen Dächern aus geflochtenem Bambus. Ein paar Menschen trotteten die Wege entlang, gekleidet in Braun oder tristes Grün, und trugen an ihren Schulterstangen Gemüse und Reissäcke von einem Ort zum anderen. Schwalben sausten in scheinbar endlosen Kreisen und Sturzflügen umher.

»Da entlang«, sagte Tran und zeigte auf einen schmalen Weg zwischen zwei Hütten. Dabei war ihr, als wiese er in die Zukunft.

Das war ein neuer Anfang, wie auch ihr neuer Name andeutete. Nicole hegte große Hoffnungen, endlich dazuzugehören, und gleichzeitig war es eine Chance, sich zu beweisen.

Sie umrundeten Pfahlhütten, die nur einen Raum hatten. Der Rauch von Kochfeuern hing in der Luft. Sie wichen krähenden Hähnen und Hühnern aus, die ihren Platz auf dem Weg behaupteten und kaum Notiz von ihnen nahmen, obwohl mehrere Kettenhunde ein fürchterliches Gebell anstimmten und versuchten, sich loszureißen. Trotzdem dachte Nicole wieder, wie unerwartet friedlich es hier war. Nackte Säuglinge schliefen auf Flechtmatten, kleine Kinder rannten zwischen angebundenen Ziegen und Gemüsebeeten umher, während die älteren auf der festgetretenen Erde mit Steinen spielten oder mit Katapulten auf Vögel schossen. Ein oder zwei standen auf und riefen Tran etwas zu, betrachteten Nicole aber mit hungrigen Augen.

Das kam ihr fremdartig vor, und einen Moment lang flackerte Reue in ihr auf, das Gefühl, ihr fehle etwas, doch es ließ sich rasch vertreiben.

Das Dorf glich einem Labyrinth. In den Höfen hing Wäsche an Leinen aus Darm, und auf den Parzellen wuchsen viele Obstbäume und Kürbisse. Sie schaute in einige Hütten, die nicht auf Pfählen standen, und bemerkte den nackten Erdboden und die unverglasten Fenster.

»Die Menschen müssen doch frieren«, sagte sie und schaute Tran fragend an. Er war stehen geblieben und unterhielt sich mit einem alten Mann mit ausgedörrter Haut, der beim Reden sehr niedergeschlagen wirkte.

Tran verbeugte sich, dann schüttelte er dem Mann die Hand und wandte sich ihr wieder zu. »Nachts ist es kalt, ja.«

An einer Hütte war ein bedrohlich blickendes Auge über den Eingang gemalt.

»Was bedeutet das?«, fragte sie.

»Das ist eine amerikanische Idee.«

»Verstehe ich nicht.«

»Sie wissen, dass die Dorfbewohner Angst vor Vampiren und Geistern haben, darum haben sie den Franzosen vorgeschlagen, ein Auge auf eine Hütte zu malen, wenn gegenüber jemand wohnt, den sie für einen Terroristen halten.«

»Ich verstehe immer noch nicht.«

»Die Dörfler denken, es ist das Auge ihrer Vorfahren, und werden den Verdächtigen nicht mehr unterstützen oder verstecken. Aber wir haben unsere Mittel und Wege. Das ist ein Widerstandskrieg.«

Sie gingen ein Stück weiter und schlugen einen schmalen Pfad zwischen leuchtenden Reisfeldern ein, wo Reiher Beute suchten und Jungen auf dem Rücken von Wasserbüffeln schliefen. Kurz darauf schien es, als liefen sie im Halbkreis zu einem anderen Teil des Dorfes zurück, wo ein Papierdrachen hoch am Himmel schwebte. Tran hielt inne, beschirmte die Augen mit einer Hand und schaute hinauf, dann ging er weiter und blieb erst wieder stehen, als sie ein großes, zweigeschossiges Haus erreichten, das am Dorfrand an einen Obstgarten grenzte.

»Ist das dein Zuhause?«, fragte sie.

»Nein, aber früher hat es meinem Onkel gehört.«

»Früher?«

Tran zog die Brauen zusammen. »Es war das Haus seiner Vorfahren, bis es von der Partei beschlagnahmt wurde. Er war Landbesitzer.«

»Was heißt das?«

»Das heißt, ihm wurde ein fairer Prozess gemacht.«

»Warum?«

»Er besaß drei Felder und war Seidenhändler.«

»Ist das alles?«

Tran nickte.

»Und was passierte dann?«

Er schüttelte den Kopf. »Er wurde von seinem Besitz vertrieben. Der Mann, mit dem ich vorhin gesprochen habe, ist mein Onkel.«

»Der dir eine Ausbildung bezahlt hat?« Sie konnte ihre Bestürzung nicht verbergen.

»Lass uns das Thema wechseln«, sagte er und ging auf die Tür zu. »Komm, hier werden wir bleiben, bis wir unsere Befehle erhalten. Ich habe ihnen gesagt, du seist Vietnamesin.«

»Sie wissen nicht, dass ich halb Französin bin?«

»Nein, und dabei sollten wir es belassen.«

»Wo werden sie uns hinschicken?«

»Wir sollen uns beide einem Wandertheater anschließen.

Du trittst in den Vorstellungen auf, und ich habe die Aufgabe, mit den Dorfbewohnern zu reden.«

»Damit sie sich dem Widerstand anschließen?«

»So ist es.«

Am nächsten Tag beobachtete Nicole eine spindeldürre Frau, die an einem Bach am Dorfrand mit einer Bambusfalle Fische und Krebse fing. Nicole hatte kaum geschlafen, und die harte Holzbank, die man ihnen als Bett angewiesen hatte, war nicht eben förderlich gewesen.

»Was essen sie sonst noch?«, fragte sie Tran.

»Gemüse und Reis. Das ist alles. Gekocht, gedämpft und zerstoßen zu Kuchen gebacken. Immer Reis.«

Das tägliche Leben der Frauen schien sich darauf zu beschränken, die Kinder zu versorgen, das Vieh zu füttern, Fische zu fangen und zu kochen. Ganz offensichtlich gab es eine klare Hierarchie zwischen den Geschlechtern. Die Frauen hatten auch Wasser zu schleppen und die übrigen Aufgaben des Haushaltes zu versehen.

»Das Leben ist nicht einfach«, sagte Tran. »Eine Dürre vernichtet die Ernte, ebenso eine Überschwemmung. Die Menschen helfen einander. Wir alle erfüllen unsere Aufgabe.«

»Ich verstehe.«

»Hier gibt es kein fließend warmes und kaltes Wasser, Nicole.«

Sie hatte auch bestimmt nicht damit gerechnet und fühlte sich ein bisschen gekränkt. Er führte sie zu einer Hütte, wo ihr befohlen wurde, den Anweisungen einer Frau zu gehorchen, die Maulbeerblätter hackte und an die Seidenraupen verfütterte. Eine andere sammelte Kokons ein und warf sie in kochend heißes Wasser.

Als Nicole sich an die Arbeit machte, beobachteten die Frauen sie aus dem Augenwinkel, sprachen aber nicht mit ihr. Nicole fühlte sich unbehaglich und trat von einem Fuß auf den anderen.

»Das ist, um die Larven zu töten, nicht?«, flüsterte sie ihrer Nachbarin zu, um nicht völlig unwissend zu erscheinen. »Das Wasser.«

Die Frau nickte. »Wenn wir das nicht tun, werden sie zu Faltern. Und die zerbeißen den Faden, um sich aus dem Kokon zu befreien.«

In einem anderen Raum sah Nicole zwei Frauen, die die Kokons abwickelten und den Faden zu Strängen aufwickelten, damit er zu Stoff verwebt werden konnte. Während sie den Haufen Blätter hackte, dachte sie zurück an den vorigen Abend. Sie hatte neben Tran gesessen und versucht, der Unterhaltung in der Hütte zu folgen. Zu acht hatten sie im Schneidersitz auf dem Boden gehockt und ein übel riechendes Kraut geraucht. Nicole sprach akzentfrei Vietnamesisch, aber es war nicht ihre Muttersprache. Sie hörte nur halb zu und schaute dabei in die tanzenden Schatten und die Flammen kleiner, in flache Ölschalen getauchter Dochte.

Tran stieß sie in die Rippen. »Pass auf!«, murmelte er.

»Entschuldigung.«

»Lächle den Anführer an! Schau dankbar! Wir werden für die Arbeit in den Seidenbaracken eingeteilt, bis wir unsere Befehle erhalten.«

Sie war überrascht gewesen, dass sie nicht sofort in den Norden reisten, doch Tran hatte ihr erklärt, das sei eine Prüfung, und sie solle einfach gehorchen und dabei erfreut aussehen.

Nun, da sie die Maulbeerblätter hackte, verlor sie erneut die Konzentration und schnitt sich in den Finger. Unwillkürlich fluchte sie auf Französisch. Die Frau neben ihr schaute sie misstrauisch an und wies sie an, sich einen Lappen zu suchen und um den Finger zu wickeln.

Erst später, nach einem Abendessen, das aus einer überraschend guten Krebssuppe mit Sojabrot bestand, wurde Nicole vollends klar, was sie getan hatte. Die Gruppe war versammelt, als sie von der Toilette kam und den Gestank davon noch an der Kleidung wahrzunehmen meinte. Obwohl Platz für alle war, kam es ihr in dem Raum feucht und beengt vor, und die Stimmung schüchterte sie ein. Was hätte sie jetzt nicht für einen Milchkaffee getan!

Die feindselige Atmosphäre steigerte sich noch, als der Anführer anfing, Tran mit Fragen zu bombardieren. Er redete so schnell, dass Nicole nur wenige Worte verstand. Sie hörte ihren Namen zwei Mal, und beide Male blickte der Anführer zu ihr. Tran schaute beschämt drein, redete langsamer, trat jedoch für sie ein, erklärte, sie sei tatsächlich halb Französin, glaube aber voll und ganz an die Sache.

Ein anderer Mann ergriff das Wort, und Nicole scheute vor seinem hasserfüllten Ton zurück. »Sie ist eine Spionin!«

Alle außer Tran und dem Anführer nickten.

»Beseitigt sie!«, murmelte einer.

»Einverstanden.«

»Wir brauchen hier keine *métisse.*«

Ein Mann mit ungewöhnlich buschigen Brauen und einem schmalen, sonnengebräunten Gesicht zog ein Messer aus einer Tasche an seiner Hüfte und wischte es an der Hose ab. Dabei grinste er Nicole an. Schaudernd und voller Entsetzen drehte sie den Kopf zu Tran, der jetzt zu Boden blickte. Der Anführer beachtete den Mann nicht, sondern sprach Nicole direkt an. Dabei redete er langsamer.

»Du kannst ihr vertrauen«, warf Tran ein. »Ich bürge für sie.«

»Lass sie sprechen! Was hast du zu deinen Gunsten vorzubringen?«

Während Nicole in Gedanken alles durchging, was Tran je über den Widerstand gesagt hatte, klammerte sie sich an kurze Phrasen. »Ich glaube an die Landreform. Ich glaube, die Reichen sollten für das bezahlen, was sie getan haben. Ich will helfen, das Land von der Sklaverei zu befreien. Die Franzosen haben unmenschliche Gesetze vollstreckt. Sie haben Aufstände in Strömen von Blut erstickt. Sie haben uns unsere Rohstoffe gestohlen.«

Der Anführer fragte Tran: »Du sagst, sie hat dir Informationen gegeben?«

Tran nickte.

Ein angespanntes Schweigen legte sich über den Raum, als der Anführer sich zurücklehnte und den Blick wieder auf Nicole richtete. Da sie stark schwitzte und merkte, wie die Flecken unter ihren Achseln größer wurden, wusste sie kaum, wohin sie blicken sollte. Obwohl sie gerade erst auf der Toilette gewesen war, musste sie schon wieder dringend. Zwei Männer brummten etwas, doch der Anführer hob die Hand, woraufhin sie verstummten. Sehr langsam drehte er sich eine Zigarette, strich ein Papierchen glatt, zupfte Tabak und legte ihn in einer geraden Linie darauf zurecht, wobei er immer stärker die Stirn runzelte. Nicole hätte ihm am liebsten zugeschrien, er solle schnell machen. Die Minuten vergingen schleppend. Endlich steckte er die Zigarette zwischen die Lippen, zündete sie aber nicht an.

»Also, was war es?«, fragte er, neigte den Kopf zur Seite und sprach nur mit einer Hälfte des Mundes.

Plötzlich war Nicole kalt, und ihr Verstand verweigerte seinen Dienst. Was war was? Was meinte er?

Er schlug mit den flachen Händen auf den Tisch. »Die Information. Was war es?«

Es lag ihr auf der Zunge, doch sie stockte; sie war den Tränen nahe. Nachdem sie sich gefasst hatte, sprudelten die Worte hervor. »Die Franzosen schicken fünfzigtausend Soldaten und amerikanische Flugzeuge nach Norden.«

Er nickte. »Du bist Sängerin?«

Es blieb eine enorme Anstrengung, sich zu beherrschen. Er durfte nicht merken, wie viel Angst sie hatte. »Ja.«

»Du kennst vietnamesische Lieder?«

»Meine Mutter war Vietnamesin.«

Ihr Mut verließ sie zusehends. Nicole rechnete fest damit zu scheitern. Aller Augen waren auf den Anführer gerichtet, der nun auffordernd nickte.

»Wenn du bleiben willst, wirst du für uns singen. Steh auf!«

Sie erhob sich, aber ihr Kopf war wie leer gefegt. Es schien, als hätte sie einen schrecklichen Fehler begangen. Sie wagte einen Blick zur Seite, doch Trans Miene blieb ausdruckslos, und er sah sie nicht an. Nicole erschrak. Was sollte sie tun, wenn ihr kein passendes Lied einfiel? Eine Melodie kam ihr in den Sinn, eine Zeile aus dem Musical und dann noch eine, aber den übrigen Text hatte sie vergessen. Deshalb ging sie mehrere Lieder im Stillen durch. Würde sie auch nach der Wahl des Liedes beurteilt werden? Oder nach der Schönheit des Gesangs? Sicherlich erwarteten sie von ihr etwas typisch Vietnamesisches, das alle kannten. Ihr Gedächtnis jedoch gab gerade nur französische Lieder her. Warum konnte sie sich nicht auf die besinnen, die sie von O-Lan gelernt hatte?

Ihr Hals fühlte sich an, als würde er langsam zugedrückt, aber endlich fiel ihr eine Melodie ein, ein Wiegenlied über einen Herbstwind und den Beginn des Winters. Das Lied hatte sie erst kürzlich mit O-Lan gesungen, sodass Nicole sich nach und nach an den Text erinnerte. Sie setzte sich über ihre Furcht hinweg und fing an zu singen. Und als der eindringliche Rhythmus den Raum erfüllte, schloss sie die Augen und stellte sich vor, sie sei zu Hause im Garten, wo die fallenden Blätter im Wind segelten. Es gelang ihr, den Frieden und die Melancholie des Herbstes auszudrücken, und als sie die Augen öffnete, sah sie, dass alle ihr zuhörten. Nach dem Ende des Liedes herrschte Stille.

Schließlich nickte der Anführer. »Sie bleibt. Sind alle einverstanden?«

Alle stimmten zu mit Ausnahme des Mannes mit dem Messer, der ein enttäuschtes Gesicht machte und mürrisch brummend den Raum verließ.

Der Anführer zündete sich seine Zigarette an und blies langsam den Rauch aus, bevor er sie ansprach. »Du hast nicht gelogen. Wir haben auch von den fünfzigtausend gehört. Wir werden dich jedoch beobachten. Bei der kleinsten Verfehlung …«

Er stand auf und ging. In der Tür drehte er sich kurz zu ihr um, lächelte kalt und verließ die Hütte. Dabei zog er einen Schweif Rauch hinter sich her.

Am folgenden Tag saßen Nicole und Tran allein in dem ummauerten Hof hinter dem Haus. Sie warteten auf Nachricht, wann sie weiterreisen würden. Ein Chamäleon lief die Mauer hinauf, und da Nicole sich ein wenig deplatziert fühlte, wollte sie Trans Hand nehmen. Er verweigerte sie ihr.

»Man darf nicht sehen, dass wir uns nahestehen. Wir sind jetzt Kameraden.«

Verwirrt sah sie ihn an. »Was spricht gegen Zuneigung und Freundschaft?«

»Hat hier nichts zu suchen.«

Nicole hob einen Kieselstein auf und warf ihn gegen einen Baum. Langeweile hatte sie nicht erwartet und auch nicht, dass Tran so kühl sein würde.

»Wenn wir den Krieg gewonnen haben, wird sich alles ändern«, sagte er. »Ich werde in der Partei Ansehen haben und heiraten können.«

»Eine komische Art, mir einen Antrag zu machen.«

Er grinste. »Ist er dir nicht romantisch genug?«

Nicole zuckte mit den Schultern. Sie mochte ihn, aber eine Heirat hatte sie nicht im Sinn gehabt, und schon gar nicht mit ihm. Ihr fiel Marks Foto ein, das sie in der Börse bei sich hatte.

»Jetzt denk daran: Nimm eine demütige Haltung ein, sei aufmerksam, zeige Achtung vor dem Alter, dem Wissen und dem gesellschaftlichen Rang. Und Fremde nennst du am besten *ong*. Das heißt ›Großvater‹.«

»Ich weiß, was das heißt«, erwiderte sie, verärgert über seinen belehrenden Tonfall.

Sie betrachtete die Orchideen am Stamm eines nahen Baumes und hörte dem Vogelgezwitscher zu. Es würde schon gut werden. Alles würde gut werden. Musste es einfach. Sie verschwieg Tran, dass sie allmählich Heimweh bekam.

»Wenn du jemandem begegnest, verbeug dich leicht und lächle. Wenn derjenige fragt, wie es dir geht, sagst du: ›*Toi khoe. Cam on. Con ban.*‹ Und sonst nichts. Was immer du tust, bleib höflich. Niemand zeigt, was er wirklich empfindet, und du darfst das auch nicht.«

»Und als Frau muss ich sittsam sein.« Ihren Sarkasmus schien er nicht wahrzunehmen.

»Ganz genau.«

An einer Seite des Hofes verlief eine Jasminhecke, und der süße Geruch brachte sie zum Niesen. Sie lehnte sich gegen Tran, die Morgensonne funkelte durch Lücken zwischen den Wolken, und Nicole fühlte sich ein wenig besser. Während sie in der Wärme vor sich hin döste, schien es ihr am besten zu sein, sich dem zu fügen, was vor ihr lag.

»Was hältst du von dem Mann mit dem Messer?«, fragte sie.

»Duong? Mach dir wegen dem keine Sorgen.«

Ihre Stimmung hellte sich weiter auf, als eine der Dorffrauen einen Topf Reis und einen frischen Salat aus grünen Papayas und sauer eingelegtem Gemüse brachte.

»Das ist ein gutes Zeichen. Wenn sie uns zu essen geben, heißt das, dass wir bald weiterfahren werden«, sagte er. »Wir werden vielleicht tagelang nichts essen.«

»Wird die Reise beschwerlich?«

»Ja. Du wirst dich daran gewöhnen, ohne Luxus auszukommen.«

Nicht ohne Schmerz dachte Nicole daran zurück, wie sie mit ihrer Familie von Hue nach Hanoi gereist war. Es war ein Wendepunkt in ihrem Leben gewesen, genau wie dieses Unterfangen jetzt. Damals hatte sie die Reise schon anstrengend gefunden, aber verglichen mit dem, was ihr bevorstand, war das gar nichts gewesen.

III

Dunst und Wolken

November 1952 bis September 1953

25

Nordvietnam

Anfang November war die Reise nach Norden nicht so beschwerlich, wie Nicole erwartet hatte. Sie genoss sogar das Gefühl, frei zu sein, und die Abende, wenn das Land, vom Gold der untergehenden Sonne gedämpft, wie unter einem Zauber wirkte, der alles möglich erscheinen ließ. Das waren die Monate, in denen es guttat, spazieren zu gehen. Sie wanderten bei Nacht, wenn sie konnten, während die Fledermäuse zwischen den niedrigen Bäumen hin und her sausten. Als sie einen Schwarzbären im blauen Mondlicht erspähten, erstarrte Nicole auf der Stelle. Trans aufgerissene Augen warnten sie, sich nicht zu bewegen. Der Bär lief vorbei. Wenn sie bei Tag zu schlafen versuchten, wurden sie von stumpfnasigen Affen geweckt, die ihnen an den Haaren zogen und an ihren Taschen nach Essbarem schnüffelten.

Es mochte nur ein Zwischenspiel sein, bevor die harte Arbeit begann, doch Nicole war entschlossen, das Beste daraus zu machen. Sie war begeistert von der Wildnis und nahm jeden Tag, wie er sich ihnen bot. Manchmal kamen sie den französischen Truppen zu nahe, und das scharfe Gefühl von Gefahr schoss ihr durch die Glieder, aber bei Wind, Regen und mit den Vögeln als Gesellschaft im Freien zu sein erweckte ein Hochgefühl, das in ihr prickelte und brodelte. Sie spürte, sie würde etwas Neues an sich entdecken, und war erleichtert, weil Tran nicht noch einmal mit ihr schlafen wollte.

Die ersten Tage bei der Theatertruppe vergingen schnell. Zuerst fühlte sie sich fremd, befolgte aber Trans Anweisungen, und es gelang ihr, sich nicht zu verraten. Nicole hatte gelernt, auf die Feinheiten der Mimik achtzugeben, auf verräterische

Details, und konnte den Menschen mittlerweile meist ansehen, was sie dachten. Sie hoffte nur, niemand würde ihr etwas anmerken. Gastfreundlich und bereit zu teilen, versuchten die anderen Mitglieder der Truppe, sie einzubeziehen, aber Nicole hielt sich abseits, sang ihre Lieder gut und konzentrierte sich, damit ihr kein französisches Wort herausrutschte. Mit einer Frau freundete sie sich dennoch an, einer Musikerin namens Phuong. Meistens rauchten sie zusammen nach dem Ende der Vorstellung, bevor sie die Bühne abbauten und weiterzogen.

Sie führten eine Form des Cheo auf, früher satirische Darstellungen des alltäglichen Lebens, die von Bauern auf Dorfplätzen gezeigt worden waren, simple Dramen mit Liedern, die Nicole gefielen. Sie stellte fest, dass ihre Anstrengungen mit O-Lan sich bestens auszahlten. Traditionell handelte das Volkstheater von Menschen, die mit moralischen und religiösen Problemen fertigwerden mussten, aber nun führten sie immer häufiger die modernen Vietminh-Versionen auf, die mit dem Thema der Selbstaufopferung durchsetzt waren. In der Absicht, den Kampfgeist der ländlichen Unterstützer zu stärken und Landstreicher zu überzeugen, sich dem Widerstand anzuschließen, handelten die Stücke von Männern und Frauen, die heldenhaft ihr Land gegen die Franzosen verteidigten.

Der Gesang wurde von traditionellen Instrumenten begleitet: Zithern, Lauten, Geigen und Bambusxylofonen. Und die Trommeln schlugen einen Marschtakt.

Anfangs fand Nicole die Musik erregend und war zufrieden mit ihrer neuen Welt. Und so wurden aus Tagen Wochen und aus Wochen Monate, und irgendwann stellte sie überrascht fest, dass sie schon fast ein halbes Jahr beim Wandertheater war.

Nach einer langen Wanderung durch sumpfiges Gelände saß sie eines Nachmittags auf einem Baumstamm an einer stillen Stelle im Schatten und dachte nach. In letzter Zeit waren die Essensrationen dürftiger und die Wohnsituation grässlicher geworden. Jetzt musste sie in zugigen Scheunen und in Hütten schlafen, wo auch Ratten hausten. Immer öfter kehrten ihre

Gedanken zu den kleinen Annehmlichkeiten der Vergangenheit zurück. Ein leerer Magen trug seinen Teil dazu bei. Sie war nicht nur ständig hungrig, sondern schwitzte auch und fühlte sich schmutzig, und wenn sie sich die Insektenstiche an den Beinen aufkratzte, wurde die Erinnerung an ihre französische Villa noch verlockender. Nicole rief sich jedes Zimmer in allen Einzelheiten ins Gedächtnis, aber die Bilder blieben verschwommen. Sie zerbrach sich den Kopf, doch nur ihr eigenes Zimmer, das obere Bad und die Küche sah sie klar vor sich.

Nichts wäre ihr jetzt lieber gewesen, als in dem Bad, das sie sich mit Sylvie geteilt hatte, in der Wanne zu liegen. Lächelnd dachte sie daran zurück und vermisste sogar ihre Schwester, als sie die aufgeräumte Hälfte vor sich sah, und die andere mit Haarnadeln, Klipsen und Cremetiegeln, bei denen der Deckel nicht aufgeschraubt war. Nicole sah den großen Art-déco-Spiegel, der die ganze Wand einnahm, wie er nach dem Baden beschlagen war, und die tropischen Büsche unter dem Fenster. Das schien so lange zurückzuliegen. Wie unschuldig sie da noch gewesen war.

Einsamer denn je, fragte sie sich nun, ob es ein Fehler gewesen war, mit Tran in den Norden zu gehen. Und hatte sie sich in Mark geirrt? Vielleicht war er wirklich besorgt um sie gewesen, als er ihr zugeredet hatte, nach Hause zu gehen. Sie war einer Eingebung gefolgt, aber vielleicht lägen die Dinge jetzt anders, wenn sie die Wahrheit über den Hausarrest und die Erschießung gefordert hätte. Nicole schaute sich um, ob jemand sie beobachtete, dann strich sie mit den Fingerspitzen über das Foto von Mark, bevor sie es wieder in die Börse steckte. Jeden Tag sah sie es sich an und lächelte darüber, wie er damals in den See gefallen war. Sie war in einer Familie aufgewachsen, in der man einander die Wahrheit verschwieg, und daher war sie fortgelaufen, anstatt zu bleiben und ihren Mann zu stehen. O-Lan hatte recht gehabt.

Tran hatte zwar behauptet, er werde auch bei der Theatertruppe arbeiten, tatsächlich war er jedoch oft wochenlang fort.

Wenn er wieder auftauchte, beachtete er sie noch weniger als zuvor, und alle Wärme in seinen Augen war verschwunden. Das ärgerte sie mehr, als sie sich eingestehen wollte. Nicht, weil sie mehr von ihm wollte, sondern weil sie sich dadurch noch verlassener fühlte.

Einige Mitglieder der Truppe dienten als Kuriere der Vietminh. Welche es waren, wusste sie nicht, aber in jedem Dorf, das sie passierten, spionierten sie aus, wer auf der Seite der Nationalisten stand und wer nicht. Harte Vergeltungsmaßnahmen wurden immer häufiger.

Die Schauspieler traten mit einer Maske auf oder bemalten sich das Gesicht mit roter und weißer Schminke, sodass Nicole kaum zu fürchten brauchte, von einem Franzosen erkannt zu werden. Tagsüber trug sie ohnehin vietnamesische Kleidung, die auch als Tarnung diente, und wenngleich sie natürlich Angst hatte, von französischen Soldaten entdeckt zu werden, wünschte sie sich manchmal, es käme so, nur damit sie einmal wieder Französisch reden konnte. Andererseits hatte sie in den Monaten beim Wandertheater Dinge gesehen, die sie lieber nicht gesehen hätte und die auch den Rest ihrer Überzeugung, Indochina sollte französisch bleiben, zerstört hatten. Und je länger sie bei der Truppe blieb, desto vietnamesischer fühlte sie sich.

Sie stand von dem Baumstamm auf, streckte sich und ging in den Wagen, den sie sich mit drei anderen teilte, um sich für die Aufführung zurechtzumachen. Die anderen waren schon fertig, und sie musste sich beeilen.

Sich für ihre Rolle zu schminken machte ihr Spaß, und sie brauchte sich nur noch die Lippen zu umranden, als der Zauber von einem neuen Darsteller, der neben sie trat, gebrochen wurde. Sie sah ihn im Spiegel und erstarrte. Mit wachsendem Unbehagen betrachtete sie Duong, den Mann, der ihr damals mit sadistischer Freude sein Messer gezeigt hatte. Er nickte, darum stand sie auf, und eingedenk von Trans Rat, das Alter zu respektieren, machte sie eine ausgesucht höfliche Verbeugung, bevor sie mit schweren Gedanken und schweren Gliedern den Wagen verließ.

Am Abend verlief die Vorstellung wie immer. Niemand sprach mit ihr, doch sie hatte den Eindruck, dass alle wussten, warum der Mann bei ihnen war, und keiner wollte es ihr verraten. Ihr fiel auf, dass er sie während der Arbeit beobachtete, und es machte sie traurig, dass die Truppe sie nach all den Monaten, die sie zusammen gelebt und gearbeitet hatten, noch als Außenseiterin betrachtete.

Am nächsten Tag kam sie an ein paar Schauspielern vorbei, die gerade miteinander plauderten. Das Gespräch verstummte, sowie sie Nicole sahen, und frostiges Schweigen breitete sich aus. Die kleine Gruppe zerstreute sich rasch, nur eine junge Frau blieb, ihre Freundin Phuong, die sich jetzt daranmachte, ihre Geige neu zu besaiten. Nicole wollte sie fragen, was los sei, doch Phuong schüttelte sofort den Kopf und senkte den Blick. Sie machte den Eindruck, als hätte sie sprechen wollen, wagte es aber nicht mehr. Da keiner mehr wusste, wem er noch trauen konnte, war jeder in Gefahr, und ein unbedachtes Wort konnte in die Katastrophe führen. Wenn sie herausfinden wollte, was vor sich ging, würde sie den Mann mit dem Messer darauf ansprechen müssen.

Während sie sich suchend umsah, wünschte sie sich, Tran wäre noch da und auf ihrer Seite. Aber er war fort, und sie würde die Sache selbst anpacken müssen. Bald entdeckte sie den Mann. Er saß neben einem der Wohnwagen unter einem knorrigen Baum. Mit aufrechter Haltung trat sie vor ihn und sah ihm in die Augen. Es wäre sicherer gewesen, die Sache langsam anzugehen, doch die Worte sprudelten aus ihr hervor.

»Was tust du hier?«

Er tippte sich an die Nase und zündete sich eine Zigarette an. »Wir haben uns lange nicht gesehen.«

»Wo ist Tran?«

Der Mann antwortete nicht, sondern blies den Rauch durch die Nase aus.

»Wie geht es ihm?«

Er reckte das Kinn vor und rieb sich den Bart. »Ich denke, wir beide brauchen ein bisschen Zeit, um uns kennenzulernen.«

»Was ist mit Tran?«

»Bist du noch Jungfrau?« Er kniff die Augen zusammen und grinste.

Nicole war nicht gewillt, sich von ihm einschüchtern zu lassen. »Was hat das damit zu tun?«

»Warum bist du an dem Jungen so sehr interessiert?«

»Er ist ein Kamerad.«

»Gute Antwort.« Er hustete von dem Rauch. »Aber es ist ein bisschen mehr daran.«

Sie musste sich beherrschen, um nicht zu reagieren. Die Vietnamesen zeigten selten, was in ihnen vorging, und sie wusste, er wollte sie provozieren.

Nicole zuckte die Schultern. »Ich stehe treu zu unserer Sache.«

»Das werden wir bald sehen«, sagte er, dann stand er auf und ging davon.

Die subtile Drohung in seinem Benehmen machte sie nervös, und während der nächsten Tage beobachtete sie ihn. Er besaß eine gewisse Macht, aber da sie nicht wusste, worauf diese beruhte oder wie er sie einsetzen wollte, fühlte sie sich wehrlos. Die anderen waren ihm gegenüber ebenfalls vorsichtig, und offenbar traute sich niemand, sich auf Nicoles Seite zu stellen. Das Unbehagen wuchs, und wenn sie wegen der Schwüle nicht schlafen konnte, verließ sie den Wohnwagen und lauschte den nächtlichen Geräuschen der Wildnis. Nachts malte man sich alle Gefahren noch schlimmer aus, das wusste sie. Wie sollte sie also unterscheiden, ob ihre Angst ihr einen Streich spielte oder ob Duong wirklich eine Bedrohung darstellte?

Am nächsten Tag wurde ein Dörfchen in einem engen Tal, in dem sie für eine Nacht geblieben waren, von den Franzosen in Brand gesteckt. Vom oberen Berghang aus musste Nicole ohnmächtig zusehen, bis die letzten Rauchkringel im Wind verwehten. Selbst Frauen und Kinder wurden umgebracht, und die Überlebenden besaßen nun nichts mehr. Als sie fragte, wer die Toten begraben würde, hörte sie entsetzt die Antwort: »Niemand.« Der grauenvolle Anblick sollte den Bauern vor Augen führen, wozu die Franzosen fähig waren.

Als Nicole darüber nachdachte, fiel ihr Blick auf Duong. Diesmal hatte sie nicht nach ihm gesucht, aber da saß er, unter einer batteriebetriebenen Lampe, die von einem Ast hing. Er zog ein Rasiermesser hervor, wie ihr Vater eins benutzte, und begann, einen Stock zu schnitzen. Die Klinge funkelte im Lichtschein.

»Du kannst mich nicht in Ruhe lassen, wie?«, sagte er und zwinkerte ihr zu. »Aber da kann ich dir helfen. Du bist zu haben, nicht wahr? Wie alle Französinnen. Hatte noch mit keiner das Vergnügen.«

Das machte ihr noch mehr Angst als sein bisheriges Benehmen. Nicole bemerkte seine starken Handgelenke und die breiten Schultern. Sie hätte gegen diesen Mann keine Chance.

Der nächste Tag war neblig und kalt. Sie fuhren durch ein Dorf, wo sie den Weg verlassen mussten, um einem Teppich aus schwarzen Fliegen auszuweichen. Die fraßen an der Leiche einer Frau, die in einem Wassergraben lag. Sie trug die typische schwarze Kleidung der Vietminh und war weggeworfen worden wie Abfall. Nicole zwang sich, von der hinteren Plattform aus hinzusehen, und entdeckte, dass unter der toten Frau ein kleines Mädchen lag. Es war höchstens fünf Jahre alt gewesen und furchtbar dünn. Es steckte ebenfalls in schwarzen Sachen, aber um den Hals trug es einen leuchtend blauen Schal. Das Kind erinnerte sie an Yvette. Mit Tränen in den Augen wandte Nicole sich ab. Sie konnte nichts mehr für die beiden tun.

Kurze Zeit später, als ihre Kolonne sich am Berghang entlangschlängelte, wurde die Straße immer schmaler und hatte schließlich kaum mehr als Wagenbreite. Nicole stieg aus und folgte ihrem Wagen zu Fuß. Es fehlte nicht viel, und er würde umkippen und in die Tiefe stürzen. Sie fühlte sich auf ihren eigenen Beinen sicherer. Es dauerte nicht lange, da tauchte Duong neben ihr auf, und sie bemerkte, dass er einen Tornister auf dem Rücken trug. Sie hatte schon auf seinen nächsten Zug gewartet und war nicht überrascht, als er sie beim Ellbogen packte und auf die Seite zog.

»Bitte, du tust mir weh.«

Er lachte.

»Wo ist Tran? Ist er verwundet?«

»Überhaupt nicht. Sag mir: Stehst du wirklich treu zu uns?«

»Natürlich. Das musst du mir doch glauben. Die Partei verlangt Gehorsam, und ich gehorche.«

»Das sind nur Worte. Aber du kannst beruhigt sein. Ich habe Befehl, dich zu Tran zu bringen.«

Sie blieb abrupt stehen und stolperte über ihre eigenen Füße. »Ich glaube dir nicht. Ich will bei den anderen bleiben.«

Er blickte sie ausdruckslos an. »Glaub es oder nicht. Du wirst es bald sehen. Wenn die Straße wieder abwärtsführt, gabelt sie sich kurz darauf. Wir werden am Schluss des Zuges zurückbleiben und nach links abschwenken, die anderen fahren nach rechts weiter.«

Sie atmete tiefer. Er durfte ihre Angst nicht sehen. »Was ist mit meinen Sachen? Die sind noch im Wagen.«

»Die wirst du nicht brauchen. Du kannst nur mitnehmen, was du am Leib trägst. Drück dich gegen die Felswand und lass die Wagen vorbei.«

»Und wenn ich das nicht tue?«

Er schaute vielsagend über den Straßenrand in den Abgrund. »Da fällt man eine ganze Weile.«

Nicole wusste nicht, was sie denken sollte. Solch einen Sturz überlebte niemand. Und die wenigen aus der Truppe, die sie zusammen mit dem Mann gesehen hatten, würden einfach behaupten, sie hätten nichts bemerkt. Ihr Herz klopfte heftig, und sie hoffte nur, dass er ihre Angst nicht spürte. Wenn sie an den voraussichtlichen Ausgang dachte, wurde ihr angst und bange, doch ihr blieb nichts anderes übrig. Sie würde tun müssen, was Duong wollte.

26

Nicole und Duong verließen das Gebirge in Richtung Nordwesten, wo die niedrigen Hügel begannen und kein wilder Rhododendron mehr wuchs. Dort reckten sich riesige Farne in die Höhe, und Affen, Fledermäuse und Flughörnchen sausten durch die Luft. Wo der Zwergbambus spross, mussten sie auf gelbes Sumpfwasser achten. Hätte Nicole nicht so große Angst gehabt, hätte sie die Schönheit der Natur würdigen können.

Sie hatte auch Hunger, und unter den scheinbar endlosen Wolken aßen Duong und sie trockenes Gebäck und tranken nur wenige Schlucke Wasser. Stunde um Stunde verging mit dem Verdacht, Duong werde gleich über sie herfallen, und als sie unter einem Baldachin aus weißen Blüten lagen, wünschte sie sich, frei in den Straßen Hanois umherzustreifen. Sie konnte nicht vorausdenken, sondern hielt ein Auge auf die drei Geier gerichtet, die ihnen ständig folgten, und das andere auf Duong. Dabei hoffte sie ständig, die schrecklichen Vögel würden nicht so bald herabstoßen.

Wenigstens war es nicht heiß. Es konnten nur etwa fünfundzwanzig Grad sein. Als sie irgendwann am Rand einer Lichtung über einen dichten Teppich aus saftigem Gras gingen und auf einen Bambuszaun zuhielten, waren sie fast eine Woche gewandert. Zum Glück ließ der Monsun auf sich warten, andernfalls wäre die Wanderung die Hölle gewesen. Nicole erfreute sich an einem Silberfasan, der mit der ganzen Eleganz seines langen weißen Schwanzes aus dem Unterholz stieg. Es sah aus, als hätten sie den Rand eines Dorfes erreicht, sodass sie vielleicht auf eine Schale Reis und ein Bett für die Nacht hoffen durften. Beim Näherkommen waren die gewohnten

Merkmale des Dorflebens jedoch nicht zu entdecken. Stattdessen sah Nicole in regelmäßigen Abständen Wächter mit Gewehren. Es war außerdem unheimlich still. Sie blieb stehen, und Duong stieß sie in den Rücken, damit sie weiterging.

»Umerziehungslager«, sagte er.

Nicole hatte von diesen Lagern gehört, den entsetzlichen Gerüchten darüber jedoch keinen Glauben geschenkt. Jetzt sah es so aus, als wären sie wahr. Die Wachen ließen sie durch. Angesichts der Trostlosigkeit des Lagers lief es ihr eiskalt den Rücken hinunter. Durch ihre Zeit bei der Wanderbühne wusste sie, dass Umerziehung als Mittel der Vergeltung, Unterdrückung und Indoktrination benutzt wurde. Tausende waren ohne Anklage und ohne Prozess interniert. Und hier zeugten die hageren grauen Gesichter der Gefangenen von der schrecklichen Wahrheit. In solchen Lagern wurden französische Soldaten und reiche vietnamesische Beamtenfamilien einer Gehirnwäsche unterzogen, bis sie gefügig waren, Männer, Frauen und sogar Kinder. Während sie gezwungen waren, Dankbarkeit für die harte Behandlung zu zeigen, die ihnen zuteilwurde, zwang man sie auch, sich ihrer sogenannten Verbrechen schuldig zu bekennen. Die meisten Gefangenen, die Nicole im Vorbeigehen sah, wirkten kaum noch lebendig.

»Wer sich nicht fügt, wird in ein Straflager gebracht«, sagte Duong lächelnd. Er genoss ihr Unbehagen sichtlich. »Da ist es viel schlimmer.«

Nicole schnürte es die Kehle zu. Wollte er sie hier zurücklassen? Während er sie durch das Lager brachte, versuchte sie, Blickkontakt mit einer gefesselten Französin aufzunehmen, deren ausdruckslose Augen einen viel schrecklicheren Verlust als den der Freiheit verrieten.

»Warum bin ich hier?«

»Ich sagte doch, ich bringe dich zu Tran.«

Sie schnappte nach Luft. »Er wird doch nicht etwa gefangen gehalten?«

Duong lachte und zeigte zur anderen Seite einer Lichtung, wo Vietminh eine Reihe ausgezehrter Franzosen musterten.

»Er ist *cán-bo.* Verantwortlich für die Umerziehung.«

Ihr kribbelte die Kopfhaut vor Angst. »Er gehört zum politischen Kader?«

Dann sah sie Tran. Er befahl einem Mann, aus der Reihe herauszutreten. Der streckte eine Hand vor sich aus und trat langsam und tastend vor, stolperte aber. Sein Gesicht war geschwärzt, offenbar hatte man ihn geblendet. Tran ging auf ihn zu. Nicole hoffte, er werde ihm helfen. Stattdessen gab er einer Frau in der Reihe ein Gewehr. Er sprach mit ihr, dann zeigte er auf den Blinden. Die Frau schüttelte den Kopf. Tran zog einen kleinen Jungen aus der Reihe, der vielleicht fünf oder sechs Jahre alt war. Die Frau weinte auf, und der Blinde schrie, sowie er sie hörte.

Nicole machte einen Schritt, doch ihr Begleiter zog sie zurück.

Die Wirklichkeit des Geschehens traf sie wie ein Schlag. Sie suchte in Trans Gesicht nach einer Erklärung, während sie entsetzt zusah, was er tat. Er riss das Gewehr wieder an sich und rief einen Wächter, der zwei kleine Bambuskäfige brachte. Einer wurde der Frau über den Kopf gestülpt und festgebunden. Zu beiden Seiten des Käfigs wurde ein schweres Holzbrett befestigt, das auf ihre Schultern drückte. Ebenso verfuhren sie mit dem kleinen Jungen. Nicole pochten die Schläfen, und sie verlor das Zeitgefühl. Es schien so lange zu dauern und war doch schon vorbei. Ihr wurde immer elender. Dem Jungen stand die nackte Angst ins Gesicht geschrieben, als er weggeführt wurde. Die Frau weinte, und der Blinde flehte auf Knien um ihr Leben.

»Warum?«, fragte Nicole.

»Der Vater hat sich geweigert, ein neuer Mensch zu werden. Er ist ein Reaktionär, der gegen die Lagergesetze verstoßen hat.«

»Aber warum werden dann auch seine Frau und das Kind bestraft?«

Duong zuckte mit den Schultern.

»Was wird mit ihnen passieren?«

»Sie müssen zwei Tage lang im Fluss stehen.«

Sie konnte ihr Entsetzen nicht mehr verbergen. »Das Wasser ist eiskalt. Sie werden ertrinken.«

Duong antwortete wieder mit einem Schulterzucken. »Komm, gehen wir zu Tran.«

Nicole schlang die Arme um sich und wollte kaum glauben, dass Tran einen solchen Befehl erteilt hatte. Die Erinnerung an ihr Bad im Parfümfluss, bei dem sie fast ertrunken wäre, kehrte in aller Deutlichkeit zurück. Mit Beinen wie aus Stein zwang sie sich zu gehen. Mehr denn je wünschte sie sich ihr altes Leben zurück. Als sie endlich bei Tran stand, konnte sie die Tränen und den Zorn nicht zurückhalten. »Ich verstehe das nicht. Warum wird das Kind gequält?«

Er wischte sich den Schweiß von der Stirn. »Hast du die Käfige gesehen?«

Sie nickte.

»Sie gehören den Franzosen. Die haben sie jahrzehntelang in Gebrauch gehabt, für Männer, Frauen und Kinder. Nun geben wir ihnen die eigene Medizin zu schmecken.«

Nicole starrte ihn an und versuchte, in ihm den Mann zu finden, den sie gekannt hatte. Was hatte ihn so grausam werden lassen? Er erwiderte ihren Blick, und sie dachte daran, wie freundlich er zu Yvette gewesen war. Aber sie konnte auch sehen, dass seine Augen, die sonst vor Begeisterung für die Sache geglüht hatten, nun ohne Mitleid waren.

»Was?«, fragte er.

Sie schüttelte langsam den Kopf.

»Erinnere dich, Nicole. Ich habe dir gesagt, du wirst dich irgendwann entscheiden müssen.«

Trotzig schob sie das Kinn vor. »Ich dachte, ich hätte mich entschieden.«

»Das ist eine Entscheidung, die bekräftigt werden muss.«

»Sechs Monate lang war ich bei der Theatertruppe. Wenn du mir jetzt nicht glaubst, wirst du es nie tun.«

»Wir werden sehen.«

Tief bestürzt von dem, was sie mit angesehen hatte, begriff sie, auf welch unsicherem Boden sie sich bewegte, kam jedoch zu dem Schluss, dass sie nichts anderes tun konnte, als es durchzustehen. Sie straffte die Schultern und schlug einen ruhigen Ton an. »Ich stehe treu zur Sache, Tran.«

Er winkte eine Gruppe Wachen heran. »Wir haben mehrere Hundert Franzosen als Geiseln hier und bekommen jeden Tag mehr. Da kannst du für uns nützlich sein.«

»Indem ich was tue?«

Die Wächter traten näher und nickten einander zu.

»Das wirst du bald sehen.«

»Sag es mir jetzt, Tran.«

»Also gut. Du sollst dich dem *Bordel Mobile de Campagne* anschließen.«

»Einem fahrenden Bordell für die französischen Soldaten? Das ist nicht dein Ernst.« Fast hätte sie gelacht.

»Wir brauchen Informationen. Du bist Französin.«

Er lächelte, und sein Blick erschütterte sie.

»Du meinst das ernst?«

Er sah zu den Wächtern, und ein oder zwei grinsten höhnisch. »Das ist doch lustig, vor allem da es dein Vater war, der über hundert schwarze Mädchen aus Afrika ins Land brachte, damit sie die Franzosen bedienen.«

»Nicht mein Vater.«

»Du verteidigst ihn jetzt?«

Ihr fiel ein, wie sie ihn mit einer schwarzen Frau gesehen hatte, und sie verscheuchte das Bild. Lisa hatte Giraud als Beteiligten genannt. War es das, was ihr Vater getan hatte? Hatte er mit Giraud Prostituierte beschafft?

»Es ist wahr«, sagte Tran und lächelte wieder.

»Ich werde es nicht tun.«

»Es wurde beschlossen. Nun komm. Ich werde dir zeigen, wo du schläfst. Morgen wirst du gebadet und dort hingebracht, wo du dich für deine Aufgabe melden wirst. Du bekommst auch gleich die Kleidung, die du tragen sollst, wenn du den französischen Posten erreichst. Und bedenke: Wir werden es erfahren, falls du uns verrätst.«

Während der ersten Hälfte der Nacht war Nicole aufgewühlt und kam mit ihren Gedanken nicht zur Ruhe. Wie naiv sie gewesen war, anzunehmen, sie könnte die beiden Hälften ihres Lebens voneinander getrennt halten! Natürlich musste sie sich entscheiden. Aber nun war sie von Trans Verhalten so entsetzt, dass sie dachte, sie habe die falsche Seite gewählt. Es war, als hätte der Krieg eine Menge Ungeheuer von der Leine gelassen, und sie konnte nicht wissen, ob das Bordell ein Test oder ein Trick war. Sie schickten sie in französisches Gebiet, wo sie Informationen über vietnamesische Standorte ausplaudern könnte, um ihre Haut zu retten. Andererseits jedoch wurde sie von der Polizei gesucht, und das hieß, die Franzosen würden sie ins Gefängnis stecken, wenn man sie erkannte. Tran musste das klar sein.

Fröstelnd hörte sie die Schnarchgeräusche aus dem Zelt nebenan. Viel Schutz bot es nicht, es war nur einfache Segeltuchplane auf vier bis fünf Bambuspfählen. Nicole kroch aus ihrem Zelt. Flach und leise atmend, schaute sie sich um. Zwischen den Zelten waberten Nebelschwaden, die von dem Mond am wolkigen Himmel schwach beleuchtet wurden. Sogar die Wächter waren eingeschlafen. Als sie eine dunkle Gestalt sah, blieb ihr fast das Herz stehen.

Eine Eule schrie. Nicole zuckte zusammen. Der Mann kam näher, und sie erkannte, dass es Tran war. Er trat an sie heran, legte einen Finger an die Lippen und bedeutete ihr mitzukommen. Er schlich hinter den Zelten an dem Bambuszaun entlang und suchte nach einem Pfahl, der nicht fest in den Boden geschlagen war. Jeder Schritt erschien laut, die Blätter und

Zweige raschelten und knackten unter ihren Füßen. Obwohl niemand zu sehen war, während sie am Zaun entlangliefen, spielte Nicoles Fantasie verrückt und gaukelte ihr Gestalten und Geräusche vor.

Tran fand die lockeren Pfähle, nach denen er gesucht hatte, und hob sie aus der Erde, dann strich er mit den Fingerspitzen über ihre Lippen. »Geh jetzt, Nicole! Morgen werden sie nach dir suchen. Du musst weit weg, und das schnell.«

Es war nicht viel Platz unter den Pfählen, aber vielleicht genug, um auf dem Bauch darunter hindurchzukriechen. Wollte er sie wirklich entkommen lassen? Was, wenn das eine Falle war? Der Gedanke setzte sich in ihrem Kopf fest. Sie würde ihm den Rücken zuwenden müssen. Tran hatte eine Pistole. Er war doch sicher nicht bereit, seinen Ruf zu riskieren?

»Beeil dich!«, sagte er und gab ihr einen kleinen Schubs. »Runter! Kriech durch!«

Er würde behaupten, er habe sie bei einem Fluchtversuch erwischt und erschossen. Gleich würde sie den Schuss hören. »Warum hat Duong mich hergebracht?«, flüsterte sie.

»Die Partei vermutet Verrat bei den Mischlingen. Jetzt gibt es Vergeltungsmaßnahmen. Du wärst bei der Theatertruppe nicht mehr sicher gewesen. Ich musste dich von da wegholen. Nimm das!« Er gab ihr einen Kompass, und sie nahm ihn mit zitternder Hand. »Lauf nach Süden! In dem Beutel ist französische Kleidung.«

Sie nahm den Stoffbeutel, und Tran flüsterte noch leiser: »Beeil dich! Du darfst nicht haltmachen und nicht schlafen.«

Ihre alte Börse mit dem Foto von Mark lag noch in ihrem Zelt. »Ich muss meine Börse holen.«

»Dafür ist keine Zeit.«

»Warum tust du das?«

Er trat von ihr weg. »Ich mag dich, Nicole, sehr. Schon immer. Ich komme dich holen, wenn alles vorbei ist.«

Während der folgenden Tage wanderte Nicole so schnell, wie sie irgend konnte, schlich über gefährliches Gelände, rutschte oft aus und glitt in steile, nasse Gräben. Sie lernte hinauszuklettern, kalt und nass wie sie war, und es gelang ihr immer besser, ihren Weg durch Wald und Sumpf zu finden. An Bergbächen fand sie Stellen, um sie ungesehen zu überqueren, und bettelte in winzigen Dörfern, wo manche Menschen freundlich waren, um Essen.

Jedes Mal wenn der Klang ihrer Schritte eine Schar lärmender Affen aufscheuchte, hielt sie inne, voller Angst, jemand könne ihr folgen. Sie wusste, dass ihre einzige Überlebenschance darin bestand, nach Hanoi zurückzukehren. Doch auch darauf war kein Verlass. Noch nie war ihr ihr altes Zuhause verlockender erschienen, und wenn sie merkte, dass sie sich danach sehnte, tröstete sie sich mit Erinnerungen. Sie dachte auch an Lisa, die immer zuverlässig auf ihrer Seite gestanden hatte.

Ihr fiel eine Begebenheit aus der Zeit in Hue ein. Damals war sie mit Lisa im Garten gewesen. Es war noch früh, und als die Sonne aufstieg, beobachtete sie, wie die Ränder der Bäume eine Rüsche aus rosa Licht bekamen. Ein leichter Wind wehte durch den Garten, und sie fühlte sich heiter. Es war wie ein Stückchen vom Paradies.

»Hier kann ich noch die Stimme Gottes im Rauschen des Windes spüren«, sagte Lisa, »und seinen Geist im endlosen Himmel.«

Nicole fiel mit ein. »Hier kann ich noch den Duft der Lotusblume riechen und mir die Lotusteiche und die kleinen Frösche vorstellen, die darin springen und planschen.«

Lisa drückte sie. »Wie poetisch wir heute sind! Gehen wir ein bisschen spazieren, und dann flechte ich dir den schönsten französischen Zopf von allen Mädchen in deiner Klasse.«

Die Erinnerung verblasste, und nun dachte Nicole an Tran. Das war kein beruhigender Gedanke. War sein Verhalten eine Maskerade gewesen? Aber er hatte diese Familie bestraft, und das nicht nur zum Schein. Sie musste sich zwingen, nicht mehr daran zu denken, und sich darauf konzentrieren, nach Hause zu gelangen.

Nach Hause. Daran dachte sie die ganze Zeit, und selbst wenn ihre Lider so zerstochen und vom Schmutz verquollen waren, dass sie kaum etwas sehen konnte, taumelte sie weiter. Ihre durchweichten Stiefel drohten auseinanderzufallen, die Wunden an ihren Beinen infizierten sich. Trotz starker Schmerzen lief sie weiter. Sobald sie Menschen hörte, versteckte sie sich atemlos vor Angst in einem Bambusdickicht oder hinter Schlingpflanzen und Baumstämmen und rastete nur, wenn sie keinen Fuß mehr heben konnte.

Eines Tages, als sie auf Entwässerungsgräben und Reisfelder schaute, bemerkte sie Rauch in der Luft und sah die noch schwelenden Dächer eines zerstörten Dorfes. Sie überquerte einen Bach und erblickte, nachdem sie näher herangekommen war, einen französischen Soldaten, der eine Frau aus ihrem Versteck zerrte. Was für ein grausamer Anblick! Sie war noch in Nachtkleidung und hatte lange kastanienbraune Haare, hellere als die meisten. Sicher war sie einmal hübsch gewesen. Sie stolperte und stürzte. Am Boden liegend, hob sie die dünnen Arme, bettelte und flehte, noch während der Soldat sie auf die Beine zog.

Nicole schloss die Augen. Sie wollte nicht sehen, was als Nächstes passierte. Aber als sie die Frau schreien hörte, zwang sie sich hinzuschauen. Das Schreien verstummte, das Gesicht der Frau wurde starr. Sie wusste offenbar, was der Soldat tun würde, und wollte ihm nicht die Genugtuung verschaffen, ihre Angst zu sehen. Sie spuckte ihm mehrmals ins Gesicht, als er sie gegen eine Hütte stieß. Er hob ihr Nachthemd hoch und vergewaltigte sie. Dann schoss er ihr in den Kopf. Blut, so viel Blut … Zutiefst entsetzt und betrübt, krümmte Nicole sich zusammen. Die Frau war jemandes Tochter, Ehefrau, Mutter gewesen. Wie konnten Männer so grausam sein? Ihr Zorn schmerzte in der Brust, und in dem Moment hasste sie alle

Männer. Sie wollte ihnen die Kehle durchschneiden und noch Schlimmeres tun, aus Rache für das, was sich gerade ereignet hatte.

Sie wartete noch lange, nachdem der Soldat fort war, dann riss sie sich zusammen und zog die tote Frau in eine Hütte und bedeckte sie mit allem, was sie an Sackleinen finden konnte. Hinterher stöberte sie in den Gemüsebeeten nach Essbarem, grub in der roten Erde mit den Fingern nach verbliebenem Wurzelgemüse. An der Rückseite einer Hütte fand sie einen großen Topf voller Regenwasser. Sie trank und aß, den Blick in den dämmrigen blauen Himmel gerichtet, dann ruhte sie sich eine Stunde aus.

Während der kommenden Tage und Wochen betrachtete Nicole sich als ein Wesen der Wildnis und wurde tapferer. Nachdem es ihr keine Angst mehr machte, auf sich allein gestellt zu sein, entdeckte sie, dass die Natur zwar mächtig war, sie selbst aber auch in einer Weise stark, die ihr zuvor nicht bewusst gewesen war. Manchmal blieb sie stehen, um die purpurroten Blütenteppiche zu bewundern, die sich in alle Richtungen erstreckten. Einmal, als es neblig wurde und gewitterte, suchte sie Schutz unter Büschen und versuchte, mit angezogenen Knien im Sitzen zu schlafen. Doch selbst da, als sie verborgen und eingehüllt von einer regengepeitschten Wand blaugrüner Blätter war, konnte sie den Donner nicht ausblenden. Sie war entsetzlich hungrig und durfte sich keine Ruhepause gönnen.

Eines Morgens hockte sie am Rand eines schroffen Steilfelsens und beobachtete einen Schwarm großer Libellen. Abgesehen von dem einen Gewitter war das Wetter verhältnismäßig trocken geblieben, aber dadurch war die Mittagsglut unerträglich und die Helligkeit stechend. Eine Weile schloss sie die Augen und träumte von Toast und Eiern. Mit dem Geschmack auf der Zunge machte sie sich schließlich auf den Weg und schaute ins Tal. Ein Zug vietnamesischer Soldaten schlich vorbei. Sie wäre genau in deren Sichtlinie gewesen, hockte aber hinter Büschen, und so konnten sie sie nicht sehen. Die Soldaten trugen zur Tarnung ein schwarzes Netz mit Palmblättern über dem Helm und auf dem Rücken belaubte Zweige. Aus der Luft besehen waren sie von der Umgebung nicht zu unterscheiden. Nicole taten die französischen Piloten leid, die über dem Gebiet kreisten, ohne solche Trupps je zu entdecken.

Sie rührte sich nicht, bis die Vietminh vorbeigezogen waren, dann war ihr schwindlig vor Erleichterung.

Als sich auf einer Seite des Sumpflands Berge erhoben, so weit das Auge reichte, war sie erst einmal ratlos. Sollte sie versuchen, sie zu überqueren, oder den längeren Weg wählen und sie umgehen? Schließlich entschied sie, das Wagnis einzugehen und über die Trittsteine im Sumpf zu laufen. Ein wenig später sah sie die Vietminh Straßen und Gräben sprengen, damit die anrückenden Franzosen aufgehalten wurden und erst die Schäden reparieren mussten, ehe sie mit ihren schweren Fahrzeugen weiterfahren konnten.

Bald darauf wurde sie Zeuge eines vietnamesischen Granatwerferangriffs auf einen unvorbereiteten französischen Stützpunkt und fühlte sich zutiefst gespalten. Ihr Leben als Unterstützer der Vietminh hatte ein abruptes Ende gefunden, und sie durfte sich von ihnen nicht aufspüren lassen. Doch die französische Herrschaft verstieß genauso sehr gegen ihre Überzeugungen. Innerhalb einer Stunde war der Stützpunkt zerstört, und Nicole musste zusehen, wie die Überlebenden des Angriffs mit erhobenen Händen vorbeiliefen, bewacht von zwei Reihen Vietminh. Eines war sicher: Ihr Vater hatte ihre militärische Stärke unterschätzt. Die Vietnamesen wandten sich zu Tausenden gegen die Franzosen, und seit sich die Vietminh neuerdings zum Kommunismus bekannten, war der Zulauf noch größer.

Intellektuelle wie Tran hatten sich ihrer Sache früh angeschlossen, jetzt jedoch hatte Nicole Bauern gesehen, die als Unterstützernetzwerk fungierten, die Verwundeten in Behelfslazarette transportierten und über karges Gebirge gingen, um

Nahrungsmittel und Waffen zu liefern. Viele waren für ihr Land gestorben, und viele würden ihnen noch folgen. Nicole begriff nun vollends, dass das Land den Vietnamesen gehörte. Keine Seite war frei von Schuld, aber sie verstand jetzt besser, warum es auf diese Weise getan werden musste.

Was sie unternehmen würde, wenn sie Hanoi erreichte, hatte sie sich noch nicht überlegt, und ob ihre Familie sie überhaupt noch akzeptieren würde, war auch ungewiss. Die Rückkehr war ein enormes Risiko, denn für die Franzosen war sie eine Verräterin – was sie tatsächlich war –, doch das musste sie auf sich nehmen. Schließlich konnte sie sonst nirgendwo hin. Die Polizei suchte sie, weil sie sich dem Hausarrest widersetzt hatte. Sie betete, man möge sie nicht einsperren, und hoffte, ihr Vater könnte Giraud überreden, sie stattdessen nach Frankreich abzuschieben. Nicole überlegte, nach Hue zu gehen, doch zu Fuß war der Weg zu weit.

Um sich von ihrer Angst abzulenken, dachte sie an ihr Leben in Hue. Das war ihr inzwischen zur Gewohnheit geworden. Wenn man sich um jeden Preis auf den Beinen halten muss, darf man sich nicht mit der Angst befassen, so sehr sie auch alles überschattet. Man muss an etwas anderes denken, um nicht den Mut zu verlieren. An etwas Gutes.

Während ihrer Zeit in Hue hatten sie stets den Sommer in den Bergen von Dalat verbracht, wo kühler Wind durch die Bäume wehte und überall leuchtende Hortensien wuchsen. Das Haus, in dem sie dort zur Miete wohnten, stand an einer staubigen Allee und gehörte dem Besitzer der größten Gummibaumplantage der Gegend. Rings um das Haus war das Grundstück mit Kamelien, Hortensien, Chrysanthemen und Rosen aller Farben zugewachsen. Während ihr Vater auf die Jagd ging und Hirsche, Wildschweine, Schwarzbären, Tiger und sogar Elefanten schoss, lebten Sylvie und sie in einer paradiesischen Welt, und sie hatte geglaubt, ihre Tage dort würden ewig dauern.

Nicole schloss die Augen und sah sich an dem Tag, als Lisa

mit ihnen zu einem Wasserfall gegangen war, wo sie sanfte Kaskaden weißen Wassers bestaunten. Er rauschte nur leise, da das Wasser einen langsamen diagonalen Weg nahm und in mehreren Rinnsalen floss.

Lisa zeigte auf eine der Felsplatten. »Wollen wir uns dort hinsetzen? Die sind schön glatt.«

Nachdem sie hinuntergestiegen waren, machten sie es sich bequem, und Lisa packte das Picknick aus. Sie zogen sich die Schuhe aus und ließen die Füße ins Wasser baumeln.

»Du auch, Lisa«, drängte Sylvie. »Es ist gar nicht kalt.«

»Das ist der friedlichste der Wasserfälle«, sagte Lisa.

Sie hatte recht. Der Friede war ansteckend. An dem Tag kam keine Missstimmung auf. Nicole verliebte sich in den Platz, ließ sich die Sonne auf die Haut scheinen und atmete die frische Luft ein, und auch Sylvie wirkte glücklich.

»Warum heißt er Tigerfall?«, wollte Nicole wissen.

»Hier gibt es eine Höhle, die mal ein Tigerbau gewesen sein soll.«

Als Nicole einen großen Affen mit goldenem Gesicht und flauschigem weißem Bart bemerkte, der sie anstarrte, saß sie ganz still und war bezaubert.

»Das ist ein Rotschenkliger Kleideraffe«, flüsterte Sylvie. »Siehst du seine roten Strümpfe?«

Nicole sah es sofort. Das rotbraune Fell verlief von den Knien bis zu den Fußgelenken. Der Affe verschwand so blitzschnell, wie er gekommen war.

Aber während eines Sommers – es war ihr letzter in Dalat – kam der Krieg, und die Japaner marschierten ein. Die schönen Tage währten eben doch nicht ewig. Sowie der Krieg ausbrach, zogen sie von Hue weg, und als er endete, wurde Sylvie nach Amerika geschickt, weil ihr Vater wollte, dass sie Kontakt zu Amerikanern herstellte, die den französischen Interessen wohlwollend gegenüberstanden. Mit einem Cousin ihres Vaters war Sylvie in New York, während Nicole zu Hause blieb. Ohne ihre Schwester empfand sie ein Gefühl der Leere und hatte die schreckliche Ahnung, dass nichts gut enden würde. Ein bisschen wie jetzt, dachte sie nun. Man stellte sich nie vor, dass die Welt, die man kannte und liebte, so plötzlich und unerwartet in die Brüche gehen konnte.

Eines Abends, als die Sonne unterging und Nicole noch auf ihren Kompass angewiesen war, erreichte sie den Roten Fluss in der Nähe eines französischen Wachturms. Er sah aus, als wäre er errichtet worden, um einen Streifen Land zu kontrollieren, den die Franzosen gerade rodeten. Sie musterte die Pfähle aus wildem Bambus und die Haufen Gesteinsschutt, dann schlich sie zu einem Bach zurück, den sie im Vorbeigehen bemerkt hatte. Sie wusch sich das Gesicht und zog sich in einem Gebüsch das französische Kleid an, das Tran ihr gegeben hatte. Sie klopfte sich ab und wappnete sich innerlich. Dann ging sie in den Vorposten, obwohl ihr alle Muskeln und die Fußsohlen wehtaten. Dort erzählte sie dem Wachsoldaten, sie sei von den Vietminh gefangen genommen und in einem Umerziehungslager festgehalten worden, habe aber fliehen können. Zunächst schaute er skeptisch, doch als sie ihm von ihrem Leben in Hanoi erzählte und auch vom Alltag in dem Lager, konnte sie ihn überzeugen. Der Zustand ihrer Beine und Füße tat ein Übriges. Sie hatte gehofft, etwas zu essen zu bekommen. Er gab ihr jedoch nur eine Tasse Wasser, die sie gierig leerte, und bot ihr eine schmutzige schwarze Gauloise de troupe an, die sie ablehnte.

Am nächsten Morgen wurde sie zu Soldaten auf einen Lastwagen gesteckt, die nach Hanoi fahren sollten. Die meisten waren freundlich zu ihr, manche beäugten sie misstrauisch. Aber alle waren schlechter Laune, sobald sie sich darüber unterhielten, wie weit die Kommunisten schon vorgedrungen waren. Sie sprachen von Dörfern, die von ihren Bewohnern verlassen worden waren, weil ein Angriff auf das nahe Militärlager kurz bevorstand. Sie redeten über ihre Kontrolle des Luftraums, während die Vietnamesen, diese Meister der

Tarnung, zunehmend die Kontrolle über den Boden gewannen.

Unterwegs döste Nicole und hörte nur noch sporadisch, was gesprochen wurde. Dann schreckte sie hoch, weil der Lastwagen abrupt bremste. Sie standen vor dem Güterbahnhof im französischen Viertel. Als sie ausstieg, sah sie eine Reihe von Beamten und eine Gruppe von Leuten, die in eine Warteschlange geführt wurden. Im Durcheinander der Ankunft gelang es ihr, hinter einen geparkten Lkw zu schlüpfen, dann überquerte sie hastig die Straße. Nach einem raschen Blick über die Schulter verschwand sie in eine Seitenstraße, die zu einer Avenue führte, die ihr vertraut war und in der Nähe ihres Zuhauses lag. Sie durfte jedoch nicht sofort nach Hause gehen; zuerst musste sie die Schlüssel holen, die sie im Laden versteckt hatte. Und in ihrem Kleid sollte sie das vietnamesische Viertel besser nur im Schutz der Dunkelheit betreten.

So lief sie zunächst zum See und versteckte sich wieder an dem geheimen Platz unter den Büschen, wo sie mit Tran gelegen hatte. Sie sehnte sich danach, wieder sauber zu sein, und stellte sich das blaue Badezimmer vor, das sie sich mit Sylvie teilte. In ihrer Fantasie ließ sie warmes Wasser in die Wanne laufen, gab Badesalz hinzu und wusch sich die vergangenen Monate vom Leib. Schicht um Schicht würde sie alles Schreckliche loswerden.

Die Rückkehr brachte sie zum Nachdenken. Sie hatte ihre Familie verlassen, hatte sie ein halbes Jahr lang aus ihren Gedanken verbannt. Nicole konnte nicht anders, sie schämte sich dafür und weinte um alles Verlorene. Sie dachte an ihre Mutter und an das, was sie durch ihren Vater erlitten hatte. Menschen machten Fehler. Was er getan hatte, war nach wie vor falsch, aber eingedenk dessen, was sie im vergangenen halben Jahr mit angesehen hatte, erschien ihr das Verhalten ihres Vaters nicht mehr so erschütternd wie zuvor. Sie dachte auch an Sylvie, und es drückte ihr das Herz ab. Obwohl Nicole mit angesehen hatte, dass unter bestimmten Umständen jeder

Mensch zu entsetzlicher Grausamkeit fähig war, stellte sie fest, dass sie ihrer Schwester die Mithilfe beim Hausarrest nicht verzeihen konnte.

Da Nicole ohne Stiefel, Strümpfe und Mantel war, drang die Feuchtigkeit Hanois durch ihr dünnes Baumwollkleid. Aber sie fühlte sich nach der Wanderung, die fast einen Monat gedauert hatte, so erschöpft, dass sie für ein paar Stunden in einen traumlosen Schlaf fiel.

Nicole fuhr hoch, weil sie Schüsse hörte. Der Krieg konnte doch nicht schon die Stadt erreicht haben? Ringsherum war alles still. Sie horchte, zweifelnd und voller Angst.

27

Im Schutz der Dämmerung nahm Nicole ihren Mut zusammen, um den Haustürschlüssel aus dem Laden zu holen. Sie gelangte unbemerkt dorthin, indem sie sich an die dunklen Wegstrecken hielt. Dann lief sie am See vorbei und hatte die glitzernde Wasserfläche bald im Rücken. Nach einem Blick über die Schulter drehte sie den Schlüssel im Schloss und trat über die Schwelle. Sie weinte vor Erleichterung, dass sie es nach Hause geschafft hatte.

Die Halle lag dunkel da, und Nicole stolperte über etwas, das auf dem Boden lag. Sie horchte auf das Ticken der Standuhr, dann tastete sie nach dem Lichtschalter. Er klickte, bewirkte aber nichts. Nicole lehnte sich gegen die Tür und wartete, bis sich ihre Augen an die Dunkelheit gewöhnt hatten. Im schwachen Mondschein, der durch die Glaskuppel fiel, tastete sie sich zum Wohnzimmer vor. Auch dort ließ sich das Licht nicht einschalten. Also ging sie auf Zehenspitzen in die Küche.

Es schien, als hätte ihre Familie das Haus in höchster Eile verlassen. Da Nicole es gewohnt war, mit Gefahr zu rechnen, wurde ihr schlagartig heiß. Was, wenn sie nicht mehr hatten weggehen können? Wenn die Vietminh sich den Besitz angeeignet hatten? Nicole hatte Mühe, ihre Fantasie im Zaum zu halten. Während sie fort gewesen war, hatte ihrer Familie alles Mögliche passieren können.

Das Haus roch feucht, und es war so kalt, als wohnte schon seit Wochen oder Monaten keiner mehr darin, und das erschreckte sie. Sie horchte auf das Knarren und Ächzen und stellte sich vor, ihr Vater läge schnarchend in seinem Bett, Sylvie makellos schön in ihrem. Das Bild verflüchtigte sich. Es mochten Feinde sein, die oben in den Betten lagen, während sie hier unten zitterte. Aber nein, sagte sie sich dann. Wenn jemand hier wohnte, wäre das Haus nicht so feuchtkalt.

Sie tastete sich durch die Küche zu der Anrichte und zog die oberste Schublade auf, in der Lisa immer ein Sammelsurium praktischer Kleinigkeiten aufbewahrt hatte: Kerzen für Stromausfälle, Streichhölzer für die Öllampen, eine Nagelfeile, eine extrem scharfe Schere, Briefmarken, Umschläge. Nicole kramte darin, bis sie eine Kerze und eine Streichholzschachtel in die Finger bekam. Die ersten Hölzchen waren feucht. Sechs oder sieben riss Nicole an, bis eins aufflammte. Mit klopfendem Herzen sah sie zu, wie die Dunkelheit zurückwich.

Beim flackernden Lichtschein schaute sie sich um, warf einen Blick an die Decke und in die dunklen Ecken. Sie zog ein Rollo hoch und fuhr erschrocken zurück. Das Fenster war mit Brettern vernagelt. Sie ging zurück zur Schublade, um weitere Kerzen anzuzünden, dann tropfte sie Wachs in Kaffeetassen, die auf dem Tisch standen, und drückte die Kerzen hinein. Mit einer ging sie in die Speisekammer, um nach etwas Essbarem zu suchen. Das Kratzen von Mäusen sagte ihr, dass sie nichts Offenes anrühren durfte. Lisa hielt jedoch einen Vorrat an eingemachtem Gemüse und Marmelade, außerdem ein paar Dosen mit Bohnen. Als Nicole an die Köchin dachte, konnte sie sich vor Angst um ihre alte Vertraute kaum mehr auf den Beinen halten.

Sie stieß einen spitzen Schrei aus, als ihr heißes Wachs auf die Hand tropfte. Darum zog sie sich den Ärmel bis über die Finger und suchte nach einer leeren Weinflasche. Nachdem sie eine gefunden und die Kerze in den Flaschenhals gesteckt hatte, drehte sie den Deckel von einem Einmachglas und verschlang die darin sauer eingelegten Zucchini so gierig, dass ihr der Essig über das Kinn auf die Brust tropfte. Das Wasser war nicht abgedreht worden, also ließ sie eine Tasse volllaufen und trank von der rostbraunen Brühe. Wie gern hätte sie jetzt Baguette mit Butter und Marmelade gegessen, aber natürlich gab es keins, und auf einem kalten Herd konnte sie auch keinen Kaffee kochen.

Ihre Füße waren wund und schmerzten furchtbar. Nicole nahm sich Lisas alte Decke von dem Lehnstuhl beim Fenster, und nachdem sie sich darin eingewickelt hatte, ging sie zur Hintertreppe, um ins Wohnzimmer hinaufzusteigen.

Beim Klang von Schritten im oberen Flur erstarrte sie. Alle möglichen Bilder schossen ihr durch den Kopf, während sie rasch die Kerze löschte und sich darauf konzentrierte, keinen Laut von sich zu geben. Als die Schritte anhielten, klopfte ihr Herz so stark, als könnte es ihr aus dem Brustkorb springen. Sie horchte. Oben wurde die Tür am Treppenabsatz geöffnet. War es Giraud, der da die Treppe herabkam? Unter finsteren Gedanken machte sie sich darauf gefasst, ihrem Erzfeind entgegenzutreten.

Die Standuhr schlug. Dann war es still.

Die Silhouette eines Mannes erschien am Fuß der Treppe. Da das Mondlicht ihn von hinten traf, war sein Gesicht nicht zu erkennen. Er machte einen Schritt in ihre Richtung.

Der Panzer, den sie sich während der Flucht aus dem Norden zugelegt hatte, fiel von ihr ab, und vor Angst fing sie an zu zittern. In ihren Ohren schrillte es.

Der Mann hielt inne und rührte sich nicht. Es war still, dann hörte man draußen ein Auto vorbeifahren. Wieder legte sich Stille über das Haus.

In demselben Moment, da das Mondlicht auf eine Pistole in der Hand des Mannes schien, fragte Nicole: »Wer sind Sie?«

Er räusperte sich. Ein so alltägliches Geräusch, das sie aber umso mehr erschreckte. Sie hatte doch nicht die weite Flucht überstanden, um jetzt ausgerechnet hier ihr Ende zu finden?

»Nicole, bist du das?«

»Mark?«

Als er auf sie zustürzte, ließ sie die Flasche mit der Kerze fallen. Sie hörte es klirren, die Flamme erlosch. Dann gaben die Knie unter ihr nach, und einen Moment später wurde sie gewahr, dass sie die Treppe hinauf- und in das Schlafzimmer ihres Vaters getragen wurde.

Die Stunden vergingen, während Mark sich um sie kümmerte. Er badete ihr die Füße und Beine und behandelte die Schrammen mit Jodtinktur. Er war unendlich behutsam, wenn auch ein wenig distanziert, brachte ihr zu essen und Wasser und wechselte ihr die durchgeschwitzten Laken. Mark brachte ihr einen Nachttopf und half ihr damit. Sie war entweder nur halb bei Bewusstsein oder zu müde und zu krank, als dass es ihr peinlich sein konnte. Nicole lag in einem Bett, das nach Lavendel roch, und Mark saß auf einem Stuhl bei ihr. Als sie wieder die Kraft hatte, aufrecht zu sitzen, und fragte, was passiert sei, antwortete er, er wisse es nicht. Er hatte in die Staaten reisen müssen, sei am Tag vor ihrer Ankunft zurückgekehrt und habe das Haus leer vorgefunden. Er erklärte, vor seiner Abreise habe er noch gehört, dass sie mit einem Vietnamesen geflohen sei. Sylvie habe es ihm erzählt.

»Genau das, was ich befürchtet hatte«, sagte er.

»Was? Dass ich mit einem anderen Mann durchbrenne?«

Er blickte sie nicht an. »Das ist nicht lustig, Nicole. Weiß der Himmel, was du dir dabei gedacht hast oder wo du dich hast reinziehen lassen, während du mit ihm zusammen warst. Er ist ein Terrorist.«

»Weiß jemand, dass du hier bist?« Sie überging seine Bemerkung, denn das Gleiche hätte sie Mark vorhalten können. Sie hatte keine Ahnung, was genau er in seinem Beruf machte, wusste aber genau, welche Gräueltaten auf beiden Seiten begangen wurden.

»Nein. Ich bin immer durch den Garten und die Hintertür gekommen und habe alles gelassen, wie es ist. Die Fenster sind von außen zugenagelt, und ich öffne weder Jalousien noch Vorhänge.«

»Wie kommst du denn rein?«

»Sylvie hatte mir einen Schlüssel gegeben.«

»Aber außer dir hat niemand einen?«

»Nicht, dass ich wüsste.«

Sie unterdrückte ein Schluchzen. »Wo sind sie alle?«

»Ich habe versucht, das herauszufinden. Es mag sein, dass Sylvie und dein Vater einfach gepackt haben und ausgereist sind.«

Sie blickte in seine blauen Augen und hoffte, dass er ihr nichts verheimlichte. »Ich wünschte, ich hätte Gewissheit. Ich habe meinen Vater enttäuscht. Ich möchte zu ihnen zurück.«

Er seufzte. »Es war für alle schwer. Keiner weiß mehr, was richtig ist.«

Sie nickte, und die anschließende Stille schwoll an und machte weiteres Reden überflüssig.

»Ich würde gern baden«, sagte sie schließlich, und da sie sich ganz und gar schmutzig fühlte, musterte sie ihre abgebrochenen Nägel und den tief sitzenden Schmutz an den Händen. »Ich muss furchtbar stinken.«

Er lächelte. »Ziemlich. Aber der Tank des Heizkessels ist leer, darum gibt es kein heißes Wasser.«

»Oh. Ich hatte mich so sehr darauf gefreut.«

»Ich werde sehen, was ich tun kann.«

Tief gerührt von seiner Freundlichkeit, kamen ihr die Tränen.

Während er fort war, döste sie immer wieder ein. Als Mark wiederkam, zitterte sie von schrecklichen Träumen. Er stellte den Karton hin, den er mitgebracht hatte, kam an ihr Bett und nahm sie in die Arme, dann streichelte er ihren Rücken und ließ sie weinen.

»Warum bist du hier?«, fragte sie, als die Tränen versiegt waren. »Ich meine, in Hanoi.«

»Ich habe hier zu tun.«

Ein langes Schweigen folgte, bei dem er auf den Boden starrte. Als er aufblickte, hatte sich sein Gesichtsausdruck verändert, und er lächelte. »Ich habe etwas für dich.«

»In dem Karton?«

»Ja. Einen Gasbrenner. Damit wird das Wasser nicht kochend heiß, aber wenigstens lauwarm. Ich werde mich mal ans Werk machen.«

Sie hielt ihn am Arm fest. »Du hättest Sylvie nie einen Heiratsantrag gemacht, oder?«

»Nein«, antwortete er ohne Zögern. »Das habe ich dir schon mal gesagt. Sylvie und ich waren nie zusammen.«

»Sie hatte mich gebeten, ihr acht Meter cremefarbene Seide zu geben. Wozu sie die braucht, hat sie mir nicht gesagt, aber ich dachte immer, sie wollte sie für ihr Hochzeitskleid.«

Während der folgenden Woche ging Mark nur nachts aus dem Haus und ließ sie in einer fremden Welt bei Kerzenschein zurück. Sie fragte nicht, wohin er ging. Wahrscheinlich durfte er es ihr ohnehin nicht sagen. Bei Tag leistete er ihr Gesellschaft, las ihr vor und sorgte dafür, dass sie es bequem hatte.

Einmal wachte sie morgens auf und sah ihn mit einem Tablett auf den Knien an ihrem Bett sitzen.

Sie blinzelte ihre Schläfrigkeit weg. »Du meine Güte! Kaffee?«

Er nickte. »Mit dem letzten Gas gekocht. Und hier ist frisches Baguette mit Butter und Marmelade.«

»Davon habe ich geträumt. Woher wusstest du es?«

»Du redest im Schlaf.«

»Du beobachtest mich, während ich schlafe?«

Er schaute verlegen. »Nein, aber ich habe mehrmals nach dir geschaut, um sicherzugehen, dass du noch atmest.«

»Wie bei einem Säugling.«

Er lachte, doch ihr entging nicht, dass sich sein Blick verdunkelte. »Wir dürfen nichts tun, was Girauds Verdacht erregt. Das ist dir klar, oder? In seinen Augen bist du eine Gefahr für Frankreich.«

»Ich bin doch keine Terroristin.«

»Du wurdest in keinen ihrer Pläne eingeweiht?«

»Ich bin nur als Sängerin aufgetreten.«

»Ich kann dir gar nicht sagen, wie sehr ich hoffe, dass das wahr ist.«

Er hatte ihren Schlaf bewacht. Das war ihr ein Trost, und sie wünschte, sie könnte die Wintersonne in sein Gesicht scheinen sehen. Im Dämmerlicht des Hauses sah er blass aus. Sie griff an sein Kinn und drehte seinen Kopf zu sich.

»Du hast Bartstoppeln.«

Mark umfasste ihre Hand. »Also, Kaffee?«

Jetzt bemerkte sie die zwei Tassen und Teller auf dem Tablett. »Du frühstückst mit mir?«

Er nickte.

»Dann komm unter die Daunendecke«, sie klopfte neben sich auf die Matratze, »es ist eiskalt im Zimmer.«

Mark zog sich die Schuhe aus und kam ihrer Aufforderung nach.

Sie frühstückten in zufriedenem Schweigen. Nicole hatte wieder Appetit und aß gierig, sodass sie Butter und Marmelade auf die Bettwäsche kleckerte.

»Wie siehst du denn aus?«, fragte er, eine Hand auf ihrem Oberschenkel, und wischte ihr mit einem Geschirrtuch den Mund ab. Er neigte sich zu ihr, sodass sie seinen warmen Atem an der Wange spürte, dann zog er sich wieder zurück.

»So«, sagte er. »Jetzt mache ich ein bisschen die Augen zu, und dann muss ich los.«

Sie starrte in ihre leere Kaffeetasse. Das plötzliche Gefühl der Einsamkeit tat empfindlich weh. »Meinst du, du könntest mir in mein altes Zimmer helfen? Ich sehne mich nach Tageslicht. Oben sind die Fenster nicht vernagelt.«

»Dann muss ich Bettzeug suchen. Oben sind die Betten alle abgezogen.«

»Umgeben von meinen alten Sachen wird es mir besser gehen.«

Sobald das Bett gerichtet war, half Mark ihr die Treppe hinauf. Beim Anblick ihres hübschen, lichtdurchfluteten Zimmers konnte sie die Tränen nicht zurückhalten.

»Gefällt es dir nicht? Ich habe ein bisschen aufgeräumt.«

Sie schüttelte nur den Kopf, denn sie war nicht imstande, den Wust ihrer Empfindungen in Worte zu fassen.

»Also, ab mit dir unter die Decke. Am Bett steht eine Kerze für heute Abend. Aber vergewissere dich, dass die Vorhänge und Verdunkelungsrollos geschlossen sind, bevor du sie anzündest.«

»Könnte es jemandem auffallen, wenn meine Vorhänge tagsüber offen und nachts geschlossen sind?«

»Ich denke, die Pappelfeige verstellt den Blick. Öffne auf keinen Fall ein Fenster, das zur Straße rausgeht.«

»Wirst du wiederkommen?«

»Nicht so bald.«

Sie griff nach seiner Hand. »Bitte geh nicht!«

»Nicole, glaub mir, ich möchte nicht fortgehen, doch ich muss. Ich werde dir noch etwas zu essen hochbringen, und solange du es bis ins Bad schaffst, wirst du zurechtkommen. Aber vergiss nicht, wie erschöpft du gewesen bist. Du brauchst vor allem Ruhe. Also bleib hier oben und verhalte dich still. Das Haus soll verlassen wirken. Wie gesagt, du darfst das Fenster ein bisschen öffnen, aber nur wenn es dunkel ist.«

Nachdem er fort war, legte sie sich wieder hin und dachte daran, dass sie niemandem von dem erzählt hatte, was sie in der Ballnacht gesehen hatte. Nicht Sylvie, nicht Tran, nicht Mark. Das lag ihr schwer auf der Seele, wenn er nicht bei ihr war. Auf ihrer Flucht nach Süden wäre sie beinahe verhungert, und die Monate der Entbehrung bei der Theatertruppe hatten sie schon vorher geschwächt. Aber da sie nicht lange still liegen konnte, ging sie auf dem oberen Flur auf und ab, um wieder Kraft in die Beine zu bekommen. Nach und nach wanderte sie vorsichtig durchs Haus. Im Halbdunkel erkundete sie die Räume, und während sie an ihre Familie dachte, strich sie mit den Fingern über die wenigen zurückgelassenen Habseligkeiten, als könnte sie durch die Berührung der Dinge, die sie geliebt hatten, ihre Präsenz heraufbeschwören: Sylvies schönen

Wandschirm, den Schreibtisch ihres Vaters, Lisas alten Lehnstuhl. Sie wunderte sich, weil die Möbel nicht nach Frankreich verschifft worden waren, doch vielleicht wollte Sylvie irgendwann zurückkehren. Wie viele Erinnerungen waren mit den Räumen verbunden! Würde sie die drei je wiedersehen?

Nicole ging in das kleine blau gekachelte Bad, an das sie so oft gedacht hatte, während sie fort gewesen war, und öffnete Sylvies Schrank. Ein Tiegel Gesichtscreme und eine Flasche Parfüm standen noch da, keine Pillen. Sie nahm die Glasflasche heraus, roch daran und fühlte sich so allein, dass ihr die Tränen kamen.

Zurück in ihrem Zimmer, kniete sie sich neben ihr Bücherregal und strich über die Buchrücken. Sie zog eins ihrer Lieblingsbücher heraus und schnupperte daran, tat dasselbe mit drei weiteren und nahm schließlich ein altes Kinderbuch zur Hand, das immer ihr liebstes gewesen war: *Betty und ihre Schwestern.* Es erinnerte sie an ihr altes Leben in Hue, wo sie es zum ersten Mal gelesen hatte. Viele Details ihrer alten Heimat kamen ihr in den Sinn. Als sie durch die Seiten blätterte, fiel ihr ein Briefumschlag in die Hände. Hatte sie einen angefangenen Brief darin liegen gelassen? Aber nein, der Umschlag war ja zugeklebt. Sie schob die Fingerspitze unter die Lasche und riss ihn auf, dann faltete sie das Blatt auseinander.

Chérie,

ich weiß nicht, wo du bist und ob du diesen Brief je lesen wirst, aber du bist wahrscheinlich die Einzige, die noch einmal in dieses Buch schauen wird. Wenn du meine Zeilen jetzt also liest, heißt das, du lebst und bist nach Hause gekommen. Siehst du, mir ist wichtig, was du tust. Es war mir schon immer wichtig. Mehr als du glaubst.

Wir haben hier, solange es ging, auf dich gewartet, aber in Hanoi hat sich manches geändert, und schließlich konnten wir nicht länger bleiben. Papa hat seine Pflichten gegenüber der Regierung noch alle erfüllt, doch man weiß kaum noch, wem man trauen kann, und so traf er die schwierige Entscheidung, auszureisen und es nur wenigen zu sagen.

Ich habe Papa nach Paris begleitet, damit er dort Fuß fasst. Seit seinem Herzinfarkt geht es ihm nicht so gut. (Vielleicht weißt du gar nichts davon?) Wir konnten die Maison Duval auf der Paul Bert verkaufen, wenn auch nur für einen Bruchteil des tatsächlichen Wertes. Es war jedoch genug, um eine kleine Wohnung in der Rue des Archives im Marais in Paris zu kaufen. Papa besitzt noch ein paar Aktien, wir werden also zurechtkommen, auch wenn wir nicht reich sind. Es ist nicht das gesündeste Viertel, aber Papa braucht das Geld zum Leben.

Nachdem du weg warst, war er verzweifelt und hat sich Vorwürfe gemacht. Drei Monate lang hat er Leute losgeschickt, damit sie dich finden. Ich schreibe das nicht, um dir ein schlechtes Gewissen zu machen, doch der Gedanke, was du getan haben könntest, hat ihn so sehr erschreckt, dass er zu dem Schluss kam, es sei das Klügste, Vietnam zu verlassen, bevor alles noch schlimmer würde. Wären wir länger geblieben, wäre die Reise auch im Hinblick auf seine angeschlagene Gesundheit unmöglich geworden. Wir haben es zuletzt ziemlich eilig gehabt fortzukommen. Giraud hat jeden Tag herumgeschnüffelt, und ich habe ihm nicht mehr vertraut. Jedoch glaube ich auch nicht der Angstmacherei wegen des Krieges. Darum werde ich zurückkommen, entweder um unsere Geschäfte abzuwickeln und dann die restlichen Sachen zu packen oder um mit dem, was uns geblieben ist, weiterzuarbeiten.

Papa wird dir aus Paris schreiben. Ich hoffe, du bekommst seinen Brief. In der Zwischenzeit – falls du das je liest – kümmere dich um den Laden im alten Viertel, wenn du kannst. Ein junges Mädchen führt ihn nun erst einmal weiter, deine alte Nachbarin O-Lan. Ich weiß nicht so recht, wo ihre Sympathien liegen, doch es gab niemand anderen, den ich darum bitten konnte. Ich glaube nicht, dass sie uns betrügen wird. Ihr eigener Laden ist überschwemmt worden, und ihre Ware wurde völlig vernichtet. Du kannst sie weiter beschäftigen oder entlassen, wie du möchtest. Es könnte ein paar Monate dauern, bis ich zurückkomme.

Übrigens lebt Lisa jetzt bei ihrer Schwester Alice Brochard im Languedoc.

Jetzt musst du mir noch einen Gefallen tun. Die Entscheidung auszureisen fiel, sobald wir unser Kaufhaus verkauft hatten, und ich wollte es Mark noch erklären, habe ihn aber nicht mehr gesehen. Er musste nach Amerika, hat jedoch versprochen, möglichst bald nach Hanoi zurückzukehren. Wenn du ihn siehst, sag ihm doch bitte, dass ich zurückkomme.

Danke, *chérie*. Ich hoffe, es geht dir gut. Du magst es vielleicht nicht glauben, aber ich sorge mich wirklich um dich.

Deine Schwester Sylvie

Nicole las den Brief zwei Mal, bevor sie ihn wieder in das Buch legte. Am liebsten hätte sie ihn sofort vergessen, doch das war nicht möglich. Sie war erleichtert, weil ihr Vater und Lisa in Sicherheit waren. Aber was empfand sie hinsichtlich ihrer Schwester?

In jener Nacht ließ Nicole das Zimmerfenster einen Spalt offen, damit ein Hauch frischer Luft hereinkam. Wenn sie im Halbschlaf draußen Schritte hörte, fragte sie sich vage, wer da wohl entlangging. Vielleicht Soldaten auf dem Weg an die Front? Und immer wieder ging ihr Sylvies Brief durch den Kopf. Würde sie wirklich nach Hanoi zurückkehren?

Im blassen Grau der Morgendämmerung wagte Nicole, nach draußen zu spähen, ehe sie das Fenster für den Rest des Tages schloss. Alles war still. In gewisser Weise machte ihr die Stille Angst, und sie sehnte sich danach, Musik zu hören oder das Lachen ihrer Familie. Wenn ihr glückliche Begebenheiten einfielen, musste sie weinen. Aber weit schlimmer als die Sehnsucht nach vergangenen Zeiten war der Gedanke daran, was sie Tran in dem Lager hatte tun sehen. Wenn die Erinnerung über sie herfiel, kroch Nicole ins Bett, obwohl die schrecklichen

Bilder dann mit Macht zurückkehrten. Tran hatte ihr zwar zur Flucht verholfen, doch er war wohl nicht mehr derselbe wie vorher. Wie sehr sie wünschte, sie wäre Tran nicht gefolgt und hätte nicht gesehen, was sie gesehen hatte. Sie stellte sich immer wieder seine dunklen Augen vor, als er die Frau und ihr Kind in den sicheren Tod geschickt hatte.

In der folgenden Nacht hörte sie jemanden laut gegen die Haustür schlagen und lag danach voller Angst wach, während ihr alle möglichen Gedanken durch den Kopf schossen. Das Gleiche geschah im Lauf des nächsten Tages noch zwei Mal.

Als es in der zweiten Nacht ebenfalls passierte, lag sie im Bett, konzentrierte sich aufs Atmen und kämpfte verzweifelt gegen ihre Angst an. Eine Hand an der Brust, die andere auf dem Bauch, versuchte sie, sich zu beruhigen. Sie durfte nicht in Panik geraten, aber wenn Giraud es noch immer auf sie abgesehen hatte, wäre sie allein nicht sicher. Zitternd lag sie da. Wenn doch nur Mark wieder da wäre. Er würde den Polizisten von ihr ablenken. Als das Klopfen an der Tür verstummte und keine anderen alarmierenden Geräusche folgten, lauschte sie dem Ächzen des Gebälks und den Mäusen auf dem Dachboden, und bei aller Furcht schlief sie schließlich ein.

Dann schreckte sie erneut aus dem Schlaf hoch.

»Nicole?«

Ein zweites Mal hörte sie ihren Namen.

»Nicole?«

Als sie seine Stimme erkannte, durchströmte es sie warm. Am liebsten wäre sie aus dem Bett gesprungen, doch sie war so verkrampft und steif, dass sie sich kaum rühren konnte. Sie schüttelte nur den Kopf, und schließlich liefen ihr die Tränen übers Gesicht.

Mark ging neben dem Bett in die Hocke. »Komm her!«

Sie schluckte schwer und setzte sich auf, das Gesicht nah bei seinem, und sein herbsüßer Geruch wirkte tröstlich auf sie.

»Wirst du jetzt bei mir bleiben?«, fragte sie, als keine Tränen mehr kamen.

»Natürlich«, sagte er. Er strich ihr über die Stirn und zog sich einen Stuhl heran.

Ihre Bedürftigkeit ließ sich nicht mehr unterdrücken. »Kannst du ins Bett kommen und mich halten? Bitte, Mark.«

Noch zitternd, erzählte sie ihm von den Schlägen an der Haustür. Er streichelte ihr Gesicht, und beim Gefühl seiner Hände wollte sie so viel mehr von ihm. Was für ein peinlicher Moment, ihm so nahe zu sein, während er sich um sie kümmerte, als wäre sie ein Säugling!

»Ich …« Sie stockte.

»Ich bin jetzt hier«, flüsterte er, als er sich zu ihr unter die Decke legte.

Nicole legte den Kopf auf Marks Schulter und hätte ihm gern gesagt, dass sie ihn liebte und vom ersten Augenblick an geliebt hatte. Das Traurige war, sie konnte es nicht sagen. Er war freundlich zu ihr gewesen, bloß freundlich.

Aber dann rückte er ein Stück von ihr weg, um sie anzusehen. »Du fühlst dich so zerbrechlich an, dass ich Angst habe, der kleinste Windstoß könnte dich wegtragen.«

»Ich werde wieder auf die Beine kommen. Es ist nur so, wenn ich die Augen schließe, überfällt mich wieder alles.«

»Ich weiß.«

»Und dann bekomme ich richtig Angst.«

»Ich wünschte, ich könnte die ganze Zeit hier sein.«

Er streichelte ihr die Wange, und die Zärtlichkeit in seinen Augen und sein Lächeln ließen ihr Herz höherschlagen. »Du bist wunderschön.«

Dann nahm er ihr Gesicht in beide Hände und küsste sie. Mit geschlossenen Augen genoss sie den salzigen Geschmack seiner Lippen und gab sich dem lang ersehnten Moment ganz hin.

28

Nicole bat Mark, sich zu ihr zu setzen. In der Nacht hatte er sie nur geküsst, und sie fragte sich allmählich, ob sie es vielleicht bloß geträumt hatte. Verlegen fuhr sie sich mit der Zunge über die trockenen Lippen, während er sich einen Stuhl ans Bett zog. Das Fenster war nur leicht angelehnt, doch da es im Zimmer still war, hörte man draußen die Blätter rauschen. Die Pappelfeige war außergewöhnlich groß, bestimmt an die dreißig Meter hoch, und der blasse Stamm etwa drei Meter dick. Nicole hatte den Baum mit seinen ausladenden Ästen immer sehr gemocht. Am schönsten war es gewesen, als ihr Vater ihnen eine kleine Plattform mit einer Strickleiter hineingebaut hatte, von wo sie und Sylvie das Leben am Boden ausgespäht hatten. Obwohl nur knapp drei Meter über dem Boden, war sie ihr damals ungeheuer hoch vorgekommen. Sie schüttelte den Kopf. Sie durfte sich von ihrer Wehmut nicht den Verstand vernebeln lassen.

»Soll ich dir die Decke holen?«, fragte Mark und erhob sich bereits.

Nicole winkte ab, damit er blieb, und begann dann, in möglichst neutralem Ton zu sprechen. »Während du fort warst, habe ich einen Brief gefunden, der in einem meiner Bücher versteckt war.«

Sie stockte, und er sagte nichts.

»Im ersten Moment habe ich mich gefragt, wo er herkommt.« Nicole wandte den Blick ab, denn sie wollte nicht sehen, was bei ihrem nächsten Satz in ihm vorging. »Er ist von Sylvie.«

Mark schien zu zögern, und darauf blickte sie ihn an. »Das ist schön«, erwiderte er, aber seine Miene war unergründlich.

Sie erzählte, ihre Schwester sei jetzt in Paris in Sicherheit, und Lisa lebe bei ihrer Schwester Alice Brochard im Languedoc.

Sie hatte sich vorgenommen, ihm auszurichten, dass Sylvie zurückkommen werde, behielt es dann jedoch für sich und senkte den Kopf, um sich hinter ihren Haaren zu verbergen. Nach einem Moment blickte sie auf und lächelte.

»Sylvie schreibt, sie haben das Kaufhaus verkaufen können. Gleich danach sind sie nach Frankreich gegangen und wollen dort bleiben. Sie haben wohl lange auf mich gewartet.«

Nicole streckte eine Hand nach ihm aus. Das war es: die Lüge, die alles ändern könnte, weil sie Sylvie von der Bildfläche fernhielt oder zumindest aus Marks Gedanken. »Sie hat sich dort verlobt, Pierre oder so ähnlich.«

Er blickte zu Boden. Ihr Magen zog sich zusammen. Mark hatte sie ins Leben zurückgeholt, sie gerettet, und Sylvie war in Frankreich sicher. Sie konnte unmöglich nach Hanoi zurückkommen, das wäre verrückt, und Mark behauptete ohnehin, er sei nie mit ihr zusammen gewesen, also war diese Lüge schwerlich ein Verbrechen.

»Sie hat ihn hier kennengelernt, und er hat ihr einen Antrag gemacht. Da schien ihnen ein Leben in Frankreich das Sicherste zu sein.«

»Vielleicht ist das für sie das Beste.«

Schweigen breitete sich zwischen ihnen aus. Nicole fragte sich, ob er an Sylvie dachte, und konnte sich plötzlich nicht mehr erklären, warum sie gelogen hatte.

»Verrätst du mir, was du denkst?«, fragte er.

»Ach, nichts von Bedeutung.« Sie wollte nicht, dass ihre Schwester zu einem Geist wie jene im Garten werden würde: nicht wirklich da, doch immer spürbar. Nicole hatte ein schlechtes Gewissen, dann aber dachte sie daran, wie liebevoll Mark sich um sie gekümmert hatte, und das trieb ihr die Tränen in die Augen. Er hatte sie aufrichtig gern. Warum also sollte sie nicht alles Erdenkliche tun, damit es dabei blieb?

»Was ist mit den anderen Läden?«, fragte er ganz ruhig. Sylvies Verlobung schien ihn nicht im Mindesten zu betrüben.

Sie musterte sein Gesicht. Hatte er ihr doch die Wahrheit gesagt, was seine Beziehung zu Sylvie anging? Demnach hatte ihre Schwester sich seinetwegen Illusionen gemacht und dann nicht ertragen können zurückzutreten.

»Da der Laden im alten Viertel dir gehört, wäre es vielleicht eine gute Idee, dorthin überzusiedeln. Die Leute da wissen, dass du halb Französin bist, ja, und mir ist klar, dass du in Gefahr schwebst, egal, wo du dich aufhältst. Aber wenigstens fällst du dort nicht so leicht auf.«

»Da hast du wohl recht, Mark. Du hast viel für mich getan. Ich bin dir wirklich dankbar.«

Es folgte wieder ein längeres Schweigen.

»Ich fürchte, es gibt da noch ein Problem«, sagte er dann. »Giraud weiß, dass ich hier wohne. Das habe ich jetzt herausgefunden. Seit ich gemeldet habe, dass er amerikanisches Geld veruntreut hat, um afrikanische Prostituierte zu finanzieren, stehen wir nicht mehr auf bestem Fuß miteinander.«

»Also ist es wahr. Lisa hatte so etwas angedeutet. Meinst du, er war es, der nachts an die Tür geschlagen hat?«

»Schon möglich. Selbst wenn nicht, wird es wohl nicht lange dauern, bis er herkommt, um herumzuschnüffeln.«

»Ich möchte gern wieder in meinen Laden, aber für einen Umzug fehlt mir noch die Kraft.«

»Und ich möchte nicht, dass du dich übernimmst. Es könnte einige Zeit dauern, bis du dich von allem vollständig erholt hast.«

Sie nickte, verschwieg ihm jedoch, wie schlecht es ihr manchmal noch ging. »Zurzeit kümmert sich eine Freundin um den Laden, O-Lan.«

»Hör zu, ich werde dort ein Auge auf dich haben, und ich kenne einen Vietnamesen, dem ich vertraue. Ich werde ihn bitten, nach dir zu sehen.« Er legte einen Arm um ihre Schultern und strich ihr über die Wange. »Also gut, meine tapfere Kleine. Wir lassen es noch ein paar Tage, wie es ist.«

Einen Tag später, als er schlief, ging sie in die Küche hinunter und direkt zu einem kleinen Schrank unter dem Gebäckfach in der Speisekammer. Sie öffnete die Drahtgittertür und fand eine Flasche Kräuterlikör. Nur sie wusste, dass die Köchin immer einen geheimen Vorrat für sich in diesem Schrank verwahrt hatte.

Am Abend kramte sie im Badezimmerschrank. Wunderbar! Von dem Cœur Joie waren noch ein paar Tropfen in der Flasche. Sie selbst besaß kein Parfüm und sprühte sich ein wenig an den Hals und zwischen die Brüste. Sie zog sich einen seidenen Morgenrock an, der mit einem Band locker zusammengehalten wurde, dann suchte sie sich eine Pinzette heraus und zupfte sich die Brauen. Danach cremte sie sich die Lippen mit Vaseline ein. Eigentlich hätte sie einen Haarschnitt gebraucht, um ihre trockenen Spitzen loszuwerden. Stattdessen bürstete sie die Haare, bis sie glänzten, kniff sich in die Wangen und huschte die Treppe hinunter. Unten prüfte sie, ob die Fenster verdunkelt waren, dann trug sie den Käse und das Brot, das Mark gekauft hatte, nach oben, zündete einige Kerzen an, um die Sofaecke im Wohnzimmer behaglicher zu machen. Sie überlegte auch, im Kamin ein Feuer anzuzünden, verwarf den Gedanken aber gleich wieder. Der rauchende Schornstein würde sie verraten.

Als sie Mark ins Wohnzimmer kommen hörte, lag sie mit geschlossenen Augen auf dem Sofa. Sie spürte, dass er sie betrachtete, und öffnete die Augen.

»Du siehst so schön aus«, sagte er.

Lächelnd setzte sie sich auf und zeigte ihm die Flasche. »Ich habe für uns etwas zu trinken gefunden.«

Er grinste und nahm neben ihr Platz, während sie ihm und sich selbst großzügig einschenkte.

»Möchtest du etwas essen?«

Mark schüttelte den Kopf. »Ich habe keinen Hunger. Vielleicht später.«

»Wäre es nicht schön, wenn wir jetzt Musik hören könnten?«

»Es gibt keinen Strom. Und außerdem …«

»Ich weiß.«

Schweigend tranken sie den Likör, und Nicole schenkte ihnen nach.

»Mark, was machst du hier eigentlich?«

»Hier neben dir?«

Sie lachte. »Du weißt, was ich meine.«

»Zurzeit habe ich die Aufgabe, die CIA aus Hanoi und dem gesamten Norden rauszubringen, sollten die Vietminh den Krieg gewinnen. Aber meine Befehle können sich noch ändern.«

»Du meinst, sie könnten siegen?«

»Wenn es dazu kommt und ich plötzlich wegmuss, ist das ein weiterer Grund für dich, ins vietnamesische Viertel zu ziehen. Da bist du dann besser aufgehoben.« Er strich ihr die Haare aus der Stirn und musterte ihr Gesicht. »Du siehst anders aus. Dein Gesicht hat sich verändert.«

»Ich bin zu dünn. Aber wenigstens habe ich jetzt Wangenknochen.« Sie grinste. »Quasi. Mit einer Hungerdiät schafft man das.«

»Das ist nicht lustig.«

Sie tranken noch ein paar Gläser, bis die Flasche leer war, und Nicole spürte, wie ihr der Likör zu Kopf stieg.

Mark lehnte sich gegen sie. »Du riechst …«

Sie lachte. »Ich rieche?«

»Köstlich.«

Sein Atem strich an ihrem Hals vorbei, und als sie sich zurücklehnte, berührte er die zarte Haut an ihren Schläfen. Ihr Herz klopfte heftig, doch sie ließ sich nichts anmerken.

Plötzlich wich er zurück und suchte ihren Blick. »Was ist mit deinem vietnamesischen Freund?«

Entsetzt starrte sie ihn an. »Tran? Er ist nicht mein Freund.«

»Sylvie hat mir erzählt, du lebst mit ihm zusammen im Norden.«

»Natürlich nicht!« Sie stutzte. »Das hast du gedacht? Er ist nie mein Freund gewesen.«

Er schüttelte den Kopf und blickte sie zerknirscht an, dann lächelte er zärtlich.

»Warst du seinetwegen manchmal ein bisschen distanziert?«, fragte sie.

»Nicht nur seinetwegen. Nicole, du hast ein halbes Jahr lang bei Terroristen verbracht, die schreckliche Gräueltaten begangen haben. Es macht mich sehr traurig, aber wir können dem Problem nicht ausweichen.«

»Du warst traurig!« Plötzlich wurde sie wütend und sprang auf. »Was ist denn mit mir? Und was ist mit den Gräueltaten der Franzosen und Amerikaner? Ich weiß, ich habe einen schrecklichen Fehler begangen, als ich mit Tran in den Norden gegangen bin. Aber weißt du denn gar nicht, wie sehr ich mir gewünscht habe, mit dir zusammen zu sein?«

Er schüttelte den Kopf. »Das habe ich anfangs geglaubt, aber nach dem Ball war plötzlich alles anders.«

»Ja, ich weiß. Ich wollte das nicht, aber es war so.«

Sie blickten einander an.

»Was blieb mir anderes übrig, als zu gehen, nachdem auch du mitgeholfen hattest, mich unter Hausarrest zu stellen?«

»Nein!« Er sprang nun ebenfalls auf. »Das kannst du unmöglich glauben. Ich schwöre, ich habe nicht gewusst, was sie mit dir vorhatten.«

»Nein?«

»Nein!«

Darauf kam er zu ihr und drückte sie so fest an sich, dass sie dachte, er könnte ihr die Knochen brechen. Sie stemmte sich gegen ihn und wollte sich aus seinen Armen winden, aber als sie seine Lippen hinter ihrem Ohr spürte, überlief sie ein wohliger Schauder. Er küsste sie, und sie drängte sich an ihn, fühlte sich so sehr als Teil von ihm, dass sie sich ihm schutzlos auslieferte. Das Gefühl der Vertrautheit war so stark, dass ihr die Beine zitterten.

»Es tut mir leid«, sagte sie.

»Mir auch. Wir haben zu viel Zeit vergeudet«, flüsterte er. »Bist du sicher, dass du das willst?«

»Und wie«, murmelte sie und fühlte die Hitze seiner Hand an ihrer Brust. »Tanz mit mir, Mark, wie damals.«

Sie drehten sich zusammen zu den Zeilen eines Liedes, das er ihr leise ins Ohr sang. Nach ein paar Minuten hielten sie an, und sie drückte sich an ihn. Nur ihr Morgenmantel und sein Hemd waren zwischen seiner und ihrer Brust. Nicole fühlte sein Erschaudern, dann hielt er sie ein wenig von sich weg und berührte ihr Kehlgrübchen. Sie stöhnte leise. Während er die Schleife des Morgenrocks aufzog, sah er ihr mit einer stillen Frage in die Augen. Nicole nickte, und als der Morgenrock von ihren Schultern glitt und zu Boden fiel, stand sie nun auch körperlich nackt vor ihm.

Mark betrachtete sie, dann legte er die Hände um ihre Brüste. Während er den Mund um eine Brustwarze schloss, öffnete sie den Reißverschluss seiner Hose und zog Mark zu Boden. Sie legte sich auf den Rücken und spreizte die Beine. Mark schlüpfte aus Hemd und Hose; er trug keine Unterwäsche.

Er setzte sich vor sie, und so blickten sie einander an. Sie legte den Kopf in den Nacken. Nun, da ihr Körper wieder lebendig wurde, gab sie sich dem Gefühl gänzlich hin. Er streichelte ihre Brüste und küsste ihren Bauch. Stöhnend hielt sie ihn am Hinterkopf fest, während er mit dem Mund zu ihren Oberschenkeln wanderte und schließlich die feuchten Locken zwischen ihren Beinen erreichte. Dann konnte sie es nicht mehr aushalten, griff ihm unter die Achseln und zog ihn zu sich hoch.

»Nimm mich«, sagte sie, und er drang behutsam in sie ein. Sie fanden ihren Rhythmus. Er war hart, schnell und leidenschaftlich, die Anspannung zwischen ihnen viel zu stark für das erste Mal, als dass es eine sanfte Erlösung werden konnte.

Später lagen sie friedlich nebeneinander auf dem Boden, beide glänzten vor Schweiß. Sie hätte sich niemals vorstellen können, wie unglaublich sie sich nach dem Liebesakt mit Mark fühlen würde. Es war ganz anders gewesen als das eine Mal mit Tran. Mark hatte sie spüren lassen, dass er sie wirklich wollte.

Er stützte sich auf einen Ellbogen und strich ihr die Haare aus der Stirn. »So«, sagte er grinsend.

Sie seufzte vor Wonne und malte die Konturen seines Gesichts nach. »Noch mal?«

Als Frankreichs Macht über das Land immer brüchiger wurde, war ihre gemeinsam verbrachte Zeit alles, was sie hatten. Die Gefahr des Krieges verstärkte die innere Anspannung, und die Erlösung, die sie beim Sex fanden, war umso süßer. Je häufiger sie zusammen sein konnten, desto tiefer würde ihre Verbindung werden, das spürte Nicole deutlich. Oft betrachteten sie einander schweigend. Die Art, wie Mark dabei die Augen zusammenkniff und lächelte, und wie verschmitzt er manchmal guckte, wenn sie sich liebten, gab ihr das Gefühl, er könne in ihren Kopf schauen.

An einem späten Nachmittag lag sie allein im Bett und versuchte zu schlafen, als sie im Zimmer eine Schmeißfliege summen hörte. Nicole drückte sich das Kopfkissen auf die Ohren. Vor Spinnen oder Schlangen ekelte sie sich nicht, aber das Summen einer großen Fliege machte sie verrückt. Selbst durch das Kissen hörte sie das aufreizende Geräusch. Nach ein paar Minuten warf sie das Kopfkissen auf den Boden und sang sich etwas vor, um das Summen zu übertönen. Es ging weiter, und bald bemerkte sie den doppelten Klang. Da schwirrten zwei Plagegeister durch den Raum!

Die tief stehende Sonne warf einen goldenen Schein ins Zimmer. Nur mit einem Höschen bekleidet stieg Nicole aus dem Bett und riss die Tür auf, weil sie hoffte, die Fliegen würden in den Flur schwirren. Sie verfolgte mit Blicken ihre Flugbahnen und wedelte vergeblich mit dem Arm, um sie aus dem Raum zu scheuchen. Dann hob sie das Kissen auf und ging zum Angriff über. Sie machte einen Satz und schleuderte es gegen die Wand. Das Summen ging weiter. Je mehr sie sich ärgerte, desto lauter summten die Biester. Erneut schleuderte sie das Kissen, und wieder verfehlte sie die Fliegen.

Nachdem sie zehn Minuten lang im ganzen Raum herumgesprungen war, stand sie schweißüberströmt in der Zimmermitte. Der Sonnenschein verblasste schon. Dann sah sie beide Fliegen beieinander am Türrahmen sitzen. Das war ihre große Chance. Mit dem Kissen voran stürzte sie sich auf den Fleck. Als sie es schwungvoll vom Türrahmen wegzog, flogen weiße Daunen durch die Luft wie Schneegestöber, und Federn segelten vor ihr herab. Sowie sich das Gestöber lichtete, sah sie Mark in der Tür stehen. Er zupfte sich Federn aus den Haaren und schnippte sie von den Schultern. Erschrocken wich Nicole einen Schritt zurück und starrte ihn an.

Hustend wischte er sich Flaum vom Mund. »Puh. Was habe ich getan, dass ich das verdiene?«

»Ich habe dich nicht kommen hören. Ich habe Fliegen gejagt.«

»Und das macht man gewöhnlich in …« Er deutete auf ihr Höschen.

»Du denkst, *ich* sehe ulkig aus?« Sie fing an zu lachen.

»Dafür wirst du bezahlen.« Er hob sie hoch, als wäre sie federleicht, und warf sie sich über die Schulter.

»Lass mich runter!«

Er ignorierte sie.

»Wo willst du mit mir hin, du gemeiner Mann?«

»Gemein? Du vergisst wohl, dass ich hier der Geschädigte bin.«

Im unteren Stock angelangt, stieß er die Tür des Schlafzimmers auf, das er benutzte, und sie schnappte verblüfft nach Luft, als sie sah, was er getan hatte. Während sie kopfüber von seiner Schulter hing, blickte sie auf Dutzende im Raum verteilte brennende Kerzen. Ihr Herz machte einen Freudensprung. Mitten im Krieg hatte er ein leuchtendes Märchenland geschaffen. Für sie.

»Na, wenigstens hast du mir die Mühe erspart, dich auszuziehen.« Er stellte sie auf die Füße. »Also, wie findest du es?«

Sie schaute durch das Zimmer. »Wunderschön«, sagte sie unter Tränen.

»Herzlichen Glückwunsch, mein Liebling. Wir kennen uns heute ein Jahr. Ich weiß nie so recht, wie ich meine Gefühle in Worte fassen soll, aber …«

Sie ließ ihn nicht ausreden, sondern umarmte ihn stürmisch.

»Ich muss wohl häufiger Kerzen anzünden«, sagte er.

Nicole zog an seiner Jacke, und er fuhr aus den Ärmeln, dann entledigte er sich seiner restlichen Kleidung, wobei immer noch Federn aufflogen, bis er nackt vor ihr stand.

»Sieh dich an!«, sagte sie.

Lächelnd breitete er die Arme aus. »Sieh *uns* an!«

»So vieles ist in diesem einen Jahr passiert.«

»Gutes und Schlechtes.«

»Das jedenfalls ist gut«, sagte sie und blies eine Flaumfeder von seiner Brust. Sie war so glücklich wie noch nie.

Wie die Geister, die den Garten bewohnten, wenn Mark nicht da war, lebte Nicole einem Schatten gleich in ihrer mit Brettern vernagelten Welt. Eines Abends wollte sie in der Dämmerung unbedingt einmal aus dem Haus und spazierte mit einem Kopftuch, unter dem ihre Haare und das halbe Gesicht verborgen waren, durch ihr Viertel. Durch die Straße wehte ein kühler Wind. Als ein Mann und eine Frau an ihr vorbeigingen, wurde ihr unbehaglich, darum senkte sie den Blick, murmelte einen Gruß und kehrte nach Hause zurück.

Als sie Mark davon erzählte, äußerte er erneut Bedenken,

weil sie noch in der Villa wohnte. Im Großen und Ganzen musste sie ihm recht geben. Selbst wenn sie den Seidenladen nicht wieder eröffnete, könnte sie dort unbeschwerter aus dem Haus gehen, da sie unter den Menschen des Viertels kaum auffiel.

Während sie ihre Rückkehr in den Laden vorbereitete, fiel ihr auf, dass sie ihre Periode nicht bekommen hatte. Durch die Zeit beim Wandertheater war ihr Zyklus durcheinandergeraten, und sie hatte sich weiter keine Gedanken darüber gemacht. Sie wusch und trocknete ihre vietnamesischen Kleider und übte, sich einen *Khan dong* zu binden. Ihr *Áo dài* war ihr zurzeit viel zu weit, sie musste die Hose mit Sicherheitsnadeln enger machen. So würde es fürs Erste gehen.

Am nächsten Abend zog sie wieder in die Wohnung über dem Laden, und Mark begleitete sie. Sie bezogen die alte Matratze und das Federbett mit frischer Wäsche und legten eine seidene Tagesdecke darüber, die sie aus der Villa mitgebracht hatte. Als sie am Morgen aufwachte, war Mark bereits gegangen, und so lauschte sie auf den Lärm der Straßenhändler, die ihre Stände aufbauten. Es roch wie immer nach Hackfleischpasteten und in Dill gedünstetem Fisch. Sie fühlte sich bereits ungezwungener, in den Schultern nicht mehr so verspannt, der Druck im Magen ließ nach, ebenso das schlechte Gewissen wegen ihrer Lüge, Sylvie habe sich verlobt.

Sie hörte, wie die Ladentür geöffnet wurde. Das musste O-Lan sein. Nicole war sich uneins, wie viel sie ihrer Freundin erzählen sollte, ging aber sogleich nach unten, um sie zu begrüßen.

O-Lan fuhr erschrocken herum, als sie Schritte hörte, und sah ihr mit großen Augen entgegen. »Ich dachte nicht, dass ich dich je wiedersehe«, sagte sie.

Es tat so gut, O-Lans freundliches Gesicht zu sehen. Nicole schluckte mühsam, um ihre Rührung zu überwinden. Sie hatte nicht bemerkt, wie sehr O-Lan ihr gefehlt hatte. Die Freundin war so hübsch wie eh und je, hatte aber dunkle Schatten unter den Augen. Während sie einander anschauten, kämpften in Nicole die widersprüchlichsten Gefühle gegeneinander. Was sollte sie ihr über Tran erzählen?

O-Lan starrte sie stumm an.

»Komm her«, sagte Nicole schließlich.

Mehrere Minuten lang standen sie nur da und hielten einander fest umfangen, und Nicole spürte O-Lans Herzschlag an ihrer Brust. Keine von ihnen schien die andere loslassen zu wollen.

»Lass dich ansehen!«, sagte O-Lan schließlich.

»Es geht mir gut. Wirklich. Aber wie geht es deiner Mutter?«

O-Lan seufzte schwer. »Es wird nicht mehr besser. Sie schläft meistens, in dem Zimmer über dem Laden.«

»Mir tut leid, was euch passiert ist. Wie ist es dazu gekommen?«

»Unter dem Haus ist das Hauptrohr geplatzt. Du hast Glück gehabt, dass das Wasser nicht auch in dein Geschäft eingedrungen ist.« Sie setzte sich auf das Sofa und wirkte verloren in ihrem Unglück.

Nicole setzte sich neben sie und legte ihr einen Arm um die Schultern. »Ich bin jetzt hier«, sagte sie.

»Ich habe immerzu durch dein Schaufenster gespäht, ob es bei dir noch trocken ist, und als deine Schwester mich bat, auf deinen Laden aufzupassen, schien das die ideale Lösung zu sein. Ich konnte es mir nicht leisten, neue Ware einzukaufen. Also bin ich hier.«

»Und ich kann dir gar nicht genug dafür danken.«

»Soll ich dir die Arbeit jetzt wieder allein überlassen?«

Nicole zögerte nur einen Moment. »Nein, bitte bleib! Ich habe mich noch nicht ganz erholt. Ich werde dich weiter bezahlen.«

O-Lan runzelte die Stirn. »Du bist so dünn geworden. Ich dachte sofort, dass du krank gewesen sein musst.«

Nicole entschied, die Sache herunterzuspielen. »Ein bisschen.«

»Und Tran? Wir haben nichts weiter von ihm gehört, außer dass wir vor Ende des Krieges nicht mit ihm rechnen sollen.«

Nicole war erleichtert, sah jedoch, dass O-Lan sich Sorgen machte. Sie schüttelte den Kopf.

»Ist er am Leben?«

»Soweit ich weiß, ja.«

»Habt ihr euch im Streit getrennt?«

Nicole schaute weg. »Es ist kompliziert.«

»Er ist kein schlechter Mensch, Nicole.«

»Der Krieg verändert die Menschen«, erwiderte sie, den Blick auf ihre Füße gerichtet. Zu viel wollte sie nicht preisgeben, aber es fiel ihr schwer zu entscheiden, was zu viel war. »Ich muss mich jetzt frisch machen und ein bisschen schlafen.«

O-Lan senkte den Kopf. »Natürlich.«

Nicole ging zum Bad, drehte sich aber noch mal um. »Ach, eins noch. Mark übernachtet bei mir.«

O-Lan schaute völlig verblüfft. »Du bist wieder mit ihm zusammen?«

»Gewissermaßen. Aber er will mich auch beschützen.«

»Brauchst du das?«

»Vielleicht schon.«

Nicole beobachtete O-Lan während des ganzen nächsten Tages. Sie waren gute Freundinnen gewesen, aber sie konnte nicht wissen, was in der Zwischenzeit passiert sein mochte. Doch abgesehen von ihrer Erschöpfung, schien sich O-Lan nicht verändert zu haben. Sie war dasselbe aufgeschlossene junge Mädchen wie vorher.

Nach einer Woche kam Nicole zu dem Schluss, ihr auch weiterhin vertrauen zu können. Außerdem fühlte sie selbst sich schrecklich ausgelaugt und würde sich ausruhen können, wann immer sie es nötig hatte, wenn ihre Freundin blieb. Sollte Giraud oder einer seiner Leute schnüffeln kommen, würde sie rasch über die Außentreppe zum Hof verschwinden und durch die hintere Gasse entkommen können.

Die Tage vergingen recht friedlich, und Nicole erholte sich von den Strapazen. Sie konnte nicht glauben, wie gut es tat, in den prächtigen Farben ihrer geliebten Seide zu schwelgen. Was machte es schon, wenn sie nicht genug verkauften? O-Lan war es gewohnt, genügsam zu leben, und sie warfen ihre Vorräte und ihr Geld in einen Topf.

Nicole war am Boden zerstört gewesen, als sie ihre antike Börse mit dem Foto von Mark hatte zurücklassen müssen. Nun kam sie auf die Idee, nach ihrem Vorbild Börsen zu nähen und im Laden zu verkaufen. Nach Ladenschluss nähten sie also und plauderten miteinander. Mark kam selten heim, bevor O-Lan gegangen war, und wenn er am Morgen noch da war, wenn das Mädchen erschien, stahl er sich über die Außentreppe aus dem Haus.

Eines Morgens, als Nicole mit Mark noch eng umschlungen im Bett lag, zeigte er keine Neigung zu gehen. Dabei war es schon viel später als gewöhnlich.

»Bleibst du heute zum Frühstück?«, fragte sie. »Ich bin halb verhungert.«

»Was möchtest du?«

»Tja, wir haben Kaffee, Kondensmilch, Brot, Butter und … viel mehr nicht.«

»Klingt wie ein Festmahl. Ich werde runtergehen.« Er ließ ihre Hand los, die er gehalten hatte, rührte sich aber nicht von der Stelle.

Sie stieß ihm in die Rippen, und er rückte ein wenig von ihr ab.

»Aber du bist so schön warm«, wandte er ein.

»Raus! Und zieh dir was an. Du wirst O-Lan einen Schreck einjagen, wenn sie früher kommt.«

Grinsend stand er auf und nahm eine Pose ein wie Michelangelos *David*.

Nicole lachte und warf einen Schal nach ihm. »Da, bedecke deine Blöße, du eingebildeter Amerikaner!«

Mark band sich den Schal um die Hüften und lief in die Küche. Während er weg war, dachte sie daran, wie glücklich sie waren. Er hatte nicht gesagt, dass er sie liebte, aber sie war sicher, er tat es, und da sie nur noch selten an Sylvie dachte, schien es, als könnte nichts und niemand sich mehr zwischen sie stellen. Sie schloss die Augen und malte sich ihre gemeinsame Zukunft aus. Vielleicht in Amerika, wenn alles vorbei war, oder in Saigon.

Als er mit einem Tablett wieder hochkam, setzte sie sich auf, um zu schauen, was er zum Frühstück brachte. Mit Tränen in den Augen sah sie, dass er zwei Scheiben Toast zu Herzen geschnitten und aneinandergelegt hatte. Sie trieften vor Butter und Marmelade, und neben dem Teller lag eine Lotusblüte.

»Womit habe ich das verdient?«

»Du bist das süßeste und schönste Mädchen, das ich je kennengelernt habe.«

»Hast du nicht was vergessen?« Sie senkte den Blick und klimperte mit den Wimpern.

»Das auch!«, sagte er und küsste sie auf die Wange. »Zuerst den Toast, dann sehen wir weiter.«

Als auch ihre nächste Periode ausblieb, empfand Nicole freudige Erregung. Konnte das wahr sein? Zunächst sprach sie nicht darüber, sondern wollte das warme Gefühl für sich behalten, bis sie sich ganz sicher war.

An dem Tag, als sie sich mit einem Tuch über dem Kopf hinauswagte, fiel ihr auf, dass deutlich weniger Franzosen im Viertel unterwegs waren. Sie besuchte Yves in seiner Bäckerei und war bestürzt zu sehen, wie blass und dünn er geworden war. Er begrüßte sie mit zwei Wangenküssen, fragte aber nicht, wo sie so lange gewesen war. Yves erzählte, er werde bald zusammenpacken und nach Frankreich zurückkehren. Wie so viele andere hatte er sein Geschäft für ein Almosen verkauft. Ihn hielt nichts mehr in Hanoi.

Kein einziger Polizist lief Streife, aber zwei Panzer rasten durch die Straße, dass Stände umkippten und Leute zur Seite sprangen. Nicole war sich noch sicherer, dass Frankreich den Krieg verlieren könnte, und sagte sich, Giraud hätte dann keine Bedeutung mehr. Die Gefahr für Mark machte ihr am meisten Sorgen, doch er sprach fließend Vietnamesisch und schaffte es glänzend, unbemerkt aufzutauchen und zu verschwinden.

Unterwegs in den Straßen, die sie besonders mochte, fühlte sie sich stark. Niemand nahm von ihr Notiz, und wer sie seinerzeit mit Tran gesehen hatte, würde annehmen, sie stünde auf Seiten der Vietminh. In Wirklichkeit stand sie auf keiner Seite. Nicht mehr. Aber der vietnamesische Teil der Stadt war der einzige Ort, an dem sie sich noch zu Hause fühlte. Selten bediente sie noch Kunden im Laden, genoss aber die gemeinsame Zeit mit O-Lan. Sie waren sich inzwischen noch nähergekommen, und für Nicole fühlte es sich an, als wäre sie ihre wahre Schwester.

»Ich habe dir ein Buch über Vietnam mitgebracht«, sagte O-Lan einmal. »Ich nehme an, dass du nur französische Geschichte gelernt hast.«

Nicole bedankte sich und freute sich darauf, sich in das Buch zu vertiefen.

Auf der Treppe nach oben blätterte sie bereits durch die Seiten, und kaum hatte sie es sich im Bett bequem gemacht, begann sie, über die Herrscher und ihr Leben in der purpurnen verbotenen Stadt in Hue zu lesen. In einem Paradies goldener Paläste hielt der Kaiser bei besonderen Gelegenheiten Bankette und hatte ein fantastisches Leben mit Konkubinen, Kammerfrauen, Dienerinnen königlicher Geburt, Eunuchen und sogar weiblichen Höflingen. Und wenn ein Kaiser starb, war sein Grab nicht minder opulent, die Armen dagegen waren genauso arm wie unter den Franzosen.

Nicole vertiefte sich in die Welt der Konkubinen, von

denen viele die Töchter hoher Staatsbeamter waren. Die Zeichnungen von ihnen waren hinreißend, und sie liebte den Faltenwurf ihrer altmodischen *Áo dàis*. Sie regten sie zu Ideen an, was sie aus einigen Seidenstoffen in ihrem Bestand fertigen könnte.

Sie las über die neun Ränge der Konkubinen, die jeweils von der gesellschaftlichen Stellung des Vaters abhingen, und war bestürzt zu erfahren, dass eine Konkubine, war sie einmal in der Kaiserstadt, ihre Familie nie wiedersah. Ihr wurde beigebracht, stets sanft zu sprechen, zu gehorchen, die sexuellen Bedürfnisse des Kaisers zu befriedigen, ihm die Haare zu kämmen, ihn anzuziehen, ihm die Nägel zu polieren und so weiter. So fesselnd die Lektüre war, Nicole taten diese Frauen leid, die ihr goldenes Gefängnis nie wieder verlassen durften.

Seufzend klappte sie das Buch zu und legte sich schlafen. Mark kam nicht jeden Tag zu ihr, aber mit jeder Woche, die verging, fühlte sie sich ein wenig sicherer. Nun umfing sie die Dunkelheit, und zum ersten Mal seit langer Zeit schlief sie ohne Angst ein.

29

Als ihre Periode zum dritten Mal ausblieb, war sich Nicole sicher. Ihre Brüste kribbelten, wenn Mark sie anfasste, und sie waren auch praller geworden. Am Abend bereitete sie sich innerlich darauf vor, es ihm zu sagen. Er war einige Tage fort gewesen, und weil sie unruhiger als sonst und in freudiger Erwartung war, konnte sie nicht still sitzen. Sie hätte nicht für möglich gehalten, dass sie sich einmal so sehr verlieben würde. Mark bedeutete ihr alles, und sie konnte sich ein Leben ohne ihn nicht mehr vorstellen.

Sie war oben und saß bei einer brennenden roten Laterne auf der Sesselkante, als er in Hemdsärmeln, das Jackett über die Schulter geworfen, die Treppe heraufkam. Unrasiert und absolut unwiderstehlich stand er vor ihr und schaute sie an. Da sie nichts sagte, erschienen die beiden Steilfalten zwischen seinen Brauen, und sie bemerkte auch ein raues Aussehen seiner Haut. Bei ihm schien es ein sicheres Anzeichen für Müdigkeit zu sein, und es war nicht unattraktiv. Doch das war es nicht, was Nicole irritierte.

»Du hast einen Oberlippenbart«, sagte sie. »Damit siehst du ziemlich verändert aus.«

Er zog einen Mundwinkel hoch. »Ach ja, ich vergaß. Ich werde ihn abrasieren.« Mit funkelndem Blick hielt er eine Flasche Sauvignon hoch. »Aus einem der wenigen Läden, die noch anständigen Wein haben«, sagte er.

»Komm her.«

Als er sie küsste, fühlte sich der Bart kratzig und ungewohnt an. Nicole zog die Nase kraus, dann strich sie mit den Fingern über seine Haare. »Sie sind länger und dunkler.«

»Ich musste sie färben.«

»Warum?«, fragte sie verblüfft.

Er neigte den Kopf zur Seite und zuckte mit den Schultern. »Du weißt. Die Arbeit.«

Sie musterte ihn, als er sich neben sie setzte und ihnen ein Glas Wein einschenkte. Manchmal sah er tatsächlich verändert aus, und sie genoss die gespannte Erwartung, wer er wohl beim nächsten Mal sein würde. Diesmal hatte er einen sanften Blick, der zu der leicht alarmierenden bärtigen Erscheinung nicht recht passte. Diese Verletzlichkeit hatte sie von Anfang an in ihm gesehen, doch sie hatte sie nicht einzuordnen gewusst.

Er trank einen Schluck. »Nicht schlecht, hm?«

»Jetzt bist du also ein Feinschmecker?«

Er lachte.

»Mark, ich muss dir etwas sagen.«

»So?« Er schaute sie an.

Sie knöpfte ihre Bluse auf und entblößte ihre Brust. »Fällt dir was auf?«

»Weiß nicht.« Er grinste. »Sehr schöne Brüste. Andererseits bist du immer schön, und wenn du die Knöpfe nicht wieder schließt, werden wir nicht dazu kommen, den Wein zu trinken!«

»Danke. Aber errätst du es nicht?«

Er schüttelte den Kopf.

»Wir bekommen ein Baby. Ich bin schwanger.«

Augenblicklich kam er zur ihr, doch ihr war nicht entgangen, dass er blass geworden war. Er ging vor ihr auf die Knie und berührte ihre Brüste.

»Sie spannen schrecklich«, sagte sie. Mark sah noch immer erschrocken aus. Leicht gekränkt rückte sie in dem Sessel nach hinten.

Er stand auf und rieb sich das Kinn.

»Mark?«

Er blickte sie an, schüttelte aber den Kopf. »Die Gefahr für dich ist jetzt viel größer. Was sollen wir tun, wenn ich weg bin?«

»Wenn das alles ist, was dich beunruhigt: Ich werde zurechtkommen.«

»Aber wir haben doch immer …«

»Nicht beim ersten Mal.«

»Bist du dir auch sicher? Nicht, dass ich mich nicht freuen würde, aber es ist …«

»Was? Es ist was?«

Es folgte ein kurzes Schweigen. Er sah gar nicht erfreut aus. Ihr eigenes Lächeln war nicht ganz verschwunden, aber ihr Glücksgefühl fiel in sich zusammen, und ihre Augen fingen an zu brennen. Sie sah, wie er mit seinen Gefühlen rang, als er sich wieder vor sie hockte. Er nahm ihre Hände, blieb jedoch still. Mit einem Anflug von schlechtem Gewissen blickte sie in seine leuchtend blauen Augen. Sie hatte ihn in diese Lage gedrängt, ihn verführt. Nicole nahm seinen Kopf in beide Hände und hätte ihn gern an ihre Brüste gedrückt. Derweil sah sie in seinen Augen, wie besorgt er war.

»Du warst ziemlich krank«, sagte er. »Und eine Schwangerschaft kann sehr kräftezehrend sein. Geht es dir gut genug dafür?«

»Ich bin nicht so kräftig wie früher, aber ich werde klarkommen.«

»Und du willst das Baby wirklich?«

Verärgert über die Frage, fegte sie sich eine Strähne aus der Stirn. »Selbstverständlich. Ich bin Katholikin. Außerdem ist Abtreibung verboten. Und … ich liebe dich.«

»Ach, mein süßes Mädchen.«

Ein paar Augenblicke lang sagte keiner von ihnen ein Wort. Sie wünschte sich, er wäre aufgeregt und glücklich wie sie, stattdessen war er nur schrecklich besorgt.

»Es kann alles Mögliche passieren, wenn ich weg bin und nicht auf dich aufpassen kann. Und was ist, wenn mir etwas zustößt? Normalerweise rede ich nicht darüber, Nicole, aber meine Arbeit ist gefährlich.«

»Ich kann selbst auf mich aufpassen.«

»Wenn etwas passiert, kann ich vielleicht nicht für dich und das Baby da sein. Oh Gott, das ist meine Schuld! Ich wollte dich beim ersten Mal so sehr … Ich hatte nichts anderes mehr im Kopf, als mit dir zu schlafen. Wir hätten warten sollen. *Ich* hätte warten sollen. Jetzt bereue ich es.«

»Tu das nicht! Ich bin glücklich. Wir werden miteinander ein Kind haben. Unser Kind, Mark.«

Er stand auf, holte scharf Luft und atmete langsam aus. »Nicole …«

»Was denn?«

»Ich möchte auch glücklich sein. Das möchte ich wirklich. Zu jeder anderen Zeit wäre es wunderbar … Aber wir sind im Krieg, die Stadt könnte bald unter Belagerung stehen. Meine Arbeit führt mich weit weg. Da werde ich dich vielleicht nicht aus Hanoi rausbringen können. Und vergiss nicht: Tran könnte wieder auftauchen.«

Sie biss sich auf die Lippe. »Daran habe ich gar nicht gedacht. Ich habe immer nur wegen Giraud aufgepasst.«

»Man sieht es dir noch nicht an, doch in ein paar Wochen wird es so sein.«

»Können wir nicht nach Amerika gehen?«

Er schüttelte den Kopf. »Ich kann noch nicht fort. Und bis dahin wird es hier noch sehr schwierig. Es gefällt mir nicht, aber ich bekomme gerade andere Befehle.« Er stockte, und sein Blick wurde düster. »Je mehr verschiedene Identitäten ich annehmen muss, desto komplizierter wird es. Schau, Nicole, nur durch dich bin ich ausgeglichen. Du bringst mich zu mir selbst zurück.«

»Und du gibst mir Stabilität.«

»Stabil und ausgeglichen – das kann nicht schlecht sein, nicht wahr? Aber ein Baby? Jetzt? Ich weiß noch, wie es mir mit meiner Mutter ging. Nach ihrem Tod wusste ich gar nicht mehr, wer ich bin.«

Während sie noch zögerte, sprudelten die Worte schon aus ihr hervor. »Könnten wir nicht heiraten?«

»Ich würde nichts lieber tun, als mit dir ein Heim zu gründen. Aber, Liebste, wir können nicht einfach aufs Standesamt gehen, du wirst noch von der Polizei gesucht.« Er schüttelte den Kopf. »Und ich muss noch meine Aufträge erledigen. Ich werde bald im Rahmen einer verdeckten Operation in Russland sein. Eine gefährliche Suche nach skrupellosen Leuten, die Anführern der Vietminh Unterschlupf gewähren.«

»Du meinst, gefährlich für dich?«

Er nickte.

»Mark, was ist, wenn das Baby kommt?«

Er strich sich über die Stirn, antwortete aber nicht.

Sie fühlte, wie sich ein Kloß in ihrem Hals bildete.

»Ich will dich nicht allein lassen. Wann wird es zur Welt kommen?«

»Im Februar. Das ist die beste Zeit des Jahres, nicht so heiß und nicht allzu feucht.«

»Na, das ist doch etwas Positives, nicht?« Er zog sie aus dem Sessel hoch und ging mit ihr zum Sofa, wo sie nebeneinander sitzen konnten. Sie lehnte sich an ihn und konnte die Tränen nicht mehr zurückhalten. Er küsste sie ihr zärtlich weg.

»Wenn der Krieg vorbei ist … wird alles anders. Das verspreche ich. Und ich bin glücklich. Wirklich glücklich. Das ist die wunderbarste Neuigkeit der Welt, und wir werden einen Weg für uns finden.«

Ein Weilchen schwiegen sie miteinander. Nicole hatte keine Ahnung, woran er dachte; ihre eigenen Gedanken wanderten zu ihrer Schwester.

»Hast du Sylvie irgendwann mal geliebt, Mark?«

»Nein. Sie hat mich fasziniert, als wir in Amerika waren – sie war clever, schön und hatte ein Händchen dafür, dass man sich so fühlte, wie sie es wollte. Und sie war so selbstsicher. Aber im Verborgenen war sie bedürftig, sehr bedürftig sogar. Wir sind nur ein paar Mal miteinander ausgegangen, aber es kam mir immer so vor, als wollte sie mich besitzen. Darum habe ich mich zurückgezogen.«

»Dann war sie krank.«

»Sie nahm zu viele Schlaftabletten. Ob mit Absicht oder versehentlich, wusste ich nicht. Aber da konnte ich sie schlecht sitzen lassen. Sie war in einem fremden Land ohne irgendwelche Verwandten. Aber reden wir nicht über deine Schwester. Lass uns wenigstens die Zeit genießen, die wir miteinander haben.«

Er schlang die Arme um sie, und sie fühlte sich getröstet und zugleich erregt. Das Gefühl, sicher zu sein, empfand sie nur bei ihm, und sie wollte nicht, dass es endete. Nur der Krieg sollte endlich ein Ende haben. Aber würde er das je? Seufzend kuschelte sie sich an Mark, atmete den Geruch seiner Haut ein, eine Mischung aus Zigarettenrauch und salziger Luft.

In den nächsten zwei Monaten war ihr die Schwangerschaft noch kaum anzusehen. Das *Áo dài* überdeckte die kleine Wölbung, und Nicole trug einen Schal locker um die Schultern gelegt, der sie zusätzlich kaschierte. Da sie sich träge fühlte, verbrachte sie die meiste Zeit lesend im oberen Stock und versuchte, nicht daran zu denken, was sie tun würde, wenn Mark eines Tages nicht mehr zurückkehrte. Aber die Angst verschaffte sich Aufmerksamkeit in ihren Träumen, aus denen sie ein ums andere Mal ängstlich und verwirrt erwachte. Einmal verließ sie das Haus, um Yves zu besuchen, doch die Bäckerei war schon mit Brettern vernagelt.

In der kleinen Küche hinter ihrem Laden kochte Nicole einfache Mahlzeiten. Dabei entwickelte sie einen enormen Appetit auf gedämpften Spinat, den sie mit O-Lan und ihrer Mutter teilte, und auf den knusprigen braunen Reis, der am Pfannenboden angebacken war. Den behielt sie allerdings ganz allein für sich.

Eines Tages beschloss sie, ihren Hof zu verschönern. Mark krempelte die Ärmel hoch und stutzte die Kletterpflanzen an der Hauswand. Nicole schnitt den Jasmin und die Rosen zurück, wobei sie sich die Arme zerkratzte.

Als sie ihm zusah, wie er mit einem großen Bündel Grünzeug von der Leiter stieg, hätte sie beinahe meinen können, es herrschte Frieden im Land und sie wären ein normales Ehepaar, das sich sein Heim einrichtet und sich auf das erste Kind vorbereitet.

»Ich könnte stricken lernen«, sagte sie und lächelte ihn an.

»Für mich bist du nicht der Typ, der Babyjäckchen strickt.«

»Und ich dachte, gerade deshalb liebst du mich.«

Die Lachfältchen an seinen Augen kamen zum Vorschein. »Ich erinnere mich nicht, das gesagt zu haben.«

Aber er liebte sie. Das wusste sie genau. Auch wenn er es nicht aussprach. »Und wie sehr hast du nicht gesagt, dass du mich liebst?«

»Enorm, mächtig, ganz gewaltig.«

»Verteufelt, wie Lisa sagen würde.«

»Ja, genau.«

»Na, wenigstens kann ich kochen.«

»Wenn man angebackenen Reis mag.«

»Oh, das ist nicht fair!«

Er ließ den Grünschnitt fallen und küsste sie hart auf die Lippen. In dem Moment fühlte sie die Tiefe seiner Liebe.

»Wollen wir das Gärtnern abbrechen?«, fragte er.

Nachdem sie sich geliebt hatten, blieben sie im Bett liegen und sahen zu, wie das Tageslicht allmählich verblasste. Als es dunkel war, zündete Nicole die Öllampe auf dem Nachttisch an und fragte Mark nach seiner Familie.

»Da gibt es nicht viel zu erzählen. Meine Mutter war Russin, wie du weißt. Weißrussin.«

»Und daher kannst du Russisch?«

»Ja. Sie kam gerade noch rechtzeitig aus Russland heraus, aber sie hat alles verloren und ist nie richtig darüber hinweggekommen.«

»Wie ist sie gestorben? Oder macht es dich traurig, darüber zu sprechen?«

Er schüttelte den Kopf. »Es war kurz nach meinem zwölften

Geburtstag.« Er schwieg einen Moment lang. »Sie hat sich das Leben genommen, nachdem das neugeborene Baby gestorben war … und ich habe sie gefunden.«

»Oh Gott! Wie furchtbar! Das tut mir so leid für dich!«

»Sie hat sich sehr bemüht, rational zu sein, doch das war sie nie. Sie blieb eine leidenschaftliche Russin und liebte die große Geste.«

»Ihr Selbstmord war eine Geste?«

»Nein. Das nicht. Aber bei anderen emotionalen Krisen neigte sie dazu. Sie stürmte beispielsweise gern aus dem Zimmer. Mein Vater liebte sie, doch er hat sie nie verstanden.«

»Sie hatte ihre Eltern verloren. Sie muss völlig am Ende gewesen sein, als auch noch das Kind starb.«

»Ja. Und nach ihrem Tod war es so schwer. Mein Vater zog sich in sich selbst zurück, und ich fühlte mich haltlos, entwurzelt. Ich wusste nicht mehr, wer ich bin. Vielleicht habe ich deshalb diesen Beruf ergriffen. Da kann ich jemand anders sein.«

Sie nahm seine Hand und strich damit über ihren Bauch. »Ich hoffe, wir können das ein bisschen wiedergutmachen.«

»Ich werde dafür sorgen, dass unser Kleines nie so etwas durchmachen muss.«

»Wir werden glücklich miteinander. Mit dem Baby wird sich alles zum Guten wenden. Du wirst sehen.«

»Mir liegt viel daran, Nicole. Sehr viel. Ich hoffe, du siehst das.« Er küsste sie auf den Nacken und hinter die Ohren, dann auf die Brüste, bis sie zitterte. Danach legte er ein Ohr an ihren Bauch.

»Was hörst du da?«, flüsterte sie.

»Intelligente Unterhaltung.«

Sie schlug ihn mit einem Kissen. »Ich bin müde«, sagte sie. »Hast du Lust zu kochen?«

Er lachte. »Ich könnte angebackenen Reis machen.«

30

Nicole öffnete alle Fenster. Sie liebte das alte Viertel immer mehr: den wunderbaren Duft gebratener Schalotten und gehackter Zwiebeln, die engen Gassen, die offenen Märkte und den Lärm der Händler, die mit ihren Speisen lockten. Dabei ging es ihr zunehmend besser, obwohl ihr anschwellender Leib ein Problem war, über das sie sich Gedanken machen mussten. Unter einem tiefblauen Himmel zog der Geruch von Karamell und Klößen durch die Straßen, und sie hätte nicht glücklicher sein können. Als O-Lan mit zwei randvollen Tüten vom Einkaufen zurückkehrte, war Nicole neugierig.

»Was hast du gekauft?« Sie folgte ihr in die Küche.

»Ich werde dir beibringen, wie man vietnamesisch kocht – richtig, meine ich. Dein gedämpfter Spinat wird langsam langweilig, ganz zu schweigen davon, was er dem Verdauungstrakt meiner Mutter antut. Betrachte es als spätes Mittagessen.«

Nicole lächelte. »Womit fangen wir an?«

»Mit dem Auspacken der Tüten.«

Nicole nahm roten und grünen Salat heraus, dann ein Bündel Koriander, ein Stück Sellerie und ein grünes Blattgemüse. Sie schnupperte. »Zitronig.«

»Guck in die andere Tasche.«

Nicole öffnete sie. »Frische weiße Nudeln. Was kochen wir daraus?«

»*Bun cha*. Aber die wichtigste Zutat hast du noch nicht gefunden: Schweinefleisch. Wir schneiden das Gemüse klein, bereiten die Brühe zu, und dann grillen wir das Fleisch im Hof über Holzkohle.«

In entspanntem Schweigen gingen sie ihren jeweiligen Aufgaben nach: Nicole schnippelte, O-Lan kochte die Brühe.

Nachdem das Fleisch auf dem Grill lag, breitete sich ein köstlicher Geruch aus. Nicole lief das Wasser im Mund zusammen, als O-Lan ihr schließlich ein Stückchen Fleisch zu kosten gab.

»Alles fertig. Lass uns essen«, sagte die Vietnamesin und stellte drei Schalen vor Nicole hin, mit Nudeln, Fleisch und Brühe und mit gehackten Kräutern.

Nicole tat es O-Lan gleich, die von den Kräutern nahm, dann ein paar Nudeln und die Mischung in die Brühe tauchte und dabei ein Stückchen Fleisch aufnahm.

»Schmeckt köstlich«, sagte Nicole, bevor sie sich den zweiten gemischten Happen in den Mund schob. »Danke für die Mahlzeit. Genau das, was ich jetzt brauchte. Nächstes Mal koche ich das für dich.«

Nicole stand still und horchte. Die Nachmittagssonne schien schräg durch die halb geschlossenen Vorhänge. Unten vor dem Laden wurde Französisch gesprochen. Sie hatte O-Lan gebeten, falls jemand kommen und Fragen stellen würde, solle sie sagen, sie wisse nicht, wo die Ladenbesitzerin sei. Ihre Freundin stand zu ihrem Wort, und nach ein paar Minuten zogen die Männer ab. Nicole spähte durch die Vorhänge und sah sie weggehen. Ihre Zuversicht löste sich in nichts auf, als sie Giraud unter ihnen erkannte.

O-Lan kam die Treppe herauf. »Hast du das gehört?«

Nicole nickte.

»Was, wenn sie mich verhaften, weil ich dir Unterschlupf gewähre? Ich muss an meine Mutter denken.«

»Sie werden dich nicht verhaften.« Nicole sah nach, ob die Männer wirklich fort waren, dann zog sie die Vorhänge ganz zu. Dabei starrte O-Lan auf ihren Bauch und bemerkte zum ersten Mal, dass er gewachsen war.

»Meine Güte, was hast du getan? Du bist nicht verheiratet.«

»Sei doch nicht so altmodisch! Freust du dich nicht für mich?«

»Seit wann ist es altmodisch, für sein Kind einen Vater zu wollen? Ist es von Tran?«

»Nein. Wir waren nur ein Mal zusammen, lange bevor wir nach Norden gegangen sind.«

»Von Mark?«

»Ja.«

»Aber begreifst du nicht, dass du mit einem Kind, das nicht vietnamesisch aussieht, hier nicht durchkommst? Nicht, wenn …«

Plötzlich war die Luft zu dick zum Atmen.

»Bitte verrat es niemandem!«

»Natürlich nicht. Aber wenn die Franzosen wieder schnüffeln kommen, muss ich an meine Mutter denken.«

Nicole nickte.

»Wir müssen dich vielleicht von hier wegschaffen, vielleicht nach Frankreich, wo dein Kind nicht so … anders aussieht.« Sie sprach leise und hielt inne, um die Vorhänge beiseitezuschieben und aus dem offenen Fenster zu schauen.

»Was ist los?«

O-Lan drehte sich zu ihr um. »Wenn die Vietminh siegen, wird dein Kind hier nicht sicher sein.«

Nicole überlegte, ob es in Hue anders wäre. Sie dachte an das Haus dort und die Farben des Parfümflusses. An ihre Radtouren am Ufer unter den Bäumen und die Blüten, die in den Fluss fielen. Ihr Baby könnte dort eine glückliche Kindheit haben.

»Ich überlege gerade, ob wir nach Hue ziehen sollten.«

O-Lan schüttelte den Kopf. »Nicht, wenn die Vietminh siegen. Selbst da wärt ihr nicht sicher.«

»Du meinst, das werden sie?«

O-Lan nickte. »Ganz bestimmt. Und du weißt es auch. Alles wird sich ändern.«

Nicole schlug nach den Mücken, die ihnen um den Kopf schwirrten. »Hast du etwas gehört?«

O-Lan nickte und neigte sich näher heran. »Ein Brief von

Tran«, flüsterte sie. »Er schreibt, die Vietminh rücken immer weiter vor. Er bittet mich, ein Auge auf dich zu haben, bis er zurückkommt.«

»Er will also wieder hierherkommen?«

»Ja, aber vorerst noch nicht. Du brauchst dir also keine Sorgen zu machen. Aber früher oder später musst du von hier fort. Hast du Geld?«

»Nicht viel. Nur das, was auf dem Geschäftskonto liegt. Und natürlich den Gegenwert der Waren. Aber Mark wird mir bestimmt helfen.«

Nachdem sie sich noch eine Weile unterhalten hatten, ging O-Lan nach nebenan. Zu dieser Tageszeit wurde es draußen ruhiger, und die Welt fiel in eine langsamere Gangart, bevor es richtig dunkel wurde. Nicole ging wieder nach unten, und um sich die Zeit zu vertreiben, zerstieß sie Reis im Mörser. Das befriedigte ihr Bedürfnis nach Beschäftigung. Mit dem Mehl würde sie in dem Ofen draußen im Hof Reisplätzchen backen.

Erneut zog sie in Betracht, stricken zu lernen. Ihr Baby würde etwas zum Anziehen brauchen. Lisa hatte die alten Säuglingssachen in Seidenpapier eingeschlagen und in einer zinkverschalten Truhe gelagert. Ein paar davon sollten noch brauchbar sein – vielleicht sollte sie einmal in der Villa nachsehen.

Nicole zog sich ihr Nachthemd an und setzte sich im Hof auf die Bank. Der dunkle, blutunterlaufen wirkende Himmel verblasste dort, wo er an die Dächer stieß, zu Rosa. Ein leichter Wind trug die abendlichen Gerüche heran, die Nicole so mochte: von Rosen und Jasmin, aber auch von Zigaretten und von grünem Laub und Erde. Mark hatte versprochen, an diesem Abend wiederzukommen. Sie wollte nicht an Giraud oder Tran denken, an nichts, was ihren Frieden stören konnte. Später hackte sie Zwiebeln, Knoblauch und Paprikaschoten und dünstete sie, und als sie weich waren, gab sie alles zusammen zu dem Reismehl und formte Plätzchen daraus. Als die Holzkohle glühte, legte sie die Teigfladen auf den Grill. Die fertigen Reisplätzchen legte sie in eine Schüssel für Mark.

Die Abendessenszeit verging. Es wurde etwas kühler und fing zu nieseln an. Nicole lief nach oben und holte sich einen Schal. Sie wollte wieder nach draußen gehen, um die Sterne zu betrachten, sofern es Lücken zwischen den Wolken gab, doch dazu sollte es nicht kommen. Als sie sich den Schal umlegte, hörte sie ein Geräusch und fuhr herum.

»Mark! Ich bin so froh, dich zu sehen!« Sie lächelte ihn an. »Aber wo bist du gewesen? Ich habe für dich gekocht.«

»Das musst du nicht, Nicole.«

Sie zog die Brauen zusammen. »So habe ich es nicht gemeint. Ich war in Sorge. Giraud war heute hier.«

»Wirklich?«

Sein Blick war wie ein Schlag ins Gesicht. »Glaubst du mir nicht?«

Er schaute sie prüfend an, gab jedoch keine Antwort.

Sie roch Alkohol an ihm und wurde unsicher. »Ich habe mir Sorgen gemacht, Mark, und als es immer später wurde …«

»Du bist hier ziemlich sicher. Der Mann hat die Tür bewacht, oder nicht?«

»Und Giraud?«

Er seufzte. »Vergiss Giraud.«

»Warum? Ist etwas passiert?« Plötzlich müde, setzte sie sich auf das Sofa.

Er gab keine Antwort, sondern nahm einen Brief aus der Hemdtasche, dann zog er sich einen Sessel heran und setzte sich ihr breitbeinig gegenüber.

Nicole hörte auf der Straße Leute streiten, aber ein gutes Stück weit weg. Nichts, was sie beunruhigen sollte. Inzwischen regnete es, und die Tropfen fielen platschend aufs Dach. Sie konnte Marks Blick nicht deuten, doch sie spürte, dass etwas im Argen lag. Normalerweise setzte er sich nicht auf diese Art und Weise vor sie und musterte ihr Gesicht.

»Wir hatten eine unstete Beziehung, nicht wahr, Nicole?«

Ihr Mund wurde trocken, und sie fuhr sich mit der Zunge über die Lippen.

»Willst du nicht wissen, von wem der Brief ist?«

»Doch, natürlich.«

Er nahm eine Zigarette aus einem Päckchen, zündete sie mit einem Streichholz an und warf es in den Papierkorb.

»Mark!«

»Es geht von selbst aus.« Er lehnte sich zurück.

Sie beobachtete ihn aufmerksam. Das war ein ganz anderer Mark, und der gefiel ihr nicht.

Er räusperte sich. »Warum hast du wegen Sylvie gelogen?«

Sie wischte sich über die Stirn. Es war schrecklich heiß. »Du hast getrunken!«

Mark starrte sie an, und Nicole sah seine Verwirrung. »Ich habe zwei Neuigkeiten. Erstens: Ich habe jetzt die vollständige Adresse von Lisas Schwester. Ich dachte, wenn es zum Schlimmsten kommt, könntest du zu ihr gehen.«

»Oh, das ist wunderbar! Ich …«

Er schnitt ihr das Wort ab. »Und das ist ein Brief von deiner Schwester.«

Sie zog die Brauen in die Höhe. »Aber ich dachte, die Post wird zurückgehalten.«

»Sie braucht länger, aber sie kommt an.« Er rang sichtlich nach Worten. Dann sagte er leise: »Das hättest du vielleicht bedenken sollen.«

Seine Worte trafen sie tief. Sie griff nach einem hübsch gestreiften Seidenkissen und drückte es an sich. »Ich weiß nicht, was du meinst«, erwiderte sie, aber die Worte blieben ihr beinahe im Hals stecken.

An seinem Hals pochte eine Ader. Mark kniff die Augen zusammen und blickte sie weiter prüfend an. »Ich weiß, du hattest immer Probleme mit deiner Schwester. Sylvie hat mir davon erzählt.«

Nicole keuchte empört auf. »Es war genau andersherum. *Sie* hatte Probleme mit *mir*.«

»Sie hat vorausgesehen, dass du das sagen würdest. Sie hat mir erzählt, wie sehr sie sich um dich bemüht hat, damit du glücklich bist.«

»Da hat sie gelogen. So war es nicht. Sie hat versucht, mich zu ertränken.«

Er schüttelte den Kopf. »Ich weiß nicht mehr, was ich glauben soll. Aber ich weiß, dass *du* mich belogen hast. Verstehst du nicht? *Du* hast mich getäuscht. Und das tut weh.«

»Mark, bitte!«

»Alles hat immer nur mit deiner Schwester zu tun, stimmt's?« Er stand auf und ging ans Fenster, um auf die Straße zu schauen. Es dauerte lange, bis er sich wieder umdrehte und Nicole ansah.

Ihre Wut flammte auf. »Na, wenn es Sylvie ist, die du willst, warum gehst du dann nicht zu ihr?«

»Herrgott noch mal, Frau, du weißt genau, dass ich es so nicht meine! Ich will Sylvie nicht. Aber ich fühle mich manipuliert. Von dir. Wieso hast du gedacht, du müsstest mich anlügen?«

»Ist das nicht offensichtlich? Weil ich annahm, du würdest noch etwas für sie empfinden.«

»Du hast mir nicht geglaubt, als ich gesagt habe, dass zwischen ihr und mir nichts war. Ich habe versucht, dir zu zeigen, wie stark meine Gefühle für dich sind.«

Nicole biss sich auf die Innenseite der Wange, bis sie Blut schmeckte.

»Die ganze Zeit über warst du es, die mich belogen hat. Ich habe dir vertraut, Nicole. Inzwischen gibt es kaum noch jemanden, dem man vertrauen kann. Doch dir habe ich immer vertraut.«

»Aber du kannst mir vertrauen.«

»Nein. Es gab zu viele Lügen in meinem Leben, zu viele Doppelleben, zu viele verschiedene Versionen von mir. Ich dachte, bei dir bin ich ein besserer Mensch, so wie ich wirklich bin, und nun sehe ich, dass alles auf einer Lüge gründete.«

»Du warst von meiner Schwester besessen.«

»Du bist es, die von ihr besessen ist. Das ist nicht gut, Nicole. Du glaubst, du lebst in ihrem Schatten, aus welchem Grund auch immer. Aber das musst du nicht. Du bist schön, großzügig und liebevoll und alles, was ich je wollte.«

Er kam zu ihr, und jetzt, da er ihr nahe war, machte er ein unglückliches Gesicht. Sie blickte in seine Augen, und eine Träne glitt ihre Wange hinunter.

»Wir sind glücklich gewesen, Mark. Das weißt du.«

Er strich ihr den Pony zur Seite, sagte aber nichts. So schauten sie einander minutenlang an. Es war kein Geräusch zu vernehmen, und Nicole fühlte sich von der Stille verschluckt. Sie rührte sich nicht, blinzelte nicht mal. Der Gedanke, zwischen ihnen könnte jetzt Schluss sein, war unerträglich. Was bedeutete Giraud schon? Wie konnte irgendetwas anderes wichtig sein?

»Ich bereue, dass ich dich angelogen habe«, sagte sie. »Es tut mir ehrlich leid. Lass uns jetzt essen.« Sie stand auf und streckte ihm die Hände hin. Er nahm sie nicht. »Mark. Bitte.«

Sie fing an zu zittern. Etwas Furchtbares schnappte nach ihrem Herzen, und sie fühlte sich so einsam, dass es körperlich schmerzte. Nicole schloss die Augen, und alles kam ihr verworren vor, während sie ihn hin und her gehen hörte. Sie fühlte sich abgeschnitten, ohne jede Bindung. Nach ein paar Minuten fand sie die Sprache wieder. »Was hat Sylvie geschrieben?«

»Sie ist auf dem Weg hierher. In dem Brief, den sie für dich zurückgelassen hat, hat sie dir geschrieben, dass sie wiederkommt, nicht wahr?«

»Du hast mich auch angelogen und behauptet, du wärst Seidenhändler.«

»Das war etwas anderes.« Nach kurzem Schweigen kam er zu ihr zurück. »Ich brauche Zeit zum Nachdenken.«

Nicole starrte auf seine düstere Miene, dann schob sie ihn weg und lief zu ihrem Bett, warf sich darauf und rollte sich mit dem Gesicht zur Wand zusammen. Sie hörte, wie Mark die Treppe hinunterstieg, dann verklangen seine Schritte. Ein paar Augenblicke später war nur noch der Regen auf dem Dach zu hören. Sie blieb reglos liegen. Die einsame Dunkelheit hüllte sie ein, der Regen prasselte immer stärker, und der Geruch von süßem, klebrigem Reis zog aus einem Nachbarhaus herein.

Da erst weinte sie und konnte nicht mehr damit aufhören. Sie durchnässte das Kissen und war so aufgewühlt wie noch nie. Trost suchend legte sie die Hände an den Bauch. Die ganze Nacht lang trieb der Wind den Regen gegen die Fenster, und sie trauerte um Mark.

Bei Sonnenaufgang dachte sie an ihre Schwester. Wann würde Sylvie ankommen? Wann hatte sie den Brief geschickt? Hatte Mark ihr geantwortet? Hatte er geschrieben, dass sie schwanger war? Hielt er das verzerrte Bild wirklich für überzeugend, das Sylvie ihm über ihre Beziehung in der Kindheit gezeichnet hatte? Als O-Lan nach ihr rief, fühlte Nicole sich vollkommen elend.

Sie hatte Bauchschmerzen, und da sie um das Kind bangte, schob sie die Füße in die Pantoffeln und machte sich auf den Weg zum unteren Bad. Zusammengekrümmt stieg sie die Treppe hinunter. O-Lan kam ihr entgegen und stützte sie.

»Du siehst nicht gut aus. Soll ich dir einen Tee kochen?«

Nicole hockte sich auf den Wannenrand und beruhigte sich. Danach kühlte sie ihr Gesicht mit kaltem Wasser und wusch sich die Haare mit einem Shampoo, das nach Wildrosen duftete. Sie wünschte sich ihr Kind mit einer Inbrunst, die sie nicht für möglich gehalten hätte. Das Baby war der einzige Lichtschimmer in dieser Katastrophe.

O-Lan brachte ihr eine Tasse Tee, die Nicole in einem Zug hinunterstürzte.

»Was ist passiert?«

»Mark ist fort.«

O-Lan seufzte. »Wird er zurückkommen?«

»Ich weiß es nicht.«

Während Nicole mit widersprüchlichen Gefühlen rang, vertiefte sich ihr Schmerz immer mehr, und sie fing an zu schluchzen. Sie besaß einen unabhängigen Geist und hatte sich nie an ihre Liebe zu ihm verlieren wollen. Zum ersten Mal in ihrem Leben hatte sie sich vollkommen akzeptiert gefühlt, und dadurch hatte sie den alten Zwiespalt in sich überwunden geglaubt.

O-Lan kam und legte einen Arm um sie.

Aber Nicole war mit den Nerven am Ende und sah alles schwarz. Wenn Mark nicht mehr zu ihr zurückkehrte, wie sollte sie die Situation allein bewältigen mit einem Säugling, der nicht einmal vietnamesisch aussah? Ihr winkte eine Zukunft, die ihr nur noch Angst machte.

31

Eine Woche später schlief Nicole nachmittags oben auf dem Sofa und wurde allmählich wach, weil sie die Anwesenheit von jemandem im Zimmer spürte. Als sie blinzelte, blickte sie unmittelbar in Marks blaue Augen.

»Wie lange bist du schon hier?«

»Kannst du mir verzeihen?«, bat er. »Dass ich so ein Idiot war?«

Trotz seines kummervollen Blicks wandte sie sich aus Stolz ab. Mark sollte nicht sehen, wie sehr er ihr gefehlt hatte. Sie wollte ihm tausend Dinge sagen, konnte es aber nicht, und das Zimmer schien von unausgesprochenen Gedanken und Gefühlen zu vibrieren. Sie fühlte sich innerlich angespannt, und um der Intensität auszuweichen, starrte sie in den Lichtschein der Lampe auf dem Boden.

»Ich denke, du solltest gehen.«

»Wenn du das wirklich willst. Willst du das?«

Er hatte sie zum Lachen gebracht, er hatte sie zum Weinen gebracht, und jetzt war er hier, bat sie um Verzeihung und war die Reue selbst. Was dachte sie sich dabei, ihn wegzuschicken?

»Ich brauchte Zeit, um mir Klarheit zu verschaffen.« Er senkte den Kopf. »Es tut mir aufrichtig leid.«

Sie drehte sich zu ihm um und überlegte einen Moment. »Schau mich an, Mark.«

Er hob den Kopf.

»Du siehst müde aus.«

»Ich habe die vergangenen sieben Nächte kaum geschlafen, aus lauter Sorge um dich, um uns, um das Baby. Es gibt so viel zu sagen, und doch bringe ich es offenbar nie über die Lippen. Es brennt in mir. Ich …«

Sie unterbrach ihn. »Ich brauche Geld, um nach Frankreich auszureisen.«

Er sah sie an, als hätte sie ihn geohrfeigt, und es folgte ein langes Schweigen.

»Ich werde dir helfen«, sagte er dann. »Natürlich. Aber ich will unser Kind gemeinsam mit dir großziehen. Ich liebe dich, Nicole.«

Sie blickte zu Boden, während ihr Herz Purzelbäume schlug. Dann geschah etwas mit ihr, als lockerte sich plötzlich ein Draht, der zu fest gezurrt gewesen war. Es war ungewiss gewesen, ob er zu ihr zurückkehren würde. Und nun konnte sie ihn nicht zurückweisen, denn sie liebte ihn wie ihr Leben. Als er neben ihr auf die Knie ging, neigte sie sich zu ihm und ließ sich umarmen.

»Du bist wundervoll, Nicole. Zweifle nie daran. Und wir werden jede Schwierigkeit zusammen in Angriff nehmen.«

Sie nickte. »Du hast vorhin gesagt, ich hätte Probleme mit Sylvie, doch das ist nicht wahr. Ich habe sie immer geliebt, aber sie …«

»Ich weiß. Hör zu, ich habe Lisas Adresse und ihre Telefonnummer. Ich habe sie sogar erreichen können. Sie hat mir alles erzählt, was am Tag deiner Geburt passiert ist.«

Nicole lächelte. »Geht es ihr gut?«

Er nickte und schaute zu Boden, bevor er weitersprach. »Es gibt noch etwas, das ich dir sagen muss. Ich habe mit Sylvie verdeckt ermittelt.«

»Aber das weiß ich doch. Es ging um die dritte militärische Kraft, weißt du noch?«

»Ich dachte nur, dass du vielleicht deshalb auf die Idee gekommen bist, ich hätte eine Beziehung mit ihr.«

Nicole schüttelte den Kopf. »Sie hat mich das glauben lassen.«

»Mit deinem Vater habe ich ebenfalls zusammengearbeitet.«

»Das wusste ich auch, aber nicht, warum.«

»Man hat ihn zum Leiter der Terrorabwehr gemacht.«

Stirnrunzelnd versuchte sie zu verstehen und forschte in seinem Gesicht.

Er hielt dem Blick stand. »Ich habe angenommen, das hättest du erraten.«

»Ich wusste nur, dass er offiziell für die Regierung arbeitet, mehr nicht.«

»Als Fassade. Sein Ruf war exzellent, und er galt als geschickter Verhandlungsführer. Meine Tarnung als Seidenhändler hat mir nicht gepasst, besonders nicht dir gegenüber. Doch bei einem Job, in dem man mehr als einen Pass braucht, ist das nun mal so.«

»Aber was ist nun mit meiner Schwester? Du hast sie doch geküsst. Das habe ich gesehen. In der Ballnacht, im Weinkeller.«

Er schaute sie erschrocken an. »Du hast es gesehen? Hat sich deshalb alles geändert?«

Sie nickte. »Zum Teil.« War das der richtige Moment, um die Erschießung anzusprechen? Endlich der Moment für Ehrlichkeit?

»Aber da gab es nichts zu sehen. Es war bloß ein harmloser Kuss auf die Wange. Ich wollte Sylvie nur trösten, und an dem Abend …«

Ihr wurde schwindlig, als sie an den Gestank des Todes dachte. »Ich weiß, was da passiert ist.«

Er schaute verdutzt, und die Falten zwischen seinen Brauen wurden deutlicher. »Sie hat es dir erzählt?«

»Nein, sie hat mir nur erzählt, du würdest das Geld auftreiben, um eine dritte Macht in Vietnam zu unterstützen.« Sie zögerte. »Ich habe gesehen, wie mein Vater Trans Bruder erschoss.«

»Grundgütiger, ich hatte keine Ahnung! Aber wie kam das?«

»Ich bin dir in den Keller gefolgt. Das Guckfenster in der Tür war nicht abgedeckt.«

»Der Abend war zu viel für Sylvie. Sie war emotional angespannt, zerbrechlich. Ich habe gesehen, dass sie unter Schock stand.«

»Es war furchtbar, wirklich furchtbar.«

Er nickte. »Das war es. Aber ich möchte noch etwas anderes sagen. Was immer du glaubst, gesehen zu haben, es war kein richtiger Kuss. Und auch in den Staaten waren wir nie miteinander intim, egal, welchen Eindruck sie bei dir erweckt hat.«

Nicole war zutiefst erleichtert und fühlte sich augenblicklich besser.

»Kurz nach dem Ball ist deine Schwester dann für ein paar Tage verschwunden, um uns Angst zu machen – deinem Vater und mir, meine ich.«

»Emotionale Erpressung?«

»Dein Vater hat verbreitet, sie würde eine Auszeit brauchen. Sie hat erkannt, dass es zwischen ihr und mir nichts geben würde. Aber sie ist ein viel schwierigerer Mensch, als die Leute gemeinhin annehmen. Als dein Vater das einsah, hatte er ihr schon das Unternehmen überlassen. Ich war ehrlich gesagt erleichtert zu hören, dass sie nicht mehr hierher zurückkommen würde. Es war nicht immer ganz einfach, mit ihr zu arbeiten.«

Nicole schüttelte den Kopf. Wie konnte sie so wenig über ihre Schwester gewusst haben?

Es war jetzt dunkel im Zimmer, und sein Gesicht war nicht mehr zu erkennen, aber sie zweifelte nicht an seiner Ehrlichkeit. Ein paar Minuten lang saßen sie still da, und sie lauschte seinem Atem. Sein Rhythmus hatte sich geändert, und ihr wurde auf einmal schmerzlich bewusst, dass er lautlos weinte. Der Vater ihres Kindes. Es schnitt ihr ins Herz.

»Oh, Mark!«

Seine Tränen erschütterten sie. Sie neigte sich zu ihm, und er hielt sie fest. Nicole roch an seinen Haaren, fühlte seine Körperwärme. »Ich dachte, ich hätte dich verloren«, flüsterte er.

»Ist schon gut«, sagte sie. »Alles wird gut.«

Das Land befand sich in einer Ausnahmesituation. Menschen veränderten sich, verhielten sich untypisch. Das Leben mit der Gefahr brachte ihre Schattenseiten ebenso wie Tapferkeit hervor, und sie wusste nur zu gut, dass Menschen manchmal zu etwas gezwungen waren, das sie nicht tun wollten.

»Ich verspreche, dass ich dir nie wieder wehtun werde«, sagte er.

»Mir tut auch leid, wie ich mich verhalten habe. Ich hätte dir vertrauen und dir die Wahrheit sagen sollen. Ich habe gelogen, weil ich dich liebe und Angst hatte, du könntest Sylvie wollen und nicht mich. Ich hatte Angst, dich zu verlieren.«

»Wie dumm wir waren!«, erwiderte er. »Du wirst mich nie verlieren.«

Nicole spürte, wie sie sich entspannte. Draußen auf der Straße hörte man Kinder lachen. Sie stand auf, um aus dem Fenster zu sehen, dann schaltete sie eine Lampe an. Marks Gesicht wurde von der Seite beschienen, und sie betrachtete gerührt die Linien und Mulden.

»Hast du etwas von Giraud gehört?«

»Der hat alle Hände voll zu tun. Sein Sohn Daniel wurde von einem Heckenschützen erschossen, in einem Dorf nördlich von Hanoi.«

Sie bekam eine Gänsehaut. »Wie schrecklich! Das tut mir leid.«

»Giraud ist ein Wrack. Trinkt maßlos. Außerdem versucht er, mit dem Zustrom der Flüchtlinge aus den Randbezirken fertigzuwerden. Das gelingt ihm nicht allzu gut.«

Sie nickte. »Ich dachte, die Straßen sind überfüllt.«

»Es handelt sich um hochrangige Vietnamesen, die die Franzosen unterstützt haben. Sie denken, ihre Tage sind gezählt, und wollen auf irgendeinem Weg nach Saigon.«

»Vielleicht können wir auch dorthin?«

»Vielleicht. Hast du Hunger?«

Sie gingen in den Hof hinunter an den Holzkohlegrill, und während Mark Zwiebeln in Scheiben schnitt und briet, dachte Nicole über das nach, was er gesagt hatte. Die Menschen waren so kompliziert. Kein Mensch war nur gut oder nur schlecht. Tran zum Beispiel oder sogar Giraud. Der Polizeichef war gerade halb verrückt vor Trauer.

»Tran könnte uns gefährlich werden, wenn er wieder hier ist«, sagte sie. »Er ist eigentlich kein schlechter Mensch, aber jetzt, da man mir die Schwangerschaft ansieht …«

Mark drehte sich zu ihr um. »Hast du etwas gehört?«

»O-Lan hat einen Brief bekommen. Sie hat mir geraten, nach Frankreich zu gehen.«

»Kann man ihr trauen?«

»Ganz sicher. Sie sagt, es wird noch eine Weile dauern, bis er zurückkommt.« Auch wenn sie Tran verteidigte, hatte Nicole gesehen, wie grausam er sein konnte, und ihn möglicherweise wiederzusehen machte ihr Angst.

»Wenn ich von meinem Einsatz wieder zurück bin, überlegen wir, wie wir dich nach Frankreich bringen. Wie klingt das?«

Ihr kamen die Tränen. »Bitte geh nicht schon wieder!«

Er kam zu ihr und nahm sie in die Arme. »Ich muss, das weißt du doch. Das ist der Krieg. Nachdem die Vietminh so viel an Boden gewonnen haben, sollen unten im Süden Operationen vorbereitet werden. Ich muss nach Saigon und, wie gesagt, irgendwann nach Russland.«

Sie hielt ihn auf Armeslänge von sich. »Russland, ich wage kaum daran zu denken. Wird dir auch nichts passieren?«

»Ich kann nicht so tun, als wäre es ungefährlich. Die Russen unterstützen die Vietminh, liefern Waffen und dergleichen. Wir müssen herausfinden, was sie sonst noch tun. Und wen sie verstecken.«

Nicole ließ den Kopf hängen und wischte sich die Tränen aus dem Gesicht.

»Keine Sorge. Und wenn du dich gegen Frankreich entscheiden solltest – ich habe Freunde in den Staaten, die uns helfen werden.« Er hob ihr Gesicht an und küsste ihre feuchten Wangen. »Diesmal bin ich nicht so lange weg, später allerdings vielleicht für ein paar Monate. Aber bis dahin werden wir etwas für dich arrangiert haben.«

Sie blickte ihm in die Augen und betete, es möge so kommen, wie er sagte.

»Falls du ganz plötzlich von hier wegmusst, dann gehst du nach Frankreich und hinterlässt in der amerikanischen Botschaft in Paris deine Adresse. Oder du gehst zu Lisa. Sie lebt in Narbonne, Rue des Arts, beim Kanal.« Er holte einen kleinen Zettel hervor. »Hier hast du die Adresse. Ich werde dir Geld schicken.«

»Ich muss noch mal in die Villa, um die Babysachen von Sylvie und mir zu holen. Lisa hat sie damals weggepackt.«

»Aber tu das bald, und dann bleib hier, bis ich zurück bin. Es sollte höchstens zwei Wochen dauern.«

Sie hielt sich vor Augen, dass sie den Mut gefunden hatte, die schreckliche Flucht nach Süden ganz allein zu bewältigen, obwohl sie dabei fast umgekommen wäre. Ihre nächste Flucht mochte nach Frankreich und zu Lisa führen, und es würde vielleicht früher als später der Fall sein. Hoffentlich nicht ohne Mark.

»Was immer geschieht, ich werde dich niemals im Stich lassen. Nicht, solange ich lebe. Vergiss das nie.«

Und da war es wieder, das Gespenst des Todes.

Nicole liebte Vietnam mit ihrer ganzen Seele. Hier war sie geboren und aufgewachsen. Es würde ihr schwerfallen, ein Land zu verlassen, das sie so tief geprägt hatte. Sie liebte aber auch Mark, und der Gedanke, ohne ihn wegzugehen und nicht einmal zu wissen, wo er gerade war, setzte ihr sehr zu. Doch schon während sie das dachte, keimte eine weitaus schlimmere Angst in ihr auf. Sie würde einen Weg finden, um die kommende finstere Zeit zu überstehen, und es spielte eigentlich keine Rolle, wohin Mark ging. Wichtig war nur, dass er zurückkehrte.

»Komm heil wieder, Mark«, sagte sie und griff nach ihm. »Komm einfach zurück.«

IV

Der Geruch nach Fisch

Oktober 1953 bis Mai 1954

32

Nachdem sie sich umgezogen hatte und wieder französisch aussah, legte sie ein Paar Perlenohrringe an. Es hatte aufgehört zu regnen, und die Sommerhitze war längst vorüber, aber die höchste Tagestemperatur war noch nicht erreicht. Nach dem Regenguss waren jetzt auf den Straßen viele Leute unterwegs, als hätten sie alle ein dringendes Bedürfnis nach frischer Luft, und die Fußgänger, Radfahrer und Fahrradtaxis kamen kaum noch durch.

Nicole verließ das Haus nur probehalber, um zu sehen, ob sie sicher zur Villa gelangen und die Babysachen holen könnte. Sie ging an einer Pagode vorbei, wo viele Menschen mit Koffern hinströmten, und mischte sich unter die Menge. Aber als sie am Ende der Rue de la Soie zur Kreuzung gelangte, stellte sie fest, dass es von französischen Polizisten nur so wimmelte. Daher kehrte sie schleunigst in ihren Laden zurück, ohne sich auch nur einmal umzudrehen.

Am späten Nachmittag schien draußen wieder ein normaler Betrieb zu herrschen. Mit einer großen Segeltuchtasche stellte Nicole sich an die Straße, um ein Fahrradtaxi heranzuwinken, das sie zur Villa bringen sollte. Während sie wartete, drehte sie den Kopf zum Schaufenster, in dem die Stoffe, nach Farbschattierungen geordnet, aufgereiht lagen, in Magenta, Gelb, Grün und Blau. Die Farben leuchteten. Wie in einem Bonbonladen, dachte sie. Sie hatte eine schöne Zeit in ihrem Seidenladen verlebt, trotz allem, doch jetzt musste sie an die Zukunft denken. Zu jeder anderen Zeit hätte sie ihr Kind im vietnamesischen Viertel großziehen können. Da die Vietminh und mit ihnen Tran offenbar näher kamen, musste sie wohl oder übel einsehen, dass sie in Gefahr schwebte. In

Hue wäre sie auch nicht viel sicherer, und sie hatte mit eigenen Augen gesehen, was in den Lagern vorging. Sie stellte die Tasche hin und griff sich mit beiden Händen an den schmerzenden Rücken, drückte fest in die Stellen, wo es am meisten zwickte.

Als sich der Himmel indigoblau färbte, beschirmte sie die Augen gegen die schrägen Sonnenstrahlen und spähte die Straße hinunter. In einer schattigen Gassenmündung gegenüber standen zwei Männer und rauchten, eine Tür weiter badete eine Mutter ihr Kind in einer Wanne auf dem Bürgersteig, und eine alte Händlerin packte ihre Waren in einen breiten Korb und machte Feierabend. Ein paar Geschäfte hatten schon zugemacht, und andere würden auch gleich schließen. Der zahnlose Mann, der gekochte Erdnüsse verkaufte, war bereits heimgegangen. Als eine junge Frau vorbeiging, stieg Nicole ein Moschusparfüm in die Nase. Aus einem Fenster schallte monotoner Gesang nach draußen, und kurz summte Nicole mit. Schließlich entdeckte sie ein Fahrradtaxi, das sich von der fernen Allee näherte, und wurde plötzlich traurig. Sie würde das alles schrecklich vermissen, doch damit musste sie sich abfinden. Und erneut hoffte sie wider jegliche Vernunft, es könnte sich alles zum Besseren wenden.

Wie berauscht von dem Geruch nach Holzkohle und Ingwer, empfand sie eine träumerische Trägheit. Selbst der Gedanke an Sylvies Rückkehr beunruhigte sie nicht. Das muss mit der Schwangerschaft zusammenhängen, dachte sie und schloss kurz die Augen, um die Atmosphäre besser in sich aufzunehmen. Mark liebte sie, und alles andere war unwichtig. Sie öffnete die Augen. Das Fahrradtaxi würde gleich auf ihrer Höhe sein. Sie winkte und bückte sich, um ihre Tasche hochzunehmen, sah, dass eine Schnalle halb geöffnet war, und nahm sich den Moment, um sie zu schließen. Dabei bemerkte Nicole nicht, wie die zwei Männer von der Gassenmündung die Straße überquerten, doch als sie sich aufrichtete, waren sie nur noch einen Meter entfernt.

Das Fahrradtaxi hielt bei ihr, und ein Passagier stieg aus. Es war Giraud. Erschrocken nahm sie wahr, dass er seine wässrigen Augen auf sie richtete. Sie fuhr panisch herum, aber die zwei Männer hatten sie bereits in die Mitte genommen.

Giraud räusperte sich. »Nicole Duval. Sie sind festgenommen. Sie werden in die Maison Centrale gebracht, wo Sie bis zur Anklage bleiben.«

»Weshalb? Wessen werde ich angeklagt?«

Er lachte. Es klang verächtlich und ließ erkennen, wie sehr er des Lebens überdrüssig war. »Sie sind aus Ihrem Hausarrest ausgebrochen, und vor allem sind Sie eine Verräterin.«

»Seit wann wissen Sie, dass ich hier bin?«

»Sagen wir, Sie standen unter Beobachtung.«

Voller Angst blickte sie sich hastig nach einem rettenden Ausweg um. Nachdem sie nichts dergleichen entdeckte, bemerkte sie Girauds selbstgerechten Gesichtsausdruck. »Aber sehen Sie denn nicht, dass ich ein Kind erwarte? Ich bin im fünften Monat.«

Er grinste und entblößte die teefleckigen Zähne. »Ich habe Sie schon immer für eine Vietminh-Hure gehalten.«

»Das Baby hat mit den Vietminh nichts zu tun.«

»Erzählen Sie das dem Richter!«

Nicole straffte die Schultern und ließ sich mit erhobenem Kopf Handschellen anlegen. Sie würde vor diesem widerlichen Kerl nicht noch einmal weinen. Angst bekam sie dennoch, und alles, was sie je über das Gefängnis *Hoa Lò* gehört hatte, fiel ihr wieder ein. Als sie mit Giraud in das Fahrradtaxi stieg, zitterte sie sichtlich.

Während der ersten vierundzwanzig Stunden behielt sie ihren Optimismus, obwohl die Geschichten über dieses Gefängnis nicht übertrieben hatten. Nachts stank es nach ranzigem Fett und tagsüber nach verwesendem Fisch. Licht kam nur durch ein kleines rundes Fenster, und es war so feuchtheiß, dass Nicole glaubte zu ersticken. Hundert Mal bekam sie Herzrasen. Sie kämpfte gegen ihr Selbstmitleid, und wenn sie nicht gerade in Panik war, machte die Langeweile sie verrückt. Wäre sie doch nur nach Frankreich gegangen, als O-Lan es ihr geraten hatte!

Man hatte sie in einen Käfig gesperrt, die Handgelenke an die Wand gekettet, die Füße an eine Eisenstange am Boden, die sich auf einer Höhe mit ihrer Betonbank befand. Die französischen Wärter brachten bei Tagesanbruch eine Blechdose voll Wasser herein, machten sich aber einen Spaß daraus, einen Teil zu verschütten. Alle anderen Häftlinge im Frauentrakt waren Vietnamesinnen. Nicole sprach die Gefangene im Nachbarkäfig an, eine abgemagerte Frau mit glasigen Augen, aber die spuckte auf den Boden und drehte den Kopf weg.

Nicht zum ersten Mal erlebte Nicole die Brutalität der Kolonialherren, aber bisher war sie nicht gegen sie selbst gerichtet gewesen. Am zweiten Tag in der eintönigen Zelle bekam sie Rückenschmerzen und sehnte sich danach, die Schmerzen zu lindern. Sie hatte enorme Mühe, den Harndrang zu beherrschen, da mit der Schwangerschaft der Druck auf ihre Blase stark gewachsen war. Nicht immer gelangte sie rechtzeitig auf den Eimer. Dann war sie gezwungen, sich an ihrem Platz zu erleichtern. Ihre Kehle war ausgedörrt, und Nicole fürchtete, der Flüssigkeitsmangel könnte ihrem Kind schaden.

Warum hatte das gerade passieren müssen, als Mark fort war? Wäre er noch da, würde er einen Weg finden, um sie aus dem Gefängnis zu holen, ganz sicher, zum Beispiel wegen Gefährdung der Schwangerschaft. Es verschaffte Nicole ein wenig Trost, wenn sie an seine Berührungen dachte, aber mit der wachsenden Angst wurde ihr klar, dass man sie anklagen und hinrichten würde und dass ihr Kind mit ihr sterben würde, wenn Mark nicht bald nach Hanoi zurückkehrte. In ihrem Elend schrie sie nach den Wärtern, bis ihr Gesicht tränenüberströmt war. Als ihre Haut heiß und schweißbedeckt war und ihr die Sicht verschwamm, brachte ihr ein freundlicher Wärter einen zusätzlichen Becher Wasser. Sie trank es in großen Schlucken. Aus Angst, ihr trübseliger Zustand könnte sich auf das Kind auswirken, zwang sie sich, an bessere Zeiten zu denken, und wenn sie von Zweifeln geplagt wurde, flehte sie zu Gott, er möge sie retten.

Doch wenn nicht ihre Ängste sie quälten, dann die Gedanken an Essen. Die Häftlinge bekamen zwei Mal am Tag ein Schälchen voll dünnem Reisschleim. Nicole begann, sich ihre Lieblingsspeisen vorzustellen. Pochierte Eier in Spinatsuppe, gegrillten Mais und köstliches Gebäck. Am meisten sehnte sie sich nach einer Tasse Milchkaffee.

Abends wurde es kühl, und die Katzen fingen an, zu schreien und miteinander zu kämpfen, was bis in die frühen Morgenstunden anhielt. Die Feuchte drang Nicole bis in die Knochen, und sie wälzte sich auf ihrer kalten Betonbank, um eine Position zu finden, die ihr keine Schmerzen bereitete. Sobald sie glaubte, sie gefunden zu haben, wenn auch nur für fünf Minuten, konnte sie nicht einschlafen, weil Ratten und Mäuse umherhuschten oder die Lampe eines Wärters sie blendete.

Nach fünf Tagen wurde sie in einen kleinen stickigen Raum gebracht. Es hieß, man wolle sie verhören. Die Minuten verstrichen, während sie in Handschellen wartete. Ihr juckte die Haut, besonders am Kopf, wo sie sich nicht kratzen konnte. Aus den Minuten wurden Stunden. Das Jucken wurde unerträglich. Zur Ablenkung starrte sie zu dem hellen Quadrat von Tageslicht und versuchte, sich vorzustellen, was draußen vor sich ging. Doch je stärker es juckte, desto dringender wollte sie sich kratzen. Irgendwann rief sie, schon halb verrückt, nach dem Wärter.

Er kam nicht. Stattdessen schritt Giraud mit blasierter Miene herein. Starr vor Angst sah sie zu, wie er sich auf einen Stuhl setzte und seinen Schritt zur Schau stellte, indem er die fetten Beine spreizte. Schweigend rauchte er eine Gauloise Bleue. Von dem Gestank wurde ihr übel. Sie senkte den Kopf, um dem Rauch zu entgehen, und der schwere Vorhang ihrer Haare fiel ihr vors Gesicht. Sie fühlte sich sicherer, wenn Giraud ihren Abscheu nicht sehen konnte.

»So«, sagte er endlich. Seine Stimme klang ungewöhnlich rau, als hätte er Kies in der Kehle. »Was können Sie uns erzählen?«

»Ich weiß nichts.« Sie hob den Kopf und blickte wieder zum Fenster hinauf. Jetzt jedoch schien das Licht zu pulsieren, so stark, dass der Raum davon brummte.

Giraud rückte mit dem Stuhl näher heran und neigte sich nach vorn, dann griff er ihr ans Kinn. So zwang er sie, ihn anzublicken, und es war ihr zutiefst zuwider. Sie hatte seine schwarzen Nasenhaare vor sich und musste seinen Atem ertragen, der nach dem Alkohol vom Vorabend roch. Seine eingebildete Wichtigkeit leuchtete ihm aus den Augen. Nicole schauderte. Sie hatte ihn bemitleidet, weil er seinen Sohn verloren hatte, dabei war er selbst völlig mitleidlos.

»Sie wissen nichts? Nachdem Sie so lange mit den Vietminh herumgezogen sind?« Er neigte den Kopf zur Seite, um seine Skepsis kundzutun, und ließ sie schließlich los.

»Sie haben mir misstraut.«

Er lächelte. »Und wenn ich Ihnen sage, dass Sie mit der richtigen Information Ihre Freilassung bewirken können?«

Sie schüttelte den Kopf. »Ich war in einem Umerziehungslager, weiß aber nicht mal, wo das liegt. Ich wusste nie, wo wir gerade waren.«

»Was haben Sie gesehen, wenn Sie schon nicht wissen, wo Sie waren?« Er lächelte wieder.

Es war unerträglich, wie er ihr mit seinem Blick zu verstehen gab, wie sehr er sie verachtete. Darum starrte sie wieder zum Fenster. »Ich habe gesehen, wie Frauen und Kinder misshandelt wurden. Wie Sie mich jetzt misshandeln.«

»Sie werden mich ansehen!«, sagte er. »Das ist keine Bitte.«

Sie gehorchte und zuckte zusammen, weil sie sich in dem Moment an sein verkrampftes Gesicht in jener Nacht in dem Bordell erinnerte.

Er wandte den Blick nicht von ihr ab, sondern lachte verbittert.

»Ich habe gesehen, was Sie getan haben«, sagte sie leise.

Er erwiderte nichts. Nicole hatte Mühe, ihre Angst zu verbergen, und spürte sie in der Magengrube. Sie schaute sich um. Der Raum war inzwischen voller Zigarettenrauch, und sie musste husten.

»Vielleicht lassen wir ein bisschen Luft herein.« Giraud ging zum Fenster, um den Riegel zu lösen.

Frische Luft wehte herein, und Nicole empfand ungestüme Freude. Es war nur Luft, aber ein kostbares Stück Außenwelt. Giraud lehnte sich gegen die Wand. Nicole versuchte, ihn als das zu betrachten, was er war: ein abgestumpfter, jämmerlicher Mann. Dennoch nistete sich die Angst vor ihm noch ein bisschen mehr ein.

Er bedachte sie mit einem arroganten Blick. »Was immer Sie meinen, gesehen zu haben, Sie sind unglaubwürdig. Niemand wird Ihnen glauben. Dafür habe ich gesorgt.«

»Ich habe auch gesehen, was die Vietminh mit denen machen, die sich weigern, sie zu unterstützen. Ich sah abgebrannte Dörfer und flache Gräber, und ich sah Menschen, die nichts mehr zu essen hatten. Ich habe auch gesehen, was die französischen Bomben anrichten. Ich habe Vergewaltigung und Mord gesehen.«

Mit drei Schritten war er bei ihr und beugte sich über sie. Ihr grauste vor seiner Nähe, und sie konnte ihren Ekel nicht verbergen. Er packte sie bei den Haaren. »So ein hübscher Hals«, zischte er ganz nah an ihrem Ohr.

Sie zuckte vor seiner Berührung zurück.

»Was? Ist ein aufrechter Franzose für Sie nicht gut genug?« Er schlang sich ihre Haare um die Faust und zog ihren Kopf zurück. »Geben Sie zu, dass das Kind in Ihrem Bauch aus der sexuellen Beziehung mit einem Vietminh stammt.«

Der Zug an den Haaren tat ihr weh, doch es gelang ihr zu sprechen. »Natürlich nicht. Wofür halten Sie mich?«

»Soll ich es Ihnen sagen?«

Sein Sarkasmus war deutlich. Er ging zur Tür und befahl dem Wärter, sie in die Zelle zurückzubringen.

Den Rest des Tages schrie sie nach frischer Luft, da es in dem Zellentrakt immer heißer wurde, aber ihre Rufe blieben unbeachtet. Es war ein langer Tag. Sie sehnte sich nach Trost. Am Abend, als die umherschwirrenden Fliegen es noch stickiger machten, kratzte sie sich Insektenstiche an den Fußgelenken und am Hals auf und glaubte, ihren Prozess nicht mehr zu erleben. Noch immer kein Zeichen von Mark, und mit wachsendem Erschrecken kam sie zu dem Schluss, dass er außer Landes sein musste. Da sie sich kaum ablenken konnte, griff schließlich auch die Vergangenheit nach ihr und verschlang sie. Sie dachte an ihren Vater, an Sylvie und daran, wie es zwischen ihnen gewesen war. Die Lüge wegen Sylvies Brief lag ihr noch schwer auf der Seele, obwohl sie mit Mark darüber gesprochen hatte. Alles Falsche belastete sie.

In der zweiten Woche fühlte sie sich so krank, dass sie kaum den Kopf von der Bank heben konnte. Mark war fort. Niemand wusste, dass sie im Gefängnis saß. Auch O-Lan würde das nicht vermuten, und selbst wenn, könnte sie nichts unternehmen. Es gab niemanden, der sich für sie einsetzen konnte. Hoffnungslosigkeit nagte an ihrem Herzen und ihrem Verstand, so grausam, dass sie weinte, bis keine Tränen mehr übrig waren. Es war nicht einmal mehr ihr eigenes Leben, um das sie weinte, sondern das ihres ungeborenen Kindes.

Als sie einen schrecklichen Magenkrampf bekam, rief sie nach dem Wärter, weil sie fürchtete, das Kind bereits zu verlieren. Doch sie konnte nur noch krächzen, und niemand hörte sie. Die Nacht kam und brachte keine Erleichterung. Die Sonne ging auf, und die Stunden zogen sich endlos dahin. Die Tage vergingen, aber wie viele seit ihrer Gefangennahme bereits verstrichen waren, hätte Nicole nicht sagen können. Der Schweiß lief ihr von der Stirn. Ihre Augen brannten, und sie konnte nicht aufhören, sie zu reiben. Davon schwollen sie derart an, dass sie kaum noch etwas sehen konnte. Nicole kratzte sich die Haut blutig. Sie saugte das Blut unter ihren Nägeln weg und begann zu fantasieren.

Grässliche Gespenster und Phantome bemächtigten sich ihres Geistes, führten sie immer weiter von der Wirklichkeit fort. Tief unter Wasser und im Begriff, zu ertrinken, sah sie das Gesicht ihrer Schwester über sich. Diesmal wollte Nicole ertrinken, sie sehnte sich nach der dunklen Tiefe, wo dem Kind und ihr nichts mehr passieren konnte, wo sie dieser Hölle für immer entronnen wäre.

Aber sie starb nicht. Eines Nachts, ungefähr zwei Wochen später, schien der Vollmond durch das Fenster, und in wenigen Momenten geistiger Klarheit zerbrach Nicole sich den Kopf, was sie Giraud erzählen könnte, um freizukommen. Von einigen Wanderschauspielern kannte sie die Namen, aber die waren freundlich zu ihr gewesen. Dann fiel ihr der Mann mit dem Messer ein. Seinen Namen hatte sie auch gehört. Duong. Das war nur der Vorname, aber der musste genügen. Am Morgen würde sie nach Giraud fragen, ihm wenigstens diesen Namen verraten und vielleicht das erste Dorf auf dem Weg nach Norden nennen, durch das sie mit Tran gekommen war. Doch würde das für eine Entlassung reichen?

Nicole hielt inne. Wenn Giraud von dem Dorf erführe, würden die Franzosen es niederbrennen. Könnte sie es ertragen, am Tod der Frauen und Kinder, unschuldiger Bauern und Greise schuld zu sein? Selbst wenn sie dafür die eigene Haut gerettet hatte? Wie würde sie damit leben können? Sie dachte an ihr Kind. Könnte sie es tun, um das Leben ihres Kindes zu retten?

33

Nicole blickte auf, weil eine der freundlicheren Wärterinnen zu ihr kam. Lächelnd schloss die Frau die Gittertür auf, dann nahm sie ihr rasch die Hand- und Fußschellen ab. Als Nicole aufstehen wollte, war sie zu schwach, um das eigene Gewicht zu tragen. Die Knie gaben unter ihr nach, und die Wärterin musste sie stützen. Im Bewusstsein ihrer Schutzlosigkeit warf sie der Frau einen verwirrten Blick zu.

»Was ist los? Ich muss mit Giraud sprechen.«

Die Wärterin legte einen Finger an die Lippen. »Nicht reden.«

Sie brachte Nicole in den Hof. Zusammen mit einer zweiten Wärterin spritzten sie sie mit einem Wasserschlauch ab und schrubbten sie mit einer Bürste und Karbolseife, bis sie rot war. Rings um die Insektenstiche brannte die Haut fast unerträglich, aber wenigstens war sie wieder sauber. Mit dem Gedanken hielt sie sich aufrecht. Dann fuhr ihr ein sengender Schmerz ins Kreuz, und sie erschrak. Es war noch viel zu früh! Das Kind sollte erst im Februar kommen.

Sie krümmte sich. »Oh, Gott, das Kind!«

Die Wärterinnen wechselten einen Blick. Eine brachte ihr ein Glas Wasser, die andere einen Stuhl, damit sie sich setzen konnte.

Geblendet von der Sonne, hielt Nicole sich die Hand über die Augen und nahm blinzelnd das Glas entgegen. Die Schmerzen im Rücken ließen nach, aber sie fühlte sich so eingeschnürt, dass es etliche Augenblicke dauerte, ehe sie etwas trinken, geschweige denn richtig atmen konnte. Nachdem sie das Glas geleert hatte, reichte eine Wärterin ihr eine elastische Hose und einen Kittel.

»Ich muss mit Giraud sprechen«, sagte Nicole noch einmal, während die Frauen ihr in die Hose halfen. »Ich habe Informationen für ihn.«

Die Wärterinnen schüttelten nur den Kopf, dann begleiteten sie sie durch das Gefängnis und durch das Außentor auf den Bürgersteig vor der hohen Mauer. Nicole fürchtete, man werde sie ins Gericht bringen. Dann würde ihr niemand mehr helfen können. Neben dem Gefängnisbau erhob sich der Justizpalast. Allein sein Anblick ließ jeden unglücklichen Häftling erzittern. Nicole schloss die Augen. Es roch so sauber, und als der schöne Lärm der Menschen, die ihr Leben lebten, zu ihr durchdrang, öffnete sie die Augen wieder und sah die Straßen in der Sonne leuchten. Kurz schaute sie zu dem wolkenlosen blauen Himmel auf und wünschte, sie könnte sich darin verlieren. Sie hörte Kinder lachen und drehte den Kopf in ihre Richtung. Wie gern wäre sie hingelaufen und hätte ihnen ans Herz gelegt, jeden Augenblick des Lebens zu genießen! Als sie ein Liebespaar vorbeigehen sah, stellte sie sich vor, sie ginge dort mit Mark, und während die Trauer in ihr brannte, wollte sie sich ans Leben klammern, fühlen, lieben, ihr Kind großziehen. In dem Moment war sie bereit, Giraud alles zu verraten. Doch sie hatte ihre Entscheidung getroffen – die halbe Nacht hatte sie sich dazu durchgerungen: Sie würde ihm nur Duongs Namen nennen. Mehr ließ ihr Gewissen nicht zu.

Ein Taxi hielt vor ihr am Straßenrand. Bestürzt wich sie zurück, als ihre Schwester ausstieg.

»Steig ein, Nicole! Rasch, bevor sie es sich anders überlegen!«

Nicoles Knie gaben nach, aber Sylvie packte sie und verfrachtete sie auf den Rücksitz.

»Ich bringe dich nach Hause«, sagte ihre Schwester.

Benommen versuchte Nicole zu begreifen.

»Es tut mir leid, dass es so lange gedauert hat«, sagte Sylvie. »Ich habe sofort versucht, dich freizubekommen. Ich war schrecklich in Sorge.«

»Ich habe Angst, das Baby zu verlieren.«

Sylvie fasste sie am Unterarm. »Ich habe den Arzt schon angerufen, damit er ins Haus kommt.«

»Ich verstehe nicht«, sagte Nicole. »Wie hast du mich freibekommen?«

Sylvie lächelte. »Giraud mag mich. Außerdem habe ich ihn daran erinnert, dass ich gewisse Details darüber kenne, wie er die afrikanischen Prostituierten besorgt hat.«

Nicole konnte kaum richtig zuhören, da ihr heiß und schwindlig war. »Ich glaube, mir wird schlecht.«

»Sollen wir anhalten?«

Die Übelkeit ebbte bereits ab, und Nicole schüttelte den Kopf.

»Aber nicht nur das. Ich weiß auch, dass er Beweise gefälscht hat. Der Hochkommissar hat eine Säuberung angeordnet, und Giraud ist korrupt. Wir können ihm leicht einen persönlichen Rachefeldzug gegen dich nachweisen.« Sylvie legte einen Arm um Nicole. »Geht es dir gut? Sie haben dir doch nichts getan?«

Nicole lehnte den Kopf an Sylvies Schulter und ließ die Tränen rinnen. »Nein.«

»Nicht weinen. Du hast es überstanden.«

Nicole konnte bloß nicken. Die augenblickliche Rührung war zu groß, um auch nur ein Wort hervorzubringen.

»Jetzt müssen wir dafür sorgen, dass es dem Baby gut geht.«

Nicole fing wieder an zu weinen. »Das tut es bestimmt nicht. Etwas Schreckliches ist passiert.«

»Ich kurbele die Scheibe herunter. Ich denke, du brauchst frische Luft.«

Bei offenem Fenster schaute Nicole staunend auf die goldenen Gebäude, die im Wind rauschenden Bäume und die eleganten Straßencafés. Sie fuhren am Opernhaus vorbei, am Hotel *Métropole*, den Villen am See, dem Louis-Finot-Museum. Wie schön Hanoi war! Aber wo war Mark? Höchstens zwei Wochen, hatte er gesagt, und sie war länger im Gefängnis gewesen.

Am Abend betrachtete Nicole sich ganz genau im Spiegel, betastete die durchscheinende Haut, strich über ihre Wangen, zupfte an der trockenen Lippenhaut und entwirrte mit einem Kamm mühsam die Haare. Stumpf und trocken waren sie und fielen ihr büschelweise aus. Sie kratzte sich die zerstochenen Beine und zog sich eine weite Hose an, peinlich berührt bei dem Gedanken, Mark könnte sie in dem Zustand sehen.

Sylvie kam ins Zimmer. »Jetzt ziehen wir dich mal anständig an, ja?«

»Ich bin anständig angezogen«, erwiderte Nicole, doch als sie an sich hinabschaute, stellte sie fest, dass die Hose auf links gedreht war.

»Schon gut.«

»Ich weiß nicht, wo ich mit meinen Gedanken war«, sagte sie.

»Du bist sehr geschwächt. Es ist nicht wichtig.«

Warum sagte sie das? Natürlich war es wichtig. Es war wichtig, dass ihre Erleichterung, wieder frei zu sein, von Schuldgefühlen überschattet war. Es war wichtig, dass Mark nicht da war. Es war wichtig, dass sich manche Dinge nicht rückgängig machen ließen, so sehr man es sich vielleicht wünschte. Und es war wichtig, dass sie wegen Sylvies Brief gelogen hatte. Alles war wichtig. Jede verfluchte Einzelheit.

»Schau, ich habe dir hübsche Schwangerschaftskleider gekauft.« Sylvie hielt ihr ein besticktes Seidenhängerchen in dem von ihr bevorzugten Grauton hin.

Nicole warf einen Blick darauf, dann schaute sie ihre Schwester an, überrascht von ihrem zärtlichen Gesichtsausdruck.

Während Sylvie ihr beim Umziehen half, beobachtete Nicole ihr Mienenspiel. Beide sprachen kein Wort, horchten aber auf, als ein prasselnder Regen einsetzte, gegen die Scheiben schlug und Wasserschleier von der Dachrinne auf die Terrasse klatschten.

»Sag mir nur, dass der Vater deines Kindes nicht dein Vietminh-Freund ist.«

Nicole starrte Sylvie entgeistert an. »Das Baby ist von Mark.«

Ein paar Sekunden lang blickte Sylvie zu Boden, und in ihren Zügen zeigte sich keine Regung.

»Ich verstehe.« Mehr sagte sie nicht dazu.

Am nächsten Tag lag Nicole im Wohnzimmer auf dem Sofa, als Sylvie Mark hereinführte. Ihre Schwester lächelte sie beide an und ließ sie allein; die Tür schloss sie sachte hinter sich. Nicole hatte Mühe, sich zu erheben, und Mark gebot ihr mit einer Geste, liegen zu bleiben.

Er kniete sich neben sie auf den Boden, und als er ihre Hand nahm, spürte sie einen Kloß im Hals und konnte nicht sprechen.

»Oh, meine Liebste, ich habe gerade erst erfahren, was passiert ist. Ein Freund in der Botschaft hat Wind davon bekommen, und ich konnte einen Flug in einer der französischen Rostlauben schnorren.«

Er schlang die Arme um sie, und Nicole lehnte sich gegen ihn, die Wange an seine Schulter gedrückt, und so verharrten sie einige Minuten lang. Nicole seufzte schwer und war so erleichtert, ihn wiederzuhaben, dass sie noch immer nicht sprechen konnte. Am liebsten wollte sie für immer so gehalten werden.

»Entschuldige, ich bin nicht rasiert«, sagte er.

Es war ihr gleichgültig. Er war da, und alles andere war unwichtig.

»Ich könnte Giraud dafür umbringen. Geht es dir einigermaßen?« Er schaute auf ihren Bauch. »Ist das Baby …?«

»Gestern war ich mir nicht sicher. Ich hatte starke Schmerzen …« Sie zögerte. »Das hat mir Angst gemacht.«

Er strich ihr übers Haar, dann setzte er sich auf die Sofakante. Die Hand an seiner Brust, fühlte sie sein Herz schlagen.

Mark hielt Nicole von sich weg, um sie zu betrachten. »Hast du dich vom Arzt untersuchen lassen?«

»Gestern. Er kommt morgen wieder.«

»Was hat er gesagt?«

»Über das Baby eigentlich nichts, außer dass er den Herzschlag hört.«

»Na, das ist doch eine gute Nachricht. Und du, was meinte er über deinen Zustand?«

»Er hat mir Blut abgenommen und gesagt, dass er wiederkommt.«

»Willst du mir erzählen, was du durchgemacht hast?«

Sie schüttelte den Kopf. Sie wollte nicht mal daran denken.

Mark blieb den Nachmittag über bei ihr, und gegen Abend ging es ihr ein wenig besser. Sylvie dagegen wirkte aufgewühlt. Immer wieder kam sie mit seltsamen Fragen ins Wohnzimmer, als könnte sie sie nicht in Ruhe lassen. Ob sie Tee wollten. Ob sie Hunger hätten. Ob sie das Fenster öffnen solle. Schließlich schlug Mark ihr vor, sie könne doch ein leichtes Abendessen zubereiten und Nicole währenddessen ein wenig schlafen.

In der Nacht schliefen Mark und Nicole nebeneinander in einem der Gästezimmer. Er streichelte ihr sanft das Gesicht und küsste sie auf den Mund.

»Ich möchte nichts tun, was dir Schmerzen bereiten könnte«, sagte er.

Nicole lächelte. »Aber ich fände es schön.«

Sie liebten sich behutsam, und Nicole genoss die rieselnden Erregungsschauer. Mark war ein zärtlicher Liebhaber, und sie fühlte sich, als wiegte er sie in seinen Armen. Nach dem Liebesspiel lag sie mit dem Kopf an seiner Brust und lauschte seinem Atem.

»Geht es dir gut?«, fragte er.

»Besser als vorher. Aber was werden wir jetzt tun? Wie lange kannst du bleiben?«

»Morgen früh muss ich aufbrechen.«

»Ich glaube, das halte ich nicht aus.«

»Ich habe keine Wahl. Einer unserer Agenten ist verschwunden. Wir vermuten ihn irgendwo in Moskau, und ich muss ihn finden.«

»Ist das denn nicht furchtbar gefährlich? Was, wenn sie dich verhaften?« Sie spürte seinen Seufzer im ganzen Leib. »Mark?«

»Ich will dir nichts vormachen. Es ist gefährlich. Doch ich weiß, was ich tue. Du bist es, um die ich mir Sorgen mache. Sobald du wieder einigermaßen bei Kräften bist, müssen wir dich von hier wegschaffen.«

»Ich bin bei Sylvie gut aufgehoben.«

»Sie benimmt sich merkwürdig, findest du nicht?«

»Nun ja, sie hat gerade erfahren, dass du der Vater meines Kindes bist.«

»Ich werde dir schreiben«, versprach er. »So oft ich kann. Und du kannst mir an die Adresse der Botschaft in Saigon schreiben. Wenn es irgend geht, werden sie die Briefe weiterleiten. Nur nach Russland natürlich nicht.«

Nachdem er am nächsten Morgen gegangen war, versuchte Nicole, ihr Glücksgefühl festzuhalten, aber sie vermisste ihn schrecklich. Und obwohl er versucht hatte, sie zu beruhigen, blieb die Angst um ihn. Der Arzt kam und sagte, ihr Blutdruck sei leicht erhöht und ihr Puls ein wenig zu schnell. Er wies sie an, die Beine möglichst oft hochzulegen, und verschrieb ihr ein Eisenpräparat, gute Ernährung und maßvolle Körperertüchtigung.

Sylvie wirkte weniger aufgeregt und ließ Nicole den Raum, den sie brauchte, um sich von den Strapazen des Gefängnisaufenthalts zu erholen. Sie bekochte sie und versorgte ihre wunden Stellen. Aber so erleichtert Nicole war, wieder in Freiheit zu sein, und so sehr sie sich über das Wiedersehen mit Mark freute, sah sie immer wieder die Gefängniszelle vor sich. Obwohl sie nur kurz in Haft gewesen war, hatte das ihren letzten Rest Sympathie für die Franzosen fast zunichtegemacht.

Und obwohl sie Mark geantwortet hatte, dem Baby ginge es gut, quälten sie insgeheim arge Ängste. Eine unstillbare Trauer erfasste sie, da sie gezwungen war, sich mit ihrer eigenen Verletzlichkeit und der ihres Kindes abzufinden.

Außer ausruhen und essen tat sie wenig und schätzte sich glücklich, weil sie wenigstens schlafen konnte. Schlaf war wie eine Droge, er betäubte die angstvollen Gedanken, die an dunkle Erinnerungen rührten. Im Wachzustand hatte sie Angst, ihr Baby könnte doch tot sein, weil sie diese Tortur erlitten hatte. Aber eines Tages, als sie im Bett lag und an die Decke starrte, fühlte sie einen kleinen Tritt. Sie zog sich das Nachthemd hoch, und am Bauch trat ein kleiner Höcker hervor. Dann spürte sie den nächsten Tritt und sah die Beule. Nicole lachte vor Freude und versuchte, mit dem Kleinen zu kommunizieren, indem sie die Beulen sanft drückte. Neue Hoffnung stieg in ihr auf und mit ihr das Gefühl, dass nun doch noch etwas gut werden würde. Das Baby war stärker, als sie für möglich gehalten hatte. Dieser kleine Mensch würde sie retten, und sie würde ihn retten.

Dann regnete es den ganzen Tag, und auf dem Küchenboden sammelte sich eine Wasserpfütze. Nicole sah zu, wie Sylvie einen Wischmopp holte und über die Fliesen zog, um das Wasser aufzunehmen. Als sie fertig war, sah sie Nicole an.

»Setz dich. Ich muss dir etwas sagen.«

Es war ein wenig dunkler geworden. Nicole wusste nicht, ob es Abend wurde oder ob Wolken aufgezogen waren. Es war so düster in der Küche, dass sie ans Fenster trat, um hinauszusehen, obwohl ihr das Gehen immer noch Schmerzen bereitete. Es waren nur Wolken, wie es schien. Sie schaltete eine Lampe ein, dann schleppte sie sich zu einem Stuhl.

Sie sah, dass ihre Schwester ernst geworden war.

»Du sollst wissen, dass Mark mir erklärt hat, was passiert ist«, sagte Sylvie. »Er hat mir alles erzählt.«

Nicole bekam Angst und rieb sich die Stirn. Ihr war klar gewesen, dass der Moment kommen würde.

»Das mit deinem Brief?«

Sylvie nickte und lächelte müde.

Nicole rutschte unruhig auf dem Stuhl hin und her. Was sollte sie sagen? »Es tut mir leid, dass ich gelogen habe. Du bist bestimmt wütend auf mich.«

Sylvie antwortete nicht, sondern kniff nur ein wenig die Augen zusammen.

»Sylvie?«

»Ein bisschen. Wärst du das etwa nicht?«

»Doch, vermutlich.«

Eine Weile sprach keine von ihnen, und Nicole versetzte sich an die Stelle ihrer Schwester. Sie verstand es sehr gut, doch davon abgesehen hatte sie keine Ahnung, was in Sylvie vorging.

»Diese Tageszeit ist immer so beunruhigend«, meinte Sylvie schließlich und rieb die Hände aneinander. »Findest du nicht?«

Nicole antwortete nicht.

»Nicht mehr ganz Tag, noch nicht ganz Abend. Das ist wohl der Übergang. Man weiß nicht, woran man ist. Diese Stunde konnte ich nie leiden.«

Nicole beobachtete sie. »Ich bin dir so dankbar, dass du mich aus diesem entsetzlichen Gefängnis geholt hast.«

Sylvie kratzte sich im Nacken. »Papa hätte das selbstverständlich von mir erwartet. Ich möchte jetzt vor allem, dass du dich wieder ganz erholst.«

»Ich und das Baby?«

»Natürlich.«

Nicole nickte, erleichtert, weil Sylvie es so gut verkraftet hatte.

Ihre Schwester lächelte. »Du musst wieder zu Kräften kommen. Und sobald du dich besser fühlst, werden wir jeden Tag einen Spaziergang machen. Giraud kann dir nicht mehr gefährlich werden, besonders da die meisten seiner alten Kollegen weg sind und die neuen sich um Wichtigeres zu kümmern haben als um dich.«

Nicole kam zu dem Schluss, ihre Schwester müsse weicher geworden sein.

»Schluss mit den Sorgen«, sagte Sylvie. »Und denk auch nicht mehr an deinen kleinen Freund Tran. Ich habe einen bewaffneten Wächter angestellt, der nachts das Haus bewacht.«

»Ist er jetzt auch da?«

Sylvie lächelte. »Du kannst beruhigt sein, deine Vietminh-Vergangenheit kann dir nicht mehr schaden. Du wirst das Kind zu Hause bekommen. Nun konzentrier dich ganz auf deine Erholung. Meiner kleinen Nichte oder meinem Neffen zuliebe.«

Nicole blickte sie staunend an. »Warum tust du das für mich?«

»Wir sind doch eine Familie. Aber jetzt muss ich Brot holen gehen. Morgen muss ich einem Geschäft wieder auf die Beine helfen.«

»Du glaubst noch immer, dass die Franzosen siegen?«

»Natürlich.«

Nicole runzelte die Stirn. Ihre Schwester war so selbstsicher. »Meinst du nicht, wir sollten uns besser mit den Verlusten abfinden und nach Frankreich gehen?«

»Und wovon sollen wir dort leben? Außerdem solltest du in deinem Zustand nicht reisen. Warte, bis das Baby da ist. Dann sehen wir weiter. Mach dir keine Gedanken! Die Fenster im Erdgeschoss sind alle vergittert.«

Während Sylvie einkaufen war, setzte Nicole sich in Lisas alten Lehnstuhl an der Tür zum Wintergarten, von wo die Köchin immer ein Auge auf ihr Gemüsebeet gehabt hatte. Die dunklen Wolken waren weitergezogen. Allein in dem alten Lehnstuhl, versuchte Nicole, sich Lisa in der Küche vorzustellen. Was würde ihre alte Freundin ihr jetzt raten? In der vergangenen Nacht hatte sie sich zutiefst nach Mark gesehnt und wach gelegen, bis ihr vor Erschöpfung die Augen zugefallen waren. Sie dachte auch an ihren Vater. Ihre Kindheit wäre anders verlaufen, hätte er Sylvie nicht seine unausgesprochene Lüge über den Tod der Mutter glauben lassen. Sollten ihre Schwester und sie einander je wirklich vertrauen wollen, musste endlich Schluss mit den Geheimnissen sein. Wenn sie ihr Kind zu Hause bekommen wollte, würden Sylvie und sie über die Vergangenheit reden müssen, egal, wie hart das werden mochte.

Sowie sie Sylvie heimkommen hörte, rief sie ihr entgegen: »Hast du mal kurz Zeit für mich?« Sie begann, an den Hautfetzen am Nagelbett des Daumens zu knabbern.

Ihre Schwester trat in die Küche, nahm sich ein Glas Wasser und setzte sich an den Tisch. Nicole blieb an die Spüle gelehnt stehen, behaglich im warmen Schein der Abendsonne.

»Was gibt es?«, fragte Sylvie. »Ach, wie schön, die letzten Sonnenstrahlen noch abzubekommen! Es wird jeden Augenblick dunkel werden.«

Nicole ließ noch einen Moment verstreichen und hielt den Blick entschlossen auf ihre Schwester gerichtet. »Ich habe in der Ballnacht gesehen, wie Papa Trans Bruder erschossen hat.«

Sylvie wandte den Blick keine Sekunde ab, sah aber erschrocken aus. »Du hast das gesehen?«

»Ich war im Weinkeller.«

Sylvie schüttelte den Kopf. »Und das hast du die ganze Zeit für dich behalten?«

War ihre Schwester besorgt, weil sie es miterlebt hatte, oder war sie nervös, weil es vielleicht noch einen Mitwisser gab? Nicole war sich nicht sicher. Das Schweigen hielt viel zu lange an, und Sylvie begann, mit dem Fuß zu wippen, wenngleich ihre Miene nichts preisgab.

»Weißt du genau, dass du es für dich behalten hast? Du hast es nicht Tran erzählt?«

»Natürlich nicht.«

Sylvie runzelte die Stirn. »Warum nicht?«

»Wie du vorhin selbst gesagt hast: Wir sind eine Familie. Er hätte sich rächen wollen.«

Sylvie stürzte ihr Wasser hinunter. »Dann hättest du mich aus dem Weg gehabt.«

»Sylvie!«, keuchte Nicole. Sie setzte sich ihr gegenüber an den Tisch. »Wie kannst du so etwas auch nur denken?«

Ihre Schwester lehnte sich zurück und blickte an die Decke. »Wir sind verschieden, du und ich.«

Nicole dachte darüber nach. Vielleicht war es so. Als Kind war Sylvie die Stillere gewesen, während Nicole ständig eins auf die Finger bekommen hatte, meistens weil sie sie in Lisas Pflaumenmus gesteckt hatte oder weil sie in der Speisekammer erwischt worden war, wenn sie einen Keks stibitzen wollte. Ihr Vater hatte ihr regelmäßig Standpauken gehalten, weil sie auf der Treppe gepoltert oder von oben runtergebrüllt hatte, weil sie das Treppengeländer hinuntergerutscht oder in den Teich gefallen war. Und später dann der schreckliche Tag, an dem sie unerlaubt das Boot genommen hatten. Auch wenn Sylvie es immer abgestritten hatte – es war ihre Idee gewesen. An der ganzen Sache war Sylvie schuld. An mehr konnte Nicole sich nicht erinnern, und sie wollte es auch nicht, da es sie noch immer völlig aus der Bahn warf. Wer einmal dem Ertrinken nahe gewesen war, litt darunter sein Leben lang.

Sylvie räusperte sich und holte Nicole in die Gegenwart zurück. »Ich will wissen, warum Trans Bruder umgebracht wurde.«

»Wir wussten es vorher nicht.«

Nicole runzelte die Stirn. »Wir?«

»Mark und ich.« Sylvie richtete sich auf, wirkte aber noch immer nervös. »Himmel, jetzt könnte ich eine Zigarette gebrauchen.«

Nicole musste lächeln. »Du rauchst doch gar nicht.«

»Ja, aber ich wünschte, ich würde es tun. Hör zu, das ist doch längst vorbei. Ganz unnötig, das wieder hervorzuholen.«

Aber Nicole wollte mehr wissen. »Die ganze Zeit über habe ich mich gefragt, warum Papa ihn dort erschießen musste.«

Sylvie seufzte. »Das war eine geheime Verhörzelle mit einem zweiten unterirdischen Ausgang. Er war ein Vietminh und stand im Verdacht, den Mordanschlag auf den Beamten begangen zu haben.«

»Er wurde nicht angeklagt.«

Sylvie stand auf. »Er hat zur Rebellion angestiftet. Ist das nicht genug? Da war mal ein abschreckendes Beispiel angebracht.«

»Und du wusstest vorher nicht, was in der Zelle passieren würde?«

Sylvie schüttelte den Kopf, doch sie war jetzt blasser als zuvor.

»Warum musste es ausgerechnet unser Vater tun?«

»Das gehörte zu seiner Arbeit. Deshalb sind wir nach Hanoi gezogen. Er war ein Unternehmer mit vielen Kontakten und befand sich in der Position, alles zu erfahren, was vor sich ging. Doch er war mit einer Vietnamesin verheiratet. Das war ein dunkler Fleck, und deshalb hat die Regierung ihn benutzt.«

Nicole hatte Herzklopfen. Obwohl es schon fast dunkel war, öffnete sie die Hintertür, um Luft hereinzulassen.

Sylvie zog die Kappe von einer Milchflasche ab. »Du solltest jetzt jeden Tag einen Liter Milch trinken«, sagte sie.

Nicole nickte. Sie wollte noch mit ihrer Schwester darüber reden, was am Tag ihrer Geburt passiert war, fand aber, es sollte warten, bis sie mehr Vertrauen zueinander gefasst hatten. In der Zwischenzeit würde sie ihrem Vater schreiben, dass Lisa es ihr erzählt hatte. Das war vielleicht die beste Reihenfolge, um bei einem so heiklen Thema mit dem Aufräumen zu beginnen.

Sie reckte sich, um die Steifheit in den Gliedern loszuwerden, dann ging sie ein wenig umher und beobachtete ihre Schwester. »Vielleicht sollten wir mal über Mark reden.«

Sylvie antwortete nicht, doch eine Regung ging über ihr Gesicht.

»Sylvie?«

»Da gibt es nichts zu reden.«

Nicole überlegte. »Du mochtest ihn, oder? Drüben in Amerika?«

Einen Moment lang senkte Sylvie den Kopf, dann blickte sie Nicole in die Augen. »Ja, aber als wir in Hanoi ankamen …«

»Hast du geglaubt, er liebt dich?«

»Ich will nicht darüber reden.«

»Aber Sylvie …«

»Ich sagte, ich will nicht darüber reden.« Sylvie knallte die Milchflasche mit solcher Wucht auf den Tisch, dass das Glas einen Sprung bekam und die Milch auslief. »Jetzt sieh dir an, wozu du mich getrieben hast!«

Vielleicht hatte Mark recht, und ihre Schwester war wirklich schwieriger, als man gemeinhin annahm. »Hast du geglaubt, er liebt dich?«, fragte Nicole noch einmal.

Sylvie blickte sie an, während sie die Milch aufwischte. »Lass es dabei bewenden! Viel wichtiger ist jetzt, dass wir uns auf das Kind vorbereiten.«

Nicole ging nach oben. Ihr war schwindlig.

Unterwegs kam sie an dem langen Spiegel in der Halle vorbei und betrachtete ihren stark gewölbten Bauch. Sie zog das Oberteil am Ausschnitt etwas zur Seite und besah sich die vollen blau geäderten Brüste. Und ihr fiel auf, dass ihr Gesicht weicher geworden war. Es war, als sähe sie sich mit neuen Augen, und zum ersten Mal entdeckte sie staunend die Schönheit ihres vietnamesischen Aussehens.

Bevor sie sich ins Bett legte, schrieb sie an Mark, was der Arzt gesagt hatte und dass das Baby sich in ihr bewegte. Beim Zukleben hätte sie schwören können, gebackenen Camembert zu riechen. Im Nu sah sie sich in Hue in Lisas Küche, und die Erinnerung war so lebendig, dass ihr die Tränen kamen. Am nächsten Tag würde sie auch an Lisa schreiben. Die Vergangenheit war mächtig, und sie wünschte sich so sehr, ihr Kind möge eines Tages auf glückliche Zeiten zurückblicken, sich an eine Zeit voller Liebe erinnern. In ihrer eigenen Kindheit hatte es so viel Belastendes gegeben, und es gab Momente, in denen sie lieber nicht daran zurückdenken wollte.

34

Wenn Nicole an die Zukunft dachte, dann noch immer mit Unbehagen. Auch wenn Sylvie das Gegenteil behauptete, konnte doch kein Zweifel bestehen, dass die Vietminh Hanoi früher oder später einnehmen würden. Sie hatten im Volk viele Tausende Unterstützer, die ihre Sache für gerecht hielten. Nicole stimmte es einerseits traurig, dass die alte Zeit für immer vorbei war, andererseits hatte sie genug gesehen, um zu wissen, dass die Vietminh das Recht auf ihrer Seite hatten.

Als sie sich ein wenig kräftiger fühlte, ging sie einmal am Tag spazieren, aber frühmorgens, um möglichst wenig Leuten zu begegnen. Sie las keine Zeitung, da ohnehin nur von französischen Siegen berichtet wurde und die Verluste der Franzosen verschwiegen wurden, besonders bei Kämpfen um das Delta des Roten Flusses. Sie hatte gesehen, was passiert, wenn Leute Tatsachen ignorieren – während der schrecklichen Schlacht von Hoa Binh 1952. Die französischen Kommandeure hatten sich geweigert zu erkennen, was ihre Verluste dort prophezeiten. Aber Nicole hatte einige Vietminh persönlich gekannt. Sie hatten nur ein Ziel vor Augen, und mit dieser Entschlossenheit würden sie siegen. Nicole empfand widerwillige Bewunderung für sie. Selbst angesichts der mächtigen französischen Streitkräfte würden sie niemals aufgeben, und obwohl ihre Propaganda extrem war, ließ sich ihre Leidenschaft nicht bestreiten. Doch wenngleich sie für eine gerechte Sache kämpften, würden noch viele Menschen dafür leiden müssen.

Bis zu dem Tag, an dem sie einen Brief von Mark erhielt, hatte sie versucht, sich nicht in ihre Angst um ihn hineinzusteigern, hatte sich aber in einem fort gefragt, wo er war und ob es ihm gut ging. Sie hätte es nicht ertragen können, wenn ihm jetzt etwas zustieße. Nicole ging schnell nach oben in ihr Zimmer, um den Brief ungestört zu öffnen, und las erfreut, dass er noch nicht nach … – da hatte er eine Leerstelle gelassen – abgereist war. Sie wusste, was gemeint war. Er durfte seinen Aufenthaltsort nicht erwähnen. Demnach war er noch in Saigon und nicht in Russland. Mark hatte ihren Brief bekommen und schrieb, er sehne sich danach, die Hand auf ihren Bauch zu legen und die Tritte des Babys zu spüren. Außerdem schlug er vor, sie sollten ihren verbliebenen Besitz verkaufen, damit sie gleich nach der Geburt das Land verlassen könnten.

Nicole war überglücklich, von ihm zu hören, kämpfte jedoch mit den Tränen, wenn sie daran dachte, was ihm in Russland vielleicht bevorstand.

Bilder von grauen abweisenden Fassaden und skrupellosen Männern kamen ihr in den Sinn. Er werde einen vermissten Agenten finden müssen, hatte er gesagt. Der ebenso gut übergelaufen sein konnte. Was würde mit Mark geschehen, wenn er gefasst wurde? Der Krieg in Vietnam belastete sie auch. Der Tod war überall, auch wenn sie ihn nicht sehen konnte. Niemand wusste genau, wie weit die Vietminh schon vorgerückt oder wie sehr die Russen involviert waren. Für Mark hoffte sie, es wäre minimal.

35

Die Wintermonate vergingen rasch, und Nicole konnte sich in der Zeit über zwei Briefe von Lisa freuen. Offenbar war ihre alte Freundin mit ihrem neuen Leben zufrieden, und Nicole las es mit großer Erleichterung. Aber als der Februar vor der Tür stand, wurde sie wegen Mark immer unruhiger. Seit dem Tag ihrer Entlassung aus dem Gefängnis hatte sie ihn nicht mehr gesehen und auf ihre letzten zwei Briefe keine Antwort erhalten. Das musste heißen, er war nun in Russland.

Eines Nachmittags Anfang Februar hatte Sylvie den Kopf in ein Buch über Geburtshilfe gesteckt, und Nicole saß auf dem Sofa und strickte an der Babydecke, ließ aber immer wieder Maschen fallen. Mark hatte recht, Stricken war nicht ihr größtes Talent. Sie musste ständig an ihn denken und fragte sich ein ums andere Mal, wo er wohl war und was er gerade tat. Da sie schon an die Zukunft dachte, überlegte sie, ob man wohl in den Dörfern rund um Saigon problemlos Milch bekam. Wenn er nach dem Krieg von Saigon aus arbeiten könnte, wäre das für Nicole ein denkbarer Weg. Sie war selbst nie im Süden gewesen, doch laut ihrem Vater war Saigon eine überfüllte Stadt ohne den gelassenen Charme Hanois. Und angeblich war das Opium, das schon in Hanoi weit verbreitet war, im Cholon-Viertel allgegenwärtig. Die Stadt war korrupt, aber viele flüchteten dorthin.

Sie schaute von ihrer Strickarbeit auf. »Was, wenn Mark etwas zustößt?«

»Er kann auf sich aufpassen.«

»Ich will nicht, dass mein Kind ohne Vater aufwächst.«

Sylvie legte ihr Buch zur Seite. »Wir sind beide ohne Mutter aufgewachsen, daher verstehe ich deine Sorge. Du warst nicht die Einzige, die sich anders gefühlt hat, weißt du? Alle meine Freundinnen hatten Mütter, und dann hatte ich plötzlich keine mehr. Da haben sie mir den Rücken zugekehrt.«

»Wenigstens hattest du sie fünf Jahre lang.«

»Aber weil du sie nie hattest, hast du auch den Unterschied nicht erlebt. Ich habe mich gefühlt, als hätte ich ein großes Loch in mir.«

Darauf herrschte eine Weile Schweigen, und Nicole dachte, wie schrecklich es für Sylvie gewesen sein musste, schon mit fünf Jahren ihre geliebte Mutter zu verlieren.

»Das verstehe ich. Ich habe in mir auch immer so ein Loch gefühlt«, sagte sie kleinlaut.

Sylvie kam zu ihr, kniete sich neben sie und nahm ihre Hand. »Nun, wir haben jetzt uns beide.«

Nicole nickte, und ihre Schwester richtete sich wieder auf.

Da war noch etwas anderes, worüber Nicole nachgedacht hatte. »Was wird aus meinem Laden?«

»Die Leute können derzeit nicht viel Geld ausgeben. O-Lan ist noch dort, aber die Einnahmen reichen uns kaum zum Leben. Aber wir haben noch andere Geschäfte, und wenn die sorgfältig geführt werden, bin ich sicher, wir können sie weiterhin behalten.«

Nicole war nicht so zuversichtlich. »Erinnerst du dich, dass Mark in seinem Brief schrieb, wir sollten unseren Besitz zu Geld machen?«

Sylvie stieß ein verächtliches Lachen aus.

»Du solltest nicht alles glauben, was er sagt, Nicole. Wir haben Ansprüche aufrechtzuerhalten, und wenn wir den Krieg gewinnen, werden wir alles brauchen, was wir haben.« Sie ging händereibend auf und ab und redete beinahe mit sich selbst. Ihr Blick huschte hierhin und dorthin, und dann senkte sie die Stimme. »Wir müssen achtgeben, dass uns niemand belauscht.«

Nicole runzelte die Stirn. »Wer denn?«

Sylvie schien sie nicht gehört zu haben und redete weiter mit sich selbst. »Es wird alles gut werden. Ja, absolut prima. Alles in Ordnung. Wie immer. Ganz wie immer.«

Dann drehte sie sich zu Nicole um, als fiele ihr plötzlich ein, dass sie da war. »Wir bleiben hier. Mach dir keine Sorgen. Es ist alles unter Kontrolle. Du brauchst dir über nichts Gedanken zu machen. Es wird schön, wenn das Baby kommt. Ich wünschte, es würde sich beeilen.«

»Man kann einem Baby nicht vorschreiben, wann es zur Welt kommt.«

»Du hast recht. Die Natur geht ihren Gang.«

»Du wirkst so unruhig, Sylvie. Ist etwas nicht in Ordnung?«

Ihre Schwester seufzte schwer. »Gar nichts. Übrigens habe ich Lisas altes Rezept für den Zitronenkuchen gefunden, den du so liebst. Wollen wir einen Versuch wagen?«

»Wenn das Baby da ist, sollten wir sofort nach Frankreich gehen, finde ich. Nach Saigon sind schon so viele gegangen.«

»Feiglinge! Auf jeden Fall hat die Regierung weitere Ausreisen verboten.«

»Du denkst, das wird die Leute aufhalten?«

Sylvie zuckte mit den Schultern. »Also, du magst den Kuchen doch …«

Nicole fühlte ein plötzliches Stechen im Unterleib und krümmte sich zusammen.

»Was hast du? Du siehst ein bisschen seltsam aus.«

»Ich fühle mich mehr als seltsam«, keuchte Nicole.

Das Stechen ging vorbei, und sie stiegen in die Küche hinunter, Nicole mit einer Hand an der Wand, um sich abzustützen.

»Die Stufen sind tückisch«, meinte sie.

»Früher bist du immer rauf- und runtergerast.«

»Da war ich noch nicht schwanger.«

Die Küche war sauber, aber ganz anders, als sie einmal gewesen war: Das geschäftige Treiben, die köstlichen Gerüche, das laut aufgedrehte Radio, zu dem Lisa mitsang – all das gab es nicht mehr. Seufzend öffnete Nicole die Tür des Wintergartens, damit der Geruch der feuchten Erde und der Pflanzen hereinkam. Es war ein schöner Tag und recht kühl. Sie dachte voller Zärtlichkeit an Yvette und an die Samstage, an denen sie morgens mit Trophy vorbeigekommen war und die Leckereien aus ihrer Bäckerei gebracht hatte. Von der Vergangenheit war kaum noch etwas übrig, aber Nicole war zuversichtlich, das Baby würde ihnen neue Hoffnung für die Zukunft bringen.

Sylvie zog eines von Lisas alten Kochbüchern aus der Schublade unter dem Tisch. Sie schlug es auf. »Es ist handgeschrieben. Ich habe einen Zettel als Lesezeichen hineingelegt. Aber meine Güte, ihre Rechtschreibung ist katastrophal.«

»Sie hatte wenig Schulbildung.«

»Hier ist es. Wir brauchen Eier und Mehl. Und Zitronen. Kannst du den Zucker aus der Speisekammer holen?«

Nicole fand eine offene Tüte. Der Zucker sollte eigentlich in luftdichten Dosen aufbewahrt werden, da sich sonst Ameisen einnisteten. Sie prüfte, ob keine darin krabbelten, und in dem Moment kam das Stechen wieder. Nicole keuchte auf und schüttete sich versehentlich Zucker über die Brust.

»Ich glaube, das Baby kommt.«

Sylvie schaute von dem Kochbuch auf. »Bist du sicher?«

Nicole war gereizt. »Nein. Schließlich ist das mein erstes Mal, wenn du dich erinnerst.«

»Ich hole die Hebamme. In einer halben Stunde bin ich zurück. Sie kann zumindest mal einen Blick auf dich werfen.« Sylvie klappte das Buch zu. »Wir backen den Kuchen ein andermal.«

»Und wenn es kommt, während du weg bist? Kannst du nicht anrufen?«

»Die Leitung ist tot.«

»Schon wieder?«

Sylvie nickte. »Im ganzen Viertel.«

»Ich will, dass du hierbleibst.« Nicole weinte jetzt. »Sieh

mich doch an! Ich bekomme gleich mein Kind und habe mich mit Zucker vollgestreut.«

Sylvie lachte. »Ich bin bei so etwas völlig nutzlos.«

»Ich muss ins Bad, um das klebrige Zeug loszuwerden.«

»Also gut, ich werde dir dabei helfen und dann gehen.«

Nicole streckte die Hand nach ihr aus. »Bitte, lass mich nicht allein!«

»Komm, gehen wir ins Bad! Frauen bringen jeden Tag Kinder zur Welt. Du wirst das bestens hinbekommen.«

»Wärst du an meiner Stelle, würdest du das nicht sagen. Denk nur, was mit unserer Mutter passiert ist.«

Sylvie schaute Nicole kühl an. »Nun, ich bin nicht an deiner Stelle, nicht wahr?«

»Aber ich weiß doch nicht, was ich tun muss«, jammerte Nicole.

»Das weiß man dann bestimmt instinktiv.«

Während sie zum Badezimmer gingen, hoffte Nicole, dass ihre Schwester recht behielt. Sie würden sich auf ihren Instinkt verlassen müssen. Im Bad wusch sie sich den Zucker ab, dann ging sie ins Wohnzimmer, wo Sylvie schon Kissen auf das Sofa bettete. »So. Hast du es bequem?«

Nicole nickte. Ein wirklich furchtbarer Schmerz fuhr ihr durch den Bauch. »Ich schaffe das nicht ohne Mark. Du musst hierbleiben. Bitte!«

Sylvie gab doch noch nach, und sofort ließ der Schmerz nach, und Nicole ging es wieder gut. Fehlalarm, dachte sie. Gab es dafür nicht einen Fachausdruck? Sie hatten beide das Geburtshilfebuch gelesen, doch es war ein altmodisches, in dem alles sonderbar vage und beschönigend ausgedrückt wurde. Nicole stemmte sich auf die Beine, und Sylvie half ihr, umherzulaufen.

»Es war vielleicht falscher Alarm, also könnte ich doch jetzt die Hebamme holen gehen«, sagte Sylvie.

Nicole fühlte sich klein, hilflos und weinerlich. Und schrecklich unsicher, ob das Kind nun auf die Welt drängte oder noch nicht. Was, wenn dem Baby etwas zustieße? Sie bekam eine panische Angst. »Ich will wirklich nicht allein damit sein.«

Sylvie nickte. »Also gut. Wir machen das zusammen.«

Nicole lächelte durch einen Tränenschleier.

Es war gut, dass Sylvie geblieben war, denn ein paar Minuten später platzte die Fruchtblase, und ein neuer heftiger Schmerz fuhr Nicole in den Unterleib. Überrascht hielt sie sich den Bauch. Es war kein falscher Alarm gewesen, und jetzt wusste sie mit absoluter Sicherheit, dass die Geburt bevorstand. Sie dachte an beruhigende Dinge und versuchte, völlig auszublenden, was ihrer Mutter passiert war. Sylvie hatte recht. Frauen brachten jeden Tag Kinder zur Welt, oft draußen auf dem Feld. Und sie war doch schon kräftiger geworden, nicht wahr? Sie würde das schaffen.

Eine weitere Wehe kam, und Nicole schrie auf.

»Bringen wir dich ins Bett.«

Nicole schüttelte den Kopf. »Ich kann nicht. Das Sofa muss reichen.«

»Dann hol ich jetzt die Handtücher.«

Während ihre Schwester fort war, konzentrierte sich Nicole auf ihre Atmung, um sich die Schmerzen zu erleichtern. Doch bei jeder Wehe fühlte es sich an, als würden ihre Eingeweide gezogen und zusammengequetscht. Warum sagte einem vorher niemand, wie weh das tat?

Sie kniff die Augen zu und zählte langsam bis zehn, dann noch einmal, in der Hoffnung, die Schmerzen würden vergehen. Nicole sagte sich, sie werde das auch ohne Mark schaffen, ganz zweifellos. Aber sie wünschte sich sehr, er wäre im Zimmer nebenan oder zumindest in Rufweite, während ihr Kind auf die Welt kam. Um sich zu trösten, stellte sie sich vor, er hielte ihre Hand und streichelte ihr den Rücken, und sie hörte seine Stimme, wie er sie aufmunterte, ihr gut zuredete. Als sie sich vorstellte, er würde sie in die Arme nehmen, geschah etwas Seltsames mit ihr, etwas, durch das sie sich lebendig fühlte und so voller Energie, dass sie laut hätte jubeln wollen: Ich, Nicole Duval, werde Mutter!

Sylvie kam zurück. »Du siehst besser aus. Eben warst du noch furchtbar blass.«

»Ich denke, es wird gut gehen.«

Da rollte die nächste Schmerzwelle heran. Sylvie setzte sich neben sie und hielt ihr die Hand.

»Denk ans Atmen, Nicole!«

Gut, dass Sylvie bei ihr war! Ein paar Minuten später bekam Nicole brennenden Durst, doch ehe sie um Wasser bitten konnte, brachte ihre Schwester schon ein volles Glas.

»Du weißt anscheinend, was ich brauche, noch bevor ich es sage.«

Sylvie lächelte.

Nicole wollte furchtlos sein, aber bei den nächsten Wehen fühlte sie sich wie damals, als sie geglaubt hatte zu ertrinken. Das hatte sie sich alles nicht so vorgestellt. Ihr Puls schien zu rasen, und sie bekam es mit der Angst zu tun.

»Wehr dich nicht dagegen«, sagte Sylvie. »Lass den Schmerz zu. Lass die Welle über dich hinweggleiten.«

Nicole sah sich in einer Falle ohne Ausweg, und ein paar Minuten lang wimmerte sie vor Schmerzen. Dann legte sich eine kurze Stille über den Raum, und Nicole verspürte eine sonderbare Distanz zu sich selbst, so als sähe sie sich von außen.

»Du kannst das«, sagte Sylvie. »Eines Tages wird es nur noch eine Erinnerung sein. Halt durch!«

Nicole spürte den Kopf des Kindes. »Ich muss pressen.«

»Dann tu das. Dein Körper sagt dir das Richtige.«

Nicole stöhnte, aber sie war erleichtert, weil Sylvies Unruhe sich gelegt hatte und sie jetzt liebevoll und einfühlsam mit ihr umging. Nicole spürte, dass Sylvie ganz bei ihr war, und nach ihrem roten Gesicht zu urteilen, standen sie die Geburt wirklich gemeinsam durch. Es zog sich hin. Nicole war nach jeder Presswehe müder, aber Sylvie redete ihr gut zu, dazwischen ruhig und gleichmäßig zu atmen. In einem der stillen

Momente ließ Nicole sich treiben. Sie wünschte sich, den Mond zu sehen, die Sterne zu betrachten, die Erde unter den Füßen zu spüren. Sie wollte mit Lisa singen, Seide schneiden. Alles. Alles, nur kein Kind gebären müssen. Dann setzte ein furchtbares Brennen und Stechen ein, als risse sie innerlich entzwei.

»Oh mein Gott, es ist so weit. Es bringt mich um.«

»Ich denke, jetzt musst du hecheln.«

Sylvie lächelte so gelassen, dass Nicole gerührt war.

Wieder passierte etwas Seltsames: Trotz Schmerzen und Erschöpfung verlor Nicole die Angst. Sylvie hatte recht. Kinder gebären war die natürliche Bestimmung der Frau, und dies war der große Augenblick für sie und das Baby. Sie würde ihr Kind nicht im Stich lassen.

Nur wenige Minuten danach war das Baby geboren. Mit Tränen in den Augen hielt Sylvie den gräulichen, blutverschmierten Winzling hoch. »Es ist ein Mädchen, Nicole. Ein hübsches kleines Mädchen.«

Nachdem Sylvie die Nabelschnur durchtrennt hatte, gab das Baby einen kräftigen Schrei von sich, und Nicole sackte zusammen und weinte vor Erschöpfung und Erleichterung.

Sylvie tätschelte ihr die Hand und reichte ihr einen Waschlappen. »Na komm. Hier wartet ein kleines Mädchen auf dich.«

Nicole lächelte und wischte sich die Tränen weg. »Ja, das ist wahr.«

»Du hast dich tapfer geschlagen. Ich bin so stolz auf dich, ich könnte vor Stolz platzen. Soll ich sie waschen?«

»Noch nicht. Ich möchte sie an mir spüren.«

Sylvie wischte das Baby ein wenig ab und legte es ihr in den Arm. Überglücklich schaute Nicole auf ihr Neugeborenes. Wer hätte ihr sagen können, dass es sich so anfühlte? »Ist das wirklich wahr?«

Sylvie nickte, offenbar genauso von Gefühlen überwältigt wie Nicole.

Ihre Tochter war inzwischen ganz rosig. Sie hatte helle Haare, runzlige Händchen, winzige Fingernägel und flaumzarte Wangen. Als sie die Augen öffnete, sah Nicole, dass sie blau waren. Leuchtend blau. Einen schöneren Moment konnte es nicht geben, und sie wusste, sie würde ihn nie vergessen. Sie schaute zu ihrer Schwester auf. »Ich danke dir.«

Sylvie kämpfte mit den Tränen. »Ich hätte das um nichts in der Welt verpassen wollen. Sieh sie dir nur an! Nie hätte ich gedacht, dass sie so schön sein würde und du so tapfer.«

»Ohne dich hätte ich das nicht geschafft.«

»Doch, das hättest du.«

Das Baby machte Saugbewegungen, und die Schwestern weinten.

Sylvie wischte sich über die Augen und fasste sich als Erste. »Ich werde sie dir jetzt an die Brust legen.«

Ein paar Augenblicke lang saugte die Kleine Luft, dann fand sie die Brustwarze.

»Sie weiß, was sie will«, sagte Nicole amüsiert.

»Und da wir nun ein neues Familienmitglied haben, werde ich versuchen, Mark zu erreichen«, erklärte Sylvie.

Solange ihre Schwester fort war, konnte Nicole kaum den Blick von ihrer Tochter abwenden. Sie schaute in einem fort in das runzlige rote Gesichtchen und war erschöpft, gerührt, überglücklich. Dieses winzige Wesen war ihr Baby. Und so ein zähes kleines Ding! Es hatte die Gefangenschaft der Mutter überlebt und die Abwesenheit des Vaters. Nicole küsste das Baby auf die Wangen.

Ein wenig später kam die Nachgeburt. Das schaffte sie allein.

Aber wie schön war es gewesen, Sylvie bei der Geburt bei sich zu haben! Das war eine ergreifende Erfahrung; so nah hatte sie sich ihrer Schwester noch nie gefühlt. Sie wollte den Namen ihrer Tochter mit Mark besprechen, doch sie wusste, er würde so bald vielleicht nicht heimkommen.

Kurz darauf kam Sylvie zurück und bat, das Baby halten

zu dürfen. »Sie ist so süß«, sagte sie und betrachtete die Kleine lächelnd. »Ich bin so stolz auf euch beide. Hast du dir schon einen Namen für unser Engelchen ausgedacht?«

»Celeste.«

»Ein schöner Name. Celeste Duval. Klingt das nicht wundervoll?«

»Konntest du Mark erreichen?«

»Ich habe ein Telegramm an die amerikanische Botschaft in Saigon geschickt. So ist es am sichersten. Er muss doch erfahren, dass er gerade Vater geworden ist, nicht wahr?«

Während der folgenden Tage konzentrierte sich Nicole auf ihr Kind. Als die Milch einschoss, fühlten sich ihre Brüste geschwollen und empfindlich an, aber es dauerte nicht lange, und Celeste und sie fanden zu einem regelmäßigen Rhythmus. Nicole küsste die kleine Nase, die pummeligen Finger und das warme Bäuchlein, und wenn sie die Haut des Kindes an ihrer spürte, bewirkte das etwas in ihr. Es war paradox, doch nun hatte sie so viel zu verlieren; sie fühlte sich stärker, mehr wie sie selbst, und das überraschte sie. Wenn Celeste weinte, trug sie sie umher, um sie zu besänftigen, und wurde dabei selbst ebenfalls ruhiger. Es war Nicole eine Freude, das Kind zu stillen, und es gab ihr Mut und Kraft. Celeste zärtlich im Arm zu wiegen machte Nicole selig. Sie erholte sich rasch von ihrer Erschöpfung und fühlte sich bald quicklebendig.

Damit Celeste ein wenig Sonne bekam, hatte Sylvie einen Kinderwagen ausgeliehen, der im Wintergarten stand. Ein paar Tage nach der Geburt legte Nicole ihre Tochter unter die weiße Decke und schob den Kinderwagen durch den Garten und zum Seitentor hinaus.

Es war ein schöner Tag mit strahlend blauem Himmel, in allen Bäumen zwitscherten die Vögel, und überall sah man weiße Blüten. Da war es verzeihlich, wenn man vergaß, dass Krieg herrschte. Fremde Leute blieben stehen, um in den Wagen zu spähen, und jeder machte eine freundliche Bemerkung zu den wunderschönen blauen Augen und den seidigen rotblonden Haaren des Babys. Nicole fand sich in ihr Dasein als Mutter, als gäbe es nichts Schöneres für sie, und stolz wie sie war, zeigte sie ihre Tochter gern vor. Für sie war es noch immer schwer zu glauben, dass dieses schöne blauäugige Kind in ihr herangewachsen war.

Ganz allmählich jedoch fand die träumerische Zufriedenheit ein Ende. Da sie von dem einen Menschen getrennt war, den sie über alles liebte, fühlte sie sich schrecklich einsam. Und ohne Lisa und auch ohne ihren Vater war das Heim der Familie zu groß. In einem Moment der Unachtsamkeit, so schien es fast, hatte sich alles verändert. Noch immer hatte Nicole nichts von Mark gehört und wurde allmählich unruhig. Wenn die Botschaft ihn nicht erreicht hatte, wusste er noch gar nichts von seiner Tochter. Nicole war klar, was es hieß, in so unsicheren Zeiten ein Kind zu haben, und sie fürchtete sich vor den dunklen Tagen, die ihnen vielleicht noch bevorstanden.

Eines Nachmittags setzte sie sich aufs Sofa, schloss die Augen und stellte sich vor, sie läge mit dem Kopf an Marks Schulter und er striche ihr übers Haar. Nicole sah ihn breit lächelnd seine Tochter im Arm halten. Sie wünschte sich so sehr, ihre Familie möge zusammen sein, und einen Moment lang stand das Bild so klar vor ihr, als wäre er wirklich bei ihnen.

Als sie die Augen öffnete, war sie unsagbar traurig, weil Mark nicht da war, und spürte schmerzlich ihre Liebe zu den zwei Menschen, die ihr alles bedeuteten. In einem Moment völliger Stille dachte sie, wie sehr sie den Krieg verabscheute und das hilflose Wissen um den Tod, das er mit sich brachte. Wie konnte es sein, dass das Leben von Menschen, die man liebte, von einem Augenblick auf den nächsten ausgelöscht wurde? Menschen mit Blut in den Adern, Menschen, die atmeten, lachten und liebten. Menschen, die es nicht verdienten zu sterben. Es erschien ihr völlig unmöglich, Mark vielleicht nie wiederzusehen. Die ganze Welt schien stillzustehen, als ihr das klar wurde. Sie blickte auf und sah Sylvie in der Tür stehen. Ihre Schwester hatte sie beobachtet, und ihr Gesicht war vollkommen ausdruckslos.

36

Im Frühling spielte Nicole viel mit Celeste im Garten, solange noch ein frischer Wind wehte und die Luft trocken war. Sie war glücklich, wenn sie mit ihrer schönen Tochter zusammen war, und liebte es, morgens aufzuwachen und Celeste schon lächeln zu sehen.

Sylvie wirkte still und in sich gekehrt, ging aber häufig unruhig auf und ab, rieb sich die Hände und führte Selbstgespräche. Eines Nachts wurde Nicole von einem Geräusch geweckt. Überrascht hörte sie, dass ihre Schwester durchs Haus lief. Dann wurde die Hintertür geöffnet und ins Schloss gezogen. Da Celeste tief und fest schlief, folgte Nicole ihrer Schwester in den Garten. Sie trat ganz leise auf, um sie nicht zu erschrecken. Im Garten regten sich die Tiere der Nacht, sodass es ringsherum raschelte und knackte, und der Mond schien so hell, dass Sylvies Nachthemd leuchtete. Nicole blinzelte verwirrt: Sylvie sah aus wie einer der Geister, die dort draußen ihr Unwesen treiben mochten.

Ihr kam eine Melodie von früher in den Sinn, und sie summte sie leise. »Erinnerst du dich an das Lied, Sylvie?«

Ein paar Augenblicke lang summte ihre Schwester mit, verstummte dann aber abrupt.

»Was hast du?«, fragte Nicole in sanftem Ton.

Sylvie drehte sich nicht zu ihr herum und antwortete ihr auch nicht.

»Sylvie?«

Darauf wandte sie den Kopf, einen seltsamen Ausdruck im Gesicht. »Nichts hab ich.«

»Aber du bist barfuß hier draußen – um drei Uhr morgens. Ist dir nicht kalt?«

Sylvie schaute wie erwachend auf ihre Füße. »Oh. Das habe ich gar nicht bemerkt.«

Dennoch blieb sie auf eine geistesabwesende Art weiter still stehen, und Nicole konnte sich des Eindrucks nicht erwehren, ihre Schwester sei lebensmüde.

Sie legte einen Arm um Sylvie. »Komm mit, ich mach dir eine heiße Schokolade.«

Sie erntete ein dünnes Lächeln, sah aber auch die Tränen in den Augen ihrer Schwester. Nicole wollte keine voreiligen Schlüsse ziehen, fürchtete jedoch, Sylvie könnte kurz vor einem Nervenzusammenbruch stehen.

Am nächsten Tag erwähnte keine von ihnen die nächtliche Begegnung – es war, als hätte sie gar nicht stattgefunden.

Ein paar Tage später waren Sylvie und sie wieder im Garten. Nicole hatte noch immer nichts von Mark gehört, und seine Abwesenheit wurde zu einer Quelle nagender Angst. Einerseits sehnte sie sich danach, etwas von ihm zu erfahren, ganz gleich, was, andererseits fürchtete sie sich unsagbar davor, ein Telegramm zu erhalten, in dem ihr mitgeteilt wurde, er sei tot oder verschollen.

Trotz Sylvies früherer Zuversicht stand das größere ihrer beiden Seidengeschäfte im alten Viertel seit mehreren Wochen zum Verkauf. Die Tatsache, dass sich kein Käufer dafür fand, bereitete ihnen Sorgen.

Gerade als Nicole wieder einmal über das Problem nachdachte, eröffnete Sylvie ihr, sie habe das Geschäft einer Vietnamesin verkaufen können, die ein Restaurant in den Räumlichkeiten eröffnen wolle. Sylvie hielt die Frau für töricht.

»Wenn wir nicht bald auch alles andere verkaufen, werden wir keine Käufer mehr dafür finden«, sagte Nicole. »Und wir werden das Geld brauchen. Vielleicht können wir in Frankreich ein Importgeschäft betreiben, was meinst du? Wir könnten das zusammen tun. Die großen Modeschöpfer wollen Qualitätsseide.«

Sylvie lief auf dem Rasen auf und ab. »Sei nicht so pessimistisch! Es ist unnötig, sich über einen Umzug nach Frankreich Gedanken zu machen. Wir werden den Krieg gewinnen. Du wirst schon sehen.«

Das hat ein bisschen unsicher geklungen, dachte Nicole. Und Sylvies ständiger Beteuerung, man brauche sich keine Sorgen zu machen, mangelte es an Glaubwürdigkeit. Es gab Gerüchte, es sei eine Entscheidungsschlacht bei Dien Bien Phu geplant. Trotzdem beharrte Sylvie nach außen hin auf der französischen Überlegenheit. In Wirklichkeit wusste niemand, wie es stand. Falschinformationen und Gerüchte grassierten. Wer siegte und wer unterlag, hing davon ab, welche Zeitung man las.

»Unser Kaufhaus in der Paul Bert ist verkauft und nun auch der große Seidenladen. Wir haben nur noch meinen kleinen Laden und unsere zwei Häuser«, stellte Nicole fest.

»Wir haben noch das Exportgeschäft in Hue. Das können wir gemeinsam leiten, wenn Celeste ein wenig älter ist.«

»Das würde mir gefallen.« Nicole zögerte. »Aber um ehrlich zu sein, bezweifle ich, dass wir in Vietnam bleiben werden.«

»Du und Celeste?«

»Mark und ich, meine ich, und Celeste natürlich auch.«

Sylvie wirkte ein wenig enttäuscht. »Oh.«

»Und wenn die Vietminh siegen, werden sie Privatbesitz verbieten. Dann nimmt uns der Staat alles weg.«

»Nur über meine Leiche.«

»Genau das bereitet mir Sorge.«

»Wollen wir ins Haus gehen?« Sylvie überging die Bemerkung und wechselte lieber das Thema.

»Sollten wir nicht ausreisen, solange es noch möglich ist?«

»Und alles den Vietminh überlassen? Ich will nicht weg, und hier wird sowieso alles beim Alten bleiben. Aber wenn du gehen möchtest, geh nur!«

»Sylvie, du weißt, dass ich dich hier nicht allein zurücklassen kann. Ich werde noch ein bisschen warten. Vielleicht wird sich Mark auch bald melden.«

Sylvie brummte etwas Unverständliches, und sie gingen zusammen ins Haus.

Zwei Wochen später versiegte Nicoles Milch, und sie saß weinend in der Küche. Die kleine Celeste auf ihrem Schoß schrie aus Leibeskräften. Sylvie starrte aus dem Fenster und murmelte etwas vor sich hin, als wäre sie in einer anderen Welt.

»Ich bekomme sie nicht mehr satt«, jammerte Nicole, während Celestes Geschrei in ein klägliches Weinen überging.

Sylvie drehte sich vom Fenster weg. »Was hast du gesagt?«

»Ich habe nicht mehr genug Milch. Schau sie dir an.«

Sylvie schien zu sich zu kommen. »Da kann ich dir helfen. Kein Grund zur Sorge. Ich mache dir ein Fläschchen. Ich habe schon drei Babyfläschchen und Milchpulver besorgt. Nein, das macht mir nichts aus. Gar nichts. Im Gegenteil.«

»Wieso hast du Fläschchen besorgt?«

»›Immer vorbereitet sein‹, das ist mein Motto.«

Nicole stand auf und schaukelte das Kind auf dem Arm, in der Hoffnung, es so beruhigen zu können. Vielleicht war es die Sorge um Mark, die ihre Milch hatte versiegen lassen. Während sie noch darüber nachdachte, klapperte Sylvie bereits am Herd herum, füllte kochendes Wasser und Milchpulver in das Fläschchen und stellte es eine Weile in ein Gefäß mit kaltem Wasser.

»Das hätten wir«, sagte sie nach einer ganzen Weile. »Fertig. Nun gib sie mir.« Sie streckte die Arme nach Celeste aus, dann setzte sie sich an den Tisch und fütterte sie mit der Flasche.

»Wenn ich die Kleine jetzt nicht mehr stille, darf ich ja wieder Knoblauch essen.« Nicole gab eine gehackte Zehe in den Schmortopf, dann nahm sie die Zeitung, konnte sich aber nicht konzentrieren. Einen Moment später legte sie sie zur Seite und ging um den Tisch herum, um Celeste auf die Wange zu küssen.

»Ich werde sie füttern«, sagte sie und wollte Sylvie das Kind abnehmen.

»Nein, es geht ihr doch gut. Schau, ihr fallen schon die Augen zu.« Sylvie stand auf, tänzelte durch die Küche und wiegte Celeste dabei in den Armen. »Sie ist schon eingeschlafen. Geh und leg dich auch ein bisschen hin. Ich passe auf die Kleine auf.«

»Also gut. Und es macht dir auch wirklich nichts aus?«

»Ich liebe Celeste«, sagte Sylvie und küsste sie auf die Nase. »Du bist meine kleine Schönheit, nicht wahr?«

»Funktioniert das Telefon wieder?«, fragte Nicole.

Sylvie hielt inne. »Zwischendurch ging es mal, aber jetzt wieder nicht mehr. Im Moment gibt es so viel Sabotage.«

Nicole seufzte. Das stimmte. Häufig fiel auch der Strom aus, und sie wussten nie, aus welchem Grund. Dies waren dunkle, unruhige Zeiten, und es war schrecklich, sich so abgeschnitten zu fühlen. Auf das Postamt war ein Bombenanschlag verübt worden, daher überraschte es nicht weiter, dass keine Briefe ankamen. Lächelnd beobachtete Nicole, wie ihre Schwester Celestes Pausbäckchen küsste.

»Husch!«, sagte Sylvie. »Leg dich ein wenig aufs Ohr!«

»Ich geh ja schon.«

»Ich werde Celeste auch gleich baden.«

Nicole versuchte, ihre Angst um Mark zu vergessen, indem sie in Gedanken das Seidengeschäft plante, das sie aufziehen würde, wenn sie ins Ausland gingen. Sobald Celeste ein wenig älter wäre, würde sie mit der Arbeit anfangen. Wenn es in Vietnam nicht mehr möglich sein sollte, dann würde sie es eben in Frankreich oder in Amerika versuchen. Sie verstand etwas von Seide, und schließlich gab es noch andere Länder, in denen Seide produziert wurde.

Nicoles Gedanken wanderten zu Sylvie. Sie hoffte, ihre Schwester würde eines Tages selbst ein Kind haben. Es schien ihr gutzutun, auf Celeste aufzupassen. Wenn die Kleine nicht in ihrer Nähe war, wirkte sie fahrig und geistesabwesend und hörte nicht immer, was man zu ihr sagte, und das bereitete Nicole Sorgen.

Sie hatte Sylvie noch immer nicht die Wahrheit über den Tod ihrer Mutter erzählt und kam sich feige vor. Sie durfte es nicht noch länger aufschieben, aber es war eben auch ein heikles Thema. Es könnte den schwer erkämpften Frieden zwischen ihrer Schwester und ihr wieder zerstören, und das wäre nicht gut für Celeste. Mit einem so tief sitzenden Groll durfte man nicht leichtfertig umgehen.

Einen oder zwei Tage später saßen sie beide in dem kleinen Esszimmer und lasen, während Celeste schlief. Nicole hatte beschlossen, dies wäre der richtige Moment, um Sylvie zu erzählen, was wirklich passiert war, doch dann verließ sie wieder der Mut. Schließlich kam sie zu dem Schluss, es ein weiteres Mal aufzuschieben, und schaute an die Decke. »Ach, wie ich die fliegenden Putten hasse!«

»Ich mag sie«, erwiderte Sylvie. Sie schien den resignierten Ausdruck in Nicoles Gesicht zu bemerken, deutete ihn aber falsch und meinte, sie aufmuntern zu müssen. »Wir dürfen nicht aufgeben, Nicole. Wir müssen weiter daran glauben.«

»Wenn du meinst, wir siegen durch Glauben, dann muss ich dir sagen, die Vietminh glauben viel fester als wir.«

»Bist du deshalb zu ihnen hingerannt? Weil du dachtest, sie wären die Stärkeren?«

»Man kann nicht sagen, dass ich zu ihnen hingerannt bin. Ich bin vielmehr vor euch weggelaufen.«

Sylvie richtete sich auf. »Vor uns? Du bist vor uns weggelaufen? Es tut mir leid. Hätte ich gewusst, dass der Hausarrest dazu führt … Ich wollte dich nur schützen.«

»Wohl eher Macht ausüben! Aber das war es nicht – zumindest nicht nur.«

»Was denn?«

»Lisa hat mir erzählt, was tatsächlich passiert ist, als ich geboren wurde.«

Sylvie runzelte die Stirn. »Das wissen wir doch schon.«

Nicole stand auf und ging ans Fenster, um zum Pavillon zu schauen. Die Korbsessel waren ausgebleicht, und der Glastisch stand nicht mehr am Seerosenteich. Auch der Teich selbst wirkte vernachlässigt.

Sie drehte sich zu Sylvie um. »Das war eine Lüge. Unsere Mutter ist nicht gestorben, weil sie mich zur Welt gebracht hat. Zumindest nicht direkt. An ihrem Tod ist unser Vater schuld.«

Sylvie schaute sie verwirrt an, erwiderte aber nichts.

»An dem Tag hat unsere Mutter ihn im Bett mit einem Hausmädchen erwischt. Sie war früher von einer Reise zurückgekommen.«

»Stopp!« Sylvie hielt sich die Ohren zu. »Warum sagst du das? Ich will das nicht hören.«

»Es ist die Wahrheit. Und später weigerte sich unser über jeden Tadel erhabener Vater zu glauben, dass sie Wehen hatte. Er hörte sie weinen und klagen und verbot allen, zu ihr zu gehen. Sie wolle nur Aufmerksamkeit, sagte er. Am Ende setzte sich Lisa über das Verbot hinweg, aber Mutter hatte schon zu viel Blut verloren. Lisa rief den Arzt, doch es war zu spät.«

Sylvie war weiß wie die Wand geworden und vollkommen starr.

»Der Schock, ihn mit einer anderen im Bett zu sehen, hat vorzeitige Wehen ausgelöst.«

Ihre Schwester stand mit gesenktem Blick da und rührte sich noch immer nicht.

»Sag etwas, Sylvie!«

Immerhin blickte sie nun auf. »Das hat er bestimmt nicht getan! Das ist eine ganz gemeine Lüge!«

Nicole schüttelte den Kopf, doch sie sah, wie sehr diese Eröffnung ihrer Schwester zusetzte, und wünschte, sie hätte nicht davon angefangen. Sylvie rang die Hände, und sie tat Nicole zutiefst leid.

Den Rest des Tages gingen sie einander aus dem Weg, aber

am Abend kam Sylvie mit rot geweinten Augen und verkniffenem Mund in Nicoles Zimmer.

»Jetzt, da du Mark hast, brauchst du mich nicht mehr, stimmt's?«

»Natürlich brauche ich dich noch.«

Sylvie stand wie angewurzelt da, dann lächelte sie Nicole seltsam an. »Es ist nicht wahr, was du über Vater gesagt hast, oder?«

Nicole seufzte. »Es ist wahr.«

Resigniert setzte sich Sylvie auf den Stuhl. »Du wirst nie wieder darüber sprechen. Hast du mich verstanden?«

Dann legte sie die Arme auf Nicoles Frisiertisch, verschränkte sie, bettete den Kopf darauf und fing an zu schluchzen.

Während die Tage vergingen, wuchs in Nicole die Befürchtung, Mark sei etwas zugestoßen. Der Gedanke, er könnte bereits tot sein, zerriss ihr das Herz. Im April sah es so aus, als änderte sich die allgemeine Lage, aber nicht zum Besseren. Da die Anspannung in Hanoi groß war, wollte Nicole sich auf die Evakuierung vorbereiten, selbst wenn es sich am Ende als unnötig erweisen sollte. Sie hatte schon angefangen, eine Tasche für sich und Celeste zu packen, für den Fall, dass sie ganz plötzlich das Haus verlassen mussten, und hatte Sylvie überzeugen wollen, das Gleiche zu tun. Die Verantwortung machte ihr Angst, doch Nicole würde alles tun, um ihrem Kind ein sicheres, glückliches Leben zu bieten. Wenn sie dafür ohne Mark oder ohne ihre Schwester nach Frankreich gehen musste, dann würde sie es eben tun.

Eines späten Nachmittags nahm sie Celeste in das Arbeitszimmer ihres Vaters mit und dachte über ihn nach. Selbst nach all der Zeit roch das Zimmer noch nach Cognac und Zigarren, wenn auch ein wenig schal. Sie setzte sich in seinen Ledersessel und wünschte, sie könnte die Zeit zurückdrehen und die Dinge ändern. Mit einem Seufzer des Bedauerns dachte sie an ihr früheres Verhältnis zu ihrem Vater und stand schließlich auf. In dem Moment hörte sie den Schlüssel in der Haustür und ging in die Halle.

Dort stand Sylvie; sie war kreidebleich. Nicole hielt inne. Sylvie setzte sich auf den Garderobenstuhl und stützte den Kopf in die Hände. Dann schaute sie auf und erblickte Nicole.

»Ich habe schlechte Neuigkeiten«, sagte sie händeringend. »Sie betreffen unseren Stützpunkt im Tal von Dien Bien Phu, der groß und strategisch wichtig ist. Wie alle anderen habe ich geglaubt, die Vietminh könnten ihn niemals einnehmen, doch soeben habe ich erfahren, dass das Militär taktische Fehler gemacht hat.« Sylvie stand auf und ging in dem grünlichen Licht der Halle hin und her. »Oh Gott, oh Gott! Was wird jetzt aus uns werden?«

»Was für taktische Fehler?«

»Schreckliche Fehler.«

»Sag es!«

»Es gibt katastrophale Verluste, und der Sieg der Vietminh steht unmittelbar bevor. Der Beistand aus China hat die Vietminh gestärkt. Es besteht nur noch Hoffnung, wenn Amerika weitere Unterstützung schickt.«

»Von wem weißt du das?«, fragte Nicole.

»André hat eine Nachricht hinterlassen.«

Nicole dachte darüber nach. »Was, meint er, sollen wir jetzt tun?«

»Das hat er nicht gesagt. Doch es sieht so aus, als würde der Kampfgeist der Vietminh ihnen zum Sieg verhelfen.«

»Das habe ich ja schon immer vermutet. Heißt das, es ist tatsächlich vorbei?«

Sylvie seufzte, und dann schwankte ihre Stimme. »Noch nicht. Wir haben uns überschätzt und sie unterschätzt, deshalb verlieren wir vielleicht. Doch wie gesagt, durch stärkere Unterstützung seitens der Amerikaner könnte sich das noch ändern. Wir können noch siegen.«

»Das glaubst du nach wie vor?« Nicole drückte ihre Tochter an sich.

»Ja. Ja. Natürlich. Aber ich wünschte, Papa wäre hier. Er wüsste jetzt, was zu tun ist.«

»Möglich.«

Sylvies Blick wurde hart. »Ich will wieder zurück. Einfach wieder zurück. Warum ist das so schwer?«

»Wohin zurück?«, fragte Nicole und spürte, dass ihre Schwester sich gerade in ihre eigene innere Wirklichkeit zurückzog. »Ich verstehe überhaupt nicht, was du meinst.«

»Bevor das alles angefangen hat. Dahin.« Sylvie rang die Hände und wirkte halb verrückt vor Angst. Plötzlich jedoch schien sie aus dem Zustand zurückzufinden. »Wir müssen tun, was für Celeste das Beste ist, nicht wahr? Mit ihren rotblonden Haaren und den blauen Augen wird sie den Sieg der Vietminh nicht überleben.«

»Ich muss mir überlegen, wie ich sie auf dem schnellsten Wege von hier wegbringen kann. Nach Saigon vielleicht? Was meinst du?«

Als Sylvie antworten wollte, erlosch das Licht.

Nicole fuhr herum. Was hatte das zu bedeuten? Waren die Vietminh bereits in der Stadt? Hatten sie die Elektrizitätswerke in die Luft gesprengt?

»Hier, nimm Celeste! Ich gehe rasch in den Keller.«

Im Geiste sah sie die ganze Stadt im Dunkeln liegen und schwarz vermummte Männer und Frauen durch die Straßen schleichen. Die Nachbarn hatten ihre Häuser schon verlassen. Sie würden niemandem trauen können. Nicole riss sich zusammen und schaute nach der Taschenlampe, die stets in der Halle bereitlag. Als sie im Keller den Sicherungskasten öffnete, stellte sie fest, dass eine Sicherung durchgebrannt war. Das war alles. Nicole tauschte sie aus, und als das Licht wieder anging, fiel ihr Blick auf die alte Ziegelwand, dorthin, wo das Telefonkabel ins Haus verlegt war. Das sah irgendwie sonderbar aus. Sie stellte ein Brett beiseite, das an der Wand gelehnt und den

Anschluss verdeckt hatte. Das Problem schien gar nicht bei der Telefonvermittlung zu liegen. Nicole nahm sich vor, gleich am Morgen einen Techniker zu bestellen. Das Kabel hatte sich offenbar von selbst gelockert.

37

Nachdem Sylvie ihre Befürchtungen zum bevorstehenden Untergang ausgesprochen hatte, passierte eine Zeit lang gar nichts. Es war ruhig, und in den Zeitungen hieß es beharrlich, die Kampfmoral sei gestiegen. Trotz heftiger Kämpfe und schwerer Verluste könnten die französischen Truppen noch einen Sieg erringen, war zu lesen. In den Schlagzeilen wurde ständig Unterstützung gefordert und mehr Intervention der Amerikaner, die dann schließlich kam.

Es war schwierig, an zutreffende Informationen zu gelangen, und auf den Straßen herrschte eine angespannte Atmosphäre. Nicole wünschte sich, wenigstens im Schlaf einmal alles zu vergessen, aber ihre Sorge um Mark hielt sie wach. Vergeblich versuchte sie in den langen Nächten, sich die Angst auszureden, und dabei fühlte sie sich, als bräche ihr das Herz. Wenn sie morgens in den Spiegel schaute, offenbarten die dunklen Schatten unter ihren Augen die Belastung. Bei den stattfindenden Gefechten gab es kaum französische Erfolge. Eine schlechte Nachricht folgte auf die andere, und in Hanoi breitete sich Panik aus. Nicole hasste das Warten, hasste das schreckliche Gefühl, nichts tun zu können und auf das, was vor ihnen lag, keinen Einfluss zu haben. Und während einer unerträglichen Nacht beschloss sie, es nicht länger aufzuschieben. Ganz gleich, was Sylvie meinte, ihre Ausreise war längst überfällig.

Nicole ging an den Aktenschrank ihres Vaters, um nach wichtigen Papieren zu suchen, die sie besser mitnehmen sollten. Sie fand keine. Dann bemerkte sie eine unbeschriftete Mappe, klappte sie auf, und da lagen zwei an sie adressierte Briefe von Mark und drei ihrer Briefe an ihn, die offenbar nicht auf den Postweg gelangt waren. Nicole schwankte unter heftigen Schmerzen in der Brust, schaffte es aber, sich zusammenzureißen. Die beiden für sie bestimmten Briefe waren geöffnet worden. Aus einem zog sie einen Packen Dollarscheine und einen Briefbogen heraus, der das Datum des sechsten Februar trug, ganz kurz nach Celestes Geburt.

Mark schrieb, er sei überglücklich, ein Kind zu haben, und sehne sich danach, sie beide zu sehen. Beim Lesen meinte Nicole, seine Stimme zu hören. Tief gerührt las sie weiter. Er schrieb, er liebe sie und wolle sie in Sicherheit wissen, und es sei Zeit, alle Besitztümer zu Geld zu machen. Sie zog den zweiten Brief aus der Mappe; er war auf den fünften März datiert. Darin schrieb Mark, er könne es kaum erwarten, sie wiederzusehen, verstehe aber nicht, warum er nichts mehr von ihr höre. Er hoffe, das liege daran, dass sie schon nach Frankreich abgereist sei. Wenn das jedoch nicht der Fall sei, dürfe sie nicht länger zögern, sondern müsse sofort aufbrechen. Es habe keinen Sinn, dies noch weiter aufzuschieben. Er nannte ihr auch noch einmal Lisas Adresse in Narbonne.

Vor Erleichterung schwanden ihr fast die Sinne. Er war am Leben – war es zumindest im März noch gewesen.

Er berichtete, er sei ständig unterwegs und könne keine Adresse nennen, sie solle ihm aber über die Botschaft mitteilen, wo sie zu finden sei. Am Ende beteuerte er noch einmal, dass er sie liebe, und bat sie, das niemals zu vergessen. Sie drückte den Brief ans Herz. Als könnte sie das je vergessen!

Ihre Freude kam zu einem jähen Ende, als die Erkenntnis sie traf. Zuerst war sie wie betäubt, dann stieg Wut in ihr hoch. Wie konnte ihre Schwester so grausam sein? Sie verbarg den Kopf in einer Hand und versuchte, klar und vernünftig zu denken. Eine Weile später ging sie in ihr Zimmer hinauf, schlug den Teppich zurück, versteckte ihren Pass und Celestes Geburtsurkunde unter einer lockeren Bodendiele und legte das Geld dazu.

Entschlossen, Sylvie sofort bei ihrer Rückkehr auf die

Briefe anzusprechen, lief sie ungeduldig auf und ab. Sie hatte sich so sehr gewünscht, die Versöhnung mit ihrer Schwester möge echt sein, besonders nachdem Sylvie ihr bei der Geburt so aufopfernd beigestanden hatte, und war nun wütend auf sich selbst, weil sie geglaubt hatte, es könne sich tatsächlich etwas ändern. Von nun an ging es nur noch darum, sich und ihre Tochter zu retten. Etwas anderes zählte nicht mehr.

Über das alte CIA-Büro im zweiten Stock des *Métropole* versuchte sie, etwas über Marks Aufenthaltsort herauszufinden, und wandte sich an die wenigen Mitarbeiter, die noch geblieben waren. Niemand konnte ihr etwas sagen. Sie raffte zusammen, was sich auf dem Markt, der in der Innenstadt spontan entstanden war, verkaufen ließ. Je mehr Geld sie zusammenbekäme, desto größer würden ihre Möglichkeiten sein. Dort wurde inzwischen alles veräußert, was sich tragen ließ. Sie nahm das schwarze Perlmutttablett aus der Halle, doch es brachte nur einen geringen Betrag. Danach verkaufte Nicole mit Erfolg die antiken vietnamesischen Keramiken. Schließlich packte sie seidene Lampenschirme, Schmuck und alles, was ihr sonst noch in die Finger fiel, zu Celeste in den Kinderwagen und ging damit auf den Markt. Sie trennte sich ohne jede Wehmut von den Sachen. Nur in Friedenszeiten konnte man sich den Luxus erlauben, an der Vergangenheit festzuhalten.

Als Sylvie am Abend zurückkam, stürmte sie in Nicoles Zimmer und sah aus, als hätte sie immer drei Treppenstufen auf einmal genommen. »Was hast du getan? Alles ist weg!«

Nicole lag auf dem Bett, neben sich das schlafende Baby, und versuchte zu lesen. Sie blickte Sylvie an, klappte das Buch zu und setzte sich auf. »Weck sie nicht auf.«

Sylvie zog die Brauen zusammen und schien nicht still stehen zu können.

»Warum regst du dich so auf? Siehst du denn nicht, was in Hanoi los ist? Ich habe dir gesagt, wir sollten alles verkaufen, solange wir es noch können. Mark sagte das auch.« Nicole stand vorsichtig auf, damit Celeste nicht aufwachte, dann richtete sie sich zu ihrer vollen Größe auf. »Warum hast du seine Briefe versteckt und meine an ihn nicht abgeschickt, obwohl du es versprochen hattest?«

Sylvie wich einen Schritt zurück, gab aber keine Antwort. Ihre Lippen zitterten, und ihre Augen waren so weit aufgerissen, dass sie ganz fremd aussah.

»Sylvie?«

Ihre Schwester schaute sie an, als wollte sie sich jeden Moment auf sie stürzen, doch dann wich sie taumelnd zurück und schien in sich zusammenzusinken. Sie setzte sich auf die Bettkante, bleich und abgespannt.

Nicole hielt ihre Wut im Zaum, aber was Sylvie getan hatte, war unverzeihlich. »Um Himmels willen! Du weißt, wie sehr ich mich danach gesehnt habe, von ihm zu hören. Und wie sehr ich gefürchtet habe, er könnte tot sein! Wie konntest du mir das antun?«

Ihre Schwester schwieg, und Nicole wollte sie am liebsten schütteln. Stattdessen verschränkte sie die Arme vor der Brust und wartete.

»Ich habe mich ausgeschlossen gefühlt«, flüsterte Sylvie.

»*Du* hast dich ausgeschlossen gefühlt? Soll ich dir etwas sagen? Ich habe mich ausgeschlossen gefühlt, mein ganzes Leben lang. Papa und du habt ständig dafür gesorgt.«

Sylvie blickte auf. »Ich weiß …«

Der Moment zog sich endlos dahin, während sie einander anstarrten. Dabei wurde Nicole immer deutlicher, wie instabil ihre Schwester war.

»Ich hätte das nicht tun sollen. Ich hätte nichts von alldem tun sollen.« Sylvie fing an zu weinen, und während sie schluchzte, drang das zuletzt Gesagte zu Nicole durch.

Was hatte ihre Schwester noch getan?

Sylvie wischte sich mit dem Ärmel die Augen. »Nachdem Mark dich besucht hat, ging es mir furchtbar. Du brauchtest mich nicht mehr. Niemand brauchte mich noch.«

»Ich habe dich nicht ausgeschlossen. Du weißt selbst, wie gut du zu Celeste gewesen bist.«

»Ich dachte, ich habe alles verloren. Unser Geschäft, das alte Leben … Mark.« Sie stockte, ihre Augen füllten sich erneut mit Tränen, dann beugte sie sich vornüber und stützte den Kopf in die Hände.

»Du wolltest meine Beziehung mit Mark zerstören?«, fragte Nicole mit schwankender Stimme.

Sylvie schüttelte den Kopf und sah auf. »Ich weiß nicht, was los ist. Manchmal habe ich das Gefühl, ich löse mich auf. Es ist, als würde immer ein bisschen mehr von mir wegbrechen. Ich hatte Angst, auch dich und Celeste noch zu verlieren. Du hast selbst gesagt, dass ihr in Amerika leben wollt.«

Als ihr die Tränen über das Gesicht liefen, sah sie so verletzlich und traurig aus, dass Nicole nicht länger wütend sein konnte.

»Ach, Sylvie, warum hast du das getan?«

Ihre Schwester schüttelte den Kopf.

»Das musste doch nicht sein. Du hättest mich und Celeste nicht verloren. Sie liebt dich. Wir wären immer ein Teil deines Lebens gewesen.«

»Meinst du?«

»Natürlich. Du bist ihre einzige Tante. Du warst dabei, als sie zur Welt kam. Und denk nur, wie viel sie lacht, wenn sie bei dir ist. Aber jetzt … Wie soll ich dir denn wieder vertrauen können? Du musst begreifen, was du getan hast.«

Sylvie nickte zaghaft. »Ich fühle mich so einsam. Schon immer. Und inzwischen ist es so gefährlich da draußen. Ich fühle mich bedroht und habe Angst.«

»Aber du bist nicht allein. Und das warst du auch nie. Nun komm, wisch dir die Tränen vom Gesicht. Wir müssen uns überlegen, was wir jetzt unternehmen.«

»Es tut mir leid, Nicole. Manchmal komme ich mir vor, als wüsste ich selbst nicht mehr, was ich tue. Als wäre noch jemand anders in mir.«

Nicole streckte die Arme nach ihr aus. Sylvie stand auf, und als die Schwestern sich umarmten, fühlte Nicole, wie Sylvie das Herz klopfte und wie sie lautlos schluchzte. Es schien, als täte es ihr ehrlich leid. Gerührt von so viel Zerknirschung, wollte Nicole ihr gern glauben. Es stand außer Zweifel, dass Sylvie sich quälte, aber das fragile Vertrauen zwischen ihnen hatte Schaden genommen. Sie wollte auf der Stelle mit Celeste aufbrechen und in Frankreich auf Mark warten. Doch sie konnte Sylvie in diesem Zustand unmöglich allein lassen. Sie würde sie mitnehmen müssen.

Nachdem Sylvie das Haus verlassen hatte, um für sie alle eine Überfahrt nach Frankreich zu ergattern, ging Nicole in den Cercle Sportif, der immer eine Säule der kolonialen Gesellschaft gewesen war. Dort hielten sich oft Soldaten am Schwimmbecken auf, und man konnte gut Neuigkeiten aufschnappen, weil die Männer sich dort sicher fühlten. Mit dem Baby im Kinderwagen ging sie in den Club. Die Temperatur stieg, und bald würde man draußen vor Hitze umkommen. Ängstlich blickte Nicole zum Himmel. Es konnte jederzeit anfangen zu regnen oder zu nieseln. Im Norden lauerten ein paar schwarze Wolken, doch mit ein wenig Glück würden sie nicht bis über Hanoi ziehen. Viel bedrohlicher als die Regenwolken waren die Flugzeuge, die in immer größerer Zahl die Stadt überflogen.

Nicole bat den Clubdiener, ein Auge auf das Baby zu haben, weil sie ein paar Bahnen schwimmen wolle. Hinterher legte sie sich in die blasse Sonne, um zu trocknen, und sah den Soldaten zu, die johlend ins Becken sprangen, als gäbe es keinen Grund zur Sorge. Als sie aus dem Wasser kamen, schaute einer von ihnen sie abschätzend an und bot ihr eine Zigarette an.

»Nein, danke.«

»Ist das Ihr Kind? Oder sind Sie das Kindermädchen?«

»Das ist meins.«

»Sie tragen keinen Ehering.«

»Nein«, sagte sie und fühlte sich angegriffen.

»Möchten Sie auf ein Glas mit zu mir kommen?«, fragte er mit erwartungsvollem Blick. »Sie können das Baby mitnehmen.«

Sie sah ihm ins Gesicht. Er war einer der oberflächlichen Männer, die dachten, sie täten einer Frau mit ihrem Interesse einen Gefallen. »Danke, nein.«

»Was dagegen, wenn ich mich zu Ihnen setze?«

Sie zuckte mit den Schultern. »Ich gehe ohnehin in ein paar Minuten nach Hause.«

Er zog sich einen Stuhl heran und lümmelte sich hinein. »Mensch, bin ich müde!«

Sie taxierte ihn. »Wie läuft es bei Dien Bien Phu?«

Er zog an seiner Zigarette und blies den Rauch langsam aus. »Ich bin zur Behandlung hier. Hatte eine infizierte Wunde.«

»Und wie ist es da draußen?«

»Der Feind hat Tausende Bauern, die Nachschub und selbst schweres Gerät über das Gebirge schleppen. Es läuft nicht, wie wir uns das gedacht haben. Ich würde sagen, es dauert nur noch ein paar Tage.«

»Wir werden den Krieg also verlieren?«, fragte sie.

Er seufzte schwer und streckte die Hand aus, um sie am Arm zu berühren.

Nicole zuckte zusammen.

»Mensch, Mädchen!« Er tippte auf ihren leeren Ringfinger. »Sei doch nicht so wählerisch. Ich könnte dir zum Ausgleich einen Flug nach Saigon besorgen.«

»Ich möchte ihn lieber bezahlen.«

Er lachte. »Du meinst das ernst, oder?«

Sie nickte. »Ich brauche sogar zwei.«

»Also, ich bewundere deinen Mut, aber das wird teuer.« Er nannte ihr die Summe und kritzelte seinen Namen auf eine Serviette. »Wenn du sie haben willst, komm morgen früh mit dem Geld ins *Métropole*. Ich habe dann Tickets für den Mittagsflug.«

»Danke.«

Obwohl sie damit gerechnet hatte, war ihr schlecht bei dem Gedanken, dass die Franzosen jetzt vor der sicheren Niederlage standen. Sie fand durchaus, die Vietnamesen hätten das Recht auf eine eigene Regierung, doch eine Anerkennung durch Frankreich und ein würdevoller Rückzug, gefolgt von einer friedlichen Übergabe der Macht, wie es die Briten in Indien getan hatten, wäre ihr lieber gewesen. Sie wusste, während der Abtrennung war nicht alles gut gelaufen, und es gab viele Vorwürfe gegen die Briten, doch warum musste es hier einen langwierigen Kampf geben? Und einen Krieg, der so sehr nach Vergewaltigung und Mord gierte? Oder waren alle Kriege so? Sobald die Hemmungen der Zivilisation fielen, schien alles erlaubt zu sein, ganz gleich, wie grausam.

Wenn sie sich vorstellte, wie es wohl sein würde, ihr geliebtes Vietnam zu verlassen, dachte sie an ihre Flucht aus dem Lager nach Süden – wie sie ganz allein durch winzige Dörfer gewandert war, in der freien Natur schmale Brücken und Gebirgsbäche hatte überqueren müssen und wie sie in verlassenen Dörfern nach Essbarem gesucht und Unterschlupf gefunden hatte. Trotz ihrer ständigen Angst hatte sie die Schönheit der Landschaft in verblüffender Weise wahrgenommen. So viele Bäume in Tausenden von Grüntönen hatte sie gesehen.

Sie dachte an Hue. Das Haus am Fluss war noch immer ihr liebster Platz auf der Welt. Wie gern wollte sie ihrer Tochter solche Erfahrungen ermöglichen, auf die sie selbst durch ihr Leben am Fluss zurückblickte. Außer einer natürlich. Nicole dachte daran, wie sie aufs Wasser zu schauen pflegte und wie der Himmel am Abend purpurrot wurde, und lächelte bei der Erinnerung an die Mönche vor ihrem achteckigen Tempel am Parfümfluss, die sie oft heimlich beobachtet hatte. Sie hatten sie nie bemerkt – oder es nicht zu erkennen gegeben.

Der Soldat neben ihr stand auf. »Jedenfalls muss ich jetzt gehen. War nett, dich kennenzulernen.«

Nicole machte sich bereit, den Club zu verlassen, und

wenig später schob sie den Kinderwagen um den See herum, wo sie schnuppernd die nach Wasser und Blüten riechende Luft einatmete. Sie ließ den Blick über die breiten, von Bäumen gesäumten Boulevards schweifen und stellte erschüttert fest, wie sehr sie Hanois freundliche Gelassenheit lieben gelernt hatte. Sie ging zur Bank und erfuhr, dass Sylvie ihr Geschäftskonto bereits aufgelöst hatte.

Es war Zeit, Celeste zu füttern, die jetzt hellwach war und gerade anfing zu weinen. Nicole fasste ihr an die Stirn. Sie fühlte sich ein bisschen zu warm an. Als sie zu Hause ankamen, hingen schwarze Wolken über der Stadt, und ein starker Wind kam auf. Die Vorboten eines Sturms, die die Hunde des Viertels dazu bringen würden, ein Geheul anzustimmen, das erst wieder aufhören würde, wenn sich der Sturm längst verzogen hatte. Im Haus war es still. Nicole hebelte das Bodenbrett auf, nahm die Sachen aus dem Versteck und packte sie in ihre Handtasche, in der schon das Geld aus dem Verkauf der Haushaltsgegenstände steckte. Sie stopfte einige Windeln und Kleidung für Celeste in die bereits halb gepackte Reisetasche und ließ sie in der Halle stehen, solange sie auf Sylvie warten mussten.

Zum Glück hielt der Sturm nicht lange an. Am späten Nachmittag, nachdem sie Celeste umgezogen hatte, fuhr sie den Kinderwagen durch den Wintergarten zu einem geschützten Platz unter einem alten Apfelbaum, in der Hoffnung, in der frischen Abendluft würde es ihrer Tochter bald besser gehen, die vorher kaum etwas gegessen hatte. Die Sonne war noch einmal herausgekommen und hatte den Himmel aufgehellt.

Sie lüftete Celestes Babydecke, die sie während der Reise brauchen würde.

Im Garten, der von niemandem mehr gepflegt wurde, war vieles überwuchert außer dem Wäscheplatz, wo die Leinen hingen. Nachdem sie die Decke aufgehängt hatte, fasste sie Celeste prüfend in den Nacken. Sie fühlte sich noch immer ein bisschen zu warm an und schlief sehr unruhig. Nicole strich ihr über die heißen Wangen und deckte sie auf. Sie würde sie gleich mit ins Haus nehmen und mit einem feuchten Waschlappen kühlen, aber vorher wollte sie nachsehen, ob in Lisas Gemüsebeet noch irgendetwas zu ernten war. Auch wenn sie am nächsten Mittag nach Saigon flogen, würden sie heute Abend noch etwas essen müssen. Lebensmittel waren knapp, und so hatten sie sich mit wenig begnügen müssen und hauptsächlich Linsen gegessen, ab und zu ein dürres Huhn und was noch an Wurzelgemüse nachgewachsen war. Nicole kniete in der feuchten Erde, stocherte mit einer Pflanzschaufel und merkte erst, dass sie nicht mehr allein war, als sie im Garten jemanden husten hörte.

Noch kniend drehte sie sich um und sah eine Bewegung auf der anderen Seite des Gartens, wo der Kinderwagen stand. Sie erhob sich und schaute nach. Es war Sylvie. Sie hatte Celeste aus dem Wagen genommen und wiegte sie in den Armen. Ihr Freund André war auch bei ihr. Was wollte der denn hier?

»Es geht ihr nicht gut. Sie war gerade erst eingeschlafen«, sagte Nicole schon von Weitem. »Kannst du sie bitte wieder hinlegen?«

Sylvie kam einen Schritt auf sie zu. »Möchtest du ins Haus gehen?«

Bestürzt sah Nicole den ernsten Gesichtsausdruck ihrer Schwester und den kleinen Koffer, der zwischen ihren Füßen stand.

»Es gibt keine schonende Art, es zu sagen«, begann Sylvie, und Nicole bemerkte jetzt ihre rot geweinten Augen.

»Was denn?«

Sylvie holte tief Luft, bevor sie weiterredete, und blickte kurz zu André. »Etwas Schreckliches ist passiert. Unsere Truppen sind auf dem Rückzug. Der Stützpunkt bei Dien Bien Phu wird fallen.«

»Ich habe das vorhin im Sportclub gehört. Weißt du mehr?«

Sylvie schüttelte den Kopf. »Nur, dass Giap, der Oberbefehlshaber der Vietminh, französische Stellungen durch ein Netz von Gräben und Tunneln eingekreist hat.«

Nicole starrte sie sprachlos an.

Sylvie schluckte mühsam. »Sie überwältigen uns, Nicole. Ich hätte nicht gedacht, dass das so plötzlich passieren würde. Ich habe angenommen, wir hätten noch Zeit. Aber sie haben schon so gut wie gesiegt.«

»Ich hole unsere Sachen.«

Sylvie wiegte weiterhin das Kind und wirkte nicht mal halb so aufgeregt wie in den vergangenen Tagen. »Nein. Du verstehst nicht. Ich habe nur ein Ticket bekommen. Ich habe ein Taxi bestellt, das mich zu einem Panzerfahrzeug der Amerikaner bringen wird. Damit fahre ich in einem Konvoi zum Hafen von Haiphong. Ich habe einen Platz auf einem Schiff ergattert, das hoffentlich in zwei bis drei Tagen nach Frankreich auslaufen wird.«

»Ein Ticket?«

»Ich werde allein fahren. Es war fast schon unmöglich, ein Ticket für den Konvoi zu bekommen. Sie bringen nur Beamte und Militärangehörige raus.«

»Ich verstehe nicht. Du meinst, du lässt mich und Celeste hier zurück?«

Sylvie schüttelte den Kopf. »Ich weiß, es klingt verrückt, aber ich dachte, Celeste kommt mit mir. Für ein Baby brauche ich kein Ticket.«

»Ist das dein Ernst?«

Sylvie nickte. »Denk nur mal nach. Schau sie dir an: Sie hat blaue Augen und rotblonde Haare. Du weißt, sie wird den Einmarsch der Vietminh nicht überleben.«

Nicole sah sie an. Ihre Schwester konnte doch unmöglich glauben, dass das richtig war. »Aber ich bekomme Flüge für uns nach Saigon.«

»Von wem?«

»Von einem Soldaten im Sportclub.«

Sylvie schnaubte. »Und dem hast du geglaubt? Nicole, du

musst dich jetzt entscheiden. Ich muss gehen. Das Taxi wartet nicht.«

»Ich weiß nicht. Ich weiß es wirklich nicht.« Nicole schlug das Herz bis zum Hals. »Celeste geht es nicht gut, Sylvie. Sie hat Fieber.«

»Für sie ist es das Beste. Du siehst vietnamesisch aus. Du wirst zurechtkommen, sie würde das nicht. Das hast du selbst gesagt.«

»Aber ich meinte doch nicht …«

Als Sylvie das Baby in die Decke wickelte, zitterten ihre Hände.

»Du hast gesagt, du willst Celeste sicher von hier wegbringen. Das biete ich dir jetzt an. Aber wir dürfen keine Zeit verlieren. Bitte, Nicole! Überlass sie mir!«

Nicole warf einen Blick zu André. Der hob gerade Sylvies Koffer auf. Es schnürte ihr die Brust zusammen. »Du kannst uns doch nicht trennen. Du bist meine Schwester.«

»Hast du daran auch gedacht, als du die Unwahrheit über meinen Brief gesagt und mit Mark geschlafen hast?«

Nicole starrte sie ungläubig an. »Deswegen willst du mir mein Kind wegnehmen?«

»Nein, keineswegs. Ich konnte wirklich nur ein Ticket bekommen.«

»Komm, Sylvie. Warum gehen wir nicht alle zusammen zu unserem Auto? Das wäre doch besser, nicht wahr?«

Sylvie schüttelte bedächtig den Kopf. Die Feder an ihrem Hut zitterte im Wind. »Der Tank ist fast leer. Für Privatwagen gibt es kein Benzin mehr. Es gibt nur diese eine Möglichkeit.«

Nicole überlegte hastig. Vielleicht hatte Sylvie recht. Sie hatte keine Möglichkeit, Hanoi zu verlassen, außer mit dem Flugzeug nach Saigon. Was, wenn der Soldat ihr falsche Versprechungen gemacht hatte? Dann würde sie hier festsitzen, und was würde dann aus Celeste werden?

»Gib ihr den Umschlag!«, sagte Sylvie zu André.

Er reichte ihn Nicole.

»Das Haus in Hue ist jetzt auf dich überschrieben. Du kannst dorthin, dich eine Zeit lang versteckt verhalten und dann nachkommen, wenn die Lage sich beruhigt hat. Ich werde in Paris in der Wohnung unseres Vaters sein. Die Villa habe ich den Streitkräften vermacht, obwohl ihnen das nicht mehr viel nutzen wird. Ich wollte sie verkaufen, doch dazu war keine Zeit mehr. Nun ist sie nichts mehr wert.«

André trat an Nicole heran. »Besser, Sie überlassen ihr das Kind, Mademoiselle. Die Vietminh würden es nicht am Leben lassen. Sie sind selbst auch nicht sicher, wenn Sie es bei sich haben.«

Nicole liefen die Tränen über das Gesicht. Sie musste sich entscheiden, ob sie sich lieber auf einen Soldaten verlassen wollte, den sie gar nicht kannte, oder ob sie ihre Tochter ihrer Schwester anvertrauen wollte. Beides war riskant, aber sie musste das Wohl ihres Kindes an die oberste Stelle setzen. Sylvie würde sofort aufbrechen. Wie die Lage am nächsten Tag sein würde, war nicht abzusehen. Vielleicht würden dann keine Flüge mehr nach Saigon gehen. Nicole fasste einen Entschluss und bedeckte ihre Tochter mit Küssen. Sie konnte sich kaum überwinden, sich von ihr zu trennen, aber Sylvie hatte recht.

»Ich verspreche, gut auf sie aufzupassen.«

Nicole sah ihrer Schwester in die Augen und nickte, dann strich sie Celeste noch einmal über die Wange und spürte die Zartheit ihrer Haut. Nach einem Moment gelang es ihr zu sprechen. »In der Halle steht eine Tasche mit ihren Sachen.«

Sylvie drehte sich um und folgte André ins Haus.

Wie betäubt schaute Nicole ihnen nach. »Denk dran, sie ist nicht ganz gesund!«, rief sie mit stockender Stimme und horchte in die Lücken zwischen ihren Worten. War sie wahnsinnig, dass sie das geschehen ließ? Die Frage hallte ohne Antwort in ihr nach.

Sie schaute durch den Garten. Wie konnte alles so normal aussehen, wenn sie ihre Tochter vielleicht nie mehr wiedersah?

Wir hätten längst ausreisen sollen, dachte sie. Sie hatte gewusst, dass es dumm war, noch länger zu warten, aber Sylvie zuliebe war sie noch geblieben. »Wir hätten längst ausreisen sollen«, flüsterte sie, »schon längst.« Mark hatte es ihr geraten, doch sie hatte stattdessen auf Sylvie gehört. Ihr Hals war wie zugeschnürt, sie konnte kaum schlucken, aber ein kühler Windstoß und Donnerrollen brachten sie in Bewegung.

Sie rannte ins Haus und den anderen hinterher.

Als sie in der Halle anlangte, stand die Haustür offen. Sie erfasste die Szene auf einen Blick und flog aus dem Haus. Gerade warf André die Wagentür an Sylvies Seite zu und stieg dann vorne ein. Sylvie saß mit Celeste auf dem Rücksitz, und Nicole konnte deutlich sehen, wie sich die blauen Augen ihres kleinen Mädchens mit Tränen füllten.

Als das Taxi losfuhr, rannte sie ihm blindlings hinterher und rempelte jeden an, der ihr in die Quere kam. Schließlich war sie gezwungen, anzuhalten und Atem zu schöpfen. Ihre Schwester hatte sich schon seit Wochen sonderbar verhalten und war ihr manchmal instabil vorgekommen. Würde sie sich überhaupt angemessen um Celeste kümmern können? Passanten starrten sie an, während sie dastand und nach Luft rang. Die Umgebung verschwamm vor ihren Augen, Menschen, Autos und Rikschas wurden zu einer schwankenden Masse. Dann brach die Dunkelheit herein, und Nicole setzte sich aufs Pflaster und weinte hemmungslos.

38

Nachdem sie aufgehört hatte zu weinen, war ihr noch einige Minuten lang so eng in der Brust, dass sie schlecht Luft bekam, sie zweifelte gar, ob sie je wieder richtig würde atmen können. Die Arme um sich geschlungen, saß sie auf dem Pflaster und schaukelte vor und zurück. Niemand blieb stehen. Schließlich stand sie auf und schaute auf die Straße voller Leute, ohne wirklich jemanden zu sehen. Irgendwie schaffte sie es, nach Hause zu laufen. Dort angekommen, lehnte sie sich an die Haustür, und das schmerzliche Verlangen, Celestes kleinen warmen Körper in den Armen zu halten, wurde übermächtig in ihr. Sie schaute zu den dunklen Wolken auf, schmutzigen Flecken an einem purpurnen Himmel, dann über die Straße, wo auf der anderen Seite ein Pärchen vorbeihastete. Beide trugen Koffer. Sie überlegte, ein Taxi zu nehmen und Sylvie zu der Fahrzeugkolonne zu folgen. Dann fiel ihr ein, dass ihre Schwester nicht erwähnt hatte, wo der Konvoi abfuhr. Sie fasste sich an den Hals, weil ihr wieder die Luft wegblieb.

Nach einem Moment tastete sie nach der Türklinke und ging ins Haus. Sie betrachtete die vier Wände der Halle, die Glaskuppel, den Boden, und schließlich sah sie das Telefon, das wieder funktionierte und auf dem Tisch neben der Wohnzimmertür stand. Sie wischte sich über das Gesicht und zwang sich, klar und vernünftig zu denken. Sie rief die Polizei an. Dort hieß es, man müsse sich jetzt um Wichtigeres kümmern, zum Beispiel Plünderungen verhindern.

»Aber mein Baby ist auf dem Weg nach Haiphong«, erwiderte sie flehend.

»Mit Ihrer Schwester, wie Sie sagen.«

»Ja. Aber ich muss doch bei meinem Kind sein.«

»Und Sie haben Ihrer Schwester erlaubt, das Baby mitzunehmen?«

»Nun, ja. Aber es ist kurz vorher krank geworden.«

»Dann ist das eine Familienangelegenheit.«

»Können Sie mir nicht helfen, nach Haiphong zu kommen? Sagen Sie mir wenigstens, wo der Konvoi abfährt.«

»Diese Information geben wir nicht raus.«

Sie knallte den Hörer auf die Gabel. Dann setzte sie sich auf die Treppe, stützte den Kopf in die Hände und spürte die Trennung von ihrem Kind am ganzen Körper. Wer könnte ihr helfen, nach Haiphong zu gelangen? Es musste doch jemanden geben. Sie stand auf und lief in der Halle auf und ab, im Herzen die wahnwitzige Hoffnung, Sylvie könnte es sich anders überlegen und umkehren.

In der Stille hörte sie eine rostige Fahrradkette quietschen. Eine Mutter rief nach ihrem Kind. In der Ferne heulte eine Polizeisirene. Eine Eule stieß ihren gedehnten Schrei aus. Andere Leute waren mit Koffern unterwegs, warum nicht auch sie? Sie schaltete das Radio ein und hörte die Nachrichten. Es war wahr. Die Franzosen hatten den Krieg so gut wie verloren. Hanoi und Haiphong waren noch in ihrer Hand, ebenso die Verbindungsstraße, doch es würde nicht mehr lange dauern, bis die Vietminh die Straßen durchkämmten. Nach den Nachrichten wurde die Marseillaise gespielt. Die hatte Nicole als Kind in Hue oft gehört. Manchmal hatte der graue Himmel so tief über dem eisblauen Fluss gehangen, dass man meinte, man könne ihn anfassen. So reihten sich während einer sehr langen Nacht die Erinnerungen aneinander. Aber es gab auch Lücken, ganze Zeitabschnitte, von denen Nicole nichts mehr wusste. Sie kaute auf der Nagelhaut am Daumen, bis sie Blut schmeckte, und als das graue Licht, das durch die Glaskuppel hereinfiel, den neuen Tag ankündigte, sah Nicole zu, wie die Sonne aufging.

Im hellen Licht des Tages war sie überzeugt, dass es eine

Möglichkeit geben musste, nach Haiphong zu gelangen. Es hatte jetzt keinen Zweck mehr, an einen Flug nach Saigon zu denken, und sie war froh, dass sie kein Geld für die Tickets ausgegeben hatte. Sie würde das Geld brauchen, um Sylvie zu folgen. Nicole beschloss, den Wagen zu nehmen. Es musste sich doch jemand finden lassen, der ihr Benzin verkaufte. Die Eisenbahn kam nicht infrage, jeder wusste, dass die Strecke vermint war.

Nicole ging in den Garten und fand Sylvies Umschlag auf dem Rasen, ein bisschen feucht vom Tau. Sie setzte sich ins Gras. Ihr war heiß und ein wenig übel. Sie wischte sich über die Stirn, strich sich die verschwitzten Haare aus dem Gesicht und riss den Umschlag auf. Es stimmte also. Das Haus in Hue gehörte jetzt ihr. Doch was sollte sie ohne ihr Kind damit anfangen?

Als die Tränen von Neuem hervorquollen, stiegen schlimmste Ängste in ihr auf, und sie wurde ganz kraftlos. Mark war sicher tot, und nun hatte sie auch noch ihr Kind verloren. Sie vermisste sie beide so sehr, die Sehnsucht schmerzte im ganzen Körper. Zugleich machte sie sich Vorwürfe, weil sie nicht richtig nachgedacht hatte. Sie hatte sich überrumpeln lassen und Sylvies labilen Gemütszustand bei ihrer Entscheidung nicht einbezogen. Und jetzt konnte sie den alarmierenden Gedanken nicht mehr zum Verstummen bringen: Meine Schwester ist psychisch krank.

39

Von Unschlüssigkeit gelähmt, sah Nicole zu, wie die Sonne über den Himmel wanderte. Wenn Mark nur da wäre! Sein letzter Brief war vom März, nun war es Mai. Wenn er noch leben würde, hätte er doch noch einmal geschrieben, oder? Ganz sicher. Sie klammerte sich an den Gedanken, dass er geschrieben und Sylvie auch diesen Brief vor ihr versteckt hatte. Nicole betrachtete die blühenden Stauden, die im Garten wucherten, lauschte den Vögeln und sah ihnen nach, wie sie von einem Baum aufflogen und in einem anderen verschwanden. Sie ging ins Haus, hob ein Babyjäckchen vom Boden auf, hielt es sich an die Nase und atmete den süßen Geruch ihres Töchterchens ein. Jeder Moment, den sie mit Celeste verbracht hatte, trat ihr lebhaft vor Augen.

Dann kam ihr eine Idee. Sie kramte ihre alten vietnamesischen Kleider hervor und mühte sich mit schweißnassen Gliedern hinein. Als sie fertig angezogen war, nahm sie ein Taxi. Auf der Rückbank des stickigen Wagens schwitzte sie noch mehr. Sie wischte sich mit dem Saum des Hemdes über die Stirn und kurbelte die Scheibe herunter. Der Geruch nach Staub und Sommer wehte herein. Nachdem sich Sylvie in letzter Zeit so merkwürdig verhalten hatte, konnte sie nicht mehr sagen, was im Kopf ihrer Schwester vorging. Vielleicht hatte sie ja gelogen. Vielleicht hatte Sylvie gar nicht vor, zu ihrem Vater nach Paris zu gehen.

Als das Taxi Nicole in der Nähe des Seidenladens absetzte, bezahlte sie den Fahrer und eilte zur Ladentür. Plötzlich fühlte sie sich schwach und musste sich am Türrahmen stützen. Ein Schluck Wasser würde ihr jetzt bestimmt helfen. Gegessen hatte sie auch nichts. Nicht, dass sie Appetit gehabt hätte.

O-Lan musste sie vom Fenster aus gesehen haben, denn einen Augenblick später kam sie aus ihrem Haus gelaufen.

»Ich habe gehört, du hast dein Kind bekommen. Ist alles in Ordnung? Ich habe dich monatelang nicht gesehen …« Sie verstummte und betrachtete sie näher. »Du siehst schrecklich aus.«

Nicole zitterte. »Ich brauche nur einen Schluck Wasser.«

»Kaffee. Ich koche uns welchen.«

»Ich muss nach Haiphong.« Nicole klapperte mit den Zähnen. Sie hörte sie aufeinanderschlagen, als käme das Geräusch von jemand anderem.

»In dem Zustand ist das unmöglich.«

»Ich komme schon zurecht.« Nicole verschwamm die Sicht, aber sie hatte keine Zeit für Tränen und wischte sie weg. »Ich habe Sylvie mein Baby gegeben. Aber Celeste ist krank und meine Schwester auch. Ich muss sie einholen.«

O-Lan schaute sie seltsam an. »Hast du es noch nicht gehört? Dien Bien Phu ist gefallen. Die Franzosen sind auf dem Rückzug. Tausende sind gefallen, weitere Tausende verwundet. Sie werden versuchen, die Verwundeten, die noch gehen können, von dort wegzubringen. Die Straßen werden überfüllt sein. Da ist es einfacher, nach Saigon zu kommen.«

»Nein. Sylvie ist nach Haiphong unterwegs. Sie hat einen Platz auf einem Schiff nach Frankreich. Ich habe etwas Geld, aber ich brauche mehr, wenn ich ihr nachreisen will.«

»Die Amerikaner evakuieren kostenlos, habe ich gehört. Zumindest nach Saigon. Aber zuerst musst du wieder zu Kräften kommen.«

Nicole schüttelte den Kopf. »Ich würde dich nicht bitten, wenn ich nicht verzweifelt wäre. Kann ich das Moped von deinem Cousin haben? Mir fällt keine andere Möglichkeit ein.«

O-Lan lächelte. »Der Tank ist noch voll. Nimm es, wenn du sonst nicht weiterweißt.«

»Ganz sicher? Du bekommst es vielleicht nicht zurück. Aber ich werde dir Geld dafür schicken, sobald ich kann.«

O-Lan schüttelte den Kopf. »Das ist unwichtig.«

»Es tut mir leid, dass ich dich mit Celeste nicht besucht habe. Ich hatte Angst, Tran könnte hier sein.« Für einen Moment schloss Nicole die Augen, und ihr wurde schwindlig. Auf keinen Fall durfte sie jetzt krank werden.

O-Lan fühlte ihr die Stirn und den Nacken. »Du glühst ja förmlich. Du kommst jetzt mit mir.«

Nicole stützte sich auf O-Lan, die sie mit in ihr Haus nahm.

»Was ist mit deiner Mutter? Wird sie auch nichts dagegen haben?«

»Sie ist gestorben, Nicole.«

»Das tut mir sehr leid.«

O-Lan nickte. »Sie ist jetzt bei ihren Vorfahren. Aber wenn Tran kommt, wird er dich suchen, nebenan in deinem Laden und auch bei mir. Du musst von hier verschwinden, sobald du kannst.«

Nicole stützte sich mit einer Hand an der Wand ab. Ihr Kopf fühlte sich schwer an, sie sah alles unscharf, und ihre Beine waren zittrig. »Es tut mir so leid …«

Während der nächsten Stunden stieg das Fieber. O-Lan meinte, Nicole habe sich einen Virus eingefangen, der derzeit herumgehe. Während Nicole fiebernd dalag, litt sie unter der Trennung von Celeste, und ihre Gedanken drehten sich nur um ihr Kind. Sie musste jedoch akzeptieren, dass sie nicht in der Verfassung war, Moped zu fahren.

Das Fieber blieb noch den ganzen Tag, und in der Nacht wurde ihr übel. Als O-Lan ihr eine Schüssel brachte und ihr den Kopf hielt, sorgte Nicole sich, ob Celeste wohl das Gleiche durchmachte. Würde Sylvie wissen, was zu tun war? Bei dem Gedanken, ihr Baby könnte sterben, fing Nicole heftig an zu zittern, und während die Stunden verstrichen, war ihr, als verkümmerte sie innerlich.

»Ich gehe ihr eine Decke holen«, hörte sie O-Lan zu jemandem sagen, der vor dem Zimmer stand. »Sie hat Schüttelfrost und hohes Fieber. Kannst du etwas Warmes zu trinken zubereiten, bitte?«

Nicole hörte einen Mann antworten, wandte aber nicht den Kopf, um herauszufinden, wer er war. Die Trauer um ihre Tochter ließ für nichts anderes Raum. Nicole war mit ihren Kräften am Ende. Eine Weile später vernahm sie undeutlich Geräusche von der Straße und spürte, dass etwas Ungewöhnliches vorging, doch sie war zu müde, um danach zu fragen.

Am nächsten Morgen war das Fieber überstanden, Nicole fühlte sich aber noch schwach und blieb liegen. Es war dunkel im Zimmer. Aus dem kleinen Flur vor der offenen Tür hörte sie ein Geräusch und erschrak. Als sie die Augen öffnete, erblickte sie Tran und bekam Angst.

Er war gekommen, um ihr ein Glas Wasser zu bringen.

»Ich werde die Jalousien öffnen«, sagte er und stellte das Glas neben sie.

»Nein. Bitte nicht! Mir tut das Licht in den Augen weh.« Das stimmte, doch vor allem wollte sie ihn nicht ansehen müssen. Ihr Herz klopfte wild, weil sie mit Tran allein in dem kleinen Zimmer war.

Sie warf verstohlene Blicke in sein Gesicht. Die verheerenden Begleitumstände des Krieges hatten ihn gezeichnet, und von seiner einst so stolzen Haltung war nichts mehr zu erkennen. Tatsächlich wirkte er wie ein Besiegter, zumindest aber desillusioniert.

Mühsam richtete sie sich auf und nahm das Glas. »Wie lange bist du schon hier?«

»Seit gestern Abend.«

Nicole trank von dem Wasser. »O-Lan hat dir erzählt, dass ich hier bin?«

»Nicht freiwillig.«

Es machte ihn sichtlich verlegen, dass sie krank war. In einem fort rückte er seinen Schal zurecht und wusste kaum, was er sagen sollte. Sein Blick huschte immer wieder kurz zu ihrem Gesicht. Kein einziges Mal schaute er sie richtig an.

Nicole trank das Glas leer. »Wo ist O-Lan?«

»Sie verkauft in deinem Laden. Sie hat mich gebeten, auf dich achtzugeben.«

»Also bist du jetzt mein Schutzengel?«

»Ich habe etwas für dich.« Er griff in eine Umhängetasche und zog Nicoles antike Börse hervor.

»Oh.« Sie lächelte erfreut. »Du hast sie aus dem Zelt geholt.«

»Ich habe sie für dich gerettet.« Er lächelte. »Du siehst also, ich bin tatsächlich dein Schutzengel.«

»Danke.« Nicole wagte nicht nachzusehen, ob das Foto von Mark sich noch darin befand.

Jetzt schaute Tran sie zum ersten Mal richtig an. Sein Blick veränderte sich dabei, und sie hoffte, er sei milder geworden.

»Ich habe alles riskiert, um dir zur Flucht zu verhelfen.«

»Und ich war dir unendlich dankbar.«

Er schüttelte den Kopf. »Du verstehst nicht. Die *métisses* sind in der Partei nicht mehr willkommen.« Er war sichtlich nervös und räusperte sich ständig.

Sie hoffte, dass O-Lan bald zurückkommen würde.

»Ich werde in der neuen Regierung einen Posten bekommen«, sagte er schließlich. »Du siehst nicht wie eine Französin aus. Wenn du wieder gesund bist, können wir heiraten.«

Nicole schnappte nach Luft und blickte ihn alarmiert an. Damit hatte sie nicht gerechnet. »Du sagst doch, *métisses* sind nicht mehr willkommen.«

Sie konnte sich kaum erinnern, was sie einmal miteinander verbunden hatte. Seine Augen wirkten stumpf, und es schien, als hätte er seine Leidenschaft eingebüßt. Er war ein Mann, dessen revolutionärer Eifer erloschen war. War er zu dem geworden, der er eigentlich schon immer gewesen war: kein visionärer, sondern ein praktischer Mensch, der wie viele andere zu jung gewesen war, um es besser zu wissen?

»Du verstehst nicht«, entgegnete sie. »Ich habe ein Kind.«

Er zog die Brauen zusammen und trat einen Schritt zurück.

»Meine Schwester hat es an sich genommen.«

»Französische Hure«, fauchte er, und sie sah den Abscheu in seinem Gesicht.

Nicole streckte versöhnlich die Hand nach ihm aus, doch er ignorierte die Geste. »Tran, es tut mir leid, aber du musst mich gehen lassen.«

»Ich muss gar nichts«, erwiderte er aufgebracht. Er gab sich keine Mühe, sich zu zügeln. »Ich habe große Lust, die Partei zu informieren, dass du hier bist.«

»Die Vietminh sind noch nicht an der Macht, soweit ich weiß.«

»Das wird sich jeden Moment ändern. Du hast noch Zeit, es dir zu überlegen.« Seine Miene wurde weich, ein Schatten aus der Vergangenheit kehrte zurück, und für einen Moment war der alte Tran wieder erkennbar. »Wir können über dem Laden wohnen und ein glückliches Leben führen«, sagte er.

Sie schüttelte den Kopf. »Du hörst nicht zu. Ich habe ein Baby. Und ich habe kein Verlangen danach, eine fügsame vietnamesische Ehefrau zu werden.«

Er ging zum Fenster und stieß die Läden auf. Von der Straße her ertönte ein beängstigendes Krachen und Scheppern, begleitet von wütenden Stimmen. Der Lärm schallte bedrohlich herein. Nicole rieb sich die Augen, dann beschirmte sie sie gegen das Licht.

»Am besten, du überlässt mir das Geschäft«, sagte er, drehte sich um und betrachtete sie mit härterem Blick.

»Der Besitz eines Seidenladens wird dir nicht viel nutzen, wenn eure Regierung alles verstaatlicht. Aber ich lasse dir die Schlüssel und die Besitzurkunden hier, wenn ich fortgehe.«

»Ich hoffe, du gehst nirgendwohin.« Er lächelte wieder. »Es wird nicht so bleiben. Es wird wieder so werden wie vorher. Ich hatte noch nie Besitz. Wir werden das Geschäft gemeinsam führen. Wenn die Zeit gekommen ist. Du wirst sehen.«

Aus Angst, er könnte ihr ansehen, was in ihr vorging, versuchte sie, sich zu entspannen, doch ihr Herz war schwer, und es schlug viel zu schnell. Jetzt kam es darauf an, Ruhe zu bewahren. Dazu brauchte sie nicht nachzugeben, sie sollte aber auch nicht aufsässig sein. So gern sie ihm die Tür vor der Nase zugeschlagen hätte – sie durfte es nicht.

»Geht es dir wieder besser?«, fragte er.

Sie nickte. »Wie willst du den Laden denn weiterhin offen halten?«

»Das wird fürs Erste nicht möglich sein. Da wird jede Hand in der Landwirtschaft und in den Fabriken gebraucht werden. Es wird keinen privaten Handel geben.«

»Lass mich darüber nachdenken«, sagte sie. Sie lehnte sich in ihr Kissen und schloss die Augen. Es würde ihr nichts einbringen, wenn sie Tran verärgerte. Sie hoffte auf O-Lan. Ihrer Freundin würde etwas einfallen, um Tran unter einem Vorwand wegzuschicken, damit Nicole verschwinden konnte.

Sie sah, dass er sich vor das Bett kniete.

»Nicole, ich bin deinetwegen zurückgekommen.«

Ihr wurde schwindlig. »Es ist so lange her.«

»Ich habe dir gesagt, ich würde deinetwegen wiederkommen.«

»Du bist verrückt. Das hat doch alles keinen Sinn. Aber, bitte, ich werde darüber nachdenken, und jetzt lass mich schlafen.«

Voller Trauer drehte sie sich zur Wand und hörte, wie er leise hinausging.

40

Lautes Poltern weckte sie. Sie hatte wieder geträumt, im Fluss zu ertrinken, und beim Aufwachen rang sie nach Luft. Aber das war kein Traum! Jemand hielt ihr den Mund zu und drückte sie mit dem Hinterkopf ins Kissen. Ihr Herz klopfte wie verrückt. Sie wagte kaum zu blinzeln, doch dann zwang sie sich, die Augen zu öffnen, und schnaubte erleichtert, als sie O-Lans Gesicht erkannte. Sie sah sie im Gegenlicht der kleinen Lampe in der Zimmerecke. Draußen wurde es gerade dunkel. O-Lan hielt einen Finger an die Lippen und blickte sie mit aufgerissenen Augen an. Als Nicole nickte, ließ O-Lan sie los.

»Du hast im Schlaf um dich geschlagen«, flüsterte sie. »Ich wollte nicht, dass du auch noch schreist.«

»Was ist denn los?«

»Du musst von hier verschwinden.«

Nicole hob den Kopf an. »Vietminh?«

O-Lan verzog das Gesicht. »Nein. Vietnamesische Deserteure. Die mit den Franzosen gegen die Vietminh gekämpft haben. In der Stadt geht es drunter und drüber.«

Nicole fuhr auf, als draußen Lärm laut wurde. Es hörte sich an, als würden die Leute mit Töpfen und Pfannen schlagen.

»Was ist das?«

»Das sind Hauseigentümer, die auf Hilfe von der Polizei hoffen. Aber es wird nichts nutzen.«

Bei einem lauten Knall fuhren sie zusammen und hielten einander fest.

»Plünderer«, sagte O-Lan mit abfälligem Blick. »Wenn die dich finden, wirst du nicht mehr von hier fortkommen. Die sind wütend auf alle Franzosen, weil sie den Krieg verloren haben. Und sie müssen um ihr Leben fürchten, sobald die Vietminh einmarschieren.«

Entsetzt starrte Nicole sie an.

»Sie sind gerade in deinem Laden. Sie haben schon zwei Nachbarn mit vorgehaltener Waffe auf die Straße gezwungen.«

»Franzosen?«

»Vietnamesen, die aber die französische Regierung unterstützen. Wenn sie weg sind, bringe ich dich nach nebenan. Sie werden den Laden nicht zwei Mal durchsuchen. Sie plündern und nehmen mit, was sie tragen können.«

»Werden sie nicht auch hier reinkommen?« Nicole graute es. Wenn man sie fände, würde sie ihre Tochter nicht mehr wiedersehen.

O-Lan schüttelte den Kopf. »Bei mir waren sie schon.«

Nicole schlug das Herz bis zum Hals. »Und sie sind nicht heraufgekommen?«

»Nein. Sie wissen, dass ich mit Tran verwandt bin. Sie würden es nicht wagen, mich anzurühren. Aber du musst sofort weg, ehe Tran zurückkommt. Er ist weggegangen.«

»Er will die Besitzurkunden und die Ladenschlüssel von mir.«

»Die kannst du bei mir lassen. Er wird gegen Mitternacht wieder hier sein. Bis dahin müsst ihr beide fort sein.«

»Wir beide? Wer noch?«

»Mark ist gekommen.«

Nicoles Herz machte einen Satz. »Er ist am Leben?« Sie schaute um sich, als könnte Mark irgendwo in einer dunklen Ecke erscheinen wie ein Geist.

O-Lan lächelte. »Im Moment ist er nicht hier. Als er erfuhr, dass du nicht nach Frankreich gegangen bist, hat er dich in der Villa gesucht und dann hier. Er kommt gleich wieder.«

»Er ist am Leben«, wiederholte Nicole, als könnte sie es nicht fassen. »Er ist wirklich hier?«

O-Lan nickte.

Mit neuem Elan sprang Nicole aus dem Bett. Sie hatte

gehofft und gebetet, Mark möge verschont werden, und jetzt war ihre Freude überwältigend. Sie fühlte sich springlebendig. Neue Kraft durchströmte sie, als sie an seine Hände, sein Gesicht, seine blauen Augen dachte. Es gab nichts an ihm, was sie nicht deutlich vor sich sah, nichts, was sie nicht betrachten und berühren wollte. Er war am Leben. Am Leben!

Sie grinste O-Lan an. »Ein Glück, dass er dich angetroffen hat und nicht Tran.«

»Ich habe ihm erzählt, dass Sylvie eure Tochter hat. Er weiß, dass wir befreundet sind. Er wird sich mit dir zusammen auf die Suche machen.«

Nicole brannten Tränen unter den Lidern, und als sie hervorquollen, fasste sie nach O-Lans Hand.

»Mark wird das Moped fahren. Er weiß, dass du gestern noch krank warst. Du brauchst nichts weiter zu tun, als dich an ihm festzuhalten. Hier ist das Geld, das ich für dich eingenommen habe.« O-Lan drückte ihr ein kleines Päckchen in die Hand.

Nicole umarmte sie.

»Es tut mir leid, dass es nicht mehr ist.«

Aus dem Nachbarhaus hörte man, wie Möbel umgeworfen wurden. Nicole blickte ihre Freundin entsetzt an.

»Keine Angst, du wirst vor Tagesanbruch in Haiphong sein. Deine Schwester hat keinen großen Vorsprung.«

»Ist die Straße dahin noch sicher?«

O-Lan zog die Brauen zusammen. »Das Risiko musst du eingehen.«

Während sie darauf warteten, dass es nebenan wieder still wurde, gab Nicole sich ihren Hoffnungen hin. Nun brauchten sie nur noch aufzubrechen. Mit Mark zusammen würde sie Sylvie und Celeste finden. Alles würde gut werden, sie würde ihre Tochter bald wieder in den Armen halten. Vorfreude durchströmte sie. Sie hätte laut jubeln mögen, aber dann stutzte sie. Ängstlich versuchte sie, die innere Stimme zu ignorieren, die ihr einflüsterte, Sylvie habe vielleicht beschlossen, doch nicht nach Frankreich zu fahren. O-Lan musste es ihr angemerkt haben, denn sie drückte ihr beruhigend die Hand, und Nicole spürte die Stärke ihrer Freundin auf sich übergehen. Es wird schon gut gehen, dachte sie. Es muss.

Sobald es ihnen sicher erschien, das Haus zu verlassen, schlichen sie über O-Lans Hof und die hintere Gasse zu Nicoles Haus hinüber. Der Himmel war wolkenlos und funkelte von Sternen. Nicole stand im Hof, wo alles sie an die gemeinsame Zeit erinnerte, als O-Lan und sie zusammen gelacht und gegessen und sich von der Abendsonne hatten bescheinen lassen. Ihr fielen aber auch die schwierigen Momente wieder ein, die sie miteinander durchgestanden hatten. Nicole spürte, dass O-Lan das Gleiche dachte, und einen Moment lang wünschte sie sich, sie könnte bleiben. In O-Lans Haus hörte man eine Tür schlagen. Nicole erstarrte.

»Tran?«

»Nein. Der Wind muss die Hintertür zugeworfen haben. Ich muss dich jetzt allein lassen. Mark hat die Schlüssel für das Moped. Ich lasse den Schuppen offen.«

»Wird Tran nicht wütend sein?«

»Doch. Ich werde sagen müssen, du hast es gestohlen.«

Sie grinsten einander an. Nicole nahm O-Lans Hände und drückte sie. »Danke für alles.«

»Ich bin deine Freundin, Nicole.«

»Die beste, die ich je hatte.« Wahrscheinlich würde sie O-Lan nicht wiedersehen. Sie wollte noch viel mehr sagen, doch in O-Lans Gesicht stand bereits alles geschrieben.

»Sobald es dunkel ist, wird Mark kommen, und dann müsst ihr verschwinden. Am besten weit vor Mitternacht.«

Nicole nickte. »Ich kann nicht glauben, dass es so endet.«

»Betrachte es als Ende und als Anfang. Ich hoffe, ihr findet deine Schwester bald. Gib dem Baby einen Kuss von mir.«

Nicole schloss die Augen. Ihr brannten schon wieder Tränen unter den Lidern, und sie wischte sie weg. Sie umarmte O-Lan ein letztes Mal, dann sah sie ihrer Freundin nach, die zu dem Gassentörchen ging. Dort blieb sie noch einmal stehen und winkte. Nicole winkte ebenfalls, öffnete mit zitternden Fingern die Hoftür und schlüpfte ins Haus.

Die Plünderer hatten ihre kostbaren Seidenballen auf den Boden geworfen. Sie tastete sich im Dunkeln voran und legte einige ins Regal zurück, aber dann gab sie es auf. Es hatte keinen Zweck. Sie stand da und wollte nicht glauben, dass es so endete, nachdem sie so viel Arbeit und Liebe in den Laden gesteckt hatte. Fieber hatte sie nicht mehr, fühlte sich aber noch schwach auf den Beinen, darum ging sie nach oben, legte sich ins Bett und wartete dort auf Mark. Kissen und Laken fühlten sich feucht und kalt an, doch sie schloss die Augen und horchte auf die nächtlichen Geräusche – eine schreiende Eule, Flügelschlag, ein weinendes Kind. Dies waren die letzten Stunden in ihrem Seidenladen.

41

Nicole schlief nicht, sie lag mit weit geöffneten Augen im Bett und hielt Wache. Mit katzenhafter Geschmeidigkeit kam Mark die Treppe herauf. Ein Schauer der Vorfreude durchlief sie, und als sie aufstand, fühlte sie sich so leicht, dass sie glaubte, vom Boden abzuheben. Sie sah seine große Gestalt am Kopf der Treppe erscheinen. Beim ersten Anblick blieb ihr die Luft weg. Er streckte die Arme aus, und sie lief ihm entgegen. Mark hob sie hoch, streichelte ihren Rücken, und in der tröstlichen Wärme seines Körpers, den sie endlich wieder an ihrem spürte, schluchzte sie lautlos an seiner Brust. Alles, was sie seit ihrem letzten Wiedersehen durchgemacht hatte, jeder Zweifel, jede Hoffnung und jede Angst, wollte aus ihr herausströmen.

Als sie sich beruhigt hatte, schob er sie ein Stück von sich. »Da wären wir also!«

»Ich dachte, du wärst tot.«

»Es ist vorbei, Nicole. Tut mir leid, dass ich nicht eher kommen konnte.«

Er erklärte, er habe bei seiner Rückkehr aus Russland geglaubt, sie sei längst in Frankreich. Er hatte Lisa angerufen, die ihm jedoch erzählt hatte, sie habe einen Brief von Sylvie erhalten, von Nicole aber nichts gehört. Also war er zur Villa gegangen, hatte die Gartentür verschlossen vorgefunden und war über die Mauer geklettert.

»Die Tür des Wintergartens stand weit offen. Drinnen fand ich ein großes Durcheinander vor. Ich weiß ja, dass du nicht die Ordentlichste bist, aber das war doch ein bisschen arg.«

Sie lachte. »Ich bin Hals über Kopf aufgebrochen.«

Er wurde wieder ernst. »Ich hatte Angst, ich hätte dich

verloren. Doch dann kam mir die Idee, noch mal im Laden nachzusehen.«

»Was ist mit deiner Arbeit? Wieso kannst du weg?«

»Ich habe Maßnahmen getroffen.«

Sie wollte wissen, was in Russland passiert war, aber er unterbrach sie sofort. »Jetzt nicht. Wir sollten uns besser für die Mopedfahrt unseres Lebens rüsten, okay? Nun kommt es darauf an zu verschwinden, ohne dass Tran es merkt, und die Straße nach Haiphong zu erreichen.«

Sie nickte.

Er musterte ihr Gesicht. »Fühlst du dich kräftig genug?«

»Na klar. Ich hatte bloß Fieber. Auf jeden Fall hätte ich heute Nacht verschwinden müssen.«

»Du siehst blass aus.«

»In dem Licht kannst du das gar nicht richtig erkennen. Ich komme schon klar.«

Er zog etwas aus der Jackentasche. »Hier, iss das!« Er drückte ihr eine Papiertüte mit einem zerquetschten Käsebrötchen in die Hand.

»Ich habe keinen Hunger.«

»Wann hast du zum letzten Mal etwas gegessen?«

Sie antwortete nicht.

»Das dachte ich mir. Also iss! Du wirst deine Kräfte brauchen. Hast du etwas Warmes zum Überziehen?«

Sie lachte. »Einen ganzen Laden voll. Zumindest das, was die Plünderer übrig gelassen haben.«

Ein paar köstliche Minuten lang legten sie sich auf das Bett. Mark schob die Finger in ihre Haare, sie atmete seinen salzig-zitronigen Geruch ein und dachte an ihre Tochter. Die Zerbrechlichkeit ihres augenblicklichen Glücks war ihr bewusst, doch sie versuchte, nicht an die Gefahr zu denken. Während die Minuten verstrichen, hielt er sie fest an sich gedrückt, und sie spürte, dass seine Sehnsucht ebenso stark war wie ihre.

Er hatte einen Rucksack mitgebracht, und sie packte eine Garnitur Ersatzkleidung zu seinen Sachen, bevor sie das Haus durch die Hoftür verließen. Sie schlichen über den Hof und durch die Gasse. Zum Glück hatte sich der Himmel zugezogen. Als Nicole nach seiner Hand griff, schöpfte sie Kraft aus seiner Entschlossenheit.

»Startklar?«, flüsterte er.

Sie schlichen in O-Lans Hof und fanden die Schuppentür unverschlossen. O-Lan hatte sogar daran gedacht, das Schloss aufzubrechen, damit es später nach Diebstahl aussehen würde. Nicole flehte im Stillen, ihrer Freundin möge nichts zustoßen und Tran würde seinen Zorn nicht an ihr auslassen.

Mark drückte sie noch einmal an sich und fragte leise: »Können wir?«

Das war es also. Sie brannte nur noch darauf, Celeste wiederzubekommen. Voller Hoffnung schaute sie Mark an. »Unsere Tochter sieht aus wie du. Du solltest das Funkeln in ihren blauen Augen sehen, wenn sie lacht.«

»Ich kann es kaum erwarten.«

Solange sie noch in der Nähe des Ladens waren, schoben sie das Moped. Die Straßen waren menschenleer, und es sah aus, als würde es einfacher werden als gedacht. Aber nachdem sie etwa fünfhundert Meter weit gekommen waren, brüllte jemand hinter ihnen: »Halt!«

Sie konnten nicht sehen, woher die Stimme kam, aber es klang nach einer französischen Streife.

»Nimm das Moped und den Rucksack! Lauf in die Gasse, rasch!«, flüsterte Mark und zeigte auf die Einmündung. »Bleib da! Ich werde sie abwimmeln. Hoffen wir, dass sie nur was gehört und uns nicht gesehen haben.«

Sowie Nicole das Moped in die Gasse geschoben hatte, beobachtete sie, wie Mark lässig pfeifend und leicht schwankend zurückging. Er spielte den Betrunkenen.

Mark verschwand hinter der Straßenbiegung, und sie konnte nur noch hören, was vor sich ging.

»Ah, Brigadier«, sagte Mark. »Sch-schöner Abend.«

»Sie haben gegen die Ausgangssperre verstoßen. Sie müssen einen meiner Leute auf die Wache begleiten.«

»Bin nur auf dem Heimweg.«

»Was tun Sie denn im Vietnamesenviertel? Ich hörte Sie mit jemandem reden. Wer war das?«

»Ich …« Er stockte.

Angespannt wartete Nicole noch einen Moment, ob Mark eine Ausrede einfallen würde, dann hielt sie es nicht länger aus. Sie ließ das Moped stehen, knöpfte sich den obersten Knopf des Kleides auf, zerzauste sich die Haare und legte ihr Umhängetuch über den Lenker. Dann lief sie laut kichernd auf die beiden zu und redete ihr schnellstes Französisch. »Brigadier, verzeihen Sie. Wir haben beide ein bisschen zu tief ins Glas geschaut, und, meine Güte, mir ist schlecht geworden. Und mein Freund …«, sie legte einen Arm um Mark, »er dachte, ich brauche frische Luft. Er ist Amerikaner und reist morgen zurück. Ich wollte noch mal einen Abend mit ihm verbringen, bevor er geht. Wir dachten, hier am See ist es ruhig und lauschig, da können wir allein sein. Sie wissen schon, was ich meine. Wir wollten niemandem Ärger machen. Haben nur die Zeit vergessen. Wir wollten uns gerade auf den Heimweg machen.«

Der Polizist gebot ihr mit erhobener Hand zu schweigen und musterte beide zweifelnd. Dann zeigte er gähnend auf die Straße, die sie nehmen sollten. »Also gut. Aber ist euch denn nicht klar, wie gefährlich das ist? Jetzt verschwindet, ihr zwei. Zum französischen Viertel geht es da entlang. Ab nach Hause, und seht zu, dass ihr euch keinen weiteren Ärger einhandelt! In Hanoi bricht bald die Hölle los.«

Arm in Arm gingen Nicole und Mark in die gewiesene Richtung, und Nicole konnte ihre Erleichterung kaum im Zaum halten. Das Problem war nur, dass sie sich jetzt von dem Moped entfernten. »Was, wenn sie das Moped finden?«, wisperte sie.

»Hast du es ein Stück in die Gasse geschoben?«

»Ja.«

»Wir gehen zurück. Es sind überall Streifen unterwegs, aber mit etwas Glück sieht uns diesmal niemand.«

Fünfzehn Minuten lang warteten sie, dann schlichen sie im Schatten der Hauswände zurück und nutzten jede Deckung.

Es schien ewig zu dauern, und Nicole hielt es vor Angst fast nicht aus. Bei jedem Geräusch erstarrten sie. In diesem Stadtteil war es auch mitten in der Nacht nicht still, und Nicole nahm an, dass noch mehr Leute durch die Straßen huschten, um heimlich die Stadt zu verlassen. Schließlich erreichten sie die Gasse, in der Nicole das Moped abgestellt hatte.

»Es steht da hinten«, sagte sie.

»Ich sehe es nicht.«

»Hinter dem Laden dort.« Während Mark hinlief, drückte sie sich in den Schatten eines Hauseingangs und hoffte inständig, das Moped möge noch da stehen. Als Mark es zwei Augenblicke später vor sich herschob, fühlte Nicole sich mit einem Mal federleicht. Sie hatten Glück gehabt.

»Wir dürfen den Motor nicht starten«, flüsterte sie. »Die Streife könnte es hören.«

»Wir schieben es noch ein Stück, aber wir sollten schon zusehen, dass wir hier wegkommen, sonst laufen wir der nächsten Polizeistreife über den Weg. Hier ist dein Tuch. Kannst du auch den Rucksack nehmen?«

Sie nickte und hängte ihn sich um. Ein paar Minuten später, vor einem im Dunkeln liegenden Tempel, blieb Mark stehen. »Jetzt?«

Nicole nickte. Er gab ihr einen Kuss, dann schwang er ein Bein über den Sattel. Sie stieg hinter ihm auf, schlang die Arme um seine Taille und lehnte sich an ihn.

»Festhalten!«, sagte er.

Er trat das Startpedal herunter, der Motor sprang an, und sie fuhren zu der Straße, die nach Haiphong führte. Unterwegs versuchte Nicole ihrer Nervosität Herr zu werden, indem sie an ihr Leben in Hanoi zurückdachte: an ihre Familie und Lisa, an ihren Laden und ihre Freundin O-Lan. Obwohl der Fahrtwind ihr immer wieder Staub in die Augen wehte, schaute sie umher, um den Anblick der Stadt noch einmal in sich aufzunehmen.

Als sie die offene Landstraße erreichten, stieß Mark einen Jubelschrei aus. Wie ein Krieger zu Beginn der Schlacht, dachte sie und lachte über ihre Fantasie. Das Gesicht an seine Jacke gedrückt, roch sie Wolle, Staub und Motoröl. Sie schaute über die Schulter zurück und betrachtete noch einmal die Silhouette der Stadt. Überglücklich, weil sie Sylvie doch noch folgte, verabschiedete sie sich von ihrer alten Heimat.

»*Adieu*, Hanoi«, flüsterte sie, *»adieu.«* Dann schaute sie nach vorn auf die Straße, die sich vor ihnen ausbreitete.

Nach der schnellen, holprigen Fahrt auf dem dröhnenden Moped erreichten sie Haiphong erschöpft, aber auch erleichtert. Kein Straßenabschnitt war vermint gewesen, es hatte keine Straßensperre gegeben, nur die üblichen Schlaglöcher. Es war unerwartet einfach gewesen. Dann fing es an zu regnen, und als die Dämmerung offenbarte, was vor ihnen lag, bekam Nicole wieder Angst.

Vor ihnen erstreckte sich ein Meer von Zelten, so weit das Auge reichte. Mark erklärte, die US Naval Task Force sei im Einsatz, um bei der Evakuierung Tausender Flüchtlinge zu helfen.

»Flüchtlinge«, sagte sie. »Das sind wir jetzt?«

»Scheint so. Die Operation heißt *Passage to Freedom*. Der Andrang ist so groß, dass Frankreich Washington um Hilfe gebeten hat, darum setzt unser Verteidigungsministerium die Navy ein.«

»Wie wollen wir je herausfinden, auf welchem Schiff Sylvie und Celeste sind?«

»Wir wenden uns an einen zuständigen kommandierenden Offizier.«

Sie tauchten in die große graue Masse der Flüchtlinge ein. Den ganzen Vormittag über fragten sie jeden, der es vielleicht wissen konnte, ob er eine Frau von Sylvies Aussehen gesehen habe, brachten aber nichts in Erfahrung. Leute, die in keinem Zelt untergekommen waren, kauerten mutlos draußen im Regen, und falls jemand Sylvie gesehen hatte, dann war er zu sehr mit seinen eigenen Sorgen beschäftigt gewesen, um groß auf sie zu achten.

Am Nachmittag, als sie einmal haltgemacht hatten, um sich auszuruhen, entdeckte Nicole ein paar Meter vor ihnen eine Frau von Sylvies Statur, die ein Baby auf dem Arm trug.

»Celeste«, schrie Nicole, »endlich!«

Eine Riesenerleichterung durchströmte sie, und sie rief nach ihrer Schwester. Die Frau reagierte nicht. Als Nicole bis zu ihr durchgedrungen war, sah sie, dass es gar nicht Sylvie war, sondern eine viel ältere Frau. Sie brach in Tränen aus, der Schmerz der Enttäuschung verschlang alle Hoffnung.

»Wir werden sie nie finden«, sagte sie, als Mark sie in den Arm nahm.

»Du darfst jetzt nicht aufgeben. Wir suchen weiter. Irgendjemand wird etwas wissen. Wir müssen weiter nach ihr Ausschau halten.«

»Und wenn wir sie trotzdem nicht finden? Wahrscheinlich sind sie schon ausgelaufen.«

»Wir fahren auf jeden Fall nach Frankreich.«

Sie nickte. Aus den Zelten drang abgestandene Luft nach außen, und häufig roch es in der Zeltstadt nach Erbrochenem. Nicole versuchte, optimistisch zu bleiben, aber es fiel ihr schwer. Niedergeschlagene Menschen schleppten sich durch die morastigen Gänge zwischen den Zelten, und wenn von einem Schiff das Nebelhorn ertönte, gab es wütende Schreie und Gekreische. Nicole litt, sobald sie Kinder weinen hörte. Sie konnte sich vorstellen, wie die Menschen einander schoben und drängelten, weil sie verzweifelt auf ihr Schiff wollten, und machte sich Sorgen, Celeste könnte dabei verletzt werden.

Sie klammerte sich an Marks Arm, damit sie in der Menge nicht getrennt wurden.

Es dauerte eine Weile, bis sie endlich einen Marineoffizier fanden.

»Das ist erst der Anfang«, sagte der Offizier. »Sie haben Glück, dass Sie schon so früh hier sind.«

»Früh?«

»Die Schiffe fahren nach Saigon. Zurzeit evakuieren wir Zivilpersonen, aber bald werden es vor allem Soldaten und Mitglieder der französischen Streitkräfte von Nordvietnam sein.«

»Sylvie hat gesagt, man bringt nur Beamte und Militärangehörige raus«, berichtete Nicole Mark.

Er stöhnte frustriert.

»So oder so haben wir nicht genug Schiffe«, erklärte der Marineoffizier.

»Was wird dann aus all den Leuten?«

»Wir werden sie im Laufe der Zeit rausbringen. Unsere Männer richten gerade Frachtschiffe und Flugzeugträger her, unterwegs von Stützpunkten auf den Philippinen.«

»Wie lange dauert die Fahrt nach Saigon?«

»Fast drei Tage.«

»Gehen auch Schiffe nach Frankreich?«, fragte Mark.

Der Mann runzelte die Stirn. »Das ist noch schwieriger. Gerüchten zufolge will die französische Luftwaffe mit Unterstützung ihrer Marine eine Massenemigration durchführen. Aber nur nach Saigon, soweit ich weiß. Vielleicht fahren von dort aus Schiffe nach Frankreich. Möglicherweise laufen auch ein oder zwei von hier aus. Aber darüber weiß ich leider nichts Genaueres.« Er deutete auf die Menschenmenge ringsherum. »Am besten fragen Sie bei den französischen Behörden nach.«

Nicole sah Mark an. »Meinst du, sie könnte auf einem amerikanischen Schiff nach Saigon sein, statt direkt nach Frankreich zu fahren? Vielleicht ist sie noch hier.«

»Ja, das wäre möglich.« Mark wandte sich noch einmal an den Offizier. »Gibt es Passagierlisten?«

»Wir bemühen uns darum. Grundsätzlich werden die Leute registriert, und wir schieben sie in jedes verfügbare Schiff. Viele haben aber keine Papiere bei sich. Wie gesagt, wir werden bald auch Soldaten evakuieren. Wenn die Frau, die Sie suchen, auf einem französischen Schiff ist, haben wir keine Registrierung von ihr.«

»Sie hat ein Baby bei sich, das wahrscheinlich krank ist.«

»Hier gibt es viele kranke Babys.«

»Können Sie denn gar nichts für uns tun?«, flehte Nicole.

»Sehen Sie sich um. Nicht mehr lange, und aus den Zehntausenden hier werden Hunderttausende. Durchfallerkrankungen haben sich bereits ausgebreitet wie ein Lauffeuer. Aber es gibt hier ein katholisches Krankenhaus und Krematorium. Wenn Ihre Schwester Französin ist, fragen Sie doch dort mal nach.«

Krematorium … Das Wort hallte in ihr nach.

Der Offizier beschrieb ihnen den Weg, und während sie durch Unrat und Morast stapften, wurde der Abwassergestank immer stärker. Nicoles Angst wuchs. Celeste war krank gewesen. Was, wenn sie an diesem schrecklichen Ort gestorben war?

Mark bemerkte ihre Verzweiflung. »Bleib stark«, sagte er immer wieder. »Du darfst jetzt nicht aufgeben.«

Das Krankenhaus bestand aus einer langen Reihe von Zelten, vor denen Öllampen brannten. Ein Mann in einem grauen Kittel war damit beschäftigt, sie zu löschen, und der Geruch von brennendem Öl erfüllte die Luft.

Mark ging auf ihn zu und erklärte ihm sein Anliegen.

Der Mann kratzte sich am Kopf. »Hier kämpft jeder um einen Platz, um Essen und Medizin und erst recht um eine Schiffspassage. Ich bin gerade erst angekommen, aber eine der Schwestern könnte etwas wissen.«

Er winkte eine hochgewachsene Krankenschwester heran.

»Sind Sie Franzosen?«, fragte die Frau und reichte Mark die Hand.

»Ich bin Französin«, antwortete Nicole an seiner Stelle. »Ich habe einen französischen Pass.«

»Aber Sie sehen nicht aus …«

»Meine Mutter war Vietnamesin.« Sie zeigte ihren Pass. »Nicole Duval. Ich suche nach meiner Schwester, Sylvie Duval. Sie hat …«

»Sie ist vorausgefahren«, unterbrach Mark, »und hat ein Baby bei sich.«

»Celeste. Es ging ihr nicht gut.«

Die Schwester runzelte die Stirn. »Bei den sanitären Verhältnissen und dem Wassermangel hier werden ständig kranke Babys gebracht. Ich kann mich an kein bestimmtes erinnern.«

Sie wandte sich zum Gehen, aber Nicole hielt sie mit einer Hand auf. »Bitte, sie hat rotblonde Haare und blaue Augen, die Kleine.«

Die Schwester schüttelte den Kopf. »Ich bedaure.«

Nicole starrte auf den Boden und hatte das Gefühl, von ihm verschluckt zu werden.

»Moment mal«, sagte die Schwester da.

Nicole blickte auf und schöpfte neue Hoffnung, als sie die Frau überlegen sah.

»Rotblond und strahlend blaue Augen? Doch, jetzt erinnere ich mich wieder. Das sieht man selten.«

Nicole zitterte. »Ist sie am Leben? Das Baby, meine ich?«

»Allerdings. Ihre Mutter wollte heute Morgen mit ihr auf ein Schiff, aber ich habe ihr gesagt, ohne ärztliche Behandlung wird das Baby sterben. Es war stark dehydriert, und wir haben ihm eine Infusion gegeben.«

»Sylvie Duval ist nicht …«

Mark fasste sie am Arm und unterbrach sie erneut. »Wissen Sie, ob sie das Schiff noch erreicht hat?«

»Heute geht ein französisches Schiff nach Saigon. Es hat gerade erst angelegt. Ich glaube, das wollte sie nehmen.« Sie tätschelte Nicoles Hand. »Wenn Sie sich beeilen, sollten Sie Ihre Schwester noch einholen.«

»Wo bekommen wir Tickets?«

»Brauchen Sie nicht. Sie gehen mit dem Pass an Bord. Solange es noch Platz gibt, werden Sie mitgenommen.«

Bis sie das Schiff gefunden hatten, fühlte sich Nicole so erschöpft, dass sie kaum noch einen Fuß vor den anderen setzen konnte. Das Fieber hatte sie mehr geschwächt, als sie wahrhaben wollte. Am Kai standen die Leute zu Dutzenden an, und die Schlangen bekamen immer neuen Zulauf. Aus Angst, von Mark getrennt zu werden, hakte sie sich fest bei ihm unter, als sie auf ein Zelt zugingen, das eigens zur Registrierung der Passagiere errichtet worden war.

Nicole zeigte ihren Pass vor und wurde angewiesen, sich zu beeilen, da das Schiff in Kürze auslaufen sollte. Es entspann sich ein Streit, da der französische Beamte von Mark verlangte, er müsse an Bord eines amerikanischen Schiffes gehen. Nicole erschrak, weil Mark sie fortwinkte.

»Geh auf das Schiff«, sagte er. »Schnell! Lauf los!«

Sie zögerte, wurde jedoch von Leuten weitergeschoben, die hinter ihr drängelten. Sie rief nach Mark. »Wir treffen uns in Paris. Bei meinem Vater in der Rue des Archives. Oder bei Lisa.«

Jetzt drängten sich Leute an ihr vorbei, um einen besseren Platz in der Warteschlange zu ergattern. Sie wollte nicht noch einmal von Mark getrennt werden, nicht nach allem, was sie durchgestanden hatten. Sie versuchte, zurückzubleiben, wurde aber von den Nachdrängenden vorangeschoben. Ihr blieb nichts anderes übrig, als sich mit dem Strom zu bewegen.

Während sie tiefer in den Pulk hineingeriet, wurde das Drängeln derer, die an Bord gelangen wollten, immer verzweifelter. Sie schaute sich um und sah, dass sie nicht allein den Tränen nah war. Sie gehörten zu den Glücklichen, die den Hafen verlassen würden, während viele andere zurückblieben, und sie wusste, nicht nur ihre Welt brach auseinander. Nicole schluckte die Tränen hinunter. Sie hatte keine Ahnung, was vor ihr lag, und sie hätte sich dem viel lieber zusammen mit Mark gestellt, aber sie würde es auch allein schaffen. Ihre Liebe zu Celeste trieb sie voran.

Die Stimmen ringsherum klangen immer verzweifelter. Ungepflegte Leute drängten sich in wimmelnden Gruppen zusammen, schnauzten einander an und zählten immer wieder nach, ob die Familie vollzählig war. Ihre schwankenden Stimmen verrieten ihre Angst, getrennt zu werden, ihre verschatteten Augen ihre Erschöpfung. Menschen trugen Kinder, Koffer, Kleiderbündel, sogar Töpfe und Pfannen.

Als die schmalen Stufen unmittelbar vor ihr lagen, holte sie tief Luft. Das war's. Einmal auf der Gangway, gab es kein Zurück.

»Nicole!«, hörte sie Mark rufen.

Sie drehte den Kopf und sah, wie er sich zwischen den Leuten hindurchzwängte, die ihrem Ärger darüber lautstark Luft machten. Sie wusste sich vor Erleichterung kaum zu lassen.

»Typisch Franzose!«, rief er über die Köpfe der Leute hinweg. »Er hat mich erst durchgelassen, als ich ihm erzählt habe, dass wir in zwei Wochen heiraten wollen … Also, was sagst du dazu?«

Das löste Beifallrufe aus, und für einen süßen Moment kehrte Hoffnung in ihr Herz zurück.

Etwa eine Stunde später legte das Schiff ab. Nicole stand mit Mark an Deck und schaute zu, wie sie sich von der Küste Vietnams entfernten. Ihr schwirrte der Kopf von ihren widersprüchlichen Gefühlen. Sie wusste, sie würde nie wieder zurückkehren. Sie hatte ihr Land geliebt, tröstete sich aber mit dem Gedanken, dass die Menschen mehr zählten: ihre Tochter, ihre Schwester und der Mann, den sie heiraten würde. Nie würde sie O-Lans Großzügigkeit vergessen, doch es war Zeit, endgültig Lebewohl zu sagen.

An Bord befand sich eine enorme Anzahl Leute, fast zweitausend, wie sie später erfuhren. Aber sie hatten drei Tage Zeit zum Suchen, und wenn Sylvie an Bord war, würden sie sie sicher finden. Es dauerte mehrere Stunden, bis sie jemanden vom zuständigen Personal trafen, und nebenbei unterhielten sie sich.

»Ich habe dir geschrieben, weißt du, aber dann habe ich nichts von dir gehört.«

»Ich habe zwei Briefe mit Geld darin gefunden, aber erst vor Kurzem. Sylvie hatte sie vor mir versteckt.«

»Meine Güte, warum das? Ich dachte schon, du hättest sie nicht bekommen, aber mir wäre nicht im Traum eingefallen, dass deine Schwester sie abgefangen haben könnte. Und dann hat es Monate gedauert, bis ich nach Vietnam zurückkonnte. Ich habe auch versucht anzurufen, aber es kam nie eine Verbindung zustande.«

»Ich glaube, sie hat auch das Telefonkabel gelockert, sodass die Leitung tot war.«

Er schüttelte den Kopf. »Ich habe mir solche Sorgen um dich und Celeste gemacht. In Moskau konnte ich unseren Mann ausfindig machen. Er war schwer verletzt, und das hat uns aufgehalten.«

Allein bei dem Gedanken daran, welchen Gefahren er in Russland ausgesetzt gewesen war, schnürte es ihr die Kehle zu, und sie klammerte sich an seinen Arm, als könnte er ihr doch noch entrissen werden.

Als sie endlich einen Schiffsoffizier zu fassen bekamen, erfuhren sie, dass die Passagierliste unter Deck einsehbar sei. Doch ob sie vollständig und korrekt sei, könne niemand sagen. Nur die Passagiere mit französischem Pass oder Sondererlaubnis würden von Saigon nach Frankreich weiterreisen dürfen.

»Dieses Schiff fährt also weiter nach Frankreich?«, fragte Nicole voll neuer Hoffnung.

»So ist es. Kommen Sie doch einfach mit in mein Büro.«

Sie folgten ihm die schlüpfrige Stahltreppe hinunter auf

eines der unteren Decks und in eine mattgrün gestrichene Kabine, wo er eine dicke Kladde aufschlug.

»Ich suche nach meiner Schwester, Sylvie Duval.«

»Dann wollen wir mal sehen«, sagte der Mann und ging die Zeilen durch.

Nicoles Anspannung wuchs. Was, wenn Sylvie nicht auf diesem Schiff war?

Nach zehn Minuten, in denen niemand ein Wort sprach und Nicole die Ungewissheit kaum noch ertrug, hielt der Mann inne und tippte auf einen Namen. »Sylvie Duval und ihre Tochter Celeste.«

»Ihre Tochter, hat sie gesagt?«

»Ja, hier steht es schwarz auf weiß.«

Nicole zeigte ihm ihren Pass und Celestes Geburtsurkunde, auf der auch Marks Name eingetragen war. Der Offizier zog die Brauen hoch. »Also ist sie nicht ihre Tochter?«

»Nein, ihre Nichte. Wissen Sie, wo ich sie auf dem Schiff finden kann?«

»Wir haben keine Polizei an Bord, am besten fragen Sie irgendeine Frau, die Kinder hütet. Die halten ständig die Augen offen. Oft wissen sie am besten Bescheid.«

Nicole war zum Umfallen müde, dennoch liefen sie weiter. Wenn es sein musste, würden sie jeden einzelnen Passagier fragen. Mark überredete sie, das kostenlos ausgeteilte Brot und die Suppe zu essen, dann setzten sie die Suche fort.

Anderthalb Tage später erhielten sie einen Hinweis.

Ein junges Mädchen erzählte Nicole, eine Frau und ein Baby, die die Gesuchten sein könnten, seien aufs Oberdeck gegangen. Sie hätten frische Luft gebraucht. Das Kind sei blass gewesen, und seine Mutter habe gemeint, an der frischen Seeluft würde es wieder rosige Wangen bekommen.

Als sie das Oberdeck betraten, hörte Nicole die Möwen kreischen und schaute über das Meer, eine aufgewühlte, mächtige und endlos erscheinende Wassermasse. Es kam ihr schlimmer vor als der Grund des Flusses, so als wäre sie am

Ende der Welt. Sie blickte zum stahlgrauen Himmel auf und zögerte.

»Soll ich vorgehen?«, fragte Mark.

Nicole verstand sofort, was er meinte. Man konnte nicht wissen, wie Sylvie reagieren würde. Sie ging weiter, hielt sich aber hinter ihm. Obwohl wegen des starken Seegangs unter Deck viele Passagiere seekrank waren, hatten sich nur wenige in den eisigen Wind nach oben gewagt. Ein Matrose stapelte Kisten, und ein anderer sicherte sie mit Seilen. Sonst war von der Mannschaft niemand zu sehen. Nicole schwankte mit den Neigungen des Decks und spürte, wie die Wogen an den Rumpf schlugen. Eine Wasserwand stieg auf und spülte über die Reling. Sie wichen beide zurück und warteten einen Moment. Dann schauten sie das Deck entlang. Nicole und Mark entdeckten Sylvie gleichzeitig. Beschwingt von Hoffnung und Erleichterung, musste Nicole sich zwingen, still zu bleiben, und hielt sich am salzverkrusteten Rand eines Rettungsbootes fest.

Sylvie stand mit Celeste in den Armen an die Reling gelehnt und schaute aufs Wasser hinaus.

»Sylvie Duval«, hörte sie Mark sagen. »Bist du es?«

Sylvie fuhr herum und trat einen Schritt vor. Nicole blieb die Luft weg, als sie das schwer gezeichnete Gesicht ihrer Schwester sah. Ihre Kleidung war zerrissen, die Haare waren fettig und ungekämmt. Nicole schossen alle möglichen sorgenvollen Gedanken durch den Kopf.

»Wie geht es dir?«, fragte Mark.

Sylvie starrte ihn an. »Was tust du denn hier?«

»Ich fahre nach Saigon und dann nach Frankreich, genau wie du, stell dir vor.«

Sylvie wich wieder an die Reling zurück und lehnte sich dagegen. Ihr Blick huschte hierhin und dorthin, während Mark einen Schritt auf sie zumachte, dann drehte sie sich wieder zum Meer hin. Voller Entsetzen stellte Nicole sich vor, Sylvie könnte ihr Kind ins Wasser werfen. Ihre Angst war so groß, dass sie fast aufgeschrien hätte, doch sie bezwang sich.

Mark trat näher an ihre Schwester heran. »Darf ich Celeste vielleicht auch mal halten?«

Sylvie drehte den Kopf, und Nicole sah sofort, dass mit ihr eine Veränderung vorgegangen war. Ihr Gesicht war vollkommen ausdruckslos, ihr Blick leer.

»Ich verspreche, ich bin ganz behutsam.«

»Ich passe auf sie auf.« Sylvie schaute auf das Meer hinaus, dann gab sie Mark das Kind.

»Danke.« Er trat von der Reling weg.

Sylvie folgte ihm. »Sie war krank, aber jetzt geht es ihr schon besser.«

»Das freut mich zu hören. Du siehst jedoch nicht allzu gesund aus, Sylvie.«

Nicole hielt es nicht länger aus und trat auf die beiden zu. Beim Klang der Schritte fuhr Sylvie erschrocken herum.

»Ich habe auf sie aufgepasst, ehrlich.«

Nicole trat näher. »Das weiß ich doch. Ist schon gut. Wir sind jetzt hier.«

Der Wind wehte Fischgeruch heran, der sich auf Nicoles Rachen legte. Ihre Zuversicht geriet ins Wanken. Ihr war, als zöge sie etwas ins Meer. Sie kniff die Augen zusammen, um sich von diesem verstörenden Gefühl zu befreien.

Sylvie runzelte die Stirn. »Ich kann mich anscheinend nicht erinnern …«

Ihr Ton war neutral, und Nicole machte noch ein paar Schritte auf ihre Schwester zu. Dann blieb sie betroffen stehen, weil sie in Sylvies Augen etwas ganz und gar Unerwartetes sah: Verzweiflung …

»Komm«, sagte sie. »Komm mit mir. Alles ist gut.«

Sylvie schwieg. Über ihnen kreischten Möwen. Bestürzt beobachtete Nicole das Gesicht ihrer Schwester. Ihr Zustand war besorgniserregend. Sylvie blickte weg, dann sah sie Nicole wieder an, rührte sich aber nicht von der Stelle.

»Ich habe auf sie aufgepasst.«

»Ich weiß.«

Nicole konnte Sylvies verzweifelten Blick kaum ertragen. Sie hörte es in der Ferne donnern und schaute zu den Wolken hinauf. In ihrem Innern kämpften widersprüchliche Gefühle miteinander. Trotz allem, was zwischen ihnen vorgefallen war, liebte sie ihre Schwester, und es setzte ihr schwer zu, sie so verstört zu sehen.

Kurz wandte sie sich von Sylvie ab und ging zu Mark, der seine Tochter im Arm hielt und sie staunend betrachtete. Beim Anblick der beiden machte ihr Herz einen Freudensprung.

»In meinen kühnsten Träumen habe ich mir nicht vorgestellt, dass sie so schön sein würde«, sagte er heiser vor Rührung.

Sie nickte und konnte für einen Moment nicht sprechen.

»Willst du sie nicht auch im Arm halten?«, fragte er.

Sie schluckte den Kloß in ihrem Hals herunter. »Und ob. Mehr als alles andere auf der Welt. Aber ich zittere so stark. Nicht, dass ich sie fallen lasse.«

Er hielt Celeste mit einem Arm und legte den anderen um Nicole. »Komm. Wir finden einen Platz auf dem unteren Deck, wo wir uns hinsetzen können. Das ist sicherer, und da kannst du sie halten, solange du willst.«

»Einen Moment noch.«

Wilde Wolken hatten sich aufgetürmt, und ein kalter Regen setzte ein. Nicole ging zurück zu ihrer Schwester, die noch am selben Fleck stand.

»Komm jetzt, Sylvie«, sagte sie und hielt ihr eine Hand hin. »Wenn du hier draußen bleibst, holst du dir noch den Tod. Komm mit uns.«

EPILOG

Achtzehn Monate später – Paris, November 1955

Nicoles Vater lebte in einer Dachgeschosswohnung in einem ungepflegten Eckhaus im Marais. Er habe sie der Aussicht wegen gekauft, sagte er. So hoch oben konnte er kilometerweit sehen und bekam nicht mit, was unten auf der Straße vor sich ging. Seine Bewegungsfähigkeit war nicht so eingeschränkt, wie Nicole geglaubt hatte. Dennoch war sie froh, dass der alte launenhafte Aufzug noch funktionierte.

Von dem Balkon schaute sie zur Straße hinab. An der gegenüberliegenden Ecke gab es einen Friseursalon, aber nicht der zog ihren Blick auf sich, sondern die außergewöhnlich hellblonden Haare der auf und ab gehenden Frauen, die in dem Viertel als Prostituierte arbeiteten. Ihren Vater kümmerte das nicht. Er hatte sein Lieblingscafé, in dem er morgens heiße Schokolade trank, einen Lebensmittelmarkt in der Nachbarstraße und einen Bäcker und eine Metzgerei in der Nähe. Er war zufrieden, was Nicole eingedenk seiner Verbundenheit mit Vietnam überraschte. Aber das einfache Leben schien ihm zu gefallen, und sein gesundheitlicher Zustand hatte sich gebessert.

Dank eines ausgezeichneten Pariser Arztes war auch Nicoles Gesundheit wiederhergestellt. Das hatte länger gedauert als erwartet, aber Mark hatte immer gesagt, sie habe unterschätzt, wie krank sie nach der entsetzlichen Flucht aus dem Norden gewesen war und wie sehr der Gefängnisaufenthalt sie geschwächt hatte. Sie lehnte sich an das schmiedeeiserne Geländer des Balkons und schaute auf Paris, um sich den Anblick einzuprägen.

»Mama.« Celeste rannte ihrem Ball hinterher auf den Balkon, die rotblonden Locken flogen um ihr Gesicht, ihre blauen Augen strahlten.

»Du sollst doch hier draußen nicht mit dem Ball spielen, mein Schatz.«

Celeste wirkte so ungezwungen, glücklich und zufrieden, als hätte die Vergangenheit bei ihr keine Spuren hinterlassen. Nicole lachte, hob sie auf den Arm und drehte sich mit ihr. Celeste liebte das und bettelte um mehr. Aber es wurde Zeit.

»Geh und spiel mit Großpapa. Ich muss noch fertig packen.«

Celeste rannte ins Wohnzimmer zurück, und ihr Großvater half ihr, auf seinen Schoß zu klettern, wo sie ihm Küsse zupustete. Nicole ging ebenfalls hinein.

»Ich werde dich vermissen, meine Kleine«, sagte ihr Vater und küsste das Kind auf die Wange.

»Du wirst uns besuchen kommen«, erwiderte Nicole.

Sie machte ihm keine Vorwürfe mehr. Wozu auch? Sie alle hatten Fehler gemacht – auch einige schreckliche –, und sie hatten die meisten Differenzen bereinigt. Dabei waren viele Tränen geflossen.

»Du wirst mir auch fehlen, Nicole«, fügte er mit schwankender Stimme hinzu.

»Moi aussi, papa.«

»Wirst du mit Celeste auch Französisch sprechen?«, fragte er. »Nicht bloß Englisch?«

Nicole nickte und schaute auf die Uhr.

Mark würde gleich kommen, und dann würden sie zu Lisa nach Narbonne fahren. Nicole freute sich unsagbar, ihre alte Freundin nach all der Zeit wiederzusehen. Danach würden sie nach London fliegen und von dort weiter nach Washington. Marks neue Stelle in der Sicherheitsbranche – Gott sei Dank nicht bei der CIA – verschaffte Nicole den finanziellen Rückhalt für ihre Geschäftsgründung. Sie arbeitete bereits mit einem Pariser Modehaus zusammen.

Es klingelte, und ihr Vater fragte an der Sprechanlage nach. Mark war wunderbar, seit sie Sylvie auf dem Schiff gefunden hatten. Manchmal hatte Nicole geglaubt, sie würden es nicht mehr nach Hause schaffen, besonders da Sylvie sich vollständig in sich selbst zurückgezogen und während der ganzen Reise nicht mehr gesprochen hatte. Nicole seufzte, wenn sie daran dachte. Dass ihre Schwester jetzt in Behandlung war wegen der emotionalen Probleme, die seit ihrer Kindheit ihr Leben beeinträchtigten, war eine gute Sache. Gleichzeitig war es auch erschütternd, dass Sylvie jetzt in einer Klinik lebte. Sie alle hofften auf Besserung. Und vor ihrer Fahrt nach Narbonne sollte Celeste ihre Tante besuchen, das hatte Nicole entschieden.

Sylvie lebte ein paar Kilometer außerhalb von Saint-Cloud und etwa fünfzehn Kilometer vom Pariser Zentrum entfernt. Die Klinik war in einem ehemaligen Schloss untergebracht. Es war nicht allzu groß, aber wenn man über die kurvige Allee darauf zufuhr, erahnte man noch den Charme vergangener Zeiten. Innen war das Gebäude heruntergekommen, staubig und ungepflegt, aber von ihren vorigen Besuchen wusste Nicole, dass Sylvie sich nicht daran störte. Der Friede des Hauses und die Weitläufigkeit des Grundstücks waren genau das, was ihre Schwester brauchte.

Nicole hatte es vorher so arrangiert, dass Sylvie sie draußen erwartete. Als Mark, Celeste und sie um die Klinik herumgingen, kamen sie an ein paar Leuten vorbei, die, warm eingepackt, an Tischen saßen und lasen oder in der Sonne dösten. Eine große Terrasse erstreckte sich über die ganze Rückseite des Schlosses und blickte über Rasenflächen und Blumenbeete, die jetzt winterlich kahl waren. Nicole entdeckte Sylvie schließlich auf einer Bank am Teich, etwa fünfzehn Meter entfernt. Sie war allein.

Innerlich angespannt, blieb Nicole einen Moment stehen und rang mit ihren widerstreitenden Gefühlen: Sie fürchtete immer, dass Sylvie sich etwas antun könnte, wenn sie einen Tiefpunkt erreichte, und war dementsprechend erleichtert, dass ihre Schwester noch da war.

Zu dritt liefen sie über den Rasen, Celeste in ihrer Mitte. Sie hatten ihr eingeschärft, nicht laut zu sein, und es war amüsant zu beobachten, wie die Kleine ihren Jubel über das Wiedersehen zurückhielt. Als sie bis auf zehn Meter herangekommen waren, zeigte Celeste auf ihre Tante, und sie ließen sie von der Hand. Celeste rannte sofort zu Sylvie, die sie hochhob und an sich drückte.

Dann drehte Sylvie sich um, nickte Nicole zu und stellte die Kleine auf die Füße. »Hier«, sagte sie. »Ich habe Brotwürfel in einer Tüte. Willst du die Enten füttern, während ich mich mit Mami unterhalte, was meinst du? Dein Papa geht mit dir.«

Der Wind frischte auf und kräuselte das Wasser. Celeste griff nach der Tüte, Mark nahm sie bei der Hand und ging mit ihr zum Ufer. Angesichts der vielen Enten auf dem Wasser plapperte Celeste aufgeregt vor sich hin und hatte sich auch gleich eine Lieblingsente ausgewählt.

»Wie geht es dir?«, fragte Nicole und streckte die Arme nach ihrer Schwester aus, die durch Erschöpfung und Kummer gealtert war.

Sie umarmten einander kurz.

»Willst du dich setzen?«, fragte Sylvie.

Auf der anderen Seite des Teiches wirbelte der Wind das tote Laub der Eichen auf. Schweigend saßen sie auf der Bank, wobei Sylvies Gedanken immer wieder in die Vergangenheit schweiften. Nicole sah es ihr an. Sie freute sich, dass Celeste und Mark sich über die Enten amüsierten, aber wie sie dieses Treffen mit ihrer Schwester erträglich machen sollte, wusste sie nicht.

»Ihr geht also nach Amerika?«, fragte Sylvie schließlich und schaute auf ihre ruhig im Schoß gefalteten Hände, die durch nichts verrieten, welche seelischen Turbulenzen sie durchgestanden hatte. Ihre Nägel waren kurz geschnitten, ebenso ihre Haare.

»Das ist für uns am besten. Und wenn es dir gut geht, sollst du nachkommen und bei uns bleiben.«

Sylvie seufzte, und beide entspannten sich ein wenig. »Mal sehen.«

»Also, wie geht es dir? Du hast mir nicht geantwortet.«

Als würde sie aus einer Trance erwachen, nahm Sylvie die Schultern zurück und blickte sich um. »Ich weiß nicht so recht. Manchmal fühle ich mich ziemlich verrückt und kann nur schwer unterscheiden, was real ist und was bloß in meiner Einbildung passiert. Dann wieder bin ich glücklich und so gelassen wie noch nie. Es tut mir gut, hier zu sein.«

»Aber es muss schwer sein.«

»Es ist schwer, sich selbst klar zu sehen.«

Ihre Blicke begegneten sich, und Nicole bekam einen der seltenen erschütternden Einblicke in das Seelenleben ihrer Schwester. »Du sitzt gern hier am Teich?«

»Ich liebe das Wasser.« Sie runzelte die Stirn und verscheuchte eine Fliege von ihrem Knie. »Und du? Träumst du noch vom Ertrinken?«

Nicole fühlte die Kälte an den Wangen und merkte, dass sie jede Bewegung ihrer Schwester genau beobachtete. »Nicht mehr so oft.«

»Du bist sicher glücklich.«

Sie sah einen sonderbaren Ausdruck in Sylvies Gesicht, etwas Rücksichtsloses, und es überlief sie kalt.

»Ich muss dir etwas gestehen«, sagte Sylvie. »Wegen damals in Hue. Es war meine Idee, aus dem Boot zu springen, nicht deine. Ich habe gelogen und behauptet, es wäre deine gewesen. Das tut mir leid.«

»Das ist nicht mehr wichtig.«

Sylvie schien mit sich zu ringen und rieb nervös die Hände aneinander. »Alles ist wichtig. Verstehst du das nicht? Manche Dinge müssen ausgesprochen werden. Das lerne ich hier. Dinge, von denen ich dachte, sie seien nicht wichtig … Nun, sie sind es.«

Es folgte ein kurzes, unbehagliches Schweigen.

»Es war meine Idee, dass du ins Wasser springst. Und es tut mir wirklich sehr leid.«

Nicole fröstelte. Sylvie nach all der Zeit gestehen zu hören, dass sie sie damals hatte ertrinken lassen wollen, war mehr, als sie ertragen konnte.

»Ich wusste, dass das Wasser tief ist.«

»Sylvie, ich weiß nicht, ob … Du musst das nicht tun.«

»Doch. Ich wollte die Illusion aufrechterhalten, dass du diejenige bist, die immer die Probleme verursacht.«

Die beiden blickten auf den Teich hinaus und sahen eine Möwe auf dem Wasser landen.

»Erinnern sie dich an Hue? An die Möwen?«, fragte Sylvie.

Plötzlich stand es ihr plastisch vor Augen. Nicole sah die Sonne den ganzen Horizont überspannen und die Luftblasen ihres Atems aufsteigen. Das schreckliche Gefühl zu versinken hatte nie nachgelassen, und jetzt brannten Tränen in ihren Augen.

»Du wolltest, dass ich ertrinke.«

Bestürzt riss Sylvie die Augen auf und schüttelte den Kopf. »Nein. Hast du das gedacht? Ehrlich, nein. Du musst nicht weinen.«

Unsicher runzelte Nicole die Stirn.

Sylvie griff nach ihrer Hand. »Nicole, ich habe versucht, dich zu retten. Als ich sah, dass du in Schwierigkeiten warst, bin ich gleich ins Wasser gesprungen. Ich habe mich mit einer Hand an einem der Bootsseile festgehalten und versucht, dich mit der anderen zu erreichen. Ich wollte, dass du mich siehst und weißt, dass du nicht allein bist.«

»Wenn ich davon träume, sehe ich immer dein Gesicht. Ich dachte …«

Nicole schluckte sichtlich, und kurz schaute sie Celeste zu, die glücklich quietschend verfolgte, wie sich die Enten um ein Stück Brot zankten.

»Ich dachte, du drückst mich runter.«

Ihre Schwester schien in sich zusammenzusinken.

»Geht es dir gut?«

Sylvie nickte. »Ich kam nicht an dich heran, darum habe ich um Hilfe geschrien. Ein Fischer hat nach dir getaucht. Als er dich an die Oberfläche brachte, dachte ich, du seist tot. Er hat dir das Wasser aus der Brust gepumpt, du hast gespuckt, das Wasser spritzte heraus, und Gott sei Dank warst du am Leben! Wenn ich daran denke, was da beinahe passiert wäre …«

Nicole konnte es noch gar nicht begreifen.

»Ich hätte mir das nie verziehen.«

»Ich dachte, du wolltest, dass ich sterbe.«

»Ich habe dir alles Mögliche verübelt, aber doch nicht so, dass ich deinen Tod gewollt hätte. Ich war so erschrocken. Mir war klar, dass ich schuld war, und ich habe Papa dann diese Lüge erzählt, dass es deine Idee war. Und dass ich dir gesagt hätte, wir dürften nicht reinspringen. Es tut mir so leid.«

Nicole wärmte Sylvies eiskalte Hand zwischen ihren.

»Das ist Vergangenheit. Ich bin froh, dass du es mir erzählt hast, aber nun lassen wir das hinter uns, einverstanden?«

Sylvie nickte. »Ich vermisse Hanoi, weißt du? Und Hue. Unser altes gemeinsames Leben.«

»Ich auch.«

Ihre Schwester sah für einen Moment so aus, als würde sie jeden Moment in Tränen ausbrechen, doch dann kam die alte Sylvie wieder zum Vorschein, die immer den Kopf oben behielt. »Das Leben geht weiter, nicht wahr?«

Nicole ergriff auch Sylvies andere Hand, und ihre Schwester schenkte ihr ein trübes Lächeln.

»Ich wollte damals meinen Platz in der Welt behaupten. Das schien mir das einzig Wichtige zu sein.« Sie ließ Nicoles Hände los und griff nach einem braunen, ledergebundenen Buch, das neben ihr auf der Bank lag. »Hier«, sagte sie. »Nimm das mit. Darin steht alles, was du wissen musst.«

»Worüber?«

»Über dich. Und mich. Unsere Kindheit. Wie es war, als unsere Mutter noch lebte. Ich will, dass du alles über sie erfährst. Früher konnte ich mich nicht überwinden, sie mit dir zu teilen.«

»Und jetzt?«

»Es soll dir gehören.« Als sie Nicole das Buch gab, zitterten ihre Hände.

In dem Moment kamen Mark und Celeste zu ihnen. Die Schwestern standen auf.

»Ich denke, wir sollten aufbrechen. Celeste hat keine Lust mehr«, sagte Mark und hielt Sylvie die Hand hin. Sie nahm sie, drückte sie kurz und ließ sie dann los.

»Willst du mit uns ums Haus kommen und uns winken?«, fragte Nicole.

Sylvie schüttelte den Kopf. »Abschiede fallen mir zu schwer.«

Die Schwestern umarmten sich, dann hob Sylvie ihre Nichte hoch, küsste sie auf beide Wangen und ließ sie mit Tränen in den Augen wieder herunter.

»Wir sehen uns wieder«, sagte Nicole, und Sylvie setzte sich.

Sie gingen von der Bank weg, aber als sie am Haus ankamen, drehte Nicole sich noch einmal um und sah ihre Schwester in unveränderter Haltung dasitzen. Sylvie hob in der winterlich feuchten Luft die Hand und winkte. Dabei wirkte sie so schrecklich einsam, dass Nicole an sich halten musste, um nicht zurückzulaufen und sie in die Arme zu nehmen.

Als das Schloss in der Ferne hinter ihnen zurückblieb, schaute Nicole aus dem Wagenfenster und dachte an Vietnam. Nach der vernichtenden Niederlage bei Dien Bien Phu am achten Mai 1954 war das Genfer Abkommen noch im Juli unterzeichnet worden. Die Leute in Paris hatten sie gefragt, wie sie damals zurechtgekommen waren, wie sie hatten leben können, ohne zu wissen, ob sie am nächsten Tag schon sterben müssten. Wie hatten sie von einem Tag auf den anderen leben können? Von einer Mahlzeit zur nächsten? Wie hatten sie immer wieder schlafen können? Dann hatte Nicole ihnen geantwortet, man tue eben, was man tun musste. Wie die Menschen in Paris es während der deutschen Besatzung getan hatten.

Nicole war sehr froh, dass sie sich dagegen entschieden hatten, nach Saigon zurückzukehren, denn im Rahmen des Genfer Abkommens war Vietnam geteilt worden. Die Vietminh hießen jetzt Vietcong und waren im Norden an der Macht, doch es braute sich schon ein neuer Krieg um die Herrschaft über den Süden zusammen. Wenn es zu diesem Krieg käme, dann würde er zwischen den Kommunisten im Norden und den Amerikanern stattfinden. Aber Nicole würde sich mit Vietnam immer verbunden fühlen, und die Vorstellung, dass es noch mehr Blutvergießen geben würde, war ihr unerträglich.

Sie dachte an ihr schönes altes Haus am Parfümfluss in Hue. In ihrer Erinnerung hatte der Fluss eine kräftigere Farbe als in Wirklichkeit, und sie sah noch immer die Vögel über dem Wasser kreisen und in Sturzflügen hinuntersausen. Und auf der Hintertreppe saß Lisa und zündete sich eine Gauloise an. Das war zugleich Nicoles glücklichste und traurigste Zeit gewesen. Für sie würde es immer der schönste Platz auf Erden sein.

Alles andere, was in Vietnam passiert war, würde mit der Zeit zwar nicht in Vergessenheit geraten, aber Nicole war fest entschlossen, die Dinge ruhen zu lassen, um ihr Leben weiterzuführen. Für die, die in Vietnam geblieben waren, war es nicht leicht, und man hörte Geschichten, wie die Vietnamesen nun lernten, was es hieß, unter dem strengen Joch des Kommunismus zu leben. Nicole betete, ihrer Freundin O-Lan möge nichts zustoßen.

Und wer war sie jetzt?

Sie war Nicole Jenson Duval, halb Vietnamesin, halb Französin, verheiratet mit einem Amerikaner mit russischen Wurzeln, die endlich wusste, wohin sie gehörte. Am Ende musste sie sich doch nicht zwischen der einen und der anderen Hälfte ihres Ichs entscheiden, wie sie früher gedacht hatte. Bald würde ihre gemischtrassige Tochter in Amerika leben. Nicole kreuzte Zeige- und Mittelfinger und hoffte, die Welt würde sich so weit ändern, dass Celeste eine solche Wahl auch nie würde treffen müssen.

Das war also das Ende. Oder war es der Anfang? Vielleicht beides, wie O-Lan so weise gesagt hatte. Nicole hätte nie gedacht, dass es mit ihrer Schwester einmal so weit kommen könnte. Mit den Erschütterungen des Lebens hatte sich auch ihre Beziehung verändert. Ihr kam eine Erinnerung an die Zeit in den Sinn, als sie fünf Jahre alt gewesen war; Sylvie musste damals zehn gewesen sein. Ihre Schwester hielt ihre Hand, als sie die nackten Füße in den kalten Fluss streckten. Ihr Leben lang hatte Nicole die Einsamkeit des Andersseins erlebt, aber nun wusste sie, dass Sylvie in gewisser Weise auch einsam gewesen war. Es war der Schmerz der Isolation, den Nicole in ihren Augen gesehen hatte, als sie an Bord des Schiffes voreinander gestanden hatten.

Nachdem Mark den Wagen geparkt hatte, liefen sie die schmale Pariser Straße entlang. Sie mussten noch einige Dinge einkaufen, bevor sie nach Süden weiterfuhren. Mark und Celeste gingen in eine Patisserie, aber Nicole blieb draußen und öffnete das Tagebuch ihrer Schwester. Dann holte sie tief Luft und las den ersten Satz.

> Ich heiße Sylvie Duval. Das ist die Geschichte von mir und meiner kleinen Schwester Nicole.

Nicole wusste, die schwesterliche Verbundenheit würde immer bestehen bleiben. Doch sie konnte jetzt nicht weiterlesen, und mit Tränen in den Augen klappte sie das Buch zu. Jede Geschichte hatte zwei Seiten, auch diese, doch Sylvies würde sie sich für einen anderen Tag aufheben.

VIETNAM: HISTORISCHER ABRISS

1787
Beginn des französischen Engagements in Vietnam. Der Vertrag von Versailles besiegelt das Bündnis zwischen König Ludwig XVI. und dem vietnamesischen Prinzen Nguyen Ánh.

1840er- bis 1890er-Jahre
Französische Kolonisierung von Indochina (Vietnam, Kambodscha und Laos). Frankreich teilt Vietnam in drei Gebiete: Tonkin, Annam und Cochinchina.

1927–1930
Im Norden bilden sich zwei heftig verfolgte kommunistische Gruppierungen, die den Franzosen Widerstand leisten.

1940
Während des Zweiten Weltkriegs fällt Japan in Vietnam ein und besetzt es. Die französische Kolonialregierung wird eine Zeit lang im Amt belassen.

1941–1944
Die Vietminh, die Liga für die Unabhängigkeit Vietnams, wird von Ho Chi Minh gegründet, einem Anführer des Widerstands gegen die Japaner.

1945
Die Japaner übernehmen (für kurze Zeit) die Regierungsgewalt von den Franzosen. Nach der japanischen Kapitulation übernehmen die Vietminh, angeführt von Ho Chi Minh, die Kontrolle über das Land (ebenfalls nur kurz). Britisches und

US-amerikanisches Militär hilft den Franzosen, die Kolonialherrschaft wiederherzustellen.

1946
Die Vietminh widersetzen sich. Französische Truppen beschießen den Hafen von Haiphong. Der Erste Indochinakrieg (auch: Französischer Krieg) beginnt.

1946–1954
Während des Ersten Indochinakriegs unterstützen China und die UdSSR Ho Chi Minh; die USA unterstützen Frankreich, um die Ausbreitung des Kommunismus aufzuhalten.

1954
Mit Unterstützung des Volkes schließen die Streitkräfte der Vietminh einen isolierten französischen militärischen Vorposten in der Stadt Dien Bien Phu ein. 12000 französische Soldaten sind abgeschnitten. Frankreich kapituliert. Das Genfer Abkommen wird unterzeichnet und teilt Vietnam in Norden und Süden, wobei zwei Jahre später landesweite Wahlen abgehalten werden sollen.

1955–1956
Mit Unterstützung der USA erklärt sich Ngo Dinh Diem zum Präsidenten von Südvietnam und verweigert landesweite Wahlen.

1957–1959
Waffen und Soldaten aus Nordvietnam infiltrieren den Süden. Beginn kommunistischer Aufstände in Südvietnam.

1960
Der Vietcong, oder die Nationale Befreiungsfront, wird gebildet, um die USA im Süden zu bekämpfen.

1964
Ein nordvietnamesisches Patrouillenboot greift einen US-Zerstörer an.

1965
US-Kampfeinheiten treffen in Vietnam ein. Der Vietnamkrieg beginnt. Die USA werfen mehr Bombentonnage als im gesamten Zweiten Weltkrieg ab.

1973
Gemäß dem Vertrag von Paris, den Nixon und Kissinger ausgehandelt haben, ziehen die USA ihre Truppen aus Vietnam ab. Im Süden setzen sich die Feindseligkeiten fort.

1975
Die Kommunisten erobern Saigon. Die letzten verbleibenden US-Bürger werden ausgeflogen. Vietnam wird unter kommunistischer Herrschaft wiedervereint, Saigon wird in Ho-Chi-Minh-Stadt umbenannt.